STAR WARS
THE HIGH REPUBLIC

A ESTRELA CADENTE

Claudia Gray

São Paulo
2022

Grupo Editorial
UNIVERSO DOS LIVROS

Star Wars: A estrela cadente é uma obra de ficção. Todos os nomes, lugares e situações são resultantes da imaginação dos autores ou empregados em prol da ficção. Qualquer semelhança com eventos, locais e pessoas, vivas ou mortas, é mera coincidência.

Diretor editorial
Luis Matos
Gerente editorial
Marcia Batista
Assistentes editoriais
Letícia Nakamura
Raquel F. Abranches
Tradução
Leonardo Alvarez
Preparação
Alexander Barutti
Revisão
Jonathan Busato
e Tássia Carvalho
Adaptação de capa
Renato Klisman
Diagramação
Renato Klisman

Dados Internacionais de Catalogação na Publicação (CIP)
Angélica Ilacqua CRB-8/7057

G82s Gray, Claudia
Star Wars : a estrela cadente (The High Republic)/ Claudia Gray; tradução de Leonardo Alvarez. — São Paulo : Universo dos Livros, 2022.
384 p.

ISBN 978-65-5609-315-4
Título original: Star Wars: The fallen star (The High Republic)

1. Ficção norte-americana 2. Ficção científica
I. Título II. Alvarez, Leonardo

22-5209 CDD 813.6

Universo dos Livros Editora Ltda.
Avenida Ordem e Progresso, 157 — 8º andar — Conj. 803
CEP 01141-030 — Barra Funda — São Paulo/SP
Telefone: (11) 3392-3336
www.universodoslivros.com.br
e-mail: editor@universodoslivros.com.br

Dedicado a Sarah Simpson Weiss,
que me protege de mim mesma, às vezes diariamente.

Os trágicos acontecimentos da Feira da República galvanizaram a galáxia. Os Jedi e a República partiram para a ofensiva a fim de impedir os NIHIL. Com esses invasores cruéis quase derrotados, a Mestra Jedi AVAR KRISS volta sua atenção para LOURNA DEE, a suposta Olho dos Nihil, e empreende uma missão para capturá-la de uma vez por todas.

No entanto, sem o conhecimento dos Jedi, o verdadeiro líder dos Nihil, o insidioso MARCHION RO, está prestes a atacar os Jedi e a República, como há séculos não se faz. Caso consiga, os Nihil triunfarão, e a luz dos Jedi se apagará. Apenas os bravos Cavaleiros Jedi do FAROL DA LUZ ESTELAR permanecem em seu caminho, mas mesmo eles podem não ser o bastante contra Ro e o antigo inimigo prestes a ser liberado...

Há muito tempo, em uma galáxia muito, muito distante...

PRÓLOGO

O cruzador de proa longa entrou no sistema Nefitifi tão suave e silenciosamente quanto uma agulha afiada perfurando um tecido preto. Apenas alguns milhões de anos antes, uma estrela naquele sistema anteriormente binário explodira, deixando para trás uma nebulosa de escala extraordinária. Trilhas de gases de um roxo profundo e de tons escuros de azul se entrelaçavam por entre os planetas, radioativas e opacas, ocultando todo o sistema em redemoinhos de névoa.

No passado, muitos contrabandistas aproveitaram aquela névoa. Os Jedi acreditavam que agora os Nihil também a estavam utilizando. Era o último lugar onde eles poderiam se esconder.

– Algum sinal? – perguntou Mestra Indeera Stokes a seu Padawan.

Ao lado dela, Bell Zettifar balançou a cabeça.

– Nenhum, em nenhuma frequência. Tudo completamente em silêncio lá fora.

– Não deveria. – Mestra Nib Assek balançou a cabeça, seus cabelos grisalhos pintados de prata pelas sombras sobre eles. (Quando uma Proa-longa funcionava com metade da potência para evitar chamar a atenção, como aquela fazia naquele momento, a iluminação interna diminuía.) – Contrabandistas usam essa parte do espaço há muito tempo. Poderíamos esperar faróis, carga marcada em asteroides, coisas do tipo. Em vez disso… nada.

Bell olhou para um colega Padawan, o Wookiee Burryaga, que estava ao lado de Mestra Assek. O olhar que compartilharam confirmou que ambos entenderam o que estava implícito: o sistema Nefitifi estava silencioso *demais*. Não encontrar nenhuma atividade ali era como pousar em Coruscant e encontrá-la deserta: uma prova definitiva de que algo estava muito errado.

Lá, tal coisa só poderia significar que os Nihil estavam por perto.

– Devem estar usando silenciadores – disse Bell a Mestra Indeera. – Em satélites ou a bordo das naves?

– Suspeito que a bordo das naves. Logo vamos descobrir. – Sua Mestra endireitou os ombros; seus tentáculos tholothianos ondulavam por suas costas. Bell sentiu o arrepio de expectativa percorrer o grupo Jedi a bordo; a Força os estava alertando sobre o que estava por vir. Mestra Indeera colocou a mão no cabo do sabre de luz. – Os outros Proas-longas relataram leituras semelhantes… ou a falta delas. Os Nihil devem estar muito próximos.

Ação, finalmente. Uma chance de avançar contra os Nihil. Bell queria aquilo, *precisava* daquilo, desde a perda de seu antigo Mestre, Loden Greatstorm. Não por vingança. Greatstorm jamais teria desejado vingança. Mas por saber que fizera alguma coisa, *qualquer coisa*, para neutralizar o mal que roubara a vida de seu Mestre. Os Nihil pareciam estar quase derrotados, Mestra Avar Kriss parecia estar prestes a capturar o líder deles, o Olho, a qualquer momento. Mas nem Bell nem o resto da galáxia ficariam em paz até que a ameaça fosse encerrada para sempre.

O desastre na Feira da República meses atrás poderia ter prejudicado a confiança na República – e nos Jedi – de forma irreparável. Em vez disso, os Nihil estavam fugindo. O jogo tinha virado. Toda aquela parte da galáxia logo estaria segura novamente.

Assim que todos recuperassem a confiança e a segurança, talvez Bell também recuperasse.

Quando a Proa-longa passou por outra espessa nuvem dourada de gases, Mestra Indeera foi a primeira a falar:

– Estão acima de nós. Quase diretamente acima.

Burryaga rosnou em concordância.

Os sensores da nave começaram a piscar quase imediatamente, mas o verdadeiro aviso viera a eles por meio da Força. Os sentidos de Bell se intensificaram; seus músculos ficaram tensos. A prontidão o revestira em todos os níveis.

Vem aí, pensou ele enquanto olhava para fora da cabine. Os gases escuros e rodopiantes da nebulosa se tornavam translúcidos conforme a Proa-longa subia, revelando a parte inferior da nave Nihil. Bell imaginou os alarmes soando na ponte da nave inimiga; a corrida frenética enquanto se preparavam para lutar – porque àquela altura os Nihil certamente já tinham percebido que os Jedi tinham chegado para lutar.

Mas os Jedi estavam prontos desde o instante em que deixaram o Farol da Luz Estelar, e o momento finalmente chegara.

Por Mestre Loden, pensou Bell, *e para que ninguém mais sofra nas mãos dos Nihil como ele sofreu.*

O ataque de embarque inicial fora planejado exatamente para aquele momento: a nave-mãe do grupo Jedi capturou a nave Nihil com seu raio trator, segurando-a firmemente, enquanto a Proa-longa em que Bell e seus companheiros estavam se inclinava para se prender a uma eclusa de ar e bloquear várias outras. A atracagem – áspera, forçada e irregular – sacudiu toda a embarcação, mas a equipe permaneceu estável e alerta, reconhecendo ao mesmo tempo o momento em que a vibração sinalizou que trespassaram o casco.

– Pela luz e pela vida! – gritou Mestra Assek quando eles entraram na nave Nihil.

Bell raramente sentira a Força com tanta intensidade quanto no momento em que avançou contra uma série de disparos de blaster, que cortavam o ar ao seu redor tão perto que ele podia sentir o calor. O cheiro de ozônio encheu o peito do jovem. No entanto, a lâmina de seu sabre de luz desviava cada disparo de forma tão suave que parecia se mover sozinha, mirando sem nenhum esforço consciente de Bell além da concentração ferrenha. Ao redor dele, o jovem via um mar de máscaras sem rosto nem alma – Nihil, se espalhando e lutando. Avançando contra eles, estavam os Jedi, rápidos e decididos.

– Agora! – soou a voz de Mestra Indeera sobre o clamor da batalha, ao perceber o aviso da Força que todos haviam sentido. Bell se escondeu atrás de uma viga de metal para se proteger pelos segundos de que precisou para colocar o respirador. Assim que o fez, o chiado distinto das aberturas de ventilação revelou que os gases venenosos dos Nihil haviam sido liberados.

Tarde demais, pensou Bell com satisfação. *Agora é hora de ser tarde demais para vocês.*

Mestra Indeera liderou o ataque em direção à sala de máquinas, ou o que parecia ser a sala de máquinas da nave Nihil, toda remendada e remodelada. Bell e Burryaga seguiram logo atrás. Conter os Nihil perto da eclusa de ar caberia a Mestra Assek; o trabalho de Bell era paralisar a embarcação.

Mesmo correndo a toda velocidade, Bell podia dizer que a nave estava perigosamente dilapidada; o interior era sombrio, monótono e estritamente utilitário. O que levava alguém a querer viver daquele jeito? Juntar-se aos Nihil, causar infinita dor e destruição a inocentes em diversos sistemas, e para quê? Viver em uma nave escura e úmida, rastejando ao longo das fronteiras do espaço, com apenas uma fraca centelha de futuras riquezas para fornecer qualquer luz – aquilo não era vida.

As divagações de Bell ocupavam apenas uma pequena parte de sua consciência, reflexões que examinaria mais tarde. Naquele momento, ele deveria completar sua missão.

O gás verde encheu os corredores com uma névoa tóxica, à qual os Jedi permaneceram imunes graças a seus respiradores. No entanto, os gases significavam que Bell *sentira* a porta diante deles antes de vê-la. Mestra Indeera e Burryaga também deviam tê-la sentido, porque todos pararam ao mesmo tempo.

– Devemos bater? – perguntou Bell. Burryaga grunhiu em resposta à péssima piada.

Mestra Indeera simplesmente afundou seu sabre de luz no mecanismo de trava da porta. O brilho incandescente do metal derretido iluminou o rosto dos três com uma luz laranja pálida durante os instantes que a porta levou para ceder. Ela se abriu, revelando apenas uma tripulação mínima, em sua maioria jovens desarmados, todos dispostos a se render.

Saber que não precisaria tirar outras vidas ajudou Bell. O que tinha de ser feito, tinha de ser feito, mas a dor que sentia pelo fim trágico de Loden Greatstorm permanecia aguda. Ela poderia tê-lo empurrado em direções perigosas. Em vez disso, Bell estava satisfeito em capturar os inimigos, e nada mais.

Você me ensinou bem, Mestre, pensou Bell, com a memória do homem que carregava em sua mente.

Assim que terminaram de reunir os prisioneiros, Burryaga resmungou com curiosidade.

– Sim, também me parece um contingente pequeno para uma tripulação – disse Bell. – Você acha que a busca da Marechal Kriss pelo Olho dos Nihil os abalou? Eles podem ter centenas, até milhares de desertores. – Ele não gostava da ideia dos Nihil escapando da Justiça pelas atrocidades que já cometeram, mas o mais importante era dar um fim àquelas atrocidades. Se o preço de salvar tantas vidas eram alguns desertores Nihil escapando impunes, paciência.

Tomamos a ofensiva, disse Bell a si mesmo. *Vencemos os Nihil em seu próprio jogo. Fizemos isso por você, Mestre Loden, e por todas as pessoas que sofreram como você...*

Bell nem conseguia pensar naquilo.

Burryaga não pareceu ter notado a distração de Bell, e o jovem sentiu-se grato. Em vez disso, o grande Wookiee balançou a cabeça e rosnou.

– Claro, foi fácil – concordou Bell. – Mas não sei se foi *fácil demais*. Não tem por que ficarmos preocupados se os Nihil finalmente estão entrando em colapso.

Pelo menos nesse ponto, Burry concordava completamente.

Regald Coll tinha mais senso de humor do que a maioria dos Jedi. Ao menos foi o que um não Jedi tinha dito a ele. A maioria dos outros membros da Ordem não concordaria.

Ou, como Regald poderia argumentar, eles simplesmente não tinham senso de humor o bastante para apreciar o dele.

– Então, qual é o lance com a terminologia de tempestade? – perguntou ele a suas mais novas prisioneiras, uma adulta de olhos ferozes chamada Chancey Yarrow e uma jovem que se identificou apenas como Nan. – Vocês deveriam ser uma grande tormenta, mas cada grupo se divide em Tempestades, Raios e Nuvens. Até onde isso vai? Quando um Nihil está sozinho, estamos falando de, não sei, uma Garoa?

As prisioneiras foram capturadas perto de uma frota Nihil no sistema Ocktai, apenas um dos muitos ataques aos Nihil ocorrendo simultaneamente. No entanto, a nave delas definitivamente não fazia parte daquele grupo, e a princípio ele pensou que apenas ia fazer algumas perguntas às mulheres e deixá-las ir. Mas Nan sacou um blaster contra o primeiro Jedi que viu, o que levou a uma verificação de identidade e revelou sua verdadeira afiliação.

Nan parecia furiosa por ter sido pega. Por outro lado, o rosto de Chancey Yarrow permaneceu totalmente impassível quando ela disse:

– Você não é tão engraçado quanto pensa que é.

– Provavelmente não – concordou Regald. – Porque acho que sou hilário e, realmente, ninguém é tão engraçado assim. – Desfrutar das próprias piadas já era o bastante para ele.

– Não sou mais uma Nihil – disse Nan. As palavras soaram estranhas, como se ela tivesse de se forçar a dizê-las. – Nós trabalhamos para... – Ela se calou quando olhou para sua companheira. O brilho gélido no olhar de Yarrow poderia ter congelado lava. Regald pensou em fazer uma piada com "geada" para combinar com todo o tema atmosférico, mas desistiu. – Trabalhamos para nós mesmas. Faz meses que não estou com os Nihil – concluiu Nan.

– Muito conveniente – disse Regald. – E, quer saber? Talvez você esteja dizendo a verdade. Mas vai ter que provar antes de liberarmos você.

Enquanto isso, a *Olhar Elétrico* repousava em um espaço silencioso entre sistemas longe da batalha Jedi. Ninguém a bordo se incomodou em monitorar a atividade Jedi, muito menos em sair em defesa de seus camaradas. Em vez disso, parecia que nada mais estava acontecendo além de algumas tarefas domésticas comuns e aleatórias. Certamente ninguém prestou atenção enquanto Thaya Ferr – uma mera assistente, e não uma lutadora – caminhava pelos longos corredores.

Thaya era uma mulher humana de meia-idade e aparência desinteressante: cabelo castanho liso preso para trás, de maneira prática, macacão padrão básico, sem linhas reveladoras, sem máscara ou arma. Ela não carregava nada mais interessante do que um simples datapad.

Aquele datapad a levou até a primeira porta, a cabine de tripulante de uma mulher Ithoriana. Thaya tocou a campainha e projetou em seu rosto um sorriso vazio e desinteressado antes que a porta se abrisse.

– Bom dia – disse Thaya com a alegria sem sentido de um droide. – Você ficará feliz em saber que o Olho dos Nihil encontrou um novo lugar para você, um lugar ideal para seus talentos. Aqui estão os detalhes. – Ela entregou um pequeno cartão de dados, sem dar tempo para que a Ithoriana dissesse alguma coisa. – Por favor, reporte-se à doca de atracagem principal para tomar um transporte às 1300 horas hoje. Obrigada!

Em seguida, Thaya se afastou, ainda sorrindo, sem dar oportunidade para discussão, agradecimentos ou qualquer tipo de resposta. A reação da Ithoriana era irrelevante. Ela obedeceria, o que significava que deixaria a nave alguns dias antes do Ithoriano de quem era parceira. A partida daquele Ithoriano precisava passar despercebida – e livrar-se da principal pessoa capaz de notá-la ajudaria.

Também serviria a outros propósitos. Mas Thaya recorreria a eles quando terminasse de entregar aquele primeiro conjunto de pedidos de transferência.

Assim que terminou, voltou depressa para a ponte da *Olhar Elétrico*. Para o Olho. Para o próprio Marchion Ro.

Ele estava sentado na cadeira do capitão, estudando relatórios. Thaya poderia dizer que eles traziam detalhes sobre os ataques a outras naves Nihil – naves leais a Lourna Dee e, portanto, em sua opinião, dificilmente ainda Nihil –, e ela deu a eles toda a atenção que sabia que Ro gostaria que lhes desse, ou seja, nenhuma. Em vez disso, ficou por perto, esperando pacientemente ser notada.

Alguns na ponte olhariam para Thaya Ferr com superioridade, e ela sabia o porquê. Não era uma figura poderosa; era apenas alguém que levava e trazia recados para Marchion Ro.

Muitos subestimavam o que podia ser aprendido com tais tarefas, ou o quanto um líder poderia vir a confiar em alguém encarregado de preocupações mundanas e triviais.

Thaya Ferr via as coisas com mais clareza.

Finalmente, Ro falou com ela:

– Você fez as transferências?

– Sim, meu senhor. Vou preparar os próximos pedidos de entrega no final do dia.

Algumas orelhas se levantaram com a menção de "transferências" – prova, talvez, de que alguns tinham perdido a confiança e a proteção de Marchion Ro? Haveria apetite por nomes e detalhes, para melhor zombar dos rebaixados. Por enquanto, nenhum dos que estavam na ponte suspeitava que uma ordem de transferência pudesse estar chegando para *eles* – exatamente como Ro queria, e exatamente como Thaya pretendia entregar.

Marchion Ro mudou de assunto – um assunto, observou Thaya, que certamente desviaria a atenção de qualquer conversa sobre transferências.

– Parece que a captura de Lourna Dee é iminente.

– Os Jedi ainda acreditam que ela é o Olho dos Nihil? – Thaya disse isso com o tom preciso de descrença que calculara ser lisonjeiro para Ro.

Ele sorriu, exatamente como ela previra.

– Vão descobrir a verdade muito em breve, Ferr. Por enquanto, deixe que se divirtam. Deixe que comemorem a ideia de que derrotaram os Nihil. Eles nunca mais terão o luxo de acreditar nisso.

CAPÍTULO UM

Stellan Gios estava entre os Jedi que percebiam a Força como um firmamento inteiro de estrelas no céu. Pontos de calor e energia brilhantes, aparentemente distantes uns dos outros pelo frio e distância infinitos – mas, na verdade, profundamente conectados. Famílias, grupos de amigos, tribos ou organizações: cada um formava uma constelação diferente, esculpindo formas e significados no céu. (Não eram Avar Kriss, Elzar Mann e ele uma dessas constelações? Stellan sempre pensara dessa forma, mesmo na infância.) A Força irradiava de todos eles, iluminando a vasta escuridão; se Stellan tivesse a habilidade de perceber todos os seres vivos, seria o mesmo que ser capaz de ver todas as estrelas do universo de uma vez: luz total, pura e onipresente.

Ele raras vezes se sentia tão próximo desse momento ideal como naquele dia.

Estandartes coloridos ondulavam sob a luz do sol, esvoaçando sobre uma multidão de milhares de pessoas que riam, comiam em barracas e carrinhos, aproveitando o belo dia e – enfim – a sensação de verdadeira segurança e pertencimento. Ou assim Stellan gostava de pensar.

Finalmente, pensou ele, *recuperamos a alegria que os Nihil roubaram de nós por tanto tempo. Finalmente podemos celebrar nossa unidade como deveríamos desde o início.*

Stellan estava à frente da delegação do Farol, em um estrado que dava para a celebração. Aos olhos da maior parte da galáxia, Eiram era um lugar insignificante, um minúsculo ponto em um mapa estelar, obscuro demais para ser digno de preocupação. Mas aquele era um dos mundos que lideraram a campanha para que aquela parte do espaço finalmente se juntasse à República, o que tornava sua recente missão ali ainda mais simbólica.

Eiram recentemente sofrera uma tempestade – o tipo cruel de ciclone que apenas um punhado de planetas poderia formar, um que em seu ápice cobrira quase um hemisfério inteiro. Ventos terríveis danificaram gravemente as estruturas de dessalinização que eram a única fonte de água doce do planeta. Aquela fora uma crise que devastaria um planeta independente, levando a um êxodo massivo ou mesmo à fome.

Mas os planetas da República tinham motivos para ter esperança.

– E então, em vez de retornar ao seu lugar nos céus, o Farol da Luz Estelar foi transportado para cá, para Eiram! – O contador de histórias gesticulou para o holo que mostrava o Farol sendo rebocado pelo espaço sideral, pela segunda vez, após a missão de salvamento no planeta Dalna. Ao redor do contador de histórias, dezenas de crianças faziam "ooh" e "aah", maravilhadas. O brilho do holo refletia em seus olhos brilhantes. – A República e os Jedi vieram para nos salvar, trazendo água, suprimentos e, acima de tudo... esperança.

Stellan sentiu uma leve pontada de pesar por não ter estado ali para supervisionar pessoalmente a mudança da estação e o início dos reparos. Ele ainda estava em Coruscant na época, por isso encarregou Mestre Estala Maru de supervisionar cada etapa, não por duvidar dos especialistas, mas porque era muito importante que tudo estivesse absolutamente certo. Ninguém na galáxia prestava mais atenção aos detalhes do que Maru.

Dois dias antes, após o retorno de Stellan, os reparos da planta de dessalinização não estavam completamente concluídos. Tudo o que precisava ser feito naquele momento, no entanto, era prender as comportas – algo que seria realizado em uma ou duas semanas, no máximo, assim que o rebocador estivesse disponível. O povo de Eiram ainda teria de racionar água, mas as rações eram generosas e, após várias semanas de dificuldades, o planeta estava pronto para comemorar.

Stellan disse isso a Maru, que respondeu:

– Certo. É o momento perfeito para todos. Mas não seria mau se fosse quando a chanceler estivesse livre.

– É assim que funciona a política – disse Stellan.

Na verdade, foi bom que a Chanceler Soh tivesse arranjado tempo para comparecer, mesmo que holograficamente. As imagens tremeluzentes ao lado dele no estrado a mostravam sentada confortavelmente em uma cadeira informal, seus enormes targons deitados um de cada lado, dormindo o sono contente das feras. Os olhos de Stellan encontraram brevemente os de Lina Soh – cada um deles nitidamente consciente das memórias da Feira da República. A imagem de Stellan levantando seu corpo inconsciente dos escombros já se tornara um ícone: tanto da maldade dos Nihil quanto da resiliência da República. Assim, aos olhos do público, os dois ficaram unidos de uma maneira estranha; da mesma forma, Stellan se tornou *o* Jedi, o símbolo da Ordem.

"Se somos uma constelação", dissera Elzar Mann, antes de sair para seu retiro, "o Conselho fez de você a estrela-guia". Stellan teria gostado de discordar, mas não podia.

Ele não tinha certeza de como se sentia sobre isso. Assim, sentia-se ao mesmo tempo aliviado e culpado pelo fato de a chanceler não ter comparecido em pessoa. Caso contrário, haveria pressão para que se criasse alguma nova imagem icônica, de alguma forma.

Seus companheiros do Conselho Jedi, Mestres Adampo e Poof, também assistiam por meio de seus próprios hologramas. Droides-câmera pairavam entre balões e serpentinas, transmitindo o evento para pessoas de Kennerla a Coruscant. Não importa o quão distante aquela parte da fronteira pudesse estar do Núcleo, o povo de Eiram poderia saber que era tão parte da República quanto qualquer outro mundo.

– Eles precisavam disso – murmurou Stellan enquanto olhava para a folia da multidão.

Maru o surpreendeu ao responder:

– *Nós* precisávamos disso.

E aquela era a verdade. O olhar aguçado de Stellan identificou várias figuras vestidas de branco e dourado entre os frequentadores do festival: Bell Zettifar e Indeera Stokes, bebendo ram'bucha laranja brilhante em seus copos; Nib Assek ajudando OrbaLin a abrir caminho em direção aos dançarinos, para melhor assistir à apresentação; e Burryaga, brincando com algumas das crianças menores. Ser um Jedi era um dever sagrado, mas a luz exigia mais do que obediência e sacrifício. Às vezes, um Jedi tinha de estar aberto para a experiência simples e pura da alegria. Naquele dia, todos teriam essa chance.

– É uma coisa boa de se ver, não é? – Regasa Elarec Yovet, dos Togruta, estava lá pessoalmente, perto da imagem tremeluzente da Chanceler Soh.

Foi a chanceler quem respondeu, embora Stellan concordasse inteiramente:

– Sim, Majestade. E já estava na hora.

– Está quase na hora, meu senhor – disse Thaya Ferr.

Marchion Ro assentiu discretamente com a cabeça enquanto olhava para as profundezas do mapa estelar holográfico. Seus alvos pré-selecionados brilhavam vermelhos entre as estrelas mais brancas, e ele estudou cada um deles.

Aqueles eram mundos comuns. Grandes e prósperos o bastante para serem notados, ao menos pelos sistemas vizinhos, e não tão grandes a ponto de terem fortes defesas planetárias ou chamar atenção indevida. Ele percorreu o mapa holográfico, imaginando os sóis e planetas se afastando para deixá-lo passar.

Os mundos que escolhera tinham duas características em comum: primeiro, todos tinham bons sistemas de comunicação, que lhe permitiriam contato com oficiais de Coruscant em minutos.

Segundo, estavam todos muito, muito longe do Farol da Luz Estelar.

Ele abriu seu sorriso lívido.

– Iniciar.

Aleen: um planeta nem particularmente obscuro nem digno de nota. Embora Aleen tivesse sido devastado por guerras em um passado distante, era agora um lugar onde nada de significativo acontecera em muito tempo, até mesmo pelos cálculos de seus próprios habitantes, e nada de significativo era esperado por um tempo talvez ainda mais longo. As lendas das guerras bastavam para deixar todas as almas de Aleen satisfeitas com uma vida monótona.

Yeksom: um dos mundos mais antigos entre os membros da República na Orla Exterior, que sofrera terremotos terríveis nos últimos anos. A República estava ajudando na reconstrução do planeta, mas era um processo demorado e meticuloso. Seu povo permanecia reservado, inseguro, com olhares tristes; todos tinham perdido alguém nos terremotos, e a dor velava o céu cinzento do planeta.

Japeal: um planeta na fronteira, recém-movimentado, com nada menos que três pequenas estações espaciais em diversos estágios de construção. Seu clima temperado e a água abundante praticamente convidaram os colonos a encontrar um lugar que pudessem chamar de seu. Dezenas de espécies montaram comércios e lanchonetes; engenheiros mapearam pontes e estradas; famílias dão os últimos retoques em casas pré-fabricadas totalmente novas.

Tais Brabbo: qualquer pessoa em Tais Brabbo que não estivesse fazendo algo ruim tinha tomado o caminho errado em algum ponto. Dizia-se que os Hutts tinham considerado transferir algumas operações para lá, mas acharam melhor não – o lugar era corrupto demais até mesmo para eles. Era um bom lugar para sumir de vista e, em qualquer dia, abrigava milhões de almas que não queriam nada além de permanecer longe da atenção de quaisquer autoridades mais poderosas do que os incompetentes delegados locais.

Em cada um desses planetas muito diferentes, sob quatro tons diferentes de céu, milhões de indivíduos muito diversos realizavam tarefas tão contrastantes quanto fiar lã muunyak ou coletar recompensas generosas quando cada um ouviu exatamente o mesmo som: o estrondoso zumbido dos motores das espaçonaves que desciam.

Todos aqueles milhões de pessoas olharam para cima. Todos viram naves Nihil descendo do céu – numerosas como gotas de chuva – o início de uma Tormenta.

Explosivos caíram. Armas de plasma foram disparadas. O ataque atingiu casas, fábricas, pontes, cantinas, centros médicos, hangares. Não havia um alvo específico, porque tudo era alvo. Parecia que os Nihil queriam apenas espalhar o caos pelo caos, o que não seria uma surpresa para ninguém que tivesse ouvido falar deles.

Uma nave de passageiros saindo de Japeal naquele exato momento teve sorte. Ela sofreu danos – um golpe devastador a bombordo –, mas conseguiu sair de órbita e até mesmo entrar no hiperespaço. Sua tripulação e os passageiros sobreviventes pensaram que era um milagre ainda estarem vivos e poderem permanecer assim, se conseguissem alguma ajuda a tempo.

O chamado "milagre", na verdade, não fora nada mais do que uma ordem que Marchion Ro dera antes do início do ataque Nihil. Algumas pessoas *precisavam* escapar – porque os Nihil precisavam que elas corressem direto para o Farol da Luz Estelar, onde receberiam consolo, tratamento médico e toda a atenção dos Jedi.

Assim que Stellan Gios voltou de Eiram para o Farol da Luz Estelar, a notícia dos ataques Nihil chegou. Estala Maru, normalmente não favorável ao uso de palavrões, proferiu frases consideradas obscenas na maioria dos planetas quando recebeu a notícia do ataque a Aleen.

– Mais Nihil, ainda atacando, e por quê? Por nada, pelo que posso dizer. Eles nem se preocupam mais em saquear naves ou planetas. – Ele balançou a cabeça severamente. – Os Nihil nos causarão mais problemas enquanto ainda existir uma única Nuvem restante.

– Isso não chega aos pés da escala de destruição dos Nihil que vimos no início – disse Stellan, lembrando tanto a si quanto a Maru. – Fizemos um progresso real. Devíamos ter previsto que os Nihil atacariam desesperadamente nos momentos finais do grupo. Por enquanto, nossa atenção deve permanecer focada em ajudar as pessoas. Parece que algumas naves danificadas estão vindo em nossa direção, sem dúvidas com alguns feridos a bordo...

– Já estou trabalhando nisso – Maru o interrompeu. Sua fanática atenção aos detalhes apenas se aguçava em tempos de crise, e Stellan poucas vezes ficara mais satisfeito com isso. – Enviei alguns Padawans para preparar a torre médica para receber alguns pacientes a mais.

– Excelente. – Stellan colocou a mão no ombro de Maru, um gesto de gratidão. – Maru, às vezes acho que é você quem está no controle deste lugar.

– E não se esqueça disso – fungou Maru. Seu comportamento mal-humorado era apenas um fino escudo, no entanto; Stellan viu um brilho de satisfação nos olhos cinzentos do companheiro.

Stellan saiu apressado, deixando a situação que já estava sendo resolvida para lidar com as muitas outras ainda por resolver. Algumas naves avariadas já tinham sinalizado a necessidade de um lugar para aterrissar, e mais estariam por vir.

Na verdade, ele estava um pouco mais inquieto com os ataques Nihil do que deixara transparecer para Maru. Stellan teve dúvidas sobre a busca de Avar Kriss pelo Olho dos Nihil desde o início; parecia muito uma vingança pessoal. Avar se afastara do Farol da Luz Estelar – sua atribuição dada pelo Conselho, o próprio símbolo da República naquela parte do espaço –, tudo na esperança de realizar uma captura que outros poderiam levar a cabo igualmente bem. Seria possível que sua busca tivesse antagonizado os Nihil, levando-os a atacar em vez de se esconder no esquecimento?

Ou talvez esses ataques dispersos sejam um sinal de que o plano de Avar está funcionando, Stellan se permitiu imaginar. *O Olho está fugindo dela, possivelmente perdendo contato com os Nihil. Talvez o que estejamos vendo sejam os Nihil recém-descentralizados, atacando violentamente antes de ruir.*

Naquele caso, Stellan seria o primeiro a se desculpar com Avar por duvidar dela. Até que soubessem mais, no entanto... ele manteria seu próprio conselho.

Uma voz eletrônica chiou:

– Mestre Stellan Gios?

Stellan virou para ver um droide logístico deslizando em sua direção, brilhando e reluzindo, com um corpo vagamente humanoide sobre uma base rolante.

– Sim... Você traz uma mensagem?

– A mensagem é que você é meu novo mestre. Eu sou Jota Jota Cinco Um Quatro Cinco e estou pronto para rotular, priorizar, classificar, arquivar, agrupar e organizar todos os aspectos de sua existência. – O droide vibrava de maneira prática, pronto para começar.

– Deve haver algum engano, Jota Jota – disse Stellan. – Não pedi nenhum droide, e o Conselho teria mencionado...

– Eu sou um presente – declarou JJ-5145 com aparente orgulho. – Venho com cumprimentos de Elzar Mann, que manda dizer que, já que não pode mais ser seu braço direito, deseja que eu desempenhe essa função.

Não havia nada que Stellan desejasse menos do que um droide o seguindo para organizar tudo.

O que, é claro, Elzar sabia perfeitamente.

Stellan já estava preocupado em mandar Elzar trabalhar em sua crise atual sem acompanhá-lo – como planejara inicialmente, e de fato prometera. No final das contas, as muitas tarefas de Stellan não lhe deram oportunidade de se afastar, e ele encontrou um excelente substituto para guiar Elzar naquele momento difícil. Mas estava preocupado que Elzar pudesse se ressentir de alguma forma... e, no estado de espírito em que o amigo estava, tal ressentimento poderia facilmente se transformar em escuridão.

Mas agora parecia que Elzar não estava nem um pouco ressentido – apenas aborrecido o suficiente para pregar uma peça.

JJ-5145 disse:

– Você permaneceu em silêncio por três vírgula um segundos. Não tem clareza sobre como priorizar seus pensamentos? Dê voz a eles e posso ajudá-lo a organizá-los de forma mais eficiente.

– Está tudo bem, Jota Jota – respondeu Stellan apressadamente. – Que tal você ajudar os Padawans a organizar a torre médica? Isso seria de grande ajuda. – Ele guiou o droide em seu caminho, aliviado por ter outra coisa para lhe atribuir. Mais tarde, ele lhe pediria que agendasse algumas outras tarefas para os próximos dias.

Uma delas seria pensar em uma resposta adequada para aquela piadinha infame.

A primeira nave a chegar ao Farol da Luz Estelar depois dos ataques Nihil não estava avariada nem transportava feridos; era a Proa-longa encarregada de trazer alguns dos Jedi de volta de seus ataques ao sistema Ocktai, com um punhado de prisioneiros a bordo.

Bell Zettifar, que acabara de verificar o estoque de suprimentos na torre médica, se preparava para ajudar no desembarque dos prisioneiros, mas sua Mestra, Indeera Stokes, o dispensou.

– São apenas um punhado de prisioneiros e, se há necessidade de ajuda, posso fornecê-la – disse ela. – Tire um tempo para você mesmo.

Ela sem dúvida notara como o humor dele continuava sombrio, meses após a morte de Loden Greatstorm. Bell não queria que sua nova Mestra pensasse que ele não a apreciava, nem deixar que a admiração e tristeza por seu antigo Mestre prejudicasse seu novo processo de aprendizado. (E estava claro que ele precisava passar mais um tempo como aprendiz. Sua convicção de estar pronto para se tornar um Cavaleiro se tornou pó junto com Mestre Loden.)

Aquilo era algo que ele deveria considerar mais tarde. No momento, havia pouco a fazer além de dizer:

– Obrigado, Mestra Indeera.

Ela acenou com a cabeça quando começou a se afastar.

– Todos teremos muito o que fazer em breve. Melhor tirar um tempo livre enquanto puder.

Burryaga, que também estava livre, perguntou com um rosnado inquisidor se Bell gostaria de meditar em conjunto. As técnicas de meditação em dupla às vezes eram bem-sucedidas quando os esforços individuais falhavam, e muitas vezes era mais fácil acalmar outra pessoa ou ser acalmado por ela. Não era má ideia, mas uma forma sombria no final do corredor lembrou a Bell que havia algo muito mais importante a fazer primeiro: ver alguém que ele ainda não pudera visitar desde que voltara de Eiram para o Farol naquela manhã.

– Espere um segundo – disse ele a Burryaga antes de cair de joelhos e abrir os braços para a forma que se arremessava em sua direção. – Vem, Brasa!

A charhound saltou das sombras e pulou sobre Bell, dando-lhe as boas-vindas com todo o entusiasmo que conseguira reunir, o que era bastante. Bell permitiu alguns segundos de lambidas frenéticas antes de estender a mão para acalmar seu animal de estimação. A pele dela ardia quente contra a palma de sua mão.

– Calma, Brasa, calma. Estou de volta.

Brasa se contorceu de alegria e Bell não pôde deixar de sorrir. Não havia nada como um animal de estimação para lembrá-lo de se livrar das preocupações e viver o momento.

Burryaga grunhiu baixo. Bell olhou para cima para ver seu amigo Wookiee observando o Cavaleiro Jedi Regald Coll levar duas prisioneiras Nihil embora. Uma delas era uma mulher alta e forte, com longas tranças e maçãs do rosto agudas o bastante para cortar. A outra era uma garota que não tinha nem mesmo a idade dele, com o cabelo preso para trás, usando roupas um pouco grandes demais para ela, criando a ilusão de ser ainda mais jovem do que realmente era.

Bell conhecia o rosto da jovem, não por experiência pessoal, mas por instruções de segurança.

"Eu pensava em Nan quase como uma criança ainda", Reath os avisara, logo após a notícia de sua captura. "Ela não é. É tão capaz quanto qualquer Padawan, sem dúvida mais capaz do que eu, já que me enganou completamente. Não subestimem Nan."

Bell percebeu que o discurso era mais para fazer Reath se sentir um pouco melhor por ter sido enganado tão habilmente. Mas, enquanto observava Nan se afastar, de cabeça erguida apesar dos pulsos algemados, Bell se pegou torcendo para que Regald Coll também tivesse recebido aquele aviso.

– Sugiro que aguarde antes de interrogá-las – disse Regald a Stellan Gios. – Nosso transporte era pequeno. As prisioneiras Nihil podem ter ouvido sobre os ataques bem-sucedidos de seus camaradas e, nesse caso, isso fará com que fiquem...

– Excessivamente confiantes – Stellan terminou por ele. – Até mesmo exultantes. Convencidas de que a ajuda virá rapidamente. Quando perceberem que não vai acontecer, então talvez estejam prontas para conversar.

– Elas afirmam que não são mais Nihil – disse Regald. – Mas a garota chamada Nan certamente estava na organização há apenas alguns meses, e é um momento muito conveniente para ela tê-los deixado, não acha?

– Mas não é impossível. – Stellan parecia pensativo. – Se ela deixou os Nihil e pudermos descobrir o motivo, isso poderia nos dar algumas informações valiosas sobre como desarmar o grupo psicologicamente.

– Isso economizaria muito tempo. Ainda assim... Eu meio que duvido. – Regald sentia falta dos velhos tempos, quando ainda trabalhava na creche Jedi, onde, quando se via um problema (crianças de três anos fascinadas pelo fogo), a solução era óbvia (tirar as crianças de perto do fogo). – Você mesmo vai cuidar do interrogatório ou Elzar Mann assumirá o comando? Ficaria feliz em ajudar, mas devo avisá-lo de que minhas piadas me tornam muito pouco intimidador.

Embora sempre exista a possibilidade de os prisioneiros contarem tudo apenas para que eu cale a boca.

As feições de Stellan revelaram divertimento.

– Vou chamá-lo se eu ficar realmente desesperado. Temo que Elzar não esteja disponível. Ele está fazendo algo ainda mais importante.

– E o que poderia ser?

– Ele está passando um tempo fortalecendo seus laços com a Força – disse Stellan. – Conectando-se com o grande Jedi que ainda pode se tornar.

CAPÍTULO DOIS

O planeta oceânico Ledalau tinha apenas alguns milhares de metros quadrados de terra, todos dentro de um pequeno arquipélago. Muito tempo atrás, aquele mundo tinha continentes poderosos, mas já fazia mais de um milênio que as águas os engoliram por completo. Restavam poucas relíquias das antigas civilizações; o planeta dispunha de poucos recursos e ainda menos infraestrutura. Por isso, Ledalau ficava quase totalmente isolado. Era o que o tornava o lugar perfeito para um retiro meditativo.

Também acabava sendo o lugar perfeito para alguém lidar diretamente com o próprio orgulho.

Elzar estava cético ao chegar, várias semanas antes. As ilhas ficavam em uma latitude superior, o que tornava o clima decepcionantemente frio e nebuloso. Ele era da opinião de que é mais fácil se concentrar quando não se sente frio. Foi então que lhe apontaram que ninguém precisava praticar o que era fácil e que, se ele só quisesse fazer o que já era capaz de fazer, poderia muito bem ter ficado no Farol.

Por isso, ele abandonou suas ideias iniciais de um retiro tropical e se dedicou à sua tarefa. Seu lar temporário era uma pequena estrutura de pedra, não mais do que um quarto e uma latrina. Elzar não tinha acesso a nenhum dispositivo de comunicação, nenhuma forma de entretenimento, nenhum droide; apenas os poucos itens de que precisaria para ser totalmente autossuficiente e uma guia que não lhe dava folga alguma.

Assim que o ruído da agitação mental se acalmou, ele começou a lidar com as verdades que o levaram até ali:

Comecei a recorrer ao lado sombrio para obter meu poder na Força.

Elzar não caíra; nem sentia que estava perto de cair. Aquele não era um modo de vida para ele, que ainda acreditava em todas as lições boas e verdadeiras que aprendera com Yoda quando jovem, depois como Padawan de seu sábio Mestre Roland Quarry. Mas a raiva era inevitável. O medo era inevitável. Circunstâncias extremas criavam emoções extremas. Negá-las não servia para nada. Por que não as usar?

Muitas semanas de meditação mais tarde, Elzar ainda achava que tais questionamentos eram válidos. No entanto, também percebera que todos os Lordes Sith da história provavelmente fizeram as mesmas perguntas até serem completamente enredados pela escuridão.

Onde está o limite? Elzar se perguntou. *Ninguém sabe. Não dá pra saber. E é por isso que não se deve trilhar esse caminho.*

Também ficou claro para ele que parte da razão pela qual se opunha tão profundamente a negar a emoção era porque os sentimentos negativos não eram os únicos que estava tentando negar.

Mesmo ali, encarar aquela verdade era difícil. Mas a verdade dentro dele exigia ser reconhecida. À noite, quando Elzar olhava para as três luas largas e brilhantes de Ledalau, ele as imaginava como três pontos de luz no céu de Avar Kriss.

Eles nunca tiveram a intenção de se apegar. Padawans muitas vezes faziam algumas brincadeiras juntos, às escondidas; a adolescência, uma fase pela qual praticamente todas as espécies sencientes passam, cobrava seu preço. Mestres e instrutores fingiam não notar, desde que ninguém fosse longe demais. Quando os relacionamentos se formavam, as reprimendas eram raras. Em vez disso, um Mestre prontamente levava seu aprendiz para uma missão de longo prazo em um Templo Jedi qualquer. No momento em que uma reunião pudesse acontecer, normalmente os dois jovens já estavam crescidos, com novas perspectivas, e já tinham seguido adiante.

Elzar e Avar não precisaram ser separados. Os dois tinham sido razoáveis. Responsáveis. Sabiam o que estavam fazendo e quais eram os limites.

Assim Elzar acreditara. Mas, mesmo que tivesse crescido e ganhado perspectiva, parecia incapaz de seguir adiante.

Quanto da minha raiva e confusão está enraizado em meus sentimentos por Avar? Era o que ele se perguntava enquanto meditava de joelhos, às vezes por horas a fio. *Quanta energia eu desperdiço tentando reconciliar o que nunca poderá ser reconciliado?*

Ao menos ali as barreiras permaneciam fortes. Mesmo que Elzar sentisse – não, *soubesse* – que Avar também ainda tinha sentimentos por ele, sabia também que ela jamais quebraria seus votos. Então, por que aquilo o incomodava tanto?

Por fim, ele se deu conta: não era a falta de respostas que pesava sobre ele. Era a recusa de sequer fazer as perguntas.

Assim que percebeu isso, o restante começou a se encaixar. Elzar entrou no ritmo: meditação matinal e exercícios, uma refeição leve, práticas meditativas mais profundas, mais exercícios, um jantar substancial o suficiente para permitir uma boa noite de sono. Permitiu-se sentir momentos de raiva e frustração sem recorrer a eles como combustível. Permitiu-se pensar em Avar enquanto olhava o céu noturno.

E submeteu-se às tarefas que lhe foram dadas – mesmo a tarefa atual e bastante úmida, fria e irritante – por respeito à sua guia, uma Cavaleira Jedi apenas alguns anos mais velha que ele, que seguia seu caminho como Perscrutadora.

Concentre-se. Orla Jareni sempre soava levemente divertida, mesmo em momentos como aquele. *Esteja presente no momento. Em cada respiração.*

Elzar respirou fundo e retomou a postura, equilibrando-se sobre as mãos um instante antes de a próxima onda quebrar.

Quando Orla sugeriu inicialmente que ele praticasse a meditação na água, Elzar ficou muito contente (verdade seja dita, até um pouco presunçoso) em responder que já estava acostumado a fazer isso. Ao descrever seu método de meditação, esperava que ela ficasse impressionada.

Mas Orla Jareni não se impressionava tão facilmente.

– Certo – disse ela. – Você segue o fluxo. Se move para onde a água o leva. Depois fica surpreso quando acaba em um lugar onde nunca quis estar. Quero que pratique ficar firme contra a água. Não se trata de rejeitar o poder dela, mas de coexistir com ele. Trata-se de aceitá-lo, e ainda assim contê-lo.

– O que significa...?

Ela gesticulou para a costa rochosa.

– Ande cerca de quatro ou cinco metros, faça uma parada de mãos e a mantenha apesar da maré.

E era aquilo que Elzar vinha praticando diariamente desde então.

A água, apenas na altura dos pulsos entre as ondas, subiu até quase a cintura quando elas chegaram, pesadas e assustadoramente geladas. Elzar enfiou os dedos na areia e convocou a Força para se estabilizar. Dentro de alguns segundos, as ondas recuaram novamente, deixando-o molhado e ofegante, mas ainda no lugar.

– Excelente – disse Orla, segura e seca na praia.

– Não sou um grande meditador – respondeu Elzar. – Mas realmente aprecio não me afogar.

– Por sorte, você é bom *nisso*.

Outra onda rugiu na direção dele, e Elzar fechou os olhos. Dessa vez foi mais fácil esquecer que Orla estava ali e aceitar o presente que o mar tinha para lhe dar.

Elzar deixou sua consciência fluir de seu corpo através da água, até que pôde sentir todas as formas de vida fervilhando ao seu redor: peixes, habitantes de conchas, plantas que brotavam das profundezas para balançar nas marés. Era uma comunhão que ele apreciara no passado, mas aquela conexão parecia diferente ali, de alguma maneira mais forte por sua recusa em se render completamente a ela. Seu corpo permanecia imóvel, um penhasco contra as ondas: vulnerável ao tempo, mas forte naquele instante. Demorou um pouco para Elzar perceber que já nem reparava nas ondas; sua respiração assumira naturalmente o ritmo da água e seu senso de unidade com a vida ao redor parecia mais vital, mais real até mesmo que a areia sob a palma de suas mãos.

Equilíbrio, pensou, e continuou no lugar, mental e fisicamente, durante a hora que levou para a maré começar a baixar.

Elzar deu um salto para trás e aterrissou até os tornozelos em algas marinhas e lodo, uma sensação interessante. Na praia, Orla Jareni se cobria com seu manto, branco como a neve.

– Você percorreu um longo caminho. Na primeira vez que tentou, eu não saberia dizer se engoliu mais água do mar ou areia.

Ele sorriu.

– Um elogio? De você? Devo estar fazendo alguma coisa certa.

– Um elogio meu é difícil de ganhar – concordou ela. – É por isso que espero que valha algo para você.

– Vale. Mal pode imaginar o quanto. – Ele fez uma pausa. – Vou me abster de "inovar" com a Força por um tempo depois disso. Um longo tempo, espero.

Orla inclinou a cabeça. A luz fria do sol quase fazia sua pele brilhar como neve fresca.

– Quando aconselhei você a parar de fazer isso, não quis dizer que se abstivesse para sempre. Você é um usuário intuitivo da Força, Elzar. Isso é um ponto forte, não uma fraqueza, desde que descubra seus limites.

– Mas ainda não descobri. E me sinto forte o bastante para seguir em frente como estou.

– Você percebe que ainda está se limitando? – Orla ergueu alto uma sobrancelha. – Não apenas na forma como você usa a Força, mas no próprio uso da Força?

– Eu sei – admitiu Elzar. – É como estar com... uma perna ferida. Sei que vou poder colocar peso sobre ela novamente, mas ainda não. Ou também entendi errado?

– Não. Me parece razoável. Nós Jedi passamos tanto tempo aprimorando nossas habilidades na Força que às vezes outras habilidades são deixadas de lado. Talvez seja bom para você passar um tempo descobrindo seus pontos fortes além da Força.

Elzar enxugou o cabelo molhado, que tinha crescido e ficado meio desgrenhado em Ledalau.

– Mas me diga, como vou saber a hora de... me abrir novamente?

Orla Jareni era bastante capaz de dar um sorriso maldoso, quando queria.

– Confie em si mesmo, tonto. Agora termine de se secar e faça as malas.

– Hoje? – Elzar sabia que ela planejava que partissem em breve, mas Orla não tinha dado uma data específica, para que ele experimentasse o tempo com mais fluidez.

– Dentro de uma hora, se você puder se apressar.

Elzar se apressou. Aquele era o benefício de viajar com tão pouco; dentro de uma hora ele estava seco e pronto para partir.

Trabalhar com Orla Jareni surpreendeu Elzar do início ao fim. Seu amigo Stellan Gios conectara os dois, o que, a princípio, dada a desconfiança geral de Stellan com relação a Perscrutadores, foi estranho o bastante. Então a própria Orla se mostrou rígida, engraçada e ainda mais iconoclasta do que o próprio Elzar. Sua tutela inflexível o fazia se concentrar de forma mais rápida e profunda do que ele pensava ser possível.

(Elzar ficou envergonhado interiormente ao perceber que, mesmo de forma inconsciente, havia suposto que seria capaz de levar Orla a fazer as coisas do jeito dele. Ele não percebera o quanto andava flertando com as mulheres nos últimos tempos até conhecer uma que não lhe correspondia de forma alguma.)

Se Orla acha que estou pronto, então devo estar, lembrou a si mesmo enquanto terminava de fazer as malas. *Porque de jeito nenhum ela me daria uma folga.*

Elzar estava grato por ela ter sido sua professora, tanto que quase se sentiu culpado por enviar aquele droide de logística para Stellan.

Mas não tão culpado assim. Sorriu ao fechar a bolsa, pronto para partir.

Saindo de sua pequena estrutura de pedra, viu que uma neblina espessa e úmida se erguera. Enrolando-se em sua capa, ele gritou:

– Orla? Onde você está?

– Por aqui! – A voz dela veio de longe, e ele se pôs a segui-la.

Eles passaram quase todo o tempo na praia, o que significava que o interior daquela pequena ilha ainda lhe era praticamente desconhecido. Assim que a areia deixou de se misturar com o solo, o chão ficou mais nebuloso, mais acidentado, quase ondulado. Elzar se apressou, sentindo Orla um pouco adiante, e apenas vagamente curioso para saber como eles planejavam partir.

Então, entre as brumas, avistou o pedestal.

Não era especialmente alto – talvez da mesma altura de Elzar – nem conservava nenhuma das esculturas cerimoniais ou pintura que devia exibir nos milênios passados. O tempo desgastara tudo, menos a superfície lisa e amarronzada da pedra. Aquilo já esteve sobre um altar de sacrifício? Ali, cercado pelo silêncio e pela neblina rodopiante, Elzar não pôde deixar de sentir a sacralidade daquele lugar, daquele momento.

Era sua imaginação, ou a Força era mais poderosa ali? Elzar tinha certeza de que não tinha imaginado aquilo.

Aposto que nossa carona ainda nem chegou, meditou ele enquanto olhava o pedestal. *Orla queria que eu encontrasse essa relíquia antiga, para entendê-la da melhor maneira possível. Se eu puder.* Ele deveria se ajoelhar? Fechar os olhos? Qual seria a melhor forma de prestar respeito a uma cultura que não conhecia nem podia imaginar?

– Elzar? – A voz de Orla estava mais próxima, e ele vislumbrou o contorno dela tomando forma em meio à neblina, conforme a Jedi se aproximava.

– Estou bem aqui – confirmou Elzar, aguardando suas próximas instruções. O pedestal assomava diante de seus olhos, causando uma sensação de presença intensamente real, quase como se estivesse olhando para ele.

– Ah, que bom – disse Orla, sorrindo, quando finalmente apareceu. – Você encontrou nosso navegador.

Elzar a encarou, perplexo. Então virou a cabeça de volta para o pedestal. Não era sua imaginação; a pedra *estava* olhando para ele.

– Essa pedra... – começou a dizer.

– Não é uma pedra – concluiu Orla. Ela deu uma espécie de empurrão amigável no pedestal, que não se moveu. – Esse é nosso navegador Vintiano para a viagem de volta ao Farol da Luz Estelar. Ele é conhecido por seu apelido, que por acaso é Geodo. Geodo, este é Elzar Mann, Cavaleiro Jedi.

– Hã – disse Elzar. – Prazer em conhecê-lo. – Geodo não disse nada, por *ser uma pedra* e tudo mais. Talvez Orla o estivesse testando?

Ela não parecia muito preocupada com a reação dele, no entanto. Em vez disso, seguiu na direção da nave. Elzar a seguiu, olhando por cima do ombro a cada poucos segundos. Geodo não se moveu para segui-los. Sim, decidiu Elzar. Aquilo era definitivamente um teste.

O destino deles provou ser uma pequena nave de carga, de revestimento azul com uma cabine bulbosa que quase parecia cômica. Na rampa, uma jovem humana de pele bronzeada e longos cabelos escuros verificava os medidores de pressão na eclusa de ar. Sem se virar, ela gritou:

– Bem-vinda de volta, Orla!

– Obrigada, Affie. – Orla fez um gesto na direção da garota. – Elzar Mann, Affie Hollow... e vice-versa. – Affie o cumprimentou apenas com um aceno de cabeça. – E deixe-me apresentá-lo ao capitão da *Nave*, Leox Gyasi.

– Saudações, companheiro viajante do vazio – disse um homem alto e esguio que surgiu no topo da rampa. Tinha cabelos louro-escuros ricamente ondulados; usava uma camisa larga aberta até o meio do peito; em volta do pescoço, uma coleção de cordões de contas de muitas cores e de muitos mundos. – É um prazer conhecê-lo.

– A *Nave* – disse Elzar, compreendendo. – Claro. Fiquei sabendo de sua viagem à estação Amaxine.

– Aquilo foi uma coisa e tanto. – O olhar de Leox estava distante, como se estivesse mais focado naquela aventura passada do que no momento presente. Se é que de fato estivesse focado em alguma coisa. Dado o cheiro distinto de especiaria no ar, Elzar suspeitava que era um grande *se*. – Geodo, amigo, parece que é hora de voar. Vamos nos preparar.

Elzar se assustou ao notar que o pedestal estava a apenas um metro de seu ombro. *Então não foi um teste*, percebeu ele. *Nosso navegador realmente é... uma pedra*.

Certo, um Vintiano. Mas os Vintianos se parecem muito com pedras.

A jovem, Affie, inclinou a cabeça quando sua expressão se tornou sombria; Elzar percebeu que ela usava um pequeno dispositivo de comunicação em uma orelha e estava alarmada com algo que escutava.

– O que houve? – perguntou ele.

– Os Nihil – disse Affie. Elzar praguejou consigo mesmo; Orla praguejou em voz alta. – Temos alguns relatos de ataques de... de todos os lados, basicamente – continuou Affie. – Apenas um punhado de mundos, mas dispersos. Não têm nada em comum. E os Nihil não estão pegando nada, estão apenas causando danos e fugindo.

– Nada de bom pode vir disso. – Ou o capitão Gyasi ficara sóbrio de repente ou não estava tão entupido de especiaria quanto Elzar imaginara, porque já estava verificando dados em um pequeno painel do terminal dentro da baía de embarque, seus dedos longos abrindo página após página rapidamente. – Mas não atingiram nenhum lugar especialmente perto daqui.

– Pelo menos temos um caminho seguro de volta – disse Orla, um pouco aliviada.

Elzar não conseguia sentir o mesmo conforto. Depois da Feira da República, e dada a suposta captura iminente do Olho, ele esperava que não tivessem de lidar com os Nihil novamente por muito, muito tempo. Em vez disso, eles estavam de volta – apenas para alguma escaramuça sem importância, ao que parecia, mas qualquer atividade Nihil era o bastante para deixá-lo nervoso.

Ainda assim, aquilo não estava nem perto da escala dos ataques anteriores. *Talvez signifique que Avar tenha dado uma boa de uma lição neles*, pensou Elzar. Ela parecia capaz disso.

Avar Kriss certamente era capaz de qualquer coisa.

Longe dali, a bordo da *Olhar Elétrico*, Marchion Ro estava diante de seus poucos escolhidos.

Werrera era um Ithoriano silencioso e cauteloso; Leyel era uma humana forte e baixa, com cabelos bastos e grisalhos amarrados em uma trança que ia quase até a cintura; Cale era um Pau'an com presas ainda mais longas que a maioria, mas sem outras características distintivas. Os três eram técnicos altamente competentes, mas não se distinguiam dentro dos Nihil de nenhuma das maneiras usuais: não eram especialmente implacáveis ou misericordiosos, nem brilhantes nem fracos de espírito.

Mas *acreditavam*.

A promessa dos Nihil – o futuro dourado que Ro mostrara a todos eles –, para a maioria, era uma esperança, um sonho. Dentro daqueles três, o sonho *vivia*. Eles tinham tanta fé naquele futuro que, em certo sentido, já o tinham alcançado. Aquele era o presente deles para suas famílias e amigos, uma terra prometida que já era deles, que estavam ajudando a compartilhar com inúmeros outros em toda aquela parte da galáxia.

Apenas esse nível de fé poderia alimentar a tarefa que Marchion Ro precisava que eles realizassem.

Quanto aos amigos e familiares daqueles indivíduos, ou o que, dentro dos Nihil, correspondia a amigos e familiares, cada um havia sido transferido para outras naves, longe da *Olhar Elétrico*, e partira dela às 1300 horas. Eles não teriam chance de protestar. Não teriam chance de mudar a opinião de seus entes queridos sobre assumir aquela tarefa vital. Nunca perceberiam que aquelas pessoas estavam desaparecidas, não até que fosse tarde demais.

– Vocês devem limpar todos os bancos de dados ao desembarcar e deixar apenas os registros e permissões falsos – disse Ro aos três leais que estavam diante dele. Aqueles registros falsos identificariam suas naves como transportadoras independentes comuns, cuja única peculiaridade era a licença para transportar animais selvagens, no caso, supostamente, um carregamento de rathtars. (Ninguém teria pressa em confirmar tal informação inspecionando a carga pessoalmente.) – Deixem os Jedi acreditarem nisso. Vocês revelarão a verdade em breve.

– Sim, nosso Olho. – Cale, que tendia a falar pelo grupo, olhou para Ro com tanta reverência que era quase mais irritante do que lisonjeiro. Mas Marchion Ro não se irritava facilmente. – Estamos prontos.

– Sei que estão. Acredito em vocês. – Ro colocou as mãos nos ombros de Werrera e Leyel. No caso de Cale, isso não era preciso. – Vocês não vão me decepcionar. Vão nos entregar a maior vitória que os Nihil já conheceram.

A emoção que tomou conta deles era palpável. Ro sabia que fariam sua vontade. Nunca recuariam.

CAPÍTULO TRÊS

O droide astromecânico encarregado da baía de atracação apitou desanimado ao ler o manifesto da nave de carga. Nem mesmo os droides queriam ter qualquer tipo de envolvimento com rathtars. Mas não era o trabalho do droide averiguar se era sábio ou não deixar aquela nave atracar no Farol da Luz Estelar; seu trabalho era garantir que o transporte de carga tivesse a autorização necessária para transportar animais selvagens. Os sensores afirmavam que sim, então o astromecânico obedientemente abriu as portas da baía e permitiu que a nave pousasse.

Enquanto a doca principal do Farol era um lugar animado e movimentado, a baía designada para armazenamento de carga permanecia quieta durante a maior parte do tempo. Werrera, Leyel e Cale entraram em um espaço amplo e mal iluminado, grande o bastante para que seus passos ecoassem. Aquilo os incomodou, afinal não queriam ser notados, mas logo perceberam que ninguém estava ali para ouvi-los. Apenas dois droides testemunharam sua chegada, nenhum dos quais estava programado para confirmar se a carga de uma nave correspondia ao seu manifesto.

Assim como Marchion Ro disse que seria. O Olho nunca falhava com eles. Estavam certos em confiar nele, em se voluntariar para aquela missão, em assumir aquele grande trabalho.

– Por onde começamos? – perguntou Leyel. Como os outros, ela usava um macacão escuro genérico, o tipo de roupa usada por engenheiros, mecânicos e trabalhadores de manutenção em naves e estações de toda a galáxia. – Direto para a engenharia?

Cale balançou a cabeça para a mulher humana.

– Primeiro começamos com as comunicações. Depois, as cápsulas de fuga. Isso deve ser feito passo a passo, assim como Ro ordenou.

Leal a Ro e aos Nihil como era, Leyel não podia disfarçar sua impaciência em atacar logo.

– E se nos pegarem antes que a gente faça algo que realmente valha a pena?

– Isso não nos cabe questionar – insistiu Cale. – Acredite no plano do Olho. Vai levar muitas horas até que saibam de nossa presença. Quando souberem, será tarde demais para os Jedi nos impedirem.

Alguma coisa estava incomodando Bell Zettifar, mas ele não conseguia identificar exatamente o que era.

Normalmente, teria meditado e tentado identificar qualquer vibração estranha na Força. Naquele momento, tinha outras coisas para fazer.

Ele se ajoelhou ao lado de uma Twi'lek ferida que estava deitada em um catre baixo, perto da porta das instalações de admissão da torre médica. A fuligem escurecia sua pele azulada e suas roupas chamuscadas, e seus olhos estavam vermelhos por causa de fumaça ou lágrimas.

– O droide pílula cuidou de você? – perguntou ele. – Há mais alguma coisa que eu possa fazer para ajudar? Alguém que eu possa contatar?

– O droide esteve aqui – sussurrou ela. – Vou ficar bem. E... não há ninguém para contatar. Mas obrigada. – Os olhos dela não focaram em Bell nem por um instante. Ele sentia que ela imaginava outra pessoa, alguém que ela perdeu durante o ataque Nihil. Mesmo aqueles ataques menores causavam danos reais, Bell pensou. Para a galáxia em geral, podia não ter parecido mais do que um pequeno conflito. Mas aquela Twi'lek perdera alguém tão precioso para ela que a galáxia nunca mais seria a mesma.

Um corte feio desfigurara um de seus lekku. A ferida fora limpa e tratada, mas ainda precisava de cuidados. Mais alguns centímetros e a ponta do lekku teria sido completamente decepada.

Como a de Mestre Loden...

– Mais tarde, vou voltar para ver como você está – disse Bell, se levantando rapidamente. Precisava manter a atenção no momento presente. Se seu falecido Mestre pudesse falar com Bell do além-túmulo, sem dúvida diria algo como: "Preste atenção àqueles que precisam de você. Eu agora estou além de qualquer ajuda. Não se prenda a mim".

Mas Bell não conseguia. Ajudar os feridos que chegavam ao Farol significava ver lembretes das incontáveis e terríveis maneiras como Mestre Loden fora mutilado e torturado durante seu cativeiro entre os Nihil. Cada ferimento, cada corte, cada gemido de dor: a mente do jovem atribuía todos eles ao seu falecido Mestre, e o pior de tudo era saber que a realidade vivida por Loden Greatstorm provavelmente fora ainda pior que os pensamentos mais sinistros de Bell.

Perto dali Burryaga colocou uma grande bandeja de suprimentos para que droides e médicos usassem. A angústia que Bell sentia era óbvia, a julgar pela maneira como Burry o olhou. O Wookiee se afastou de sua Mestra, Nib Assek (que no momento cuidava de outro viajante ferido), e pôs-se ao lado de Bell.

O gemido inquisitivo do Wookiee fez Bell suspirar:

– Estou bem. Mesmo.

O grunhido de resposta deixava claro que Burryaga duvidava.

– Talvez eu... não importa – disse Bell. – Não há tempo para se preocupar com isso. Temos muito a fazer.

Eles estavam no meio da sala da recepção, totalmente ocupada por cerca de uma dúzia de pacientes em diferentes graus de agonia. O ar cheirava a fumaça e aerossol de resfriamento das roupas e corpos daqueles que gemiam ao redor deles. De acordo com os últimos relatórios, ainda mais ondas de sobreviventes de ataques Nihil chegariam em breve. Os droides médicos eram capazes de lidar com aquilo, mas a torre médica estava lotada o suficiente para que uma pequena ajuda extra fosse mais do que bem-vinda. Diante de tudo aquilo, Bell imaginou que Burryaga logo o deixaria em paz, para assumir qualquer uma das inúmeras tarefas diante deles.

Em vez disso, Burryaga ressaltou que fornecer ajuda significava garantir que os ajudantes fossem capazes de fazer o melhor possível. Se Bell estava com problemas, era melhor trabalhar neles, para que fosse capaz de servir ao máximo.

– Acho que sim – admitiu Bell. – Mesmo assim, há coisas que precisam de atenção...

Burryaga o interrompeu para apontar que eles poderiam ter ainda mais o que fazer nas próximas horas e dias; por isso, se Bell precisava fazer uma pausa, deveria fazer imediatamente. Mais tarde eles poderiam não ter essa chance.

– Você venceu. – Algo como um sorriso cruzou o rosto de Bell. – Vou fazer uma pausa.

Para a surpresa de Bell, Burry deixou a torre médica ao seu lado. Sem o pressionar ou fazer perguntas, apenas proporcionando uma companhia silenciosa enquanto caminhavam pelos corredores internos ainda mais silenciosos do Farol da Luz Estelar. Embora um punhado de indivíduos tivesse passado por eles, os dois foram em geral deixados em paz enquanto se dirigiam ao convés de observação.

O deque estava deserto. Sozinhos, eles olharam para a vasta extensão do espaço e para Eiram, logo abaixo da estação, com seus mares brilhantes como safiras. Parecia tão pacífico. Aquilo era uma mentira?

– Sei que a Mestra Kriss diz que está no rastro do Olho dos Nihil – começou ele. – Mas talvez o Olho seja outra pessoa. Alguém em fuga certamente não estaria ordenando mais ataques.

Burryaga rosnou que confiava no julgamento de Avar. Na opinião dele, aquelas hostilidades dispersas provavelmente eram apenas os Nihil contra-atacando em desespero, uma vez que seu líder estava fugindo. Terrível, sim, mas um sinal do quanto eles haviam sentido o golpe.

– Faz sentido – concordou Bell. – Mas, de alguma forma, parece que nunca atingimos os Nihil com força suficiente. Como se fosse impossível.

Depois de um momento em silêncio, Burryaga perguntou por que Bell se sentia assim.

Se fosse um Cavaleiro Jedi completo fazendo perguntas como aquela, Bell poderia ter ficado intimidado demais para falar abertamente. A dor não era uma emoção sobre a qual os Jedi deveriam se debruçar. Mas Burry era um colega aprendiz. Claro, era significativamente mais velho, mas, ainda assim, em termos Wookiee, apenas saído da adolescência. Os dois eram iguais. Era possível admitir coisas a um colega que nunca poderiam ser ditas sem reservas a um Mestre.

– Desde o momento em que me tornei o Padawan de Loden Greatstorm, ele foi mais do que meu professor. – Bell caminhou lentamente ao longo da passarela do deque de observação, olhando para as estrelas e o semicírculo da superfície de Eiram abaixo deles. – Ele era o ideal supremo de um Jedi. Pelo menos para mim.

Burryaga concordou. Loden Greatstorm estava entre os mais nobres e destacados Mestres Jedi de sua geração. (Burryaga, envelhecendo como um Wookiee, podia avaliar várias gerações humanas com facilidade.) Sua morte fora uma perda para a Ordem inteira, e para Bell em especial, acrescentou ele gentilmente.

– Pensei que ele estivesse morto, mas não estava. Mestre Loden estava vivo, em cativeiro entre os Nihil, sofrendo... tão terrivelmente... – A voz de Bell falhou. Ele engoliu em seco. – E não era como se eu não o sentisse! Mas disse a mim mesmo que era tristeza. *Disseram* a mim que era apenas tristeza, ou uma sensação dele através de sua nova comunhão com a Força. Em vez disso, era ele pedindo uma ajuda que nunca chegou. Eu poderia tê-lo salvado. Mas não salvei.

Burryaga o interrompeu com um grunhido baixo. Não havia como saber o que Bell poderia ou não ter sido capaz de fazer, ou mesmo o que a Ordem com um todo poderia ter feito para resgatá-lo.

– Esse é o grande problema – disse Bell. – Se eu tivesse falhado em uma tentativa de ajudar, tudo bem. Seria difícil, mas poderia ver o que fiz de errado. Poderia aprender com isso. E talvez Mestre Loden pelo menos soubesse que tentamos. Em vez disso, não fizemos nada. *Eu não fiz nada.*

Bell se preparou para as próximas palavras de consolo de Burryaga, mas elas nunca vieram. Em vez disso, Burry gemeu, pensativo, e continuou caminhando lentamente ao lado do amigo, simplesmente fazendo companhia a ele em sua angústia. Aquilo era mais reconfortante do que qualquer palavra poderia ser.

Sim, Bell disse a si mesmo. *Tudo o que você disse é verdade. É difícil, e é horrível, e foi assim que as coisas aconteceram. O passado não está mais em movimento. Não há nada que você possa fazer a não ser aceitar.*

Só então Bell percebeu que, para ele, *aceitação* significara algo muito parecido com "rendição". Mas não era nada disso. Aceitação era força. Era ser capaz de carregar o peso do que aconteceu e do que não aconteceu, por todos os muitos dias, meses, anos e décadas que seguiriam. Bell suportaria aquele fardo enquanto acalentasse a memória de Loden Greatstorm.

O que significava que ele o suportaria para sempre.

As comunicações principais do Farol da Luz Estelar eram mantidas por meio da Central de Comunicação, uma área da estação com muita equipe e permanentemente ocupada. Portanto, como Ro dissera, o tronco da árvore tinha de permanecer de pé. O trabalho de Werrera, Leyel e Cale era cortar cada um dos galhos.

Werrera, o especialista em comunicações, se espremera em um corredor de serviço mal iluminado, construído com espécies menores em mente; sua cabeça Ithoriana poderia facilmente ter ficado presa naquele espaço estreito. Apesar do desconforto e da escuridão, os dedos de Werrera habilmente inseriram o cronômetro e o definiram para a hora exata. Assim que o fixou nos cabos corretos, ele deu um grunhido de satisfação.

Cale deu um sorriso de apreço, exibindo suas presas.

– Não há nenhuma chance de eles perceberem a tempo...

– Comemore depois – insistiu Leyel, colocando uma sacola com equipamento no ombro. Ninguém jamais questionava pessoas vestidas de mecânico e carregando ferramentas, não importa aonde elas fossem. – Trabalhe agora.

Na *Olhar Elétrico*, Thaya Ferr tinha acabado de entregar mais um lote de ordens de transferência.

– Mandei Roborhyan para a *Espectro*... ele teve uma discussão com aquele capitão no passado. O conflito interno deve recomeçar em breve. – Ela tocou em seu datapad, trazendo imagens para lembrar Marchion Ro de quem ela falava. (Ele se lembrava de todos. Ela sabia daquilo e era esperta demais para esquecer, mas dava alguma vitalidade a uma apresentação que de outra forma seria monótona. Thaya Ferr desejava servir ao Olho, não o aborrecer.) – Quanto ao clã Janikki, eles receberam ordens para coordenar os esforços no sistema Ishbix... onde vários deles são procurados por crimes que antecedem significativamente seu tempo com os Nihil. Vão ficar nervosos.

– E pessoas nervosas cometem erros – disse Ro. O clã Janikki permanecia formidavelmente leal entre si, tanto que estiveram à beira de reivindicar o direito de dirigir uma Tempestade juntos. Permitir que tal grupo compartilhasse o poder seria o mesmo que dividir o Nihil em dois e entregar metade dele. Mas bastava que fizessem algumas bobagens e logo perderiam quaisquer alianças que tivessem fora do clã; assim, se o plano de Thaya se concretizasse, logo estariam voltados internamente uns contra os outros. – Muito bem, Thaya. Você escolheu essas atribuições com sabedoria.

Por mais que Thaya desejasse se deliciar com o elogio, ela não perderia o tempo do Olho.

– Hoje à noite enviaremos o restante das transferências estratégicas. Amanhã podemos começar as redesignações em massa. Vão comentar, é claro...

– A essa altura, não tem como evitar esse tipo de coisa. – Ro entendia, é claro. – Não importa. Não terão tempo de começar um motim antes que a *Olhar Elétrico* esteja novamente com a equipe completa... e mais formidável do que nunca. Quanto aos seus substitutos...

– Os pedidos chegarão dentro de vinte horas. – Então Thaya ficou tensa. Ela interrompera o Olho. Ele se zangaria?

Felizmente para ela, ele parecia estar de excelente humor. Tanto que nem percebeu sua falta de tato. E seu humor só melhoraria quando a nova tripulação chegasse.

Affie Hollow se prendeu no assento do copiloto enquanto Leox e Geodo verificavam suas leituras. Da área de passageiros adjacente vinham os sons de Orla Jareni e Elzar Mann se preparando para a decolagem. Normalmente, a *Nave* transportava carga em vez de pessoas; até ali, todas as exceções que tinham feito foram para os Jedi.

– Estamos nos tornando especialistas no transporte de Jedi – disse ela a Leox, que mastigava um palito de menta. – Talvez devêssemos exigir exclusividade. Até mesmo anunciar. "Transporte para monges-magos em fuga."

– Depende de você, chefinha – disse Leox.

Affie sentiu que aquilo deveria fazer com que sorrisse; era raro ser proprietária de uma nave na idade dela, e tanto Leox quanto Geodo tinham passado de professores a seus funcionários com uma graça bem-humorada. Mas os lembretes de que ela era a dona da *Nave* ainda a faziam se recordar de que só conseguira aquilo entregando sua mãe adotiva às autoridades, o que levou ao colapso da Guilda Byne.

Scover Byne era, é claro, culpada dos crimes dos quais fora acusada, que envolviam colocar em risco a vida de seus trabalhadores e fazer com que outros perdessem a vida... incluindo os pais biológicos de Affie. Muito, muito, muito culpada. As ações de Affie foram totalmente motivadas pela possibilidade de proteger pessoas que trabalhavam em condições terríveis. Herdar uma nave fora um benefício inesperado, a única coisa que lhe permitiu escapar da confusão com algo em seu nome. Ela sabia que deveria ter ficado satisfeita.

Às vezes se sentia. Outras vezes, lembrava-se de como era saber que Scover sempre estaria ao lado dela. Affie suspeitava que sua mãe nunca mais falaria com ela.

Leox e Geodo tinham se tornado sua única família. Pelo menos eles eram uma das boas.

– Atenção, tudo e todos – disse Leox no comunicador, embora seus únicos passageiros estivessem a menos de dois metros de distância. – Vamos pegar uma via hiperespacial para o sistema Echerta, saindo para mudar rapidamente para um ponto de salto que nosso navegador diz que nos levará para o Farol da Luz Estelar na metade do tempo de uma viagem direta. – Affie lançou a Geodo um olhar de apreço, que o fez parecer adoravelmente presunçoso. – Não devemos ficar lá fora por muito tempo, então relaxem, apreciem as circunstâncias únicas que os trouxeram até este momento da história e aproveitem o passeio.

Quando Leox se preparou para acionar o hiperpropulsor, Affie murmurou:

– Amo essa parte.

– Assim como qualquer piloto que se preze – respondeu ele, sorrindo. Com isso, ele acionou o controle, e o espaço preto ficou azul elétrico.

A primeira etapa do salto durou apenas alguns minutos, e Affie mal teve tempo para fazer mais que checar as comunicações. Ao fazer isso, no entanto, viu um alerta surgir. Aquela linha vermelha dizia tudo o que ela precisava saber: "Os Nihil estão tramando algo de novo".

Leox nunca desviou o olhar da luz azul brilhante além da cabine.

– Gostaria que eles não fossem tão corajosos – disse ele.

– A essa altura, metade da galáxia também – respondeu Affie.

– O fato mais pertinente aqui – disse Leox – é se essas travessuras dos Nihil estão acontecendo no Farol da Luz Estelar ou no sistema Echerta.

Affie vasculhou os avisos – o que era difícil, já que eles estavam sendo atualizados constantemente, mas não impossível.

– Parece que o Farol até agora está em funcionamento.

– Isso é um alívio – disse Orla Jareni lá atrás. – E Echerta...

– Estamos prestes a descobrir por nós mesmos. – Leox endireitou os ombros em seu assento. – Saindo do hiperespaço em três... dois... um... agora!

Ele empurrou a nave de volta para o espaço real. O azul elétrico se dissipou na escuridão do espaço...

... Ou deveria. Em vez disso, o espaço além da cabine foi iluminado com fogo e disparos de armas. As naves Nihil estavam atacando um cargueiro próximo, e algumas delas já tinham mudado de curso para mirar na *Nave*.

O medo congelava as veias de Affie quando ela disse:

– Eles estão aqui.

CAPÍTULO QUATRO

Elzar Mann tinha acabado de apertar o cinto de segurança antes que a *Nave* sacudisse violentamente.

– Segurem firme aí atrás! – gritou Leox quando a nave deu um mergulho acentuado. Quase imediatamente, outro solavanco. A *Nave* fora atingida por disparos. Elzar respirou fundo, meio que esperando ser ejetado para o espaço, mas a pequena embarcação estava aguentando.

Por enquanto.

– Que tipo de armamento a *Nave* tem? – gritou Orla Jareni.

– Não muito! – respondeu Affie. – Uma arma lá atrás do compartimento de carga. Não abriria um caixote de durasteel.

Elzar e Orla se entreolharam preocupados.

– Então por que vocês têm isso? – perguntou Elzar.

Foi Leox quem gritou de volta:

– É mais para *parecer* ameaçador do que para *ser* ameaçador, considerando a psicologia como um elemento crítico na maioria dos impasses. Agora é um pouco tarde para isso.

– Assuma a arma – Elzar sugeriu para Orla. – Algum fogo defensivo deve ser melhor do que nenhum.

– Estamos prestes a descobrir. – Orla soltou o cinto e correu para a traseira da nave. Elzar, por sua vez, foi até a cabine para ver exatamente quão problemática era a situação em que estavam.

Assim que viu, desejou não ter visto. O sistema Echerta estava fervilhando de naves Nihil – literalmente – mergulhando em todas as direções, como nuvens de mosquitos Corellianos. Eram dez? Doze? Elas se moviam rápido demais para serem contadas facilmente. Como Echerta servia como conexão entre várias rotas do hiperespaço, dezenas de naves surgiam ali esperando parar na estação espacial do sistema ou simplesmente mudar de curso, como a *Nave*, apenas para serem emboscadas. Os Nihil estavam atacando tudo e todos, sem frentes de batalha definidas ou direção de ataque. Qual era o objetivo deles? Qual era seu propósito? Elzar não conseguia entender.

Os Nihil tinham se dividido em vários grupos menores, cada um com objetivos e propósitos diferentes? Elzar esperava que não. Mas os estertores da morte dos Nihil aparentemente permaneceriam dramáticos por algum tempo.

Ao ver aquele caos, Leox Gyasi mordeu severamente o lábio inferior; Geodo permaneceu estoico. Mas a copilota, Affie Hollow, era jovem demais para parecer totalmente inabalável.

– Então – disse ela, quase de forma monótona. – Imagino que não voltamos para o hiperespaço por algum motivo?

– Esse motivo seria o fato de estarmos ocupados, tipo, *muito* ocupados, desviando dos disparos dos Nihil – disse Leox. Como que para ilustrar, o piloto virou a nave a bombordo, evitando por pouco uma rajada Nihil. – Sem um ponto de partida estável ou um vetor previsível, mesmo um navegador tão bom quanto Geodo precisa de um tempo enorme para levar uma nave com segurança para o hiperespaço, principalmente por aqui, que é um lugar meio complicado por causa das junções das hipervias. Podemos sobreviver a alguns disparos. Mas a uma junção do hiperespaço? Isso é um convite para a morte.

– Ainda assim – interveio Elzar –, seria bom que não fôssemos mais atingidos por nenhum tiro. Eles parecem muito bem armados, mais do que estamos blindados, imagino.

– E você imagina corretamente – disse Leox. – No entanto, vai perceber que os Nihil não consultaram nossas preferências sobre a frequência com que gostaríamos de ser atingidos, já que nossa resposta teria sido *nenhuma*.

Affie respirou fundo quando Leox guiou a nave para baixo bem a tempo de evitar mais uma rajada Nihil. Elzar se obrigou a não se deixar levar pelas reações da tripulação e fechou os olhos.

Ele ainda não estava certo se confiava em si mesmo para usar a Força completamente, de forma livre, sem cair em maus hábitos. Mas aquilo não significava que ele não poderia convocá-la de forma alguma.

Alcance. A consciência de Elzar emanou daquela pequena nave através da Força, se expandindo como uma bolha por todo o sistema, até que lhe pareceu possível sentir a vida dentro de cada nave Nihil como uma pontada de calor dentro do vasto e frio vazio do espaço. Sua respiração desacelerou junto com sua percepção do tempo. Elzar traçou o caminho de cada nave Nihil até quase poder vê-las se movendo em sua mente, seus cursos como trilhas vermelhas, estendendo-se tanto para o passado quanto para o futuro.

Os olhos de Elzar se abriram.

– Geodo, leve-nos ao ponto sete, marco três nove por dois sete sete.

Ele sentiu os olhares de Affie e Leox um para o outro, mas o capitão disse apenas:

– Vamos tentar.

Embora Geodo permanecesse imóvel, a *Nave* girou imediatamente na direção das coordenadas que Elzar indicara.

– Estaremos livres lá – disse Elzar. – Livres por tempo suficiente para entrarmos no hiperespaço, de qualquer modo.

Affie olhou para ele por cima do ombro.

– Espere. Não vamos, você sabe, ir ao socorro das outras naves? Não é isso que vocês Jedi fazem?

– E você acha que podemos? – perguntou Elzar, que sabia tão bem quanto ela que eles não podiam fazer nada. Embora rasgasse sua alma ver vidas sendo ameaçadas e perdidas, as limitações da nave eram claras. Permanecer naquele sistema não salvaria ninguém; só colocaria em risco aqueles a bordo da *Nave*. No momento, aquelas eram as únicas vidas que Elzar poderia salvar.

Mesmo assim, Affie levou alguns longos segundos para responder.

– Acho que não podemos – disse ela. – Talvez um dia devêssemos armar esta coisa, Leox.

– Não é má ideia, chefinha – disse Leox. – No entanto, a menos que uma oportunidade de varejo altamente improvável ocorra nos próximos minutos, isso não nos serve de nada neste momento.

– Esperem um pouco. – Orla Jareni apareceu atrás de Elzar, suas vestes brancas contrastando com a escuridão que os cercava. – Vamos simplesmente colocar o rabo entre as pernas e fugir?

Na opinião de Elzar, aquela era uma forma muito indigna de se referir a uma retirada estratégica.

– Não podemos vencê-los. Você deve ter percebido.

– Não precisamos derrotar os Nihil para ajudar a salvar vidas – insistiu ela. – Só precisamos *machucá-los*, e isso nós podemos fazer.

A careta de Leox se transformou em um sorriso.

– Esse é o tipo de patifaria que eu gosto de escutar. O que tem em mente, Orla?

– Os Nihil são devastadores porque agem em conjunto. – Orla deu uma cotovelada em Elzar de um jeito que teria sido rude se a situação não fosse tão terrível. – Não podem gerenciar ataques coordenados se não puderem se coordenar. Para isso, eles precisam se comunicar...

– O que significa que você quer ferrar com os sistemas de comunicação deles – concluiu Affie por ela. – Parece uma boa ideia. Mas como?

– Se qualquer um de nós soubesse como embaralhar os sistemas deles, não teríamos uma ameaça Nihil, para começar – disse Orla, ajoelhando-se ao lado de Geodo. – Há uma coisa que podemos fazer, no entanto. Inundar as frequências.

Elzar franziu a testa.

– Mas vão nos rastrear. Esse é um conceito básico de defesa.

Mas Orla balançou a cabeça, um sorriso largo e perverso se espalhando por seu rosto.

– Eles vão rastrear naves de guerra. Cargueiros maiores. Até caças de um único piloto. O que não rastrearão é um cargueiro pequeno como a *Nave*.

– Tão poucas pessoas percebem o presente que é ser subestimado. – O sorriso de Leox era quase tão amplo quanto o de Orla. – Você compreende que só conseguiremos parar os Nihil por alguns minutos antes que eles percebam?

Orla assentiu:

– Mas são alguns minutos que as naves desta área podem usar para fugir.

Elzar finalmente entendeu. Ao se recusar a enfrentar um oponente – não apenas reconhecendo a insignificância de sua nave, mas também a abraçando –, Orla Jareni encontrara um meio de reivindicar uma certa vitória e salvar centenas de vidas. Pensar assim deveria ser instintivo para um Jedi. Elzar se perguntou se algum dia seria para ele.

Leox e Affie já estavam trabalhando rapidamente em seus controles, configurando uma transmissão de frequência múltipla no volume máximo.

– Então, o que devemos tocar para nossos amigos Nihil? – perguntou Affie.

– Quem não gosta de Margengai Glide? – Leox pressionou um botão com uma alegria decidida. – Só sei que eu gosto.

A canção – uma música dançante popular pelo menos durante as duas últimas décadas – encheu a cabine da *Nave*, alegre e rápida. Era possivelmente a música menos apropriada para uma batalha espacial que Elzar poderia imaginar, o que tornava ainda mais satisfatório imaginá-la tocando nos sistemas de comunicação de todas aquelas naves Nihil ao mesmo tempo.

– Infelizmente, as outras naves também precisam ouvir – admitiu Orla. – Mas duvido que se importem por muito tempo.

De fato, as naves Nihil já estavam mostrando sinais de desordem. Não levaria muito tempo para compensarem; naves individuais teriam planos de batalha que poderiam ser seguidos na ausência de ordens, e certamente logo começariam a bloquear as frequências, mas suas presas precisavam apenas de alguns instantes. Naves civis começaram a desaparecer no hiperespaço, uma após a outra, minúsculas faíscas brancas e brilhantes desaparecendo entre as estrelas. Uma bolha ao redor da estação espacial mais próxima cintilou quando ela conseguiu reativar seus escudos.

Os sensores começaram a apitar de forma ameaçadora. Affie estremeceu.

– Os Nihil estão procurando a fonte do sinal.

– Parece que a encontraram – disse Leox, lentamente, enquanto as naves Nihil começavam a mudar de curso para seguir na direção deles. – Isso significa que está na hora de irmos. Pronto, Geodo?

Antes que Geodo pudesse responder, a primeira rajada de fogo das armas inimigas iluminou o espaço ao redor deles, e um disparo atingiu seu alvo. A *Nave* pendeu para o lado quando os sensores de dano guincharam. Elzar olhou para o esquema da nave, que revelava um acerto direto no motor de estibordo.

– Ainda podemos voar?

– Vamos descobrir agora mesmo – disse Leox, ainda soando casual, como se não tivesse nenhuma preocupação no mundo. Ele agarrou a alavanca dos controles e...

Elzar respirou, aliviado. O deslumbrante azul do hiperespaço nunca parecera tão bom. Geodo devia ter inserido novas coordenadas bem a tempo.

Enquanto isso, Margengai Glide continuava tocando. Aparentemente, Leox não estava mentindo quando disse que amava a música.

Quando Orla se virou para sair da cabine, Elzar a acompanhou, tanto porque o espaço era pequeno demais para os convidados ficarem à vontade por muito tempo quanto porque queria falar com ela.

– O que fez você pensar naquilo? – perguntou Elzar. – O que a fez lembrar de que não precisávamos ser agressivos? Que poderíamos ser... pequenos, até brincalhões, e desse jeito alcançar uma vitória?

Orla lançou a ele um olhar estranho.

– Nunca precisei me lembrar disso – disse ela, gentilmente. – Continue no seu caminho, Elzar, e você também vai perceber.

Seria assim tão fácil?

Embora a onda inicial de feridos tivesse resultado em muito trabalho, a atmosfera a bordo do Farol da Luz Estelar estava recuperando seu equilíbrio. Stellan Gios cuidara para que a torre médica funcionasse sem problemas, que os recursos fossem encaminhados de acordo com a necessidade e que o tráfego espacial para o Farol nos próximos dias fosse limitado: apenas chegadas necessárias e partidas programadas. Mesmo que os ataques parecessem pequenos e dispersos, ainda estavam causando danos reais. Portanto, até que os Nihil fossem silenciados novamente, Stellan preferia saber a identidade e o curso de qualquer nave no sistema.

A maioria a bordo da estação concordou, bem como todos os Jedi (principalmente Estala Maru). No entanto, nem todos viam a sabedoria daquela ação.

– *Eu vou até onde meus negócios me levam, quando eles me levam*. – Isso veio de Koley Linn, proprietário e piloto do cargueiro *Ás de Paus*. Ele era um humano de trinta e poucos anos, de cabelos encaracolados, ruivos e brilhantes, e um sorriso perpétuo, que no momento se transformara em um sorriso de escárnio. – *Não quando algum* cronograma artificial *manda*.

Stellan estava grato por estarem conversando via holo, da Central para o compartimento de carga principal, e não pessoalmente, pois aquilo reduzia as chances de Koley Linn escutar seu suspiro de dor.

– Não estamos atribuindo horários de partida. Você quase certamente pode escolher seu próprio horário de saída. Só precisa registrar a partida da *Ás de Paus* com pelo menos duas horas de antecedência...

– E se eu pegar um trabalho que exija que eu saia imediatamente? – Linn o interrompeu.

Até a paciência de um Jedi tinha limites. Stellan estava se aproximando do dele.

– Em primeiro lugar, dada a recente atividade dos Nihil, duvido que alguém tenha pressa para transportar carga até que a situação se acalme. Em segundo lugar, se alguém for tolo o bastante para lhe oferecer um trabalho nessas circunstâncias, sugiro veementemente que você recuse, porque sua nave não poderá partir sem um horário de saída registrado. Se não gosta desses termos, recusar-se a agendar sua partida o quanto antes parece um curso de ação bastante perverso.

Koley Linn parecia preferir dar um soco na cara de Stellan a simplesmente agendar uma partida. Aquele não era um homem que aceitava que lhe dissessem o que fazer, não importa o quão razoável fosse a sugestão. Ele simplesmente desligou seu hololink, interrompendo Stellan, que considerou aquela grosseria um pequeno preço a pagar para não precisar lidar com aquele homem por um tempo.

– Sujeito encantador – disse Regald Coll, que se juntou a Stellan na Central pouco antes da ligação. – Faz a gente se perguntar quem estaria com tanta pressa em desfrutar da companhia dele.

– Faz a gente se perguntar quais regras ele está disposto a quebrar, se as pessoas o contratam apesar do seu comportamento. – Stellan esfregou as têmporas.

JJ-5145 rolou ao lado de Stellan, cheio de energia.

– Estou ansioso pela chance de organizar os horários de partida das naves para você, Mestre Stellan!

– Me chame apenas de Stellan, por favor. Você soa como um Padawan. – Stellan se animou, no entanto, ao perceber que a partir daquele momento poderia fazer Koley Linn lidar com JJ-5145. Talvez o presente de Elzar fosse muito mais do que uma piada. – Na verdade, vamos preparar você para...

– Desculpe-me – disse o droide operador no comunicador. – Mas há uma mensagem recebida da Rainha Thandeka, de Eiram.

Stellan e Regald se entreolharam. Embora Thandeka fosse apenas a rainha consorte – sua esposa, Rainha Dima, era a rainha reinante e verdadeira governante –, ela tinha uma história com os Jedi. Tal história fizera dela não apenas uma das maiores defensoras da Ordem Jedi e da República naquela região do espaço, como também a porta-voz designada de seu mundo em tais assuntos. Embora Stellan tivesse preferido voltar a verificar os preparativos da estação antes que a próxima leva de feridos chegasse, a Rainha Thandeka pelo menos era alguém muito mais agradável para dialogar do que Koley Linn. Tomando seu assento, Stellan disse:

– Transmita a mensagem.

O holo brilhou novamente, dessa vez revelando Thandeka, uma mulher humana de cerca de cinquenta anos, com pele morena e largas mechas prateadas em seus cabelos escuros e bastos. Seu rosto se iluminou quando reconheceu o Jedi:

– Mestre Gios. Você me honra com sua atenção.

– Sempre um prazer, Majestade – disse Stellan com um sorriso. – Como posso ajudar?

A preocupação desenhava uma pequena linha entre as sobrancelhas de Thandeka.

– O povo de Eiram, é claro, ouviu falar dos ataques dispersos dos Nihil. Somos gratos pelo Farol da Luz Estelar orbitar nosso mundo no momento, para nos manter seguros.

Stellan assentiu agradavelmente, embora por dentro estivesse pensando que aquele parecia um uso estranho de uma ligação diplomática. Mas então Thandeka continuou:

– Você sem dúvida se lembra de que deveríamos usar a capacidade do raio trator do Farol para ajudar a finalizar os reparos da usina de dessalinização durante os próximos dois dias, para colocar a camada final do aqueduto no lugar.

– Claro – disse Stellan. – Temo que outros assuntos devam ter prioridade agora, mas devemos ser capazes de retomar o trabalho muito em breve.

– Compreendemos o atraso – disse ela. – Mas algum de seus cientistas ou analistas tem tempo para garantir que a usina de dessalinização fique estável o suficiente para durar mais alguns dias, o suficiente para resolver esses poucos problemas? Estamos usando apenas vigas temporárias, já que esses suportes não deveriam ser necessários por muito tempo...

– Vou mandar alguém investigar isso imediatamente – prometeu Stellan. Ele não podia dispensar ninguém além de um droide, mas um astromecânico teria capacidade mais do que suficiente para trabalhar com aqueles números. – Não tema, Rainha Thandeka. Não esqueceremos Eiram ou seu povo. Vamos nos esforçar para fazer o nosso melhor por todos aqueles que precisam neste momento. – Ele sorriu para ela, genuinamente feliz por ser lembrado, por um momento, de que sua tarefa era maior do que correr atrás de resolver a crise mais recente. Tratava-se de unificar o espaço sob a bandeira pacífica da República e levar justiça e segurança para milhões que nunca as conheceram antes. – Somos todos a República – acrescentou ele.

Stellan foi recompensado com o sorriso caloroso de Thandeka, enquanto ela repetia:

– Somos todos a República.

CAPÍTULO CINCO

O Farol da Luz Estelar parecia uma coisa viva, prendendo a respiração. Bell Zettifar sentia agudamente o estado de alerta da maioria dos seres a bordo, do próprio Mestre Gios até Brasa, que andava de um lado para o outro na área de treinamento como se estivesse atrás de uma presa. É claro que um charhound não poderia saber que os Nihil tinham atacado alguns sistemas, ou que mais alguns feridos chegariam em breve, mas Brasa podia sentir a leve tensão nas pessoas ao seu redor, e aquilo bastava para deixá-la nervosa.

(Ou talvez Brasa *soubesse*. Bell tentava não antropomorfizar sua charhound, mas era impossível olhar nos olhos dela sem sentir uma alma inteligente em seu interior.)

Naquele momento, Bell estava fazendo tudo a seu alcance para não ficar nervoso. Precisava permanecer calmo, firme e focado para o trabalho que estava por vir.

Por isso, obviamente, a melhor coisa a fazer era brandir um sabre de luz de um lado para o outro.

– Ugh! – Ele tropeçou para trás com a força do golpe de Burryaga. Duelar com o Wookiee exigia concentração total e uma força considerável. Bell tinha o primeiro requisito em mãos, mas estava cada vez mais incerto quanto ao segundo.

Burryaga grunhiu inquisitivamente, inclinando a cabeça. Bell precisava fazer uma pausa?

– Vai sonhando. – Bell sorriu e saltou no ar.

Sua velocidade o levou bruscamente para o alto, dando uma pirueta por cima de Burry... apenas por um instante, mas o suficiente para Bell ter, por um segundo, a vantagem da altura. Suas lâminas colidiram em uma explosão de luz...

... que foi quando Burryaga girou para o lado, inclinando-se no ângulo perfeito para desequilibrar seu oponente e jogá-lo no chão. Bell conseguiu não cair de barriga, deu um jeito de posicionar os pés na hora certa, mas aquela dificilmente foi uma aterrissagem digna.

O riso de Burryaga fez Bell balançar a cabeça e desativar seu sabre de luz.

– Mestre Loden sempre disse que apenas tolos lutam com raiva, ou contra um Wookiee.

O discreto Burry alegou ter acertado um golpe de sorte, mas ambos sabiam muito bem o que acontecera. De qualquer modo, Bell apreciou o gesto.

Brasa trotou na direção deles, abanando o rabo. Bell se ajoelhou para acariciar a cabeça dela.

– Está tudo bem, garota – disse ele. – Não se preocupe, está tudo bem.

Mas, na verdade, Bell percebeu que não era Brasa que estava inquieta. Era ele.

Não apenas ele, porque Burryaga rosnou um som baixo e lamentoso.

– Sim, também estou sentindo – admitiu Bell. – Uma sensação incômoda de que alguma coisa está... *errada*.

Burryaga disse que normalmente seria capaz de meditar e de se aproximar da fonte de tal inquietação, mas era impossível separá-la da incerteza inspirada pela recente atividade Nihil.

– Talvez seja apenas a mesma incerteza amplificada? Como se todos nós estivéssemos alimentando a preocupação uns dos outros? – Mas, enquanto Bell perguntava, ele sabia que não era aquilo.

Tinha mais alguma coisa errada a bordo do Farol. Algo profundamente desconhecido.

Foi o que disse Burryaga, com a testa peluda franzida em consternação. A Força normalmente lhes permitia entender bastante – se não a totalidade de algo, ao menos seus contornos básicos ou propósito fundamental. Naquele momento, no entanto, ela permanecia em silêncio.

– Gostaria que Mestre Loden estivesse aqui – disse Bell, em voz baixa. – Ele viajou por toda a galáxia. Às vezes parecia que não havia nada que ele não tivesse encontrado. Se estivesse conosco, aposto que seria capaz de nos explicar tudo.

Depois de um momento, Burryaga colocou uma pata desgrenhada no ombro de Bell.

– Obrigado. – Os olhos de Bell estavam ardendo, mas ele piscou para conter as lágrimas. Um Jedi não deveria sentir tanto pesar por tanto tempo. Mestre Loden se tornara um com a Força. Lamentar por tanto tempo era negar aquela verdade transcendente.

Mas não lamentar nada... aquilo era impossível. Bell não achava que Loden Greatstorm teria lhe pedido tal coisa. Ele teria entendido.

Não vou decepcioná-lo por sentir falta dele, pensou Bell, e então as lágrimas ficaram ainda mais próximas do que antes.

No momento em que as emoções poderiam tê-lo subjugado, Burryaga o distraiu choramingando e inclinando a cabeça. Bell franziu a testa.

– Não estou escutando, ouvidos humanos não conseguem captar tanto. – Mesmo assim, ele guardou o sabre de luz e foi até o gancho onde sua jaqueta estava pendurada. Se Burryaga disse que as portas das docas estavam se abrindo, sem dúvida estavam.

(As portas deveriam ser usadas apenas em tempos de conflito ou perto de anomalias interestelares, mas o recente surto de hostilidade Nihil contava como o primeiro caso.)

O que significava que mais feridos poderiam estar chegando e, nesse caso, o dever de Bell era correr para o lado deles.

O compartimento exclusivo de cargas do Farol da Luz Estelar – que, por acaso, ficava dois níveis diretamente acima da área de treino – permanecia quieto. Ninguém tinha permissão de trazer mercadorias durante uma emergência, a não ser suprimentos médicos que estivessem faltando.

A nave de Werrera, Leyel e Cale, carregada de "rathtars", permanecia no lugar, imperturbável, próxima do coração da estação.

Os outros compartimentos de carga, no entanto, estavam cheios de luz, atividade e barulho.

– Desse jeito... não... não... Ninguém mais olha para um plano de voo? – Estala Maru bufou antes de pegar os bastões de trânsito de um droide de sinalização e começar a direcionar ele mesmo a nave contraventora. Stellan, em particular, achava que a nave contraventora provavelmente não estaria mais propensa a seguir as instruções de Maru do que de qualquer outra pessoa, mas pelo menos aquilo daria a ele a ilusão de que tinha alguma medida de controle.

Ninguém mais tinha aquele luxo. Enquanto a maioria das pequenas naves que chegavam ao cais seguiam seus planos de voo com rigor suficiente, havia naves demais chegando de uma só vez para o efeito ser diferente de uma bagunça. Não havia muitos feridos entre os que chegavam, mas eles eram numerosos o bastante para chamar atenção e, assim, piorar o nível da desordem.

– Vou tentar impor a ordem – anunciou JJ-5145 antes de dar o passo à frente, com o aparente objetivo de tirar os bastões de trânsito de Maru. Por mais divertido que aquilo prometesse ser, Stellan não tinha tempo para assistir.

Uma pequena nave instalou-se bem diante dele. O casco mostrava manchas de carbono, mas, quando Stellan correu até ela, viu que, apesar de tudo, parecia intacta.

Quando a rampa da nave se abriu, uma mulher humana de aproximadamente quarenta anos ajudou um homem humano de mesma idade a sair. A testa do homem estava envolta por um pano manchado de sangue. Stellan pegou o outro braço do homem para ajudá-los.

– Você está em condições de andar? Podemos providenciar uma maca...

– Estou bem – insistiu o homem, logo desmentindo suas palavras com uma careta.

– Ele não está *nada* bem – disse a mulher. – Mas não está tão mal quanto parece. Eu sou Pikta Adren, e este é meu marido, Joss, cuja testa teve um encontro íntimo com nosso hiperpropulsor. Os dois estão em mau estado.

– Espero que o hiperpropulsor esteja um pouco melhor – disse Stellan, enquanto os ajudava a descer. Joss Adren parecia firme o bastante para caminhar, mas era melhor garantir.

– Tomara – resmungou Joss. – Consegui derrubar a tela do motor. Por isso, não dá pra dizer o quão ruim ele está.

Pikta assentiu.

– Tudo o que posso dizer é que, quando entramos no hiperespaço para chegar aqui, o motor começou a fazer sons totalmente novos. Sons que eu não conhecia. Prefiro quando tudo sobre o motor da minha nave é cem por cento conhecido previamente.

– Muito sábio – concordou Stellan. Uma vez que já estavam no hangar, ele podia soltar o braço de Joss. – Um droide vai guiá-los até nossa torre médica. Assim que estiver remendado, sr. Adren, vocês dois podem voltar a trabalhar em sua nave. Devo avisá-los, no entanto, que não temos uma grande reserva de peças, então não podemos permitir que saiam sem uma partida programada e pré-aprovada.

– Como se estivéssemos com pressa de voltar lá para fora, com os Nihil à solta. – Pikta Adren balançou a cabeça, incrédula. – Confie em mim, Mestre Jedi...

– Gios. Stellan Gios.

– Mestre Gios, agora que estamos seguros a bordo do Farol da Luz Estelar, pretendemos ficar quietos até que os Nihil se acalmem, não importa quando. – Após dizer isso, ela continuou guiando seu marido em direção a um droide médico, que já estava piscando para mostrar o caminho.

Stellan percebeu que sua discussão com Koley Linn (que naquele momento estava carrancudo do outro lado da doca) o cegara para a realidade de que a maioria dos que estavam chegando ao Farol não estava com pressa de sair. Na verdade, provavelmente seria difícil convencê-los a ir, pelo menos até que a ameaça Nihil fosse não apenas contida ou reduzida, como os Jedi tinham conseguido antes, mas eliminada de vez.

Quem poderia dizer quando isso aconteceria? Em um dia?

Um mês?

A caçada louca de Avar Kriss pelo Olho dos Nihil sempre parecera perigosa para Stellan. Parecia muito próxima de um desejo de vingança, muito focada no inimigo à custa de seus aliados. E deixar o Farol da Luz Estelar no momento de sua maior necessidade...?

Mas o Farol ainda tinha um líder. Tinha o próprio Stellan.

E, se Avar fosse capaz de capturar o Olho, então realmente havia uma chance de acabar com os ataques Nihil para sempre. Aquela poderia ser a única maneira de Stellan conseguir fazer o Farol voltar ao normal. A única maneira de aquela estação retomar sua missão.

Embora ele nunca fosse admitir para ela, era possível que Avar estivesse certa desde o início.

Indeera Stokes viu que seu Padawan se apressava para ajudar os feridos que chegavam, antes mesmo que ela pudesse informá-lo da necessidade de fazê-lo. *Ele se tornará um bom Cavaleiro Jedi*, pensou ela, *se ainda acreditar que pode.*

O pesar de Bell por seu antigo Mestre, Loden Greatstorm, permeava todas as interações que Indeera compartilhava com ele. Ela tinha de seguir uma linha muito tênue: desafiar Bell respeitando o grave choque da morte de Greatstorm, formando um vínculo entre Mestra e aprendiz sem procurar substituir ou apagar o vínculo anterior. Às vezes ela se perguntava se tinha ido longe demais, ou de menos, ou se estava errando ao fazer as duas coisas ao mesmo tempo.

"Assim pensa todo Mestre com seu primeiro Padawan", Mestre Yoda lhe dissera, quando ela anunciou pela primeira vez sua intenção de ensinar. "Certeza, não temos. Um indivíduo cada aprendiz é. Aprender você deve, como treinar cada um por sua vez. Nunca haverá dois iguais."

Do outro lado da doca, Indeera viu Bell direcionando droides pílula para um indivíduo mais gravemente ferido entre aquele grupo. Nib Assek se movia entre os vários pilotos e tripulantes, avaliando os danos e as capacidades da nave, fazendo recomendações. Os recursos do Farol estavam um pouco extenuados pelo número inesperado de visitantes, mas não inadequados às necessidades daqueles que tinham ido até lá em busca de refúgio.

– Com licença? – chamou uma voz abafada. Indeera virou-se para ver uma mulher Cereana de meia-idade, ainda sentada no assento do piloto de sua pequena nave bimotor. Ela gritava através da tela da cabine. – Você poderia me ajudar?

Indeera acenou.

– Claro. Temos suprimentos médicos, peças de reparo, basta sair e...

– Mas esse é o problema – disse a Cereana. – Não consigo sair da minha nave. Os disparos dos Nihil parecem ter selado a rampa.

Quando Indeera caminhou para a lateral da nave, viu metal enegrecido e queimado quase por toda extensão dela. A porta e a rampa tinham de fato derretido, fundindo-se com o casco.

– Não se preocupe – disse Indeera enquanto pegava seu sabre de luz. – Posso cortar e abrir para você. Fique longe da porta.

– Não! Não faça isso! – A Cereana agitou os longos braços freneticamente, parecendo um dervixe em pânico na visão periférica de Indeera. – Como vou pilotar uma nave com um buraco?

– Ela pode ser consertada, mesmo depois de eu cortar o casco. Mas não podemos avaliar o dano total causado a ela sem entrarmos. Nem podemos alimentar você. – A fome às vezes motivava as pessoas quando nada mais era capaz de fazê-lo.

A Cereana caiu sobre seus controles como se estivesse derrotada.

– Está bem, está bem. Só... faça isso logo.

Pilotos podem ser tão protetores com suas naves a ponto de vê-las como extensões de si mesmos. Indeera, uma pilota entusiasmada, achava aquilo cativante. Ela rapidamente acionou seu sabre e cortou, cortou e cortou até que a rampa se abriu com um baque alto, levando consigo um pedaço da lateral da nave.

– Aí está – disse Indeera. – Toda...

E se ela tivesse feito a coisa errada?

O medo a paralisou. Indeera não era de duvidar de si mesma, mas naquele momento não conseguia parar de olhar para o buraco irregular que abrira na embarcação da Cereana. Daria para consertar... então por que ela de repente fora trespassada pelo pensamento daquela pobre mulher tentando voar para longe em uma nave meio aberta?

Recupere o controle sobre si, disse Indeera a si mesma, severamente. Mas o pensamento não seria banido tão facilmente.

Talvez a Força estivesse tentando lhe dizer algo. Tentando avisá-la, talvez, de um risco vindouro, que faria aquela mulher precisar muito de sua nave.

Mas Indeera não era estranha aos caminhos da Força. Ela sabia como sentir o perigo se aproximando. Aquilo era diferente. Aquilo era... um pavor lento e rastejante, vindo de uma direção que ela não conseguia identificar, de algum modo de fora da própria Força...

Não existe um lugar assim, disse ela a si mesma. *A Força está em todos os lugares.*

Naquele momento, no entanto, Indeera não acreditou completamente nisso.

CAPÍTULO SEIS

Interrogar prisioneiros não era uma tarefa de que Stellan gostava. Enquanto alguns Jedi – como o famoso investigador Emerick Caphtor – tinham dons particularmente fortes que lhes permitiam sentir camadas sutis de falsidade, os instintos de Stellan não tinham nada de excepcional nesse ponto.

(“E você só gosta de fazer o que faz excepcionalmente bem?”, ele podia imaginar Elzar dizendo para ele de forma provocativa, com aquele sorriso torto aumentando enquanto falava.)

Nesse caso, pelo menos, Stellan não precisava vasculhar informações urgentes. Esperava apenas determinar se aquelas duas mulheres ainda estavam afiliadas aos Nihil. Em caso afirmativo, elas poderiam fornecer informações valiosas sobre a dissolução do grupo, particularmente sobre o que aquelas incursões e ataques dispersos poderiam indicar sobre o estado dos Nihil. Se não estivessem, suas informações não estariam atualizadas, mas ambas falariam muito mais rapidamente.

Stellan parou diante da porta da cela, ajeitou as vestes e assentiu com a cabeça. O droide sentinela abriu a porta obedientemente, revelando as prisioneiras lá dentro.

Chancey Yarrow descansava em seu beliche como se fosse o sofá de um hotel de luxo. (O que não estava tão longe da realidade. As celas do Farol eram instalações temporárias de custódia, não foram feitas para aprisionar criminosos durões e, portanto, eram confortavelmente equipadas.) Ela era uma mulher alta de pele escura e uma régia coroa de tranças, e seu olhar se fixou sobre o Jedi como se ele não passasse de uma distração temporária.

Essa aí, pensou Stellan, *não vai revelar nada até ter certeza de que é o melhor a fazer por si mesma.*

A outra mulher, porém, a jovem conhecida apenas como Nan, era mais difícil de ler. Ela parecia mais jovem do que realmente era, graças à sua estatura diminuta e feições suaves; Stellan poderia até ter pensado que era inocente, se não tivesse lido os relatórios de Reath Silas sobre seu confronto com os Nihil na estação espacial abandonada Amaxine, muitos meses antes. Os olhos escuros da jovem revelavam tensão e incerteza. Ela já estava próxima de um ponto de ruptura, mas como seria tal ruptura, em que direção Nan poderia virar, era um mistério para Stellan. Ele suspeitava que isso também era um mistério para a própria Nan.

– Srta. Yarrow – começou ele. – E senhorita...

– Eu sou Nan. – Ela cruzou os braços.

– Sim, disso eu sei – disse ele com amabilidade. – Mas queria saber se tem um sobrenome, ou qualquer tipo de segundo nome.

– Eu o compartilho com aqueles que significam algo para mim – disse Nan. – Não é o seu caso.

Bastante justo, supôs Stellan.

– Srta. Nan, eu sou o Mestre Stellan Gios, o Jedi responsável aqui no Farol da Luz Estelar.

Nan inclinou a cabeça.

– A marechal do Farol é Avar Kriss.

– Era – disse Stellan. – Você tem informações sólidas, mas aparentemente está um pouco desatualizada.

Ele observou silenciosamente as bochechas de Nan corarem. *Ela se orgulha de ser bem-informada. Gosta de saber coisas que os outros não sabem.* Isso poderia ser útil.

– Você está certo – disse Chancey Yarrow, lentamente se esticando para se sentar ereta. – Nossas informações são velhas. Porque nenhuma de nós tem nada a ver com os Nihil há alguns meses. O que significa que você não pode provar que fizemos algo errado e não obterá nada útil de nós. Então poderia muito bem nos deixar ir, certo?

– Prefiro julgar eu mesmo quais informações posso ou não usar – disse Stellan. Embora encarasse Chancey, prestava bastante atenção em Nan com sua visão periférica. Ela começaria a se questionar sobre o que teria ou não para negociar? Se fosse conseguir alguma coisa de uma das duas, seria de Nan. O exterior polido de Chancey Yarrow podia muito bem ser uma concha impenetrável. Aquela mulher sabia quem e o que era, e confiava no destino para levá-la aonde deveria ir. Nan não tinha esse tipo de confiança. – E se vocês não forem mais afiliadas aos Nihil, ficaria muito interessado em saber para quem estão trabalhando – acrescentou ele.

– *Com quem* estamos trabalhando – esclareceu Chancey. O sorriso dela, fino como uma lâmina, indicava que ela só estava disposta a ir até ali.

– Por que devemos confiar em você? – retrucou Nan. – Você nos prendeu.

– Esse me parece mais um motivo para não confiar em vocês – disse Stellan. – Como ex-integrantes dos Nihil, vocês são responsáveis por crimes contra pessoas, animais e propriedades. Tantos crimes que são quase incontáveis.

O sorriso preguiçoso de Chancey se espalhou pelo seu rosto.

– E você está tentando nos recrutar? Me parece um péssimo plano.

– Não estou recrutando ninguém. Apenas... gostaria de conversar. – Stellan julgou que tinha ido até onde precisava no momento. Melhor dar um tempo para que Nan considerasse as possibilidades antes de falar com ela novamente.

Deveria separar Chancey e Nan, colocá-las em celas diferentes? Essa normalmente seria uma atitude sábia, já que os prisioneiros tendem a perder a lealdade com seus camaradas quando há alguma distância entre eles. No entanto, Stellan sentia que os laços que uniam Chancey e Nan poderiam ser testados mais pela proximidade do que pela distância. Nan poderia ser mais rápida em perceber que suas prioridades não eram as mesmas de sua mentora se fosse forçada a encarar de frente tais diferenças.

A jovem parecia mais tensa do que antes, o que Stellan não entendera até ela falar:

– Eu sei o que "querendo conversar" significa. Tubos de afogamento? Eletroestimulação? Sondas mentais? Se você imagina que vamos ceder tão facilmente...

– Nada disso vai acontecer com vocês aqui – disse Stellan, levantando-se. – Não sei como os Nihil lidam com essas coisas, mas esse *não* é o jeito Jedi.

– Você parece tão sincero – respondeu Nan. – Eu quase acredito em você. – Ela ainda não acreditava. Mas poderia, com o tempo.

Ele disse apenas:

– Relaxem um pouco. Pensem bem nas coisas. Perguntem a si mesmas do que precisariam para recomeçar, para reconstruir.

– Muito obrigada – respondeu Chancey, como se aquela fosse uma conversa casual entre amigos se perguntando onde iam almoçar. – Vamos pensar.

Stellan estudou Nan por mais um tempo, acenou com a cabeça para as duas e saiu da cela, confiando no tempo e nas diferenças entre elas para fazer o resto do trabalho por ele.

Regald Coll achava que nada poderia ser mais exaustivo do que ensinar jovens, por mais perigosa que uma missão na fronteira pudesse ser. Depois de algumas horas de trabalho com pilotos encalhados e naves danificadas, prestando socorro e assistência, com os recém-chegados aparecendo sem aviso prévio...

Bem, ele ainda achava que nada era mais exaustivo do que ensinar jovens. Os Nihil certamente eram maus, mas tentar administrar uma sala cheia de crianças que perderam o horário da soneca e *acabaram* de se descobrir basicamente capazes de fazer mágica... Não era uma tarefa para os fracos.

A tarefa de limpar tudo depois dos ataques dos Nihil, no entanto, chegava perto na escala de exaustão. Regald ficou feliz em tirar alguns momentos no refeitório para se sentar, esticar o corpo e reunir forças para decidir o que comer.

– Bilbringi? – sugeriu Indeera Stokes enquanto tomava o lugar em frente ao dele, carregando uma bandeja de comida bem temperada que parecia deliciosa e cheirava ainda melhor.

Regald se viu sentando direito.

– Só a comida de Bilbringi poderia me acordar assim. Nada mais poderia fazer com que eu me movesse, exceto talvez pelo incentivo de um Rancor.

Indeera deu um sorriso torto. Ela também parecia cansada, mas seu tom era alegre quando tomou o lugar diante dele.

– Você vai reparar que eu trouxe o bastante para dois.

– E é por esse tipo de coisa que você é uma ótima pessoa. – Regald pegou uma torta de carne e sorriu. – Lembre-me de indicá-la para o Conselho Jedi um dia desses.

– Por favor, não! – Indeera ergueu as mãos. – Um destino pior que a morte, pelo menos para mim. Não sei como Stellan e os outros conseguem.

– Também não. – Regald nunca teve esse tipo de ambição. A creche fora o bastante para ele, até que decidiu que deveria expandir seus limites, assumir novas responsabilidades. Mas fora apenas uma busca de aprendizado e de experimentar mais, não de uma promoção.

Eles comeram juntos em um silêncio amigável, ou o que Regald considerava ser um silêncio amigável, até que ergueu os olhos de seu prato e viu que Indeera nem sequer tocara sua refeição. Ele arriscou:

– Você está se sentindo bem?

– Não. Quero dizer, sim. – Ela estremeceu e massageou as têmporas. – Nada está fisicamente errado comigo. Estou cansada, mas isso não importa. – Indeera era estoica com relação a esse tipo de coisa. No entanto, mesmo seu semblante impassível não conseguia esconder totalmente sua inquietação.

– Nada está fisicamente errado, você diz – disse Regald. – Então o que está acontecendo é... mental? Emocional? Espiritual?

– Talvez tudo isso, e ainda assim... – Indeera balançou a cabeça. – É difícil falar dessas coisas. Mas não está sentindo, Regald? Nos limites da sua consciência?

Regald quase perguntou, *o que quer dizer?* Mas, antes que pudesse fazer a pergunta, ele entendeu a resposta.

O cansaço que sentia era mais profundo que o de músculos doloridos ou uma enxaqueca. Profundo até os ossos... não. Profundo até a *alma*. Como se as cores vibrantes da Força tivessem se tornado cinza. Regald estremeceu, uma reação de medo que ele pensava ter deixado para trás quando jovem.

Mesmo assim, tinha de haver uma explicação sensata.

– Estamos todos passando por isso juntos – sugeriu ele. – Cada Jedi nesta estação está ajudando aqueles que vieram em busca de ajuda, lidando com os últimos remanescentes dos Nihil. Cada um de nós está testemunhando muita raiva e medo. É claro que isso nos drena psiquicamente.

– Claro – repetiu Indeera, mas seus olhos se estreitaram com desconfiança. – Mas todos nós já estivemos em situações como esta antes, e em nenhuma delas eu senti esse vazio terrível.

Verdade seja dita, Regald também jamais sentira algo assim. Não era tanto a presença de algo horrível, mas a ausência de alguma outra coisa que deveria estar ali. Algo tão básico e fundamental para o funcionamento adequado do universo que ele nunca reconhecera nem conseguia entender enquanto estava ali sentado, tentando formar uma imagem...

– Isso é Bilbringi? – O rosto enrugado de Nib Assek se iluminou com um sorriso cansado quando ela se aproximou. – Se importam de eu pegar um pouco?

Regald entregou a Nib uma das tortas de carne enquanto ela se sentava entre ele e Indeera.

– Nib, como você está se sentindo agora? – perguntou ele.

– Cansada, como todo mundo – disse ela, e, embora Nib ainda tivesse um sorriso no rosto, ele era capaz de ouvir o cansaço escondido no bom humor da companheira. – Como se meu cérebro já estivesse tirando uma soneca e meu corpo estivesse ansioso para se juntar a ele.

– Está sentindo essa estranheza? – perguntou Indeera. – Essa... opacidade da Força?

O sorriso valente de Nib finalmente desapareceu.

– Vocês também?

– Estamos nos convencendo disso – disse Regald. Seu tom era firme; ele se deixara levar muito facilmente. – Estamos exaustos, emocionalmente abalados e agora estamos nos convencendo a acreditar em fantasmas.

– Acha mesmo? – Indeera continuava com o olhar distante, sem focar em nada.

– Sim. Gostamos de pensar que somos mais sábios, que somos os Jedi e estamos no controle de nossas mentes e corpos. Mas, no final das contas, podemos ser tão supersticiosos e sugestionáveis quanto a maioria das pessoas, se deixarmos nossa guarda baixa. – Regald pontuou aquilo com um gesto enfático com sua torta de carne. – Depois de comermos e retomarmos o fôlego por alguns minutos, a sensação vai desaparecer e não vamos nem perceber.

– Você está certo – disse Nib, determinada. – Claro. Deveria ter pensado nisso sozinha. – Indeera não parecia igualmente disposta a acreditar nele, mas começou a comer sua refeição, então Regald considerou isso uma vitória.

Ele comeu. Tentou relaxar. E conseguiu.

Quase completamente.

Nas profundezas do Farol da Luz Estelar, Werrera e Leyel continuavam seu trabalho nos relés de comunicação da estação. O sistema central permanecia alheio ao ataque deles. Eliminar cada nó de uma vez deu a Cale tempo para arranjar uma entrada compensadora para o sistema, uma transmissão vazia que criaria a ilusão de que tudo ia bem.

Aquele relé específico, no entanto, era de particular importância. Quando chegasse a hora, ele precisaria estar totalmente funcional – para enviar melhor a mensagem dos Nihil ao Núcleo da Galáxia.

De forma lenta e cuidadosa, Werrera perpassou seus longos dedos pela intrincada fiação, fechando ligação atrás de ligação. Cale roteava os sinais para a estreita caixa prateada que fora previamente programada pelo próprio Marchion Ro.

Os Jedi pareciam alheios às suas ações. A única outra pessoa a bordo do Farol que sabia o que eles estavam fazendo era Ghirra Starros – a supervisora deles, aquela que relataria seus atos ao Olho –, e ela já havia cumprido seu papel. Depois daquilo, tudo o que tivessem de fazer, deveriam fazer sozinhos. Ninguém saberia os atos individuais de coragem ou astúcia que estavam por vir, não até que o trabalho deles rendesse o verdadeiro fruto.

Em momentos diferentes, cada um deles pensou nas pessoas que deixaram para trás na *Olhar Elétrico*. Nenhum deles suspeitava que alguma daquelas pessoas continuava na nau capitânia de Ro, mas que tivessem sido transferidas para naves Nihil que provavelmente seriam usadas como bucha de canhão em breve. Poderiam ter percebido, se tivessem duvidado de Marchion Ro – sabiam que o Olho apagava todos os vestígios de seus atos –, mas os três não tinham dúvidas. Estavam cegos por sua fé resplandecente.

– Estive pensando – disse Leyel. Cale quase se assustou; ela não tinha falado alto, mas o grupo estava tenso e silencioso havia tanto tempo que qualquer barulho bastaria para abalar todo o seu sistema nervoso. – Aquelas coisas na nave... elas não precisam ser alimentadas?

– Nenhuma delas viverá por muito mais tempo – lembrou Cale. – Mas isso não importa. – Um sorriso se espalhou por seu rosto ao pensar na explicação de Ro sobre o que as feras eram e do que eram capazes. – Imagino que já estejam se alimentando.

Sem o conhecimento da equipe Nihil, um de seus "passageiros" já havia saído em busca de mais sustância.

Um pequeno droide astromecânico, zumbindo enquanto verificava os sensores no compartimento de carga, ouviu um forte estrondo de metal, como se uma placa tivesse caído do casco de uma nave ou uma escotilha tivesse sido aberta à força. Ele girou na direção do som para encontrar uma pequena e desinteressante nave de carga com a escotilha aberta. Dentro, o astromecânico podia ver movimento nas sombras.

O droide rapidamente verificou o manifesto de carga, depois assobiou em alarme. Rathtars? Aquelas eram formas de vida que exigiam contenção imediata.

O droide rolou para a frente, conectado aos controles da escotilha da nave, e foi recompensado com o fechamento quase instantâneo da porta. Depois se virou e esquadrinhou os arredores imediatos em busca de rathtars, não encontrou nenhum e seguiu seu caminho, satisfeito com o trabalho bem feito.

Qualquer ser senciente saberia que rathtars não hesitavam em sair de qualquer contenção, e teria procurado por qualquer pessoa ou coisa que pudesse ter escapado daquele pequeno cargueiro.

Mas os compartimentos de carga da estação eram dirigidos por droides, e os droides ficavam satisfeitos mais facilmente.

A primeira partida programada do Farol foi definida para uma pequena embarcação de passageiros que originalmente deveria partir quase um dia antes. A maioria de seus poucos passageiros estava impaciente para ir.

Um deles sabia desde o início que se atrasariam.

Ghirra Starros verificou o esquema completo do Farol. Ela o monitorou o dia inteiro – mais atentamente que os próprios Jedi, uma vez que tinha os filtros necessários para rastrear as leituras falsas que foram plantadas e recuperar os dados verdadeiros –, e foi por isso que viu relé após relé de comunicação cair sob o controle Nihil. Em sua tela, o que deveria ser uma série de luzes brilhantes era, em vez disso, cinza e quase opaco, como um céu noturno nublado.

Seu alarme pessoal soou. Hora de ir. Aquele era um transporte que ela não gostaria de perder.

Ghirra pendurou uma bolsa pesada no ombro; estava abarrotada ao máximo, e seu ombro cedeu sob o peso. Correr para o transporte poderia despertar um interesse indesejado, então andou a passos largos. Se não parecia particularmente senatorial, bem, naquele momento, Ghirra não se importava muito. Acabou sendo melhor daquele jeito; ela não teria de olhar muito para as pessoas nos corredores que não estivessem prestes a sair. As pessoas que estariam ali quando...

– Senadora Starros? – Ela se virou para ver Bell Zettifar, o Padawan Jedi, ao lado dela. – Se estiver com pressa, posso ajudá-la... ainda temos alguns minutos...

– Não, não, estou bem. – Ghirra sorriu e esperou que sua expressão fosse convincente. Diziam que os Jedi podiam ler mentes. Aquela era a última coisa de que ela precisava.

Mas Bell era apenas um aprendiz, jovem o bastante para fazê-la pensar em sua filha, Avon. Poucas vezes ficou mais feliz por ela estar em um internato – seguro, e longe dali.

Ao que parecia, Bell não percebeu sua inquietação. Ele simplesmente acenou com a cabeça enquanto se dirigia para um corredor lateral.

– Nos vemos em breve – disse ele.

– Claro – disse Ghirra, e essa foi a única parte que doeu. A lembrança daquele jovem saindo desavisado ficaria com ela por muito mais tempo do que imaginava, mais até que a da satisfação de Marchion Ro quando ela foi para o lado dele.

Tem algo errado com ela, pensou Bell enquanto seguia seu caminho. A energia que emanava de Ghirra Starros era extremamente perturbada. Além disso, aquele foi um dos sorrisos mais falsos que ele já viu.

Mas talvez ele estivesse procurando pelo em ovo. A energia estranha que arranhava a beira da sua consciência fazia tudo parecer estranho e errado. Bell continuava dizendo a si mesmo que era apenas sua dúvida, sua culpa, e a incerteza que o arrastava havia meses. Se mantivesse sua mente no lugar, focada no que estava fazendo, a sensação pararia a qualquer momento.

Mesmo assim, ela continuava ali...

CAPÍTULO SETE

Em sua pequena câmara improvisada a bordo da *Nave*, Elzar Mann buscava a paz.

Alguns momentos de quietude e silêncio bastariam. A julgar pelos relatórios que continuavam a chegar sobre a atividade dispersa dos Nihil, ele ficaria ocupado por um longo tempo assim que chegasse ao Farol. Se quisesse se concentrar para acalmar os sussurros de dúvida que assombravam seus pensamentos, aquele era o momento.

Claro, teria sido mais fácil se Leox Gyasi não tivesse decidido que aquele era um excelente momento para tocar todas as suas músicas favoritas nos comunicadores da nave. Pelo menos daquela vez ele escolhera uma ópera Chandrilana, e as melodias arrebatadoras e dramáticas lavavam Elzar como as ondas em Ledalau, fazendo-o se lembrar da estabilidade que encontrara lá.

A escuridão sempre será parte de mim, lembrou a si mesmo. *Sempre será parte de cada Jedi, de cada coisa viva. Reconhecer a escuridão é conhecê-la. Conhecer a escuridão é começar a controlá-la.*

A mente de Elzar, como sempre, passou por Avar Kriss. Ele a imaginou como estava durante uma missão, muito tempo atrás, em

Riosa: seus longos cabelos dourados presos em uma trança, a faixa de cabelo cravejada de joias que usava brilhando na luz rosada do sol.

Talvez uma razão pela qual ele achasse tão difícil aceitar sua escuridão como parte da vida, nem mais, nem menos, vinha de sua incapacidade de acreditar que qualquer escuridão já tivesse passado pela alma de Avar.

– Então – disse Nan, finalmente. – O que tá pegando?

– Não é óbvio? – Chancey estava francamente desapontada. Ela esperava que sua jovem protegida mostrasse um pouco mais da perspicácia que Sylvestri teria demonstrado imediatamente... Mas Chancey não conseguia pensar em sua filha distante, não naquele momento. Precisava de foco, assim como colocar Nan no lugar.

– Achei que tivesse deixado os Nihil porque queria trilhar seu próprio caminho – começou Chancey. – Não trocar um conjunto de mestres por outro.

Nan não parecia tão acuada quanto Chancey previra.

– Como os Grafs não são nossos mestres?

– Eles são nossos empregadores. Tem uma grande diferença.

– Não tenho tanta certeza – insistiu Nan.

Na verdade, Chancey também tinha algumas dúvidas quanto a isso; trabalhar para uma das famílias mais ricas da galáxia trazia vantagens consideráveis... que vinham acompanhadas de rédeas muito curtas.

Ainda assim.

– Veja por este lado, Nan. No momento, não podemos fazer novos amigos sem fazer novos inimigos. Irritar os Grafs? Essa é uma ideia realmente ruim. Os Jedi têm um alcance considerável, assim como os Nihil, mas acredite em mim, o dinheiro pode encontrá-la em *qualquer lugar.*

– Mas não vamos trair os Grafs, nem temos que trair os Nihil – insistiu Nan. – Até onde sabemos, os Jedi ainda estão perseguindo Lourna Dee porque acham que ela era o Olho. Ou seja, não sabem de nada. Podemos alimentá-los com informações antigas, até mesmo falsas, e os Jedi nunca saberão a diferença! Ficamos livres, voltamos ao trabalho e...

– E aí os primeiros rumores começam a circular – disse Chancey. – Que escapamos da prisão entregando os Nihil. Se Marchion Ro ouvir uma palavra a respeito disso, você acha que ele vai esperar para saber se a informação que você deu aos Jedi era verdadeira ou não? Tudo o que ele vai saber é que você se voltou contra ele. No minuto em que souber disso, você estará marcada para morrer. E se enviarem alguém para matá-la, posso acabar sendo morta também. Então, pelo bem de nós duas, sugiro que você feche a boca e a mantenha fechada.

Nan não parecia nem um pouco satisfeita em levar uma bronca, mesmo que (na opinião de Chancey) ela realmente merecesse. Mas permaneceu quieta. Com sorte, aquele silêncio duraria muito, muito tempo.

Mais uma vez a mente traidora de Chancey sussurrou: *Sylvestri teria se saído melhor, se estivesse com você.*

No Centro de Comando do Farol da Luz Estelar, Estala Maru caminhava ao longo da fileira de monitores que diziam que a "saúde" da estação estava em dia. Eles estavam, como sempre, funcionando sem problemas, com cada leitura dentro da faixa ideal.

Ele se permitiu um breve momento de orgulho – um comportamento indigno de um Jedi, de fato, mas quando um mecanismo tão complexo e importante funcionava perfeitamente por tanto tempo? Bem, um pequeno reconhecimento dos próprios feitos parecia compreensível, contanto que ele não se deixasse levar.

(E Estala Maru nunca se deixava levar, nunca.)

Perfeição, pensou ele. *A perfeição é satisfatória. A perfeição é...*

... impossível.

Estreitando os olhos, ele começou a estudar algumas das leituras com mais cuidado. Sim, todas elas pareciam boas. Até aquela matriz de comunicações que vinha dando problemas nos últimos tempos. Maru não se lembrava de ter enviado alguém para consertar as comunicações; entre o trabalho na instalação de dessalinização de Eiram e os esforços de auxílio aos sobreviventes dos ataques Nihil, ele não tinha pessoal sobrando para essa tarefa.

A matriz funciona bem na maioria das vezes, Maru lembrou a si mesmo. Então por que aquilo deveria incomodá-lo?

Pensando bem, ele esteve estranhamente incomodado o dia todo.

– Mestre Maru – disse um dos técnicos. – Temos uma oscilação de energia na torre médica.

Maru praguejou baixinho.

– Não é de se admirar... cada droide pílula que temos deve estar recarregando. Vamos realocá-los. – Ele correu para supervisionar aquela tarefa urgente.

Enquanto isso, as leituras anormalmente perfeitas da matriz de comunicação brilhavam, despercebidas.

A bordo da *Olhar Elétrico*, Thaya Ferr observava Marchion Ro com o canto do olho.

Thaya, uma mulher humana ainda na casa dos vinte, geralmente não chamava muita atenção. Sua aparência era comum, sua voz, suave, seu comportamento, totalmente normal. Sua história não era particularmente atrativa, e tudo bem, já que ninguém nunca perguntara sobre ela. Tampouco tinha altas ambições. Nunca, em toda a sua vida, Thaya Ferr sonhou em ser a pessoa encarregada de qualquer coisa.

Não, ela conhecia seu destino. Thaya Ferr não fora feita para liderar, mas poderia ser ótima como a segunda em comando.

Todo mundo era obcecado com o quão difícil era liderar. Ninguém reconhecia que *seguir* também era uma habilidade à qual a maioria das pessoas não dava atenção o bastante. As pessoas acreditavam que ou se estava no comando, ou se estava à deriva. Thaya sabia que as coisas não eram assim. Ser um seguidor inteligente significava antecipar necessidades. Remover obstáculos. Garantir que tudo fluísse tão suavemente para o líder quanto a água em um riacho nas montanhas.

Enquanto isso, líderes eficazes notavam aqueles que executavam bem suas instruções sem pedir muito em troca; os inteligentes sabiam que tais indivíduos eram aqueles em quem realmente poderiam se apoiar.

Marchion Ro era tanto eficaz como inteligente. Assim, nos últimos meses, ele se voltava cada vez mais para Thaya Ferr. No começo ela era uma lacaia, uma mera serva, mas, ultimamente, tarefas mais complexas e mais importantes vinham sendo confiadas a ela. E Thaya entregava resultados.

Ela finalmente estava provando seu valor. Não tinha com Ro o mesmo tipo de reverência que muitos Nihil tinham, mas sabia que se apegara a um líder digno de ser seguido. Thaya nunca o trairia; fazê-lo apenas trairia seus próprios interesses. Não, ela seria seu braço direito, confiável o bastante para permanecer no centro das coisas, mas discreta o suficiente para que os valentões e fanfarrões que se tornavam Executores da Tempestade nunca a considerassem uma ameaça. Estava exatamente onde pretendia ficar.

E o plano que se desdobrava naquele momento... era um dos mais importantes de todos.

Thaya finalmente encontrara seu caminho para o centro.

Enquanto isso, na *Ataraxia*, a caçada de Avar Kriss finalmente a levara até sua presa.

Avar podia *sentir* a distância entre ela e seu alvo se estreitando. Lourna Dee tinha corrido e lutado muito bem, mas logo nada daquilo lhe serviria mais.

A razão lhe dizia que ela tinha todas as chances de capturar o Olho no futuro imediato. Mais que isso – a Força lhe dissera que conseguiria. Cada nota em sua grande canção a levava para aquele refrão, um que Avar poderia imaginar conhecer de cor.

Então, sem qualquer razão que pudesse explicar facilmente, ela se pegou desejando que Elzar Mann estivesse ao seu lado.

Ele deveria fazer parte disso, pensou ela. *Sempre trabalhamos bem juntos.*

Mas esse era o problema, não era?

Avar suspirou e deixou o pensamento escapar. Era hora de capturar seu alvo.

O Farol da Luz Estelar – assim como qualquer outra estação ou nave estelar que se situasse quase completamente fora dos ambientes planetários – não tinha "dia" ou "noite" natural. No entanto, a maioria dos seres funcionava melhor com algum tipo de ciclo diurno; por isso, em um horário marcado, a maioria das luzes diminuía e os turnos de trabalhos não essenciais eram reduzidos ao mínimo de pessoal. Stellan nunca deixava de se perguntar como aquelas simples mudanças eram eficazes. Em apenas alguns minutos, o ritmo da vida a bordo da estação mudava. As pessoas andavam mais devagar. Relaxavam suas linguagens corporais. Mesmo aqueles que estavam encalhados ali por causa da atividade Nihil e continuavam com suas naves na doca principal diminuíam um pouco o ritmo. Eles não estavam realmente calmos; estavam longe de casa, talvez consertando suas naves, irritados ou ansiosos por causa daquele surto de hostilidade Nihil. Mas o maior relaxamento que sentiam chegava quase a ressoar pela estação.

Stellan estava mais consciente daquela mudança do que a maioria a bordo, e mesmo assim ela também atuava sobre ele.

Um lembrete, disse a si mesmo, *de que nosso eu animal, nossa natureza mais básica, vive para sempre dentro de nós.*

– Saudações, Mestre Stellan! – JJ-5145 rolou para o lado dele, mais animado do que nunca. – Você recebeu uma ligação!

Por que sempre que Stellan achava que conseguiria dormir chegava uma ligação? Balançando a cabeça com pesar, disse:

– Passe para o escritório do intendente, Jota Jota. Pelo menos está perto.

– Está muito perto! – disse JJ-5145, como se fosse a notícia mais importante e maravilhosa que já havia sido transmitida. Era mais ou menos daquele jeito que ele falava tudo. – Muito convenientemente localizado, para vários sistemas e lugares da estação. Já pensou em fazer do escritório do intendente um centro de controle secundário do Farol da Luz Estelar? Isso permitiria um acesso mais fácil quando estiver na metade inferior da estação.

Stellan abriu a boca para protestar, mas pensou melhor.

– Essa até que não é uma má ideia. Você pode lidar com isso sozinho?

JJ-5145 praticamente vibrou de satisfação.

– Vou começar agora mesmo, senhor!

– Comece depois da minha ligação – disse Stellan. – Na verdade, deixe-me pensar nisso durante a noite. Provavelmente vou mandar você fazer a adaptação amanhã de manhã.

O atraso não diminuiu nem um pouco a alegria de JJ-5145.

– De manhã, cedinho! Como quiser, Mestre Stellan!

Por sorte, o escritório do intendente já era um local bastante conveniente e confortável, encravado entre a doca principal e o maior compartimento de carga. Stellan sentou-se à mesa e digitou o código para receber a ligação. A imagem de Elzar Mann cintilou diante dele – cheia de estática, devido à conexão fraca, mas ainda assim inteira.

Stellan suspirou aliviado.

– Graças à Força. Com os remanescentes Nihil à solta por aí... bem, havia preocupações.

Elzar ergueu uma sobrancelha.

– Você acabou de admitir que estava preocupado comigo?

– Se alguém me perguntar, vou negar – disse Stellan. A amizade deles era de longa data, mas envolvia uma dose saudável de rivalidade e muitas provocações.

– Estou emocionado – respondeu Elzar, seco.

– A propósito, obrigado pelo droide.

A risada de Elzar continuava alegre, mesmo com toda a estática.

– Ele já o enlouqueceu?

– Na verdade, Jota Jota está sendo muito útil – admitiu Stellan. – O que não vai livrar a sua cara.

– Sério? Deveria. – No fundo da nave em que Elzar estava, sabe-se lá qual e de quem, tocava uma ópera quase inaudível. – Verdade seja dita, nos deparamos com algumas dessas ações Nihil, mas escapamos intactos e conseguimos ajudar algumas pessoas a fugir também.

– Então você está voltando para o Farol? – Quando Elzar assentiu, Stellan nem tentou disfarçar seu alívio. – Então você... já está melhor.

– Bastante. – A expressão de Elzar ficou mais pensativa e difícil de ler. – Acho que tenho um longo caminho a percorrer... Esta é uma mudança fundamental na forma como percebo e uso a Força. Mas fiz progressos, e o resto do caminho só posso fazer caminhando. Orla me orientou bem. Será que algum dia desses vou descobrir como vocês dois se conheceram?

Pelo jeito, Orla fizera o favor de não revelar a história toda.

– Algum dia. Mas ainda não.

Os olhos de Elzar brilharam.

– Então é uma boa história.

– Vamos apenas dizer que é uma das longas.

– Uma história *muito* boa, acho – disse Elzar com um sorriso. – Deve ser, para explicar o motivo de você recorrer a uma Perscrutadora. Sei que você não se importa com eles.

Stellan interrompeu:

– Essa é uma simplificação grosseira.

– Da *verdade* – enfatizou Elzar. – Mas suas opiniões sobre os Perscrutadores não são o motivo da minha ligação. Estou voltando e pronto para ajudar da maneira que puder, assim como Orla Jareni, certamente.

– Muito bem. Sinalizem antes de deixar o hiperespaço e teremos um atracadouro pronto para a *Nave* o quanto antes.

Elzar permaneceu em silêncio por muito tempo antes de perguntar:

– Vocês tiveram alguma notícia de Avar e sua equipe?

– Não. Acredito que teríamos ouvido alguma coisa se houvesse algum problema. – *Ou se ela realmente tivesse obtido sucesso em sua busca para capturar o Olho*. – Não ter notícias, nesse caso, é uma boa notícia.

– Claro. Confio completamente nela e em você. Elzar Mann desligando.

Depois que a imagem desapareceu, Stellan ficou ali por alguns longos segundos. Ele realmente estava... *esperando* que Avar falhasse? Em algum nível, parecia que sim.

Stellan sabia que aquilo era indigno da parte dele. Não dava crédito às consideráveis habilidades de Avar, ao perigo bastante real que os Nihil tinham representado até recentemente, ou ao ego que Stellan aparentemente levara para essa discordância sobre prioridades. Ele deveria meditar e purgar tal orgulho desnecessário.

Mas antes – dormir.

(Aqueles que não praticavam meditação às vezes se surpreendiam com a ideia de que a prática era mais difícil quando se estava cansado, que requeria energia. Na verdade, a meditação poderia ser profundamente dinâmica. Stellan queria recuperar suas forças para aquilo e para as muitas outras tarefas que viriam.)

Estava tão cansado que até mesmo seu quarto pareceu muito distante. Assim, foi para o único sofá no escritório do intendente, que ficava encostado na parede mais próxima do compartimento de carga. Aquilo serviria. Stellan mal teve forças para fazer mais do que tirar o manto e chutar as botas para longe antes de cair de costas no sofá e fechar os olhos. Certamente existiam poucos prazeres mais justos do que descansar depois de um longo dia de trabalho bem feito.

Stellan não teria muito tempo para descansar.

– Ajude-me... – gritou Elzar Mann, olhando impotente para Stellan através da fumaça espessa e ondulante.

– Ajude-me! – Avar Kriss correu na direção dos disparos dos Nihil, seu sabre de luz reluzindo enquanto ela avançava sozinha para a batalha.

– Por que você não nos ajudou? – A Rainha Thandeka trajava seus mantos cerimoniais, cercada por uma multidão de pessoas cansadas e cobertas de pó que não tinham água havia dias.

– Você pode nos ajudar – implorou Pikta Adren enquanto estava entre os sobreviventes feridos dos ataques Nihil, na enfermaria lotada do Farol. – Estamos com sede. Estamos com fome. Estamos morrendo de fome.

– Ajude-nos – vieram os sussurros de uma escuridão que cercava Stellan por todos os lados. – Estamos morrendo de fome. Tão famintos. Tão famintos. Alimente-nos.

– Alimente-nos.

– ALIMENTE-NOS...

Despertando em um sobressalto, Stellan olhou para o teto, respirando com dificuldade. A fome desesperadora que sentira em seu sonho roeu sua barriga como se ele não tivesse tido um jantar farto. Tentou banir a ilusão, mas no final se levantou e foi até a mesa. Vasculhou as gavetas e encontrou uma pequena lata de ração em pó. Um pouco de água e um redemoinho com o dedo produziram um pão doce, que ele comeu tão devagar quanto pôde. Stellan precisou de toda a sua força de vontade para não devorar a coisa como um gundark faminto.

Embora o pão tivesse saciado sua fome, a inquietação de seu sonho permaneceu. Como sempre, depois de um sonho particularmente vívido, Stellan se perguntou se aquilo poderia ser um recado da Força, uma mensagem à qual ele deveria prestar atenção. Poderia ser um aviso sobre os Drengir? A fome os levara à sua mente de maneira imediata. Eles não tinham sido realmente derrotados? Estariam retornando para ameaçar os Jedi mais uma vez? Mas, assim que fez aquelas perguntas, teve certeza de que a resposta era não.

Parece o oposto disso, pensou ele, antes de se perguntar o que aquilo significava exatamente.

Não conseguia descobrir o motivo, mas sabia que estava certo. O pavor que se infiltrara em sua mente não tinha vindo da Força, mas de algo completamente diferente.

Algo que estava *entre* ele e a Força. Obscurecendo-a, como nuvens na frente de uma lua.

CAPÍTULO OITO

Alguns diziam que a consciência era a maneira de a galáxia se ver. Pelos olhos de Leox Gyasi, a galáxia se via com grande satisfação.

Não que ele não visse que a galáxia também tinha um monte de coisas erradas. Mas Leox reconhecia o dom que recebera por estar vivo, então não desperdiçava tempo com preocupação ou desespero. Se algo estivesse errado e ele pudesse ajudar, Leox ajudava. Se visse uma crise, lidaria com ela. Caso contrário, cada dia era um dia a ser aproveitado.

Geodo entendia aquilo. Leox percebeu que aquela era uma das razões pelas quais se davam tão bem. Affie Hollow... bem, ela ainda estava aprendendo.

– Não gosto disso – ela falou enquanto eles cruzavam seus últimos segundos de voo hiperespacial. – Os Nihil me fazem querer ficar segura aqui para sempre.

– Viajar sem destino está entre os passatempos mais perfeitos do mundo – disse Leox. – Mas, no momento, temos um transporte de passageiros para terminar.

Affie franziu a testa enquanto prendia seus longos cabelos castanho-escuros para trás, sinal de que seu eu interior estava mais preparado para completar a viagem do que sua consciência. (Leox acreditava muito no eu interior.)

– Não parece que o Farol é o último lugar a que devemos ir? É o símbolo da República nesta região, o centro da presença dos Jedi... que faz com que seja o lugar que os Nihil mais odeiam.

– Antes de tudo, de acordo com os Jedi, o que estamos vendo é o último suspiro dos Nihil. Então, eles não serão um problema por muito mais tempo. Depois, o Farol da Luz Estelar é o centro das atenções da República nesta parte da galáxia – respondeu Leox. – Se o que resta dos Nihil tentar invadir aquele lugar, a República vai chegar dando voadora na boca. Ou nas guelras, ou nos chifres, ou no que quer que o Nihil em questão tenha. Não, eles não irão para o Farol, a menos que tenham algo muito mais engenhoso em mente.

– Às vezes você fala essas coisas achando que está ajudando, mas definitivamente não está – apontou Affie.

– Seja como for, está na hora de sairmos daqui, Pequenina. Tudo pronto, Geodo?

A resposta de Geodo veio na forma de um leve estremecimento da *Nave* ao deixar o hiperespaço. O azul elétrico que os rodeava mudou instantaneamente para preto. Ao longe brilhava o Farol da Luz Estelar...

... e na distância mais próxima eles viram uma pequena nave Japealeana, de um único piloto, lutando para seguir em frente. Mesmo dali, Leox podia dizer que um dos motores dela havia queimado e o outro não estava muito melhor.

Affie abriu as comunicações antes que a mão de Leox pudesse se mover.

– Aqui é a *Nave*. Você está precisando de ajuda?

– *Sim, por favor...* – A mulher na nave Japealeana tossiu. Ela parecia exausta. – *Fui atingida pelos Nihil... Quando você pensa que os kriffers se foram para sempre...*

Leox e Affie olharam para as leituras ao mesmo tempo. Geodo já tinha a análise na tela para eles: a nave realmente era o que parecia ser, realmente estava bastante avariada e a pilota a bordo realmente estava sozinha.

– A caminho – disse Leox enquanto inclinava a *Nave* na direção da embarcação Japealeana.

Cada um dos três tripulantes sabia o que fazer sem precisar discutir. Aquela era uma tarefa de reboque padrão; seria como rebocar contêineres de carga no espaço. (Contêineres orbitais eram frequentemente usados por aqueles que não queriam passar pelas verificações padrão nos espaçoportos. Leox lidara muito com aquele tipo de carga nos velhos tempos.) Geodo configurou as coordenadas com precisão, Leox preparou o cabo de reboque e Affie assumiu os controles e disparou.

O cabo se prendeu magneticamente ao veículo Japealeano com um baque satisfatório. Leox e Affie trocaram um rápido sorriso antes de começar a avançar lentamente, passando por cima da pequena embarcação e se preparando para assumir a liderança.

No exato instante em que a outra embarcação estava diretamente abaixo deles, uma explosão abalou a *Nave*. Luzes vermelhas surgiram nos controles em uma sequência terrível.

– Mas que... – Leox acionou o comunicador. – Você ainda está viva aí embaixo?

Depois de alguns segundos de estática, a pilota Japealeana sussurrou:

– *O outro... o outro motor explodiu...*

E explodiu mesmo. Infelizmente, ao explodir, parecia ter arremessado detritos de metal no corpo da *Nave*. Ela permanecia pressurizada, e Leox sabia daquilo porque não estavam prestes a morrer horrivelmente naquele exato segundo. Mas parecia que tudo mais na embarcação tinha sofrido danos em graus variados. O pior de tudo:

– O hiperpropulsor desligou...

Affie mordeu o lábio inferior, então rapidamente recuperou a calma.

– Certo. Pelo menos isso aconteceu a uma curta distância de um porto de reparo.

Orla Jareni e Elzar Mann apareceram na porta da cabine, calmos daquele jeito sobrenatural que os Jedi tinham, mas definitivamente alertas.

– O que houve? – perguntou Orla.

– Pagamos um pouco do aluguel por nosso tempo no universo. – Leox apontou para a embarcação Japealeana ainda visível no canto da cabine. – Fizemos uma boa ação e levamos alguns estilhaços em troca. Com sorte, nada que não possamos consertar no Farol.

– Qualquer coisa que vocês precisarem – prometeu Elzar.

Leox se lembrou do que Affie dissera sobre o Farol da Luz Estelar ser um alvo para os Nihil. Se ele fosse do tipo que se preocupava, teria visto aquilo como um mau presságio.

Fosse como fosse... bem, mau presságio ou não, eles tinham um único caminho a seguir. Leox pretendia percorrê-lo sorrindo.

Sabendo que várias dezenas de pessoas procurariam ajuda no Farol após as recentes atividades Nihil, Elzar Mann tinha se preparado para um pouco mais de movimento do que o Farol da Luz Estelar geralmente via. No entanto, ficou surpreso ao ver a desordem instaurada na doca da estação, normalmente ordenada e organizada de acordo com as especificações mais exigentes de Estala Maru. Várias naves de todos os tipos preenchiam a maior parte do espaço disponível. Depois que a *Nave* pousou, muito pouco espaço restou na doca.

Enquanto Elzar e Orla conduziam o grupo para fora da embarcação, suas atenções passaram das outras espaçonaves para as muitas pessoas reunidas dentro e ao redor delas. A maioria estava trabalhando duro nos reparos, o suficiente para que Elzar de repente se perguntasse se ainda restariam muitas, ou algumas, peças de reposição.

– Prometi ajuda a vocês – disse ele a Affie Hollow. – Só espero que ainda possamos fornecê-la.

– A gente dá um jeito. – Affie podia ser apenas uma garota de dezessete anos, mas tinha o sorriso de uma viajante que passara a vida entre as estrelas. – Não há muito o que não possamos consertar, e temos algumas peças de reserva.

– Tenho um conjunto de ferramentas antigo aqui em algum lugar – disse Leox. – Podemos consertar até nossos engates, se for necessário.

Orla ergueu uma sobrancelha:

– Não sabia que ainda existe quem faça os próprios engates.

– O que posso dizer? – O sorriso de Leox se alargou. – Sou um cara meio antiquado.

– Temos muitas peças – acrescentou Affie. – Geodo está a bordo para testar todos os sistemas e Leox... Leox? Você está bem?

Leox Gyasi não estava mais sorrindo. Em vez disso, ele se tornara um dos muitos com o olhar distante, mas Elzar tinha certeza de que ele estava olhando para algo – ou alguém – em particular. A única resposta que o piloto deu foi um "tudo certo."

Affie franziu a testa na direção dele. Elzar pensou se deveria fazer mais perguntas, mas naquele momento duas figuras conhecidas se aproximavam. Burryaga gritou em boas-vindas enquanto Bell Zettifar erguia a mão em saudação.

– Mestre Elzar, é bom vê-lo.

– Bom ver vocês também, vocês dois. – Elzar sorriu e se abaixou para afagar a charhound que acabara de saltar para o lado dele. – Desculpe, Brasa. Vocês *três*.

Orla os cumprimentou, mas de forma distraída; ela já estava seguindo para a próxima tarefa. Suas vestes brancas pareciam quase reluzir enquanto caminhava para a frente, confiante.

– Não sou ruim com reparos de naves, se precisarem de ajuda.

Burryaga rosnou que Mestre Gios sem dúvida gostaria de vê-los primeiro.

– Faz sentido – disse Elzar. – Vamos lá.

– Srta. Hollow, Sr. Gyasi. – Orla se virou para eles com um sorriso. – Por favor, nos avisem se pudermos ajudá-los de alguma forma.

Affie assentiu. Leox continuou olhando ao longe.

Tem alguma coisa errada aí, pensou Elzar. Mas não havia tempo para se preocupar com o que, no fim das contas, provavelmente era assunto de Leox Gyasi.

Assim que os Jedi saíram, Affie se voltou para Leox.

– O que deu em você?

– Más notícias – disse ele, gesticulando na direção de um canto da doca.

O olhar de Affie seguiu o gesto, e ela viu.

– Ah, não. Ah, não.

– Eu reconheceria aquela nave em qualquer lugar. – Pela primeira vez, a tranquilidade deixara Leox por completo. Seu corpo esguio estava tenso como um arco retesado com uma flecha. – Aquela é a *Ás de Paus*.

– É, eu percebi – disse Affie. – Como devo ter deixado claro ao ficar repetindo "Ah, não".

– Desculpe. Só estou me forçando a encarar isso.

A *Ás de Paus* significava o piloto Koley Linn. E Koley Linn significava problemas.

Affie encontrara Linn apenas uma meia dúzia de vezes, cada uma delas extremamente desagradável. Ele comprara antecipadamente o combustível sobressalente do minúsculo mundo de Todouhar, forçando a *Nave* a ficar encalhada ali por três dias extras; depois tentou roubar sua carga em Kennerla, quase fazendo com que eles tivessem de pagar para estar lá. Tanto ela quanto Leox tinham certeza de que ele tinha dificultado as coisas para eles em outros espaçoportos também.

E aquelas eram apenas as questões que Affie conhecia pessoalmente. O rancor entre Leox e Koley Linn precedia muito seu tempo a bordo da *Nave*. Leox nunca compartilhara os detalhes, e Affie nunca pedira mais informações, embora achasse que isso estava prestes a mudar.

Tudo ficara ainda pior depois do colapso da Guilda Byne. Embora Koley Linn não fosse realmente um membro, ele *trabalhava* com a

Guilda regularmente. Quando Affie entregou a própria mãe para as autoridades e a empresa desmoronou, aquilo interrompeu o fluxo de créditos de Linn o bastante para deixá-lo irritado. Como tal, Affie tomara seu lugar ao lado de Leox na lista de alvos de Koley Linn.

Affie colocou a mão no braço de Leox enquanto dizia, em voz baixa:

– Sei que você não vai começar nada, mas...

– ... Mas eu posso acabar, com certeza – respondeu ele, sem tirar os olhos da *Ás de Paus*.

– *Mas*, se tivermos que interagir com ele, você pode deixar Geodo lidar com a situação? Sei que ele não gosta do Linn mais do que nós dois, mas o patife nunca consegue irritá-lo. – Não que o homem não tivesse tentado. Era preciso mais do que um babaca ruivo para riscar a superfície rígida do navegador da *Nave*.

– Vou deixar, se tivermos opção. – Leox finalmente se virou para Affie e sorriu, mas era uma expressão triste e cautelosa. – Embora Koley Linn nem sempre nos dê opção.

Bell sorria enquanto Brasa caminhava junto ao grupo de Jedi, como se ela fosse um deles, ao menos em sua própria mente. De vez em quando Stellan Gios o repreendia gentilmente quando sua charhound ficava por perto no horário de trabalho; mesmo Avar Kriss às vezes franzia a testa. Mas Nib Assek sempre fora amigável com Brasa e, quanto aos recém-chegados, Elzar Mann sorriu e Orla Jareni até assobiou, o que fez Brasa inclinar a cabeça enquanto se aproximava de Burryaga. (Burry rapidamente se tornou o favorito da charhound, e vice-versa. Talvez fosse alguma empatia relacionada à pelagem.)

Acho que pessoas que gostam de bichos estão em maior contato com a Força, pensou Bell. Depois se perguntou se essa não era uma maneira mesquinha de ver as coisas, e muito conveniente para a charhound. Mesmo assim, não teria algo a ver? Uma amizade com uma forma de vida completamente diferente, com a qual não poderia haver comunicação direta, não seria um sinal de que seu espírito estava dando boas-vindas à Força em qualquer forma que ela assumisse?

À distância, em um corredor lateral, Bell vislumbrou uma pequena equipe de trabalho com macacões escuros: um Pau'an, um Ithoriano e uma humana, todos agitados seguindo de um trabalho para outro. Não era de se espantar que estivessem ocupados.

Orla deixou a Força guiá-la pelos corredores; encontrou droides enquanto caminhava, mas nenhum ser vivo. Havia um destino definido, talvez o compartimento de carga principal, pensou, mas quanto mais se aproximava, mais incertas suas conclusões ficavam. A Força normalmente guiava seus passos com mais segurança.

O som de passos ao longo de outro corredor a deixou tensa, e ela se virou para ver outro Jedi emergir ao lado. Era alguns anos mais novo do que ela, bastante alto, com cabelos castanhos bagunçados e um sorriso amigável. Orla gostou dele à primeira vista.

– Também está sentindo isso, não é? – disse o Jedi, em vez de um olá.

– Com certeza. Ou senti. Quanto mais me aproximo, mais longe me sinto. – Orla balançou a cabeça, como se quisesse limpá-la. – A propósito, sou Orla Jareni.

Isso rendeu a ela um sorriso.

– A Perscrutadora! Ouvi muito sobre você. Meu nome é Regald Coll.

– E o que o traz aqui, Regald? – ela disse com um sorriso, para dissipar melhor a tensão que ameaçava tomar sua mente. – A mesma sensação de... – Ela parou quando o verdadeiro peso do que sentia se fez notar. – ... pavor persistente?

Regald hesitou.

– Na verdade, estou tentando ajudar um dos meus camaradas provando que não há uma fonte estranha de pavor persistente a bordo do Farol, que estamos todos cansados e no limite... mas você fazer essa pergunta meio que abre um buraco na minha teoria.

Àquela altura, eles tinham chegado ao compartimento de carga. As portas do lugar se abriram para revelar nada além de cargueiros pousados ou pairando em seus ancoradouros, tudo exatamente como deveria estar. Orla não tinha mais certeza de que aquele era o destino correto, mas certamente havia algum significado. Ela se virou para um droide astromecânico próximo.

– Você pode exibir um manifesto completo?

Com um assobio, o pequeno astromecânico projetou uma tela inteira e comprida. Orla passou os dedos por ela, as pontas mergulhadas na luz, enquanto vasculhava os registros.

– Está vendo algum problema? – perguntou Regald.

– Não. Quero dizer, não a menos que você considere o fato de que não temos apenas uma, mas duas naves aqui tolas o suficiente para transportar rathtars. – Orla deu de ombros. – Rathtars são o pior tipo de criatura, mas não são responsáveis pelo que estamos sentindo.

Regald tentou suavizar:

– Ah, vamos lá, eles podem ser ruins, mas o pior tipo de criatura? Mais horríveis que um sarlacc? Piores que um Rancor?

– Um pequeno passatempo meu é aprender os termos literários para coletivos de coisas – disse Orla. – Sabe, tipo uma selva de Wookiees ou uma funilaria de droides?

– Ou um bolo de Hutts. – Regald assentiu. – Admito que sempre gostei de uma iluminação de Jedi.

– Bem, o termo coletivo para esses caras é remorso de rathtars. – Ela dirigiu um olhar ao companheiro. – Quem deu a eles esse apelido não estava muito feliz.

Talvez o problema sejam os rathtars, pensou Orla. *Talvez não estejam contidos da forma adequada. Se rathtars se soltassem pelo Farol, eles levariam o caos para outro nível. Deveríamos verificar. Mas... isso não faz sentido. Rathtars não influenciariam a Força mais ou menos do que qualquer outra criatura viva...*

O comlink pessoal de Orla apitou, puxando-a de volta para o momento presente.

– Jareni na escuta.

– Bem-vinda ao Farol da Luz Estelar, Orla. – A voz de Stellan soou mais calorosa do que ela esperava. Por que às vezes era tão difícil lembrar que eles realmente se gostavam e se respeitavam?

Bem. Existiam motivos. Mas Orla sorriu ao responder:

– Muito obrigada, Stellan. Vocês têm uma bela estação aqui.

– Gostaria de ter a chance de conversar com você sobre o progresso de Elzar... sem trair nenhuma confidência, é claro...

– Ele é seu amigo. Você está preocupado. Eu entendo. – Orla ajeitou suas vestes claras, já se preparando para a reunião. – Posso contar umas coisinhas.

– Esperarei por você – respondeu Stellan, desligando. Aquilo significava que ele queria vê-la imediatamente.

E não havia razões para não ir. A viagem de Orla até aquele compartimento de carga não resultou em nada além de algumas preocupações vagas e infundadas sobre a contenção de rathtars. Regald Coll também parecia indiferente com os arredores, que estavam em perfeita ordem. Ele deu de ombros, caminhando ao lado dela enquanto deixavam o compartimento.

Vou investigar mais tarde, decidiu Orla. *Talvez minha mente esteja mais clara.* Naquele momento, sua conexão com a Força estava muito confusa para ela ter certeza de seus pensamentos. Por que aquilo estava acontecendo? O que teria a habilidade de fazer tal coisa com um *Jedi*?

Mais cedo ou mais tarde – com sorte, mais cedo –, Orla pretendia descobrir.

CAPÍTULO NOVE

Com exceção da doca lotada, o Farol da Luz Estelar parecia quase normal. Ainda ativo, ainda cheio de droides e tripulação. Por sorte ele acabara recusando o cargo de chefe do templo do posto avançado em Valo; Elzar não apenas reconhecera que não tinha o que era preciso para liderar, mas também não gostaria de negar a si mesmo o prazer de retornar ao Farol. A tensão que ele ainda não percebera começou a se desenrolar em seu peito e, apesar de toda incerteza ao redor, ele começou a sorrir. Elzar conseguia estar naquele lugar sem voltar aos padrões de pensamento que o tinham conduzido por caminhos tão problemáticos.

Ainda carrego o que aprendi em Ledalau, pensou. *Não, não carrego. Isso se tornou parte de mim. Não é algo a ser perdido no primeiro desafio.*

Sim, ele ainda estava um pouco mais fechado para a Força do que um Jedi deveria estar, mas Orla dissera que isso poderia ser saudável. Elzar passara a confiar no julgamento dela.

Por fim, ele chegou à Central. Um sorriso surgiu em seu rosto enquanto caminhava confiante para aquela sala familiar – iluminada com a melhor tecnologia que a República tinha a oferecer, repleta de alguns dos maiores Jedi da época. Era como estar sob a luz do sol novamente, depois de passar muito tempo na sombra.

– Oh, Mestre Gios, do Conselho Jedi – exclamou Elzar, com uma solenidade fingida. – Sentiu a minha falta?

Stellan Gios estava, naquele momento, debruçado sobre um painel de controle, inclinado para o lado oposto da porta. Ao se levantar, Elzar esperava ver as mãos do amigo estendidas em saudação.

Em vez disso, viu um homem inseguro, com olheiras profundas, como se não dormisse havia muitos dias, ainda apoiando metade de seu peso no painel. Elzar sentiu o sorriso sumir de seu rosto.

– Elzar – disse Stellan. Sua voz estava rouca. Ele estava doente? – Bem-vindo de volta.

– Eu... hã... você tem um minuto? – Algo claramente estava acontecendo, mas ele conhecia o amigo o suficiente para saber que Stellan não gostaria de ser questionado sobre aquilo em público. Elzar apontou para o escritório do marechal. – Se tiver, eu gostaria de ter uma palavrinha.

Stellan levou um momento para assentir. Cada movimento, cada reação parecia um pouco mais lenta, como se o homem estivesse debaixo d'água.

– Claro. Venha. Vamos conversar.

A maioria dos outros Jedi, em situação semelhante, teria procurado uma maneira diplomática de indicar que notava a angústia de Stellan. Elzar Mann não esperou nem meio silêncio depois que a porta do escritório se fechou para perguntar:

– O que há de errado com você? Devo chamar um droide pílula? Sei que temos um monte de refugiados em necessidade, mas...

– Eu pareço tão ruim assim? – Stellan riu roucamente. – Acho que sim. Não é nada, na verdade. Uma insônia miserável, nada mais. Além disso... – Ele se concentrou mais uma vez, parecendo voltar ao seu normal. – Temos assuntos mais importantes para tratar.

Elzar assentiu mecanicamente enquanto Stellan o atualizava sobre a atividade dos Nihil, o número crescente de pessoas encalhadas ali por causa dos ataques, o trabalho parado em Eiram – todas as coisas de que Elzar já sabia, mais ou menos. Sua atenção, no entanto, continuava voltada para a evidente angústia que Stellan sentia, mesmo que não admitisse. Sim, insônia podia ser algo terrível, principalmente por um longo período. Mas uma ou duas noites não derrubariam um Jedi tão cheio de vida quanto Stellan Gios.

Em poucos minutos, Elzar chegou a uma conclusão. Uma conclusão da qual não gostava nem um pouco:

Stellan não estava tentando esconder dor física. Não, ele estava fazendo um péssimo trabalho tentando esconder o sofrimento emocional.

Quando Stellan terminou, Elzar nem se incomodou em fingir que estava prestando muita atenção.

– Agora vai me dizer o que está incomodando você?

Ele esperava mais negações. Em vez disso, o rosto de Stellan desmoronou.

– Você acreditaria se eu dissesse... que não passa de um sonho?

– Um sonho? Isso não pode ser causado por um mero pesadelo.

– Esse sonho persiste sem parar... invadindo cada momento de vigília. – Stellan se inclinou pesadamente contra a mesa, com os ombros caídos. – Ele me incomoda. Exige atenção. E, no entanto, os detalhes parecem tão insignificantes. Por alguma razão que não consigo entender completamente, esse pesadelo... esse pesadelo obscureceu minha conexão com a Força.

Aquela frase fez um arrepio percorrer a pele de Elzar. Stellan Gios estava lutando contra o lado sombrio naquele instante, assim como Elzar vinha lutando nos últimos meses? Parecia incompreensível, até porque aquilo significaria que Elzar deveria assumir o papel do mais estável. Não era sua especialidade.

Mas talvez existisse uma explicação. Sua viagem na *Nave* o lembrou dos relatórios que Orla Jareni e Mestre Cohmac tinham arquivado depois de passarem um tempo na estação Amaxine.

– Você suspeita da presença dos Drengir? Dizem que são fortes com o lado sombrio. Os Jedi na estação Amaxine relataram sentimentos de pavor persistente.

Stellan balançou a cabeça.

– Duvido. Avar os derrotou, os que colocamos no gelo ainda estão congelados, e não consigo imaginar quem os teria trazido aqui. De qualquer forma, eles não revelaram sua presença, e os Drengir não são conhecidos pela sutileza.

– Faz sentido – admitiu Elzar.

– Além disso, o que estou experimentando não é a presença do lado sombrio. É... é indescritível.

– Consegue definir em uma imagem? Uma palavra?

– Se pudesse pensar em algo assim – disse Stellan. – Seria meio caminho andado.

Nada daquilo fazia sentido para Elzar, mas não precisava fazer. Quando ele precisou de ajuda, Stellan a ofereceu...

... não pessoalmente, como ele prometeu, sussurrou a voz menos digna dentro da cabeça de Elzar...

E se Stellan estivesse precisando de ajuda, Elzar pretendia retribuir.

– Então me dê uma tarefa que eu possa fazer por você, para aliviar seu fardo até que Avar retorne.

A menção do nome de Avar provocou um olhar estranho de Stellan, mas ele disse apenas:

– Não há muito o que você possa fazer por mim. Está tudo centrado aqui, e... ah, sete maldições dos Sith. As *prisioneiras*.

– Que prisioneiras? – Elzar franziu a testa.

Naquele momento, as portas do escritório do marechal se abriram novamente e Orla Jareni entrou. Ela parou quando viu Stellan. Elzar acreditara ter sido direto, uma ilusão que se desfez completamente quando Orla disse, categórica:

– Você parece a própria morte.

– Prazer em vê-la de novo também, Orla. – Stellan balançou a cabeça, embora a sombra de um sorriso tenha surgido em seu rosto. – Sutil como sempre.

– Acho que a sutileza só atrasa as conversas. – Orla se aproximou, e Elzar sentiu uma preocupação real ali. – Alguma chance de você falar sobre isso?

– Honestamente, não há muito para compartilhar – insistiu Stellan. – E a melhor ajuda que qualquer um de vocês pode dar é pegar algumas das coisas que deixei passar. Ou seja, as prisioneiras que eu gostaria que Elzar interrogasse.

Elzar se concentrou na tarefa diante dele:

– Capturamos alguns desses retardatários Nihil?

– Talvez. Duas pessoas foram capturadas em uma das investidas de Avar. Uma conhecida colaboradora dos Nihil, Chancey Yarrow, e uma garota em idade de aprendiz, conhecida apenas como Nan. Nan foi confirmada como afiliada aos Nihil recentemente, alguns meses atrás. Elas afirmam ter outro empregador hoje em dia, mas há uma boa chance de que tenham ao menos alguma informação útil. – Stellan massageou as têmporas. – Isto é, se fizermos algo além de deixá-las apodrecendo em uma cela, que foi o que acabei fazendo.

– Vou investigar – prometeu Elzar. – Além disso, deixar os hiperpropulsores esfriarem um pouco não fará mal a elas.

Nan estava sentada em seu beliche de metal na cela, olhando para a luz que vinha da grade acima.

– Por que eles não vieram? – perguntou ela.

– Eles têm outras coisas para fazer – respondeu Chancey. Ela traçava preguiçosamente desenhos invisíveis na parede da cela ao lado de seu beliche, no qual se esticava como se não tivesse nenhuma preocupação na vida. Algumas de suas longas tranças pendiam da beirada do beliche. – Além do mais, é uma técnica clássica de interrogatório. O cansaço. Se ficarmos nervosas e acharmos que eles nos esqueceram, nos desgastamos antes mesmo de começarem a fazer perguntas. Então não faça o trabalho dos Jedi por eles, está bem?

– Certo. – Era uma coisa fácil de prometer. Não tão fácil de cumprir. Mas Nan pretendia tentar.

Ela manteve suas outras preocupações para si, porque sabia que Chancey Yarrow não seria compreensiva. O fato era que a prisão das duas fizera Nan duvidar de muitas de suas escolhas – em especial, e acima de tudo, de sua decisão de deixar temporariamente os Nihil.

Nan tinha o sonho de se tornar uma negociadora de informações, uma figura poderosa, uma espiã com o tipo de conhecimento e conexões que a tornariam valiosa para qualquer um, de negócios do submundo aos legítimos. Os Grafs eram apenas o começo. Mas, mesmo no auge de seus sonhos, ela sempre tivera a intenção de retornar aos Nihil algum dia – com sorte, mais útil para o Olho do que nunca.

Ela dificilmente já estivera mais longe de seus sonhos do que estava naquele momento, presa em uma cela Jedi, aparentemente esquecida.

Por que eu parti? Nan perguntou a si mesma enquanto abraçava os joelhos contra o peito. A galáxia podia ser brutal; era melhor não estar sozinha. Muito melhor ser parte de algo maior, algo poderoso, algo como os Nihil. Suas ambições pessoais a cegaram para aquilo por um tempo, mas ela via claramente agora.

Mesmo assim… Nan *tinha* partido. Estava encarando as consequências, e os Nihil não estavam indo lá para salvá-la. Se ela esperava se juntar a eles novamente, precisava sair sozinha daquela bagunça.

Leox Gyasi não era um homem de guardar rancor. Infelizmente, também descobrira que apenas uma pessoa precisava guardar rancor, e que, se alguém escolhesse manter um rancor contra ele, talvez não houvesse muita escolha a não ser responder na mesma moeda.

Koley Linn não só era o tipo de cara que guardava rancor, mas era do tipo que *gostava* disso. Se alguma vez houve um momento e local em que problemas provavelmente seriam fomentados, Leox achava que era o Farol da Luz Estelar naquele mesmo dia.

Pouco mais de dez anos antes, quando Leox ainda trabalhava para alcançar o posto de piloto na Guilda Byne, ele e Koley Linn foram designados como técnicos para a mesma nave. Koley chegou lá primeiro e fez um grande espetáculo ensinando a Leox os pontos positivos e negativos da nave. Todos eram peculiaridades bastante comuns, nada que alguém com experiência não pudesse descobrir por conta própria. Era a tentativa de Koley de mostrar domínio, de menosprezar Leox. Aquilo podia abalar algumas pessoas.

Mas *status* ficava em uma posição muito baixa na lista de coisas com as quais Leox Gyasi se importava, em algum lugar entre "moda" e "ter bons cortadores de unha". Por isso ele apenas seguiu em frente.

Logo ficou claro que Koley não estava apenas tentando colocar Leox em seu lugar com aquelas explicações; estava tentando enganá-lo. Ele alegava que as células de energia daquela nave perdiam energia um pouco rápido demais porque eram antigas e precisavam de atualizações. No entanto, Leox logo percebeu que as células estavam com pouca energia porque alguém, ou seja, Koley Linn, estava desviando-a para células portáteis, as quais prontamente vendia no mercado paralelo durante suas férias em terra.

Leox decidiu não denunciar Koley. Ele não era um dedo-duro. No entanto, em vez de realizar as verificações de manutenção da maneira como Koley sugerira, Leox as fez do jeito correto. Isso apontou a discrepância quase imediatamente, fazendo com que Koley logo fosse transferido para outro cargo, em outra nave, onde poderia causar menos danos.

Não era como se Leox tivesse feito Koley ser muito rebaixado. A Guilda Byne tomava muitos atalhos morais para se importar quando seus membros mostravam um pouco de iniciativa empresarial. Koley acabou tendo de deixar a guilda para conseguir uma nave própria, mas ele conseguira a *Ás de Paus* e fazia até parceria com pilotos da guilda, de tempos em tempos. Dadas tais circunstâncias, Leox imaginou que o nível de irritação de Koley Linn com ele seria bem leve. O tipo de coisa que se pode discutir com alguém depois de algumas canecas de Porto em uma Tempestade.

Em vez disso, Koley Linn odiava Leox Gyasi como se ele tivesse cravado um *kal* Mandaloriano em seu coração. Àquela altura, Leox sabia que nada seria capaz de mudar tal sentimento.

Por isso, como regra, ele evitava Koley Linn e pretendia seguir essa regra a bordo do Farol da Luz Estelar.

O plano inicial de Leox era simplesmente traçar uma linha mental que dividisse a doca principal do Farol em duas partes, uma para a *Nave* e outra para a *Ás de Paus*. A falha era que esse plano exigia que Koley se mantivesse em sua parte da estação, e parecia que o homem não tinha a intenção de fazer isso. Leox descobriu quando desceu a rampa e encontrou Koley lá embaixo, esperando por ele.

– Parece que você está encalhado. – Koley estava com os braços cruzados sobre o peito e uma expressão presunçosa.

– Não sei se você percebeu, mas todos estamos encalhados. – Leox gesticulou para a doca lotada.

– *Eu* só estou preso aqui porque esses tiranos Jedi não me permitem voar livremente. *Você* está encalhado porque sua nave *poodoo* quebrou. De novo.

Leox pensou em mencionar sua missão de resgate, mas decidiu não falar nada. Aquilo não era algo que Koley Linn respeitasse.

– Você veio oferecer ajuda? Porque, desculpe falar, não parece algo que você faria.

– Posso ajudar – disse Koley, surpreendendo Leox até que acrescentou: – Por um preço. Isso se você não estiver com pouco dinheiro, é claro.

Os tempos estavam difíceis desde que passaram a operar de forma independente, sem a Guilda Byne, mas teriam de piorar muito antes que Leox fizesse negócios com Koley Linn.

– Estamos bem, obrigado.

– Tanto faz, Gyasi. Fique encalhado aí pelo tempo que quiser. Mande um alô para aquela pedra, a menos que a tenha trocado por um punhado de lama e musgo.

– Geodo é um indivíduo de personalidade rica e vibrante – disse Leox. – Embora aqueles de percepção limitada muitas vezes não consigam perceber.

Essa era uma lição para Koley Linn, se ele quisesse escutar. Em vez disso, já estava se afastando, estudando as outras naves encalhadas, provavelmente procurando alguém desesperado o suficiente para fazer um mau negócio.

Orla poderia ter respeitado a privacidade de Stellan, pedido licença depois que Elzar saísse e ido cuidar da sua própria vida.

Mas e a diversão?

– Você sabe que vai acabar me contando, uma hora ou outra. – Ela se sentou diante da mesa de Stellan, encarando-o intensamente. – Não adianta protelar.

– Não há muito o que contar – insistiu Stellan. – Tive insônia. Pesadelos. Não estou descansado e há muito o que se fazer no Farol. Isso não basta para cansar qualquer pessoa?

– A maioria das pessoas, com certeza. Stellan Gios? Dificilmente. Você é um dos Cavaleiros Jedi mais corajosos e engenhosos que já conheci, mesmo que eu tenha precisado salvar seu traseiro em Pamarthe.

Stellan resmungou, soando um pouco mais como ele mesmo novamente.

– Você nunca vai me deixar esquecer daquilo?

– Você certamente já percebeu que não.

– Já percebi, mesmo. – Quando Stellan sorriu para ela, Orla sentiu como se parte da concha protetora ao redor dele estivesse finalmente começando a rachar. Mas então ele tinha de acrescentar: – Você ser uma Perscrutadora é um desperdício. Deveria ser uma investigadora trabalhando ao lado de Caphtor.

E lá estava: o desdém pelas escolhas dela, que Orla sabia que Stellan sentia, no fundo, mesmo que só pretendesse fazer uma piada.

– Você sempre teve um problema com Perscrutadores. Tenho uma teoria sobre o motivo, mas… conte-me você.

Por um momento, Stellan pareceu mais cansado do que nunca, e Orla se arrependeu de ter tocado no assunto. Mas ele respondeu com uma determinação surpreendente.

– Os Jedi devem encontrar significado na Ordem. Uns nos outros. No cumprimento de nosso dever. Se às vezes manter esse curso for difícil, é sinal de que precisamos trabalhar mais, não dar um passo para trás. Também é um sinal de que nossos próprios desejos egoístas podem estar se transformando em apegos e que esses desejos precisam ser sacrificados. Desculpe-me, Orla, mas… você nunca achou fácil andar na linha.

– Não, nunca achei. – O que não tinha nada a ver com egoísmo ou falta de disposição para se sacrificar. Orla não sentia a necessidade de se defender, mas decidiu que talvez estivesse na hora de Stellan ouvir alguns de seus pensamentos em troca. – Mas você sempre achou tudo muito fácil, não é? Stellan Gios, o mais brilhante dos brilhantes, o mais bravo dos bravos, símbolo de tudo o que há de bom na Ordem Jedi, o membro mais jovem do Conselho em um bom tempo, no centro e à frente de todos os esforços de publicidade que a República faz por nós. Não me entenda mal, Stellan, você fica bem sob os holofotes. Mas o conheço bem o suficiente para perceber o quão desconfortável você fica sob eles. Sempre precisou ser o filho de ouro da Ordem. Nunca se sentiu livre para experimentar ou falhar. Nunca teve o luxo de traçar seu próprio caminho. É por isso que se sente ameaçado pelo que os Perscrutadores fazem?

O rosto de Stellan pareceu se transformar em pedra.

– Não me sinto ameaçado. E devemos seguir o caminho que a Ordem e a Força nos mostram.

Orla balançou a cabeça.

– É aí que nos diferenciamos. Você ainda acha que a Força e a Ordem Jedi são a mesma coisa. – Ela se levantou e colocou a mão sobre a dele. – Eu não diria nada disso se não pensasse muito em você, Stellan. Por mais opostos que sejamos, respeito você e tudo o que fez, mais do que você poderia saber. Mas acho que está correndo o risco de desaparecer sob esse holofote. Algum dia, quando esta crise atual terminar, tire um tempinho para você.

– Não, nós não vemos as coisas da mesma maneira. – Stellan conseguiu sorrir de volta para ela, mas rigidamente. – Espero que saiba que eu também respeito você.

– Claro que sim – disse Orla alegremente ao sair da sala. – Como poderia não respeitar?

Vários dos poços de manutenção dentro do Farol da Luz Estelar abrigavam painéis de informação por meio dos quais vários sistemas podiam ser verificados – ou, se o operador soubesse o que estava fazendo, manipulados. Leyel sabia o que estava fazendo.

Ela também imaginou que poderia coletar um pouco de informação extra sobre o que estava acontecendo dentro do Farol. Cale sempre gostara de seguir os planos ao pé da letra, mas e se as condições tivessem mudado de uma forma que frustrasse a vontade do Olho? Eles tinham sido encarregados da missão mais importante, que deveria ser o maior triunfo do líder. Leyel não a veria em risco.

À medida que vários conjuntos de dados passavam diante dela, um item intrigante chamou sua atenção.

– Vejam isso – disse ela a Cale e Werrera, que pararam de trabalhar nas conexões do estabilizador da estação. – Prisioneiros "suspeitos de vínculo com os Nihil", aqui, a bordo da estação.

Cale se inclinou para olhar o painel também.

– Não conheço essa Chancey Yarrow. Mas Nan... ela não costumava viajar com Hague? Ele era um bom homem, um guerreiro capaz. Foi vítima dos Jedi.

Werrera sibilou com raiva e desprezo, emoções compartilhadas por Leyel. Ela também conhecera Hague. Os Nihil não tinham combatentes mais ferozes do que ele.

– Não deveríamos deixá-las presas em sua cela – argumentou Leyel. – Não devemos dar essa satisfação aos Jedi.

Embora Cale parecesse cauteloso, acabou concordando.

– Depois de concluirmos os preparativos mais importantes, quando não importar tanto se um alarme for acionado. Quem sabe? Talvez elas possam nos ajudar.

Leyel tentou imaginar como seria passar de uma prisioneira indefesa, à mercê dos Jedi, a alguém com o poder de destruir todos eles. Que presente. Ela quase invejou aquelas duas mulheres por seu cativeiro. A libertação das duas seria tão doce.

E então elas também poderiam servir ao grande plano do Olho.

CAPÍTULO DEZ

O Farol da Luz Estelar não era o único lugar na galáxia onde os Jedi ofereciam refúgio àqueles recentemente atacados pelos Nihil. Alguns templos dentro e próximos das regiões fronteiriças também abriram suas portas. Nenhuma instrução saiu do Conselho de Coruscant ordenando aquilo; a decisão fora espontânea, ecoada por um Mestre Jedi após o outro, através de vastas extensões de espaço. Aqueles que precisavam de ajuda, que buscavam proteção e assistência em tempos perigosos, as encontrariam entre os Jedi.

Um desses templos ficava no mundo densamente florestado de Chespea, bem dentro da fronteira do espaço recém-jurado à República. Era um templo de idade considerável, que abrigava um pequeno contingente de Jedi havia muitas gerações. De certa forma, as práticas e costumes dos Cavaleiros Jedi ali diferiam; eles eram independentes e reservados, e preferiam continuar daquele jeito, mas não eram diferentes em sua disposição de ajudar os necessitados.

Por isso, naquele dia, o Templo de Chespea, de teto dourado, normalmente cercado por nada além de quilômetros de floresta e pelo canto de pássaros, estava rodeado de tendas e abrigos improvisados, por onde passavam quase uma centena de pessoas de diversas espécies e civilizações. Nas poucas clareiras próximas estavam estacionadas naves avariadas e manchadas de carbono, embarcações que tinham lutado muito para chegar a um local de refúgio. No entanto, a cena era pacífica à sua maneira.

A calmaria antes da Tempestade.

Em órbita alta, o líder de uma Nuvem Nihil assentiu enquanto os esquemas se aproximavam, mais e mais, até que o teto dourado do templo estivesse brilhante como um alvo.

– Não se preocupem com as naves – disse ele.

Um subalterno que ainda não aprendera seu lugar se aventurou:

– Mas... se o objetivo é causar dano e confusão... deixar claras as nossas intenções...

– Aquela foi apenas a primeira onda dos nossos esforços – retrucou o líder da Nuvem. – Esta leva agora tem o objetivo de enviar uma mensagem aos Jedi. De agora em diante saberão... que tudo isso *é sobre eles.*

Era o que Marchion Ro ordenara. E assim seria.

A princípio, aqueles na superfície de Chespea acreditaram que as formas rodopiantes no céu deviam ser um bando de pássaros. Mas aquela ilusão reconfortante desapareceu em segundos. Os gemidos de desânimo se transformaram em gritos de pânico quando as pessoas pularam, correram para suas naves ou simplesmente para a floresta em busca de algum lugar, qualquer um, onde pudessem se esconder. Caso contrário, elas certamente seriam mortas pelo ataque impiedoso dos Nihil.

Mas nenhum daqueles viajantes estava em perigo.

A líder do templo, Mestra Imgree, olhou para cima e, pela primeira vez em sua vida, disse as palavras:

– Entre em contato com Coruscant.

Seu Padawan assentiu.

– Digo a eles que estamos sob ataque?

Imgree balançou a cabeça. A Força já dissera a ela o que se aproximava.

– Diga a eles que estamos todos mortos.

O Padawan hesitou apenas momentaneamente antes de fazer bravamente o que lhe fora dito. Ele mal teve tempo de respirar uma vez depois de enviar a mensagem, antes que o fogo Nihil explodisse através do teto dourado, incinerando tudo e todos lá dentro, até que o Templo de Chespea não existisse mais.

– O alvo deles de fato foi um templo Jedi – disse o assessor Norel Quo, fazendo holo após holo flutuar sobre a mesa da chanceler Lina Soh, retratos da devastação. – Um isolado, mas, ainda assim, um templo da Ordem como qualquer outro. Foi completamente obliterado. Até onde sabemos, nenhum Jedi sobreviveu.

A chanceler balançou a cabeça, igualmente consternada e incrédula.

– Acreditamos que os Nihil não representavam mais uma ameaça. Mesmo que sejam apenas remanescentes e retardatários atacando, a ameaça que representam pode ter sido reduzida, mas claramente continua bem real.

Quo perguntou:

– Devemos informar o Farol da Luz Estelar?

– A Ordem Jedi certamente já contou a eles. – Ser a chanceler da República muitas vezes significava dar más notícias; Soh nunca se esquivava desse tipo de tarefa, mas também não via sentido em realizá-la quando desnecessário.

Quo parecia abatido:

– É difícil ouvir isso e pensar que não podemos fazer nada.

– Enviaremos patrulhas pelas vias do hiperespaço, pelo menos – disse Soh. Assim como seu assessor, ela se sentia melhor tomando algum tipo de atitude, mesmo que desnecessária. – Saberemos se os Nihil enviarem uma frota na direção do Farol e os encontraremos com todo o poder que pudermos reunir. Entre em contato com Mestres Adampo e Rosason, envie nossas condolências oficiais... e informe-lhes não oficialmente que, da próxima vez que os Nihil tentarem alguma coisa, aqueles caras terão uma surpresa desagradável.

– Alguém tem uma chave T-7 que eu possa comprar ou pedir emprestada?

– Estamos procurando conversores de energia compatíveis com um modelo Corelliano YG-2500.

– Placas de casco? Metal que poderia se tornar placa de casco? Remendos de casco? Alguma coisa?

Affie Hollow estava no meio do grupo no centro da doca do Farol, tentando ouvir tanto as coisas de que a *Nave* precisava quanto as que poderiam oferecer. Embora os Jedi e a República estivessem fornecendo as ferramentas, peças e assistência que tinham disponíveis para aqueles que estavam encalhados na estação, não havia o suficiente para todos. Assim, formou-se uma espécie de local de troca, com todos oferecendo o que tinham ou podiam na esperança de receber aquilo de que precisavam em troca.

Um ótimo conceito, pensou Affie, *mas a execução é bastante barulhenta.*

Ela começava a se afastar da aglomeração quando ouviu uma voz perguntar:

– Alguém aqui sabe como fundir um novo engate?

– Eu sei! – Affie levantou a mão e olhou ao redor. – Meus companheiros e eu podemos lidar com isso.

– Isso é um alívio. – Quem fez a pergunta era um homem de uns quarenta anos, com um rosto quadrado, mas agradável. De braço dado com ele estava uma mulher de cabelos crespos e bagunçados. – Esta é Pikta Adren, eu sou Joss, e estamos felizes em encontrá-la. Poucas pessoas hoje em dia são capazes de fundir seus próprios engates...

– Nós *somos* capazes – interrompeu Pikta. – Mas apenas engates que possamos construir com um maçarico de polaridade, e quem mais carrega um desses?

– Nós não – admitiu Joss. – O que vai mudar no futuro, mas falar sobre isso agora não nos levará a lugar algum.

– Bem, nós podemos ajudá-los. Eu sou Affie Hollow. Meu piloto, Leox Gyasi, gosta de fazer muitas coisas à moda antiga, o que significa que ele faz seus próprios engates desde sempre. Eu também sou muito boa nisso. Claro, vamos precisar de micrax...

– Temos micrax – disse Joss, com um sorriso. – Deixe-me adivinhar. Vocês estão sem e esperam que nós compartilhemos?

Affie sorriu de volta. Ela teria se juntado a qualquer um que tivesse os materiais que a *Nave* precisava... mas era melhor unir forças com indivíduos que parecessem honrados. Ela estava começando a confiar em seus instintos sobre as pessoas.

A notícia sobre o ataque ao Templo Jedi em Chespea teria sido um golpe terrível a qualquer momento. Mas naquele, com o Farol superlotado e aparentemente assombrado por alguma estranha perturbação na Força, parecia que cada fardo se tornava mais difícil de suportar.

Você já lidou com coisas piores do que isso, Stellan lembrou a si mesmo severamente enquanto ele e outros Jedi veteranos a bordo tomavam seus lugares ao redor da mesa ampla. *Só está se sentindo sobrecarregado porque alguma coisa está interferindo em sua conexão com a Força.*

Embora ele nunca fosse admitir, também estava lidando com as palavras de Orla Jareni mais cedo. Ela perguntara se ele sabia quem era sem a Ordem. Aquilo fez Stellan se perguntar se sabia quem era sem a Força à sua disposição, já que ela parecia não estar mais...

Não. Você continua ligado à Força. A conexão está apenas... abalada temporariamente.

Stellan entendia aquilo em um nível puramente lógico: nada poderia destruir a conexão de um Jedi com a energia que ligava todos os seres vivos. No entanto, a instabilidade momentânea dessa conexão estava levando a uma certa instabilidade em seu humor e em seus pensamentos. Olhando para o grupo de Jedi poderosos vivenciando seus próprios níveis de angústia pela sala, Stellan sabia que não era o único a passar por aquilo.

Mas ele se manteria firme. Tinha de fazê-lo, para o bem da estação e talvez de toda a galáxia.

– Por que os Nihil atacariam um templo tão pequeno? – perguntou Indeera Stokes. – Como ele poderia ser uma ameaça?

– Não se trata de ameaças, mas sim de enviar uma mensagem. – Orla Jareni estava afastada dos outros, como de costume, distinta em suas vestes brancas como neve. – A questão é: por que agora?

– Achamos que os Nihil têm alguma coisa a ver com essa... estranheza a bordo do Farol da Luz Estelar? – perguntou Nib Assek.

Encolhendo os ombros, Regald Coll disse:

– E como poderiam? Em outras palavras, não.

– Então, com todo o respeito àqueles que se foram... – Elzar respirou fundo. – Precisamos colocar de lado a questão de Chespea por enquanto. A República está tomando medidas para policiar as vias do hiperespaço, e o Conselho já está espalhando a palavra, garantindo que outros templos possam se defender. Isso significa que nossa preocupação mais imediata continua sendo cuidar das pessoas que se refugiaram aqui.

Bell Zettifar se inclinou para a frente, hesitante, mas compelido a falar:

– Com todo o respeito, discordo. Nossa maior prioridade deveria ser investigar esse distúrbio na Força aqui na estação.

Ele estava certo. Stellan sentiu uma pontada de aborrecimento, porque era exatamente aquilo que ele mesmo deveria ter dito. O ruído constante nos limites de sua consciência – a incômoda ausência de sua comunicação completa com a Força – o impedia de ordenar seus pensamentos como deveria. Ele até tinha uma estranha canção de ninar atravessando repetidamente seus pensamentos, aquela que começava com *Shrii ka rai ka rai...*

Concentre-se, disse a si mesmo.

– Existe um foco para a perturbação? – Stellan perguntou para o grupo e rapidamente acionou um esquema holográfico da estação. – Um lugar onde cada um de nós sentiu isso com mais intensidade?

Do canto, o droide logístico falou de repente:

– Eu ficaria mais do que satisfeito em compilar todos os relatórios e mapeá-los nos esquemas do Farol da Luz Estelar! Esses dados podem se mostrar úteis.

Stellan quase disse que sim, só para dar a JJ-5145 algo para fazer. Antes que pudesse, no entanto, Indeera Stokes disse:

– Isso não será necessário.

Ela se levantou e caminhou na direção do holograma, erguendo a mão para ampliar a projeção e dar foco próximo às divisórias que conectavam as partes superior e inferior da estação.

– Aqui – murmurou Indeera. – Em algum lugar por aqui.

Stellan não sabia que aquele era o lugar até ela falar, mas soube que as palavras da companheira estavam corretas por meio do vínculo com a Força que lhe restava. Além disso, não ficava muito longe do escritório do intendente, onde estava dormindo quando foi dominado pelo pesadelo.

– Sim. Sim, é isso – disse ele.

– Certo, e o que temos por aí? – Elzar fez um gesto para ampliar o holograma. – Engenharia... armazéns de matéria-prima... o compartimento de carga principal...

– Orla e eu fomos atraídos para o compartimento de carga principal mais cedo – interveio Regald. – Não encontramos nada fora do comum por lá e logo fomos chamados, mas eu diria que é mais uma evidência de que precisamos concentrar nossos esforços nessa área.

– Sim. Então vamos investigar – disse Nib. – Encontrar o que quer que seja. Descobrir o que é. E depois fazer um plano.

Cada osso do corpo de Stellan lhe dizia que não procurasse, que não se aproximasse. Mas isso não poderia ser um aviso da Força. A Força tinha sido afastada demais. Era o medo sussurrando para ele, que se recusava a ceder. Stellan não toleraria mais isso.

– Sei que todos temos outras responsabilidades no momento, mas, na medida em que nossos deveres permitirem, sim, vamos investigar. Seja o que for, vamos chegar ao fundo.

Talvez, se tivessem sorte, a causa do problema seria algo que pudesse ser lançado na estrela mais próxima.

Exatamente como Koley Linn suspeitara – sim, lá estava Leox Gyasi, como um idiota, esperando rações com todos os outros idiotas na fila. Por que não tinha mandado a garota fazer aquilo? Koley viajava sozinho, mas se *tivesse* um assistente, maldição, de jeito nenhum tomaria para si algum trabalho pesado.

(Koley sabia que, supostamente, Leox trabalhava para Affie Hollow, mas não acreditava naquilo. Aquela garota estúpida tinha arruinado a Guilda Byne e todos que trabalhavam para ela; mesmo Gyasi não poderia ser tolo o bastante para dar ouvidos a ela mais uma vez. Não, eles provavelmente fingiam que ela era a chefe para ter uma desculpa quando as coisas davam errado.)

Mesmo assim, a estupidez de Leox deu a Koley uma oportunidade, porque ele tinha certeza de que vira Affie andando com alguns outros pilotos, fazendo um ou outro bico. Aquilo significava que a *Nave* estava pronta para ser explorada.

Ele caminhou em direção a ela, estudando-a no caminho. Por mais que criticasse Leox sobre a idade daquela embarcação, Koley também sabia que ela era rápida, manobrável e capaz de realizar uma ampla gama de trabalhos. Também sabia que, até recentemente, a *Nave* se beneficiara de um belo orçamento de manutenção financiado pela finada Guilda Byne. Aquela poderia ser a sorte grande para Koley. Sim, a nave sofrera alguns danos, mas provavelmente teria alguns sistemas em boas condições, com peças novas e de alta qualidade prontas para serem removidas...

Koley se abaixou para verificar o trem de pouso da nave, então ouviu um zumbido baixo e um baque. Ergueu-se prontamente e viu que a rampa estava abaixada e ele estava sendo observado.

Geodo estava ali, inexpressivo, sem desviar o olhar de Koley Linn.

– Você – murmurou Koley. – Ouvi boatos de que tinha assumido outro trabalho. Não sei bem por que imaginei que haveria mais de uma nave na galáxia disposta a empregar uma pedra.

Sua zombaria não teve efeito no olhar duro e frio de Geodo.

– Que seja. – Koley deu de ombros enquanto se virava para sair. Não que tivesse medo de Geodo ou de qualquer outra pessoa, mas, se fosse denunciado ao comando do Farol, quem poderia saber por quanto tempo a partida da *Ás de Paus* poderia ser adiada?

Ainda assim, doía voltar de mãos vazias. A *Nave* estava longe de vulnerável – ao menos por enquanto. Mas ele se manteria atento a outras oportunidades.

Koley pegou seu receptor de sinais, esperando escutar as comunicações oficiais e ter uma ideia melhor de quando poderia dar o fora dali. Ao ligá-lo, porém, a estática passou por ele em intervalos estranhos e irregulares, mas de alguma forma ordenados. Durou apenas um momento, mas o bastante para Koley saber que aquilo era definitivamente esquisito.

Alguma coisa está errada com essa estação, pensou ele.

A bordo da *Olhar Elétrico*, Thaya Ferr revisou as leituras e sorriu.

– Nosso primeiro carregamento está chegando agora, meu senhor.

– Vamos recebê-lo. – Marchion Ro normalmente deixava aquelas tarefas para os membros mais inferiores de sua tripulação; elas estavam abaixo de sua dignidade. Mas aquele não era um carregamento normal e, além disso...

... a *Olhar Elétrico* estava praticamente vazia. Os únicos seres vivos presentes eram Thaya Ferr e o próprio Ro.

Ambos chegaram à doca a tempo de ver o primeiro contêiner içado, guiado apenas por droides de carga. (Ro notou que Thaya sabiamente providenciara que a entrega fosse realizada exclusivamente por droides; não haveria linguarudos espalhando rumores sobre aquilo.) Ele observou o contêiner se acomodar no compartimento de carga da nave com um baque pesado e satisfatório.

Os droides se afastaram para buscar o próximo contêiner. Se Ro esperasse, eles desempacotariam todos, sem deixar nada para ele fazer. Mas Ro queria ver os itens que comprara. Eles significavam segurança. Proteção. Domínio. Significavam nunca mais ter de perder tempo eliminando outro membro da tripulação insubordinado novamente.

Ro acenou para Thaya, que rapidamente digitou o código de recebimento. A caixa se abriu para revelar seu conteúdo. Fileiras e mais fileiras de droides executores. Seus rostos planos e espelhados olharam de volta, refletindo a máscara de Ro de volta para ele dúzias de vezes.

Aqueles droides haviam se tornado ilegais muitas décadas atrás. Por isso tinham se tornado difíceis de encontrar, principalmente naquela quantidade. Thaya Ferr os encontrara, no entanto, e por um preço que ele conseguira tirar dos cofres dos Nihil sem chamar a atenção.

Se algum dos meus Executores da Tempestade fosse tão competente quanto a minha lacaia, pensou Ro, *imagine do que eu seria capaz.*

CAPÍTULO ONZE

No começo, a equipe de sabotadores Nihil teve o cuidado de se mover em silêncio e ficar fora de vista. No entanto, conforme o terceiro dia de trabalho deles amanheceu, tornou-se cada vez mais claro que essa cautela não era mais necessária. Os viajantes encalhados vagando a bordo do Farol da Luz Estelar formavam um bando heterogêneo. Era bastante fácil para Werrera, Leyel e Cale se misturar com os grupos e ir para onde quisessem.

Agindo dessa forma, até conseguiam almoço.

– Ithoriano – disse um jovem Jedi de pele negra, que inexplicavelmente mantinha um charhound cochilando a seus pés ao mesmo tempo que trabalhava na mesa de rações. – Acredito que esta seja uma Classe de Nutrientes Zeta Dois?

Werrera assentiu, e o Jedi entregou um pacote lacrado antes de voltar sua atenção para os outros. Cinco minutos depois, os três se sentaram em bancos na extremidade da doca e praticamente começaram a fazer um piquenique. Que tolos eram aqueles Jedi.

Mas cometeram o erro de supor que todos a bordo da estação seriam igualmente tolos.

– Olá – disse um comerciante, um homem humano de cabelos ruivos bem encaracolados. – Se divertindo?

Cale fez um som evasivo, que parecia ser a resposta esperada.

Mas o comerciante, em vez de se afastar, encostou-se na parede e sorriu para eles de um jeito desagradável.

– Notei vocês por aí. Em corredores laterais, nos fundos de instalações e lugares assim. O tipo de lugar em que não deveríamos estar.

Os olhos de Werrera encontraram os de Leyel. Ambos estavam armados, é claro, mas dificilmente poderiam atirar em alguém na doca lotada. Todo o caos e clamor não bastariam para evitar que aquilo chamasse a atenção.

Cale, no entanto, permaneceu impassível:

– Você não deveria admitir que vai a lugares proibidos.

– Não pretendo admitir isso para os Jedi – disse o comerciante. – Da mesma forma que também não contarei a eles o que vocês estão fazendo. Pensem nisso como um favor.

– Favores muitas vezes são feitos na expectativa de uma recompensa – respondeu Cale. – O que quer de nós?

– Apenas uma pequena participação. – O homem tinha um sorriso desagradável. – Meu nome é Koley Linn... aquela ali é a minha nave, a *Ás de Paus*. O que quer que saquearem desta estação, mandem um pouco para mim. Podem continuar o que estão fazendo e todos sairemos daqui mais ricos. Nem a República nem os Jedi precisam saber de nada.

O homem pensava que os três não eram mais do que ladrões. Insultante, mas conveniente.

– Você receberá uma boa parte do que quer que conseguirmos saquear daqui – prometeu Cale.

Koley assentiu com a cabeça enquanto os observava.

– Vou ficar de olho, certifiquem-se de seguir o acordo.

Cale sorriu, calmo e frio.

– Não tenha dúvidas. Nós vamos.

Uma parte daquela promessa não poderia ser mantida. Werrera, Leyel e Cale tinham ido até a estação para a glória maior dos Nihil e de Marchion Ro, o Olho. Por causa disso, eles seriam honrados como nunca. Tal honra não poderia ser compartilhada com gente como Linn.

Mas eles encontrariam algo mais ali, algo que todos tinham aceitado como preço de tal glória, que deveria ser pago para que a vontade do Olho fosse feita.

Daquilo, Koley Linn compartilharia completamente.

Mesmo através da contínua estranheza da Força...

... e Regald Coll chamaria aquilo de "estranheza" até que tivessem um nome mais definitivo...

... avisos definitivamente podiam ser sentidos, e Regald estava sentindo um naquele exato momento. Logo depois de terminar a distribuição de rações, esquadrinhou a doca com os olhos semicerrados, em busca da fonte daquela pontada particular de desconforto.

Seu olhar caiu sobre um pequeno grupo na extremidade da doca: três trabalhadores da manutenção fazendo suas refeições e um piloto ruivo que parecia tê-los interrompido. De onde Regald estava era impossível ouvir o que eles estavam falando. Também era desnecessário. Ainda que os trabalhadores continuassem impassíveis, a satisfação do piloto durante a conversa estava muito clara em seu sorriso e no modo como ele se gabou depois.

Regald verificou o manifesto rapidamente: LINN, KOLEY / *ÁS DE PAUS*. Bem, ficaria de olho nele.

A Força lhe dera um aviso. Um encrenqueiro fora identificado. Regald estava pronto para tomar qualquer decisão que fosse necessária. Mesmo assim, no entanto, continuava inquieto.

Sua atenção se desviou para uma das portas da doca... aquela que levava, de modo geral, na direção da engenharia e dos compartimentos de carga. Ao que parecia, a fonte do maior problema afetando todos os Jedi a bordo.

Até aquele momento, Regald não tinha sido tão impactado quanto os outros pareciam ter sido. Ainda achava que a exaustão e a contínua tensão causada pelos Nihil estava desempenhando um papel na inquietação de todos. Mas, com cada pessoa sensitiva à Força a bordo sentindo a mesma coisa, todos tinham concordado: o problema era real.

Quando não tivessem outros deveres, deveriam investigar aquele problema – e, na opinião de Regald, seus deveres estavam mais ou menos cumpridos naquele momento. Ele distribuíra tantas rações que nunca mais ia querer olhar para comida.

Regald se pegou pensando em seus dias cuidando da creche do Templo de Coruscant. Não era uma tarefa que precisaria fazer para sempre, e ele sempre entendera isso, mas, por mais frenético e difícil que pudesse ter sido de vez em quando, fornecera uma fonte de alegria profunda e permanente. O modo como os rostinhos dos jovens se iluminavam cada vez que ele anunciava um novo jogo, a forma como suas mentes desprotegidas e ainda sem forma vibravam delicadas e belas nos limites da consciência de Regald, até mesmo os sons suaves que faziam durante o cochilo do meio-dia: ele subitamente sentiu uma falta tão profunda de tudo aquilo que quase parecia dor física.

Depois de uma temporada na fronteira, talvez eu volte para a creche por um tempo, decidiu Regald. *É importante buscar desafios, mas também há algo a se dizer sobre conhecer seus pontos fortes, não é?*

Até lá, porém, deveria lidar com problemas mais imediatos e menos concretos do que crianças com crescentes habilidades da Força. Por exemplo, o que quer que estivesse à espreita na estação, desequilibrando a todos.

Regald arrumou a mesa improvisada que usara para distribuir as rações e partiu, determinado a não voltar até ter explorado a estação o bastante para descobrir a verdadeira fonte de seus problemas.

– Sinto que tenho que ser um dos que devem investigar – disse Bell, ao colocar seu equipamento de distribuição de rações no devido lugar. – Não quero falar fora de hora, Mestra...

– Não está – tranquilizou Mestra Indeera. – Obviamente, devemos fazer uma busca na estação em breve, para descobrir a origem do... problema.

Bell percebeu que mesmo sua estoica e robusta Mestra não queria falar diretamente do problema com a Força que todos estavam enfrentando. Aquilo talvez devesse fazê-lo sentir-se melhor com seu próprio desconforto. Em vez disso, deu-lhe um estranho frio na barriga. *Os Mestres estão preocupados com isso. Mais do que deixam transparecer. Talvez mais do que admitam para si mesmos.*

– No entanto, nosso primeiro dever não é nos proteger, mas sim proteger aqueles que buscaram refúgio e ajuda a bordo desta estação – continuou Mestra Indeera.

– Claro, Mestra. – Bell não resistiu e acrescentou: – Mas, se não cuidarmos de nós mesmos, quem cuidará deles? – Ele estremeceu por dentro, esperando uma reprimenda.

Ela nunca chegou. Em vez disso, a expressão de Mestra Indeera se suavizou.

– Você é sábio, meu aprendiz Padawan. Sim, devemos sempre encontrar um equilíbrio. Por isso você ficará tranquilo ao saber que, assim que a distribuição de rações terminar, pretendo participar da investigação dos níveis ao redor da engenharia e do compartimento de carga.

Aquela foi a melhor notícia que Bell ouviu em um tempo, e profundamente assustadora.

– Não deveria ir sozinha.

– Outros também vão investigar.

– Eu quis dizer que... eu deveria ir com você – explicou Bell.

– Não – disse ela. – Você tem outras tarefas a realizar, porque ainda precisamos revisar completamente todos os manifestos de carga das naves de refugiados.

Mais trabalho improvisado – mas aquilo era coisa de aprendiz. Bell concordou, porém continuou inquieto.

– Mas sempre haverá alguém com você?

Mestra Indeera inclinou a cabeça.

– Está preocupado comigo?

– Não que eu duvide de suas habilidades, Mestra. Eu jamais duvidaria, é só que...

– ... que você perdeu seu Mestre anterior e não deseja perder esta. – A mão de Mestra Indeera se fechou suavemente ao redor do ombro de Bell. – Em primeiro lugar, não há nenhuma razão específica para você temer. Esse distúrbio na Força não trouxe prejuízos para ninguém até agora, e não há razão para supor que trará.

Pesadelos, ataques de pânico e insônia pareciam "prejuízos" para Bell, mas ele sabia o que Mestra Indeera queria dizer.

– Certo. É claro.

– Além disso – continuou ela –, nenhum Jedi pode fugir do risco. Nem dos riscos para si mesmo, nem dos riscos para os outros. Nossos grandes dons exigem coragem ainda maior. Enfrentamos o perigo porque somos capazes de enfrentá-lo quando os outros não são. – Seus vívidos olhos azuis encontraram os de Bell diretamente e, pela primeira vez, ele sentiu que ela o encarava mais como um Jedi e um igual do que como um mero aprendiz. – Resumindo, Bell, você deve estar sempre disposto a me perder, se for necessário para fazer o que devemos. Devo estar disposta a perder você. Devemos estar dispostos a sacrificar a nós mesmos e uns aos outros por um bem maior.

– Sim, Mestra.

Então, para a surpresa de Bell, ela piscou.

– Só não me sacrifique antes que seja estritamente necessário, está bem?

Bell sorriu de volta para ela.

– Prometo.

– Tudo bem, então. Cuide dos manifestos. Voltarei logo. – Mestra Indeera fez uma pausa, depois se abaixou para coçar Brasa atrás da orelha por um instante, antes de se levantar e sair.

Os Jedi a bordo do Farol da Luz Estelar tinham muito trabalho administrativo a fazer.

Por sorte, aquele era um dos pequenos tédios com que os Perscrutadores não precisavam lidar.

Orla Jareni puxou o manto branco para mais perto de si enquanto descia no elevador, em direção ao compartimento de carga da estação. Quando estivera ali antes, com Regald Coll, sentira que algo estava acontecendo, embora, na ocasião, estivesse distraída com trivialidades como rathtars e os idiotas que os transportavam. Daquela vez, ela permaneceria concentrada na verdadeira crise.

As portas do elevador se abriram antes do nível correto, e Indeera Stokes entrou. Ela e Orla trocaram breves acenos, nada mais. Depois, no nível seguinte, ainda muito alto, as portas se abriram novamente para permitir a entrada de Regald Coll, que acenou com a cabeça discretamente.

Ao retomarem a descida, Orla disse:

– Estou feliz por fazermos isso juntos. Com mais pessoas, podemos cobrir mais terreno.

– E definitivamente tenho menos chances de ter problemas, já que não serei o único aqui investigando. – Regald fez uma pausa enquanto passava a mão pelo cabelo desgrenhado. – Eu devia ter admitido isso em voz alta?

Indeera deu de ombros:

– Provavelmente não.

– Stellan já nos deu sinal verde – Orla lembrou aos outros, mas, enquanto falava, percebeu que as dúvidas deles eram reflexos da incerteza que aquele distúrbio estava causando a todos. Seus cérebros poderiam estar interpretando o distúrbio como preocupação em seguir ordens corretamente. Na verdade, a tensão era muito mais amorfa, muito menos propensa à lógica. – Vamos apenas seguir em frente.

As portas do elevador se abriram e os três saíram para o nível acima da engenharia. Abaixo daquele ponto, ela entendera que Estala Maru e seu astromecânico cuidariam do assunto. (Aparentemente, ele também percebia o silêncio assustador e hipnótico da Força em ação.)

– Que tal simplificarmos as coisas? – sugeriu Orla. – Eu vou para a esquerda. Indeera, você pode ir pela direita...

– ... E eu vou em frente. – Com um aceno de cabeça, Regald começou a andar, mas ergueu o comlink. – Vamos manter contato, tudo bem?

– Bom plano – disse Orla. Ela já estava projetando sua atenção adiante. Provavelmente o fato de estar se afastando do compartimento de carga era melhor. Quanto mais longe ficasse dos rathtars, melhor.

Indeera Stokes avançou por corredores relativamente vazios e silenciosos. Aquele nível era amplamente usado para armazenamento, e ela se sentiu consternada por um instante por não terem conseguido estabelecer alojamentos temporários para os refugiados a bordo. Tanto espaço, e a doca estava ficando tão lotada...

... mas aquelas pessoas tinham suas naves, e desejavam ficar perto delas na maioria das vezes. E, mesmo que alguns daqueles compartimentos estivessem vazios, outros estavam abastecidos de componentes valiosos que não podiam simplesmente ser deixados desprotegidos.

Você está se distraindo, percebeu ela. *Está refletindo e ponderando em vez de se abrir para a Força. Isso não vai ajudar.*

Faça o seu trabalho.

Indeera respirou fundo e estendeu a mão, ampliando seus sentidos. E ela encontrou...

... *nada*.

A Força não estava falando com ela ali. Havia o mais fraco... sussurro... prova de que ela não enlouquecera, que a Força continuava como deveria. Mas, pela primeira vez desde que era uma criança, Indeera teve problemas para se conectar à Força.

A simples percepção de como aquilo era errado a fez tropeçar. Indeera parou e colocou a mão na cabeça. Precisava se concentrar. Por que não conseguia pensar? Deveria ter se alimentado antes – era difícil afastar o pensamento de que estava com fome.

Seu comlink apitou. Indeera atendeu.

– Stokes aqui...

– *Ajudem-me.* – O puro terror na voz de Regald Coll fez calafrios percorrerem a pele de Indeera. – *Por favor, por favor, me ajudem!*

Ela deu meia-volta e correu pelo caminho de onde viera, com a intenção de rastrear Regald. O que estava acontecendo com ele? De repente, sentiu muito medo pelo companheiro, mais medo do que sentira até mesmo por sua própria vida. Suas botas batiam no chão enquanto se virava de um lado para o outro, procurando o caminho que vira Regald tomar antes. Aquela parecia ser a direção certa...

Seus passos diminuíram. Indeera cambaleou enquanto avançava, até que finalmente tropeçou e precisou se apoiar contra a parede mais próxima. Não conseguia ver Regald, embora soubesse que ele poderia estar apenas alguns metros à sua frente. Por que estava tão escuro ali?

As luzes estavam acesas, mas era como se... como se ela não pudesse absorver a luz...

Os olhos de Indeera se arregalaram quando o chão começou a derreter. Conforme as paredes mudavam de cor e forma. Ela sabia que estava alucinando, mas saber disso não adiantava; a realidade estava longe de ser encontrada. Aquela fantasmagoria a cercava, aprisionava, tirava dela tudo o que era bom e verdadeiro.

O chão deu um tapa em sua bochecha, chutou seu ombro, empurrou seu quadril. Indeera apalpou a lateral de seu corpo debilmente, em busca de seu sabre de luz, mas não conseguia fechar a mão ao redor dele. E de que adiantaria, afinal?

Não havia inimigo a enfrentar. Não havia posição a manter.

Não havia Força para guiá-la. Ela se fora, se fora, para sempre, e Indeera não sabia que era possível se sentir tão assustada, tão sozinha.

Lágrimas brotaram em seus olhos, borrando tudo ao seu redor até que ela não pudesse enxergar mais.

Seguindo um palpite, Orla entrou em um poço de manutenção onde sentira que algo fora feito recentemente – embora o que e por quem permanecesse um mistério –, quando o pedido de ajuda de Regald soou em seu comlink. Por isso ela levou segundos preciosos para sair de lá. Praguejou consigo mesma enquanto atravessava o poço de volta para o corredor, depois saiu correndo assim que pôde. Sua mão se fechou ao redor do cabo do sabre de luz de lâmina dupla, pronta para acioná-lo no instante em que vislumbrasse o que quer que estivesse ameaçando Regald Coll.

Orla tentou sentir a Força e, embora suas percepções ainda estivessem nubladas de maneira frustrante, teve a sensação de que algo se afastava... recuando, talvez? Talvez Regald tivesse conseguido lidar com aquilo sozinho. Mesmo assim, não desacelerou.

O que ela sentira não parecia exatamente uma retirada. Parecia mais... saciedade.

Derrapou em uma curva no corredor que Regald tomara, e mal conseguiu recuperar o equilíbrio antes de tropeçar em Indeera Stokes, que estava inconsciente no chão.

– Indeera?

Orla ajoelhou-se ao lado da Tholothiana e levou dois dedos à garganta dela. Sim, estava apenas inconsciente, não morta, mas sua respiração era superficial e irregular, e sua pele estava chocantemente fria e úmida de suor.

O que acontecera com ela? Orla teria de descobrir mais tarde. Se a coisa que tinha feito aquilo com Indeera fosse a mesma que estava ameaçando Regald, ela precisava seguir em frente.

Avançando, Orla se esforçou para correr ainda mais rápido até chegar a uma área de carga maior, um súbito abismo amplo e escuro nas profundezas da estação. O espaço parecia estar totalmente vazio. Mas, quando ela piscou, sua visão já se ajustando à penumbra, pôde ver uma forma deitada no chão, a poucos metros de distância.

– Regald! – gritou Orla, correndo para o lado dele. Ele estava no mesmo estado de Indeera?

Não, percebeu ela. A situação era muito pior. Regald não estava se movendo – nem mesmo respirando.

Talvez houvesse alguma chance de ressuscitação. Orla correu os últimos passos e parou ao alcançá-lo. Seus olhos se arregalaram quando viu o que estava diante dela.

Regald Coll estava morto. Mas, em vez de seu corpo, no chão diante de Orla havia algo que imitava e zombava dos contornos dele – uma horrível e ressecada casca.

CAPÍTULO DOZE

– Como assim? – perguntou Stellan Gios, olhando para seu comlink como se pudesse ver Orla Jareni olhando para ele. – Regald Coll está *morto*?

– *Pior do que morto* – foi a resposta de Orla. – Seu corpo foi... alterado, de algum jeito. Transformado nesta versão seca de si mesmo, quase virando pó. Não toquei nele porque tive medo de que se desmanchasse.

O olhar de Stellan percorreu todo o Centro de Comando do Farol até Nib Assek e Elzar Mann, cujo desânimo refletia o seu.

– Outra casca – disse ele. – E desta vez dentro do próprio Farol.

Qualquer que tivesse sido o horror que roubara a vida de Loden Greatstorm chegara até a estação. O Farol da Luz Estelar – supostamente um local de refúgio – tornara-se outra fonte de perigo.

– *O que quer dizer com* outro? *Isso já estava acontecendo?* – perguntou Orla.

– Ser cortada dos assuntos da Ordem é um dos preços de ser uma Perscrutadora – apontou Stellan. – Vamos explicar tudo quando você retornar ao Centro de Comando.

– Primeiro você precisa enviar uma equipe médica, ou pelo menos alguns droides e uma maca flutuante. Indeera Stokes estava vasculhando o nível conosco, a vários metros de distância, mas ainda perto demais...

– Não, Indeera também! – deixou escapar Nib. Stellan colocou a mão no ombro dela, brevemente, ajudando-a a recuperar a calma. Eles precisavam permanecer centrados mais do que nunca.

– *Indeera está viva, pelo menos por enquanto* – disse Orla. – *Mas o que quer que tenha assassinado Regald a feriu muito. Ela está inconsciente, com a respiração fraca e irregular e... não parece bem. Precisa de ajuda médica imediata.*

– Estou enviando um droide médico para sua localização agora mesmo – disse Stellan. – Assim que ela estiver segura, volte à Central imediatamente. – Com isso, ele desligou o comlink.

– Pelo menos, quando Indeera acordar, ela poderá nos dar uma ideia do que estamos enfrentando – disse Elzar.

– Pode ser. – Stellan invejava Elzar por confiar que Indeera, de fato, acordaria. Mais do que isso, Stellan invejava aquele nível de concentração. Com sua atenção não mais focada no comlink, a exaustão o estava alcançando. O medo intenso que o invadia por quase dois dias, desde o pesadelo, aprofundou-se com o conhecimento de que o perigo que sentira era muito real e já custara a vida de um de seus companheiros.

– Stellan. – Elzar se aproximara, ficando ao lado do amigo, sem que ele percebesse. – Você não está bem. Se precisar descansar, vá. Posso tomar conta das coisas aqui.

– E *eu* posso tomar conta *dele* – acrescentou Nib, com um leve indício de seu humor habitual. – Se ele não pegar leve por vontade própria, vou chamar meu Padawan. Não pense que não.

– Nenhum reforço Wookiee será necessário – insistiu Stellan. – Eu vou... me sentar. Descansar um pouco. Mas, mais do que tudo, quero falar com Orla e, assim espero, com Indeera, para que possamos obter algumas respostas sobre o que aconteceu aqui.

Eles estavam sendo observados.

– Isso não muda nada – avisou Cale aos outros Nihil ao deixarem a doca. – O humano de cabelo laranja é um tolo.

– Tolos gostam de falar – apontou Leyel, colocando sua bolsa de ferramentas no ombro. – Essa é uma das coisas pelas quais são conhecidos.

Cale permanecia destemido:

– Mas ninguém está ouvindo. Como poderiam? O plano do Olho jogou essa estação no caos. Isso nos dá uma oportunidade.

A oportunidade em questão era o único desvio do plano de Marchion Ro. Libertar os outros Nihil em cativeiro trazia riscos. No entanto, naquele momento, depois de verem o estado do Farol por si mesmos, os três membros da equipe sentiam que os riscos poderiam ser gerenciados.

Parecia haver uma boa chance de os Jedi não perceberem que suas prisioneiras tinham desaparecido, pelo menos não no breve instante que teriam antes de ficarem extremamente distraídos.

A prisão do Farol tinha sido construída para contenção de curto prazo, não para encarceramento prolongado. Portanto, faltava o padrão de reforço usado em estações e naves prisionais: paredes de espessura dupla, tetos e pisos selados de metal, campos de força em tubos e dutos de manutenção próximos. É claro que estariam bem guardadas – mesmo a República não poderia ser tão arrogante a ponto de deixar seus prisioneiros sem supervisão –, mas essa supervisão provavelmente se limitaria ao andar em que as celas realmente estavam, e era mais provável que consistisse em droides sentinelas em vez de guardas sencientes.

Era o que a equipe Nihil presumira e, minutos depois de chegar ao próximo andar, eles tinham motivos para acreditar que estavam certos. Aquele andar, que parecia destinado a salas de conferência para cúpulas políticas e discussão de tratados, estava deserto, exceto por um droide de manutenção que se mantinha taciturno em sua tarefa de aspirar as aberturas de ventilação.

Werrera ergueu um de seus dispositivos pré-carregados com as especificações da estação e plantas que tinham sido enviadas aos Nihil por Ghirra Starros. Aquele mapa mostrou a eles o caminho. Leyel sacou um decodificador no ponto diretamente acima da prisão; era um dispositivo grosseiro, capaz de desorientar droides apenas em suas imediações, e por não mais do que alguns minutos. Mas tudo de que eles precisavam eram alguns minutos.

– Entramos e saímos em seis minutos. – Cale deu um sorriso largo ao pegar as ferramentas de que precisaria para abrir as camadas do piso. – Mãos à obra.

– Parece que o tempo não passa – disse Chancey, olhando para a parede da cela vazia diante dela

– Para mim também – admitiu Nan. – Mas não consigo mais ficar parada. Preciso me *mexer*.

– Lembro de me sentir assim quando era mais jovem. – Chancey se esticou em seu beliche, fechando os olhos. – Hoje em dia não costumo recusar a chance de dormir um pouco.

Nan não disse nada, mas pensou que, se viesse a ficar decrépita daquele jeito, poderiam jogá-la nas piras funerárias que ela mesma acenderia o primeiro fósforo. E Chancey não podia ter mais de quarenta e cinco anos!

– Fico imaginando se contaram para Sylvestri que fui presa – disse Chancey. Seus olhos continuavam fechados, e o tom de sua voz era difícil de interpretar. – Acho que ela não lamentaria.

Sylvestri Yarrow era a filha de Chancey, uma garota mais ou menos da idade de Nan, que recusara a chance de se juntar à mãe no trabalho para os Grafs. Todos os dias, desde então, Nan estava ciente de que, por mais encorajadora que Chancey pudesse ser, ela ainda preferiria que fosse Sylvestri ao lado dela. Ficar em segundo lugar não se mostrou nada divertido.

(Sylvestri Yarrow estava na companhia do Padawan Reath Silas quando Nan a viu pela última vez. Havia uma conexão entre os dois? Nan não queria estar curiosa sobre aquilo, sobre Reath, mas não podia negar que estava.)

No fim das contas, tudo o que importava era a verdade: Chancey Yarrow sentia falta da filha. O que significava que, por mais que tentasse parecer tranquila, confiante ou durona, ainda havia um vazio em seu peito.

Aquele vazio poderia ser preenchido cuidando de outra jovem. Até mesmo levando a culpa por ela, se Nan fizesse os movimentos certos...

Ela ficou abalada com seus próprios pensamentos por um instante. Como poderia ser tão fácil se voltar contra alguém que, até alguns dias antes, tinha sido sua mentora?

Porque estávamos apenas usando uma à outra, percebeu Nan. *Chancey não é como Hague.*

O rosto enrugado do Zabrak que fora seu guardião na infância apareceu em sua mente, fazendo-a sentir um nó na garganta. Nan mal se lembrava dos pais; foi Hague quem realmente a criara, que lhe ensinara quase tudo o que sabia. Ela não tinha percebido que queria que Chancey preenchesse aquela ausência até então.

Na doca principal, Affie Hollow olhou para a nave dos Adren com aprovação.

– Belo esquife – disse ela. – Podemos deixá-la em ordem rapidinho.

– Bom – respondeu Joss, distraído. – Bom. – Ele estava olhando para longe, e seu tom de voz mudou de descontraído para algo mais sombrio. Affie ficou preocupada. O que estava errado? Apenas alguns minutos tinham se passado desde que ambos os Adren inspecionaram a *Nave* com ela, conheceram Leox e Geodo e ofereceram ajuda de muitas maneiras. Naquele exato momento, Leox provavelmente estava vasculhando seus arquivos de áudio, porque ele e os Adren eram fãs da mesma banda de simjo.

Todo mundo fora amigável. Todos tinham se dado bem. Tinham até trocado arquivos. O que poderia ter mudado para Joss Adren?

– Hã... – começou ela. – Qual é o problema?

Joss deu um longo suspiro.

– Veja. Sei que não há nada para eu me preocupar. Não mesmo. Mas não quer dizer que eu aprecie pessoas flertando com a minha esposa bem diante dos meus olhos.

– Ah, Leox não está flertando – disse Affie. – Mais cedo ou mais tarde, ele acaba abraçando todo mundo.

– Leox Gyasi não é o problema – bufou Joss. – É aquela maldita pedra.

Affie inclinou o corpo para ver a *Nave*, atrás da nave dos Adren. Sua escotilha estava aberta e Geodo estava no topo da rampa... onde estava Pikta Adren, seu cabelo encaracolado balançando enquanto ela ria.

– Geodo é um Vintiano – Affie se apressou em dizer. – Não é como se houvesse algo que ele pudesse fazer com um humano, mesmo que quisesse. E ele não quer. Namora apenas sua própria espécie. O que para a maioria das pessoas pode parecer meio mesquinho? Mas temos que admitir que, para os Vintianos, isso é meio inevitável.

Joss olhou por cima do ombro e suspirou.

– Acho que você está certa.

Affie sorriu para ele, aliviada por ter restaurado seu humor, enquanto pensava: *Que ótimo, Geodo está à espreita novamente*.

Elzar desceu ao nível do compartimento de carga, determinado a ver por si mesmo o que acontecera com Regald Coll. Stellan realmente deveria ter ido – mas, quer ele reconhecesse, quer não, estava próximo de seu limite. Elzar não queria pressionar o homem ainda mais.

Além disso, Elzar simplesmente não fora tão afetado por aquela estranheza a bordo da estação quanto os outros Jedi pareciam ter sido. Era porque ele ainda estava se fechando um pouco para a Força?

Aquilo lhe parecia errado; a Força fortalecia um Jedi, nunca o enfraquecia, exceto por sua ausência.

No fim das contas, as causas não importavam. Naquele momento, Stellan não conseguiria lidar com a situação. Por isso Elzar assumira a responsabilidade.

Ele chegou logo depois da equipe médica, a tempo de vê-la se afastando com a maca flutuante que carregava Indeera Stokes. Ela se contorcia, não como alguém recuperando a consciência, mas como alguém prestes a ter um ataque. O breve vislumbre que Elzar teve do rosto da companheira bastou para chocá-lo: ela parecia dez anos mais velha do que algumas horas antes. *É como se algo literalmente tivesse sugado sua vida*, pensou.

Das sombras mais adiante no corredor, uma figura de branco surgiu.

– Venha – disse Orla. – Você deveria ver isso. Mais alguém além de mim deveria, de qualquer maneira. Não sei ao certo se acredito nos meus próprios olhos.

Elzar se pôs ao lado dela. Ali, diante deles, estava o que restava de Regald Coll: mero pó na forma de um homem. Embora a casca também tivesse algum tipo de qualidade fibrosa...

Uma memória brilhou na mente de Elzar: Regald rindo durante o desjejum, naquela mesma manhã, tornando leves as tarefas diante deles, recusando-se a dar lugar à escuridão que os obscurecia.

Apenas algumas horas depois, a escuridão engolira Regald completamente.

– Que poder é capaz de algo assim? – sussurrou Orla. – É como se... como se a própria vida tivesse sido arrancada dele.

Isso é impossível, Elzar queria dizer. Mas não sabia se ainda acreditava nessa impossibilidade.

A ponte da *Olhar Elétrico* estava quase completamente silenciosa. Thaya verificava as sequências de ativação no segundo carregamento de droides de sua estação, bem no canto, ao passo que Marchion Ro permanecia em seu assento, olhando para uma distância média. As luzes fracas dos painéis refletiam na face impassível de sua máscara. Poucos o viam desprevenido daquele jeito, ela percebeu: que pensamentos poderiam estar passando por sua mente?

Thaya teve pouco tempo para considerar tal questão antes que um sinal de aproximação começasse a soar, solicitando permissão para o embarque. Ela se sentou alarmada, mas Ro fez um gesto preguiçoso com a mão.

– Nosso convidado é esperado.

Era melhor ter me contado, para que eu pudesse tomar providências, pensou Thaya, mas não disse nada. Não era responsabilidade de Marchion Ro facilitar o trabalho dela; era responsabilidade de Thaya se adaptar a quaisquer que fossem suas necessidades.

O próprio Ro acionou o comunicador.

– Aqui é a *Olhar Elétrico* – disse ele. – Por que demorou tanto? – Seu tom era caloroso, quase brincalhão... e, aos ouvidos de Thaya, bastante falso.

O holo se acendeu, granulado e sombreado, revelando uma mulher de quarenta e poucos anos, olhos arregalados e aflita como uma garota. Após um instante, Thaya a reconheceu: a senadora Ghirra Starros, oficial da República e espiã Nihil. Thaya muitas vezes se perguntara como Ro conseguira subverter e converter uma senadora da República para o lado deles. E naquele momento ela descobriu: ele usara o truque mais antigo e óbvio que existia. E Starros caíra nele.

Não havia nada de que Marchion Ro não fosse capaz?

– Marchion – disse Starros. – Recebeu todas as minhas transmissões?

Ro assentiu.

– Cada palavra. – Mais uma vez aquele tom sabido e malicioso, um que ele nunca usaria com alguém realmente íntimo, supondo que tivesse alguém assim. – Venha e reivindique sua recompensa.

A ênfase que ele colocou na última palavra deixava claro qual seria aquela recompensa. Thaya por um momento sentiu-se grata pela relativa escuridão da ponte, que escondera seu rubor. Ela não disse nada, simplesmente transmitiu os códigos de ancoragem para a pequena nave de Starros.

– Estarei aí em instantes – prometeu Starros. – Mal posso esperar para vê-lo.

O holo piscou e se apagou, deixando a ponte escura e silenciosa mais uma vez.

– Vou cumprimentar nossa convidada pessoalmente – disse Ro.

– Vou preparar um quarto para ela. – Thaya deu um sorriso brilhante. – Os antigos aposentos de Alfkenda? – Transferido para outra nave, Alfkenda tinha sido um engenheiro altamente valorizado. Como tal, seus antigos aposentos estavam entre os melhores de toda a nave, com exceção do de Ro.

Eles também estavam localizados a meia nave de distância da suíte de Ro, que poderia visitar a senadora Starros sempre que desejasse... mas sem ter de lidar com nenhuma intrusão em sua privacidade.

– Esses serão ideais – disse Ro. – Você compreendeu exatamente as minhas necessidades.

Thaya se curvou. Não poderia haver maior elogio para ela.

Sair daqui vai dar uma trabalheira, pensou Leox ao se sentar na cabine da *Nave*, olhando para a doca. A tripulação do Farol fizera um excelente trabalho acomodando tantas naves em tão pouco espaço – mas seria difícil para mais de uma ou duas decolar e sair ao mesmo tempo. Dado que todos estariam ansiosos para seguir seu caminho assim que fosse seguro, era fácil apostar que nem todos iam querer esperar sua vez para partir.

Especialmente animais como Koley Linn.

Eles estariam a caminho de um engarrafamento tridimensional mesmo que os Jedi não estivessem com pressa. E se estivessem...

– Leox? – a voz de Affie ecoou pela nave quando ele ouviu os passos dela na rampa. – Onde está Geodo?

– Dormindo, eu acho. – Vintianos tinham horários estranhos.

Affie apareceu na porta da cabine, com os olhos arregalados.

– Ele está... *sozinho* no beliche, certo?

– Claro. Você sabe que ele só flerta por aí.

– É, mas dessa vez ele está flertando com uma das mecânicas que podem nos ajudar a sair daqui. – Affie se sentou ao lado de Leox, balançando a cabeça. – Que por acaso é casada com outro mecânico que pode nos ajudar a sair daqui.

– Ei, o cara não consegue evitar – disse Leox, encolhendo os ombros. – As garotas preferem esses tipos fortes, silenciosos.

Isso rendeu a ele uma carranca de Affie.

– Ele poderia evitar mais do que tenta e, dessa vez, é melhor evitar.

– Tudo bem, tudo bem, tá certo. Vou falar com ele quando se levantar. – Leox não pôde deixar de pensar em alguém pior a bordo. – Koley Linn não lhe causou nenhum problema, né?

– Não, exceto por existir. – Affie se serviu de um dos palitos de menta de Leox. Ela ainda achava que o maior problema deles era Geodo não saber quando desligar seu charme.

Leox esperava que ela estivesse certa.

Um baque no alto fez Chancey olhar para cima. Nan se encolheu no beliche, sussurrando:

– O que foi isso?

– Tem alguma coisa acontecendo lá em cima – respondeu Chancey. Ela olhou para os droides sentinelas, que mal podia ver de sua sela; eles estavam parados no lugar, vibrando levemente, sem reagir.

Isso é um embaralhador, pensou ela. Alguma coisa séria estava prestes a acontecer, e parecia que as duas estavam bem no meio de tudo.

Outro baque fez as mulheres ficarem de pé. Faíscas se espalharam ao redor de um dos painéis do teto, que logo se soltou para revelar três seres olhando para elas.

– Toda glória ao Olho – disse o Pau'an.

Os Nihil? Mas que *diabos*? Aquilo não fazia sentido para Chancey.

Mas Nan já se levantara em um salto, o alívio tomando conta de seu rosto.

– Toda glória ao Olho – respondeu ela. – Como vocês... alguém mandou...

– Nós conhecíamos Hague – disse a humana. – Em nome dele, viemos ajudá-la.

O Pau'an acrescentou:

– Em troca, vocês vão nos ajudar.

Não era uma pergunta.

Chancey queria saber muito mais sobre aquilo em que teriam de ajudar, e os motivos, mas também sabia que não era hora de discutir.

– Já fiz negócios piores – disse ela, colocando os pés em um dos beliches sob o painel aberto do teto, o melhor para que a alcançassem. – Vamos em frente.

CAPÍTULO TREZE

A situação na torre médica era... bem, não exatamente serena, mas o mais próximo disso que qualquer setor do Farol da Luz Estelar poderia chegar naquele momento. Quando Bell Zettifar começou a ajudar o pessoal da torre a se preparar para um influxo de pacientes, achou que teriam de lutar para manter o ritmo.

Mas tinha subestimado a equipe médica, os pacientes, os droides, a Força e até a si mesmo. Eles tiveram de ajeitar alguns leitos extras, mas as enfermarias continuavam em ordem. Todos os pacientes estavam sendo atendidos, e eles tinham (por pouco) um número suficiente de droides médicos e suprimentos para manter as coisas funcionando.

– Você acredita? – perguntou Bell a Burryaga. – Nós realmente conseguimos dar conta.

Burryaga apontou que a recompensa por restaurar a ordem na torre médica provavelmente seria a designação de restaurar a ordem na doca principal.

– Então vamos dar conta disso também. – Pela primeira vez em dias, Bell se sentia quase ele mesmo. A estranha distorção na Força mal o tocara, e ele ousava esperar que ela talvez estivesse terminando, desaparecendo de forma tão misteriosa quanto começara.

Um droide médico no corredor guinchou desanimado ao som de passos correndo na direção de sua ala. Bell e Burry trocaram olhares – outro paciente? Ambos sabiam que nenhuma outra nave atracaria no Farol da Luz Estelar tão cedo, antes de se prepararem para ajudar. Bell só esperava que não houvesse outro ataque Nihil; o número de ataques já estava começando a deixá-lo nervoso com a possibilidade de que não fossem realizados pelos últimos remanescentes do grupo, mas talvez um sinal de que os Nihil tinham fileiras maiores do que a República e os Jedi esperavam.

Ao pisar no corredor, Bell viu que Orla Jareni caminhava ao lado de uma maca flutuante, onde jazia uma Tholothiana...

Não, pensou Bell, naquele primeiro momento de horror. *Não pode ser, eu teria sentido. Como poderia não sentir?*

Sua Mestra, Indeera Stokes, estava deitada na maca, cinza como a morte.

Mais um dos Mestres de Bell fora eliminado, e a Força não lhe dissera nada.

A República devia ser composta de tolos superconfiantes, pensou Nan, porque os macacões de trabalho da estação ficavam guardados em um local de fácil acesso, dentro de um armário que abria sem código ou chave.

– Não estamos exatamente combinando com vocês – disse Chancey Yarrow ao dobrar as mangas de seu macacão. – Mas estamos parecidos o suficiente para eu achar que ninguém vai notar a diferença.

O Pau'an líder da equipe assentiu.

– Nenhum deles percebeu que o que estamos vestindo é diferente do que eles estão acostumados.

Nan não conseguiu conter um pequeno sorriso ao pensar nos grandes e poderosos Jedi sendo derrubados por algo tão simples quanto aquilo: a revelação de que não olhavam com muito cuidado para aqueles que faziam as tarefas domésticas para eles.

– Ainda não há alarmes disparando – observou Chancey. – Nenhum aviso sobre prisioneiros fugitivos. Talvez os Jedi *tenham* se esquecido de nós.

– Estou feliz por termos saído de lá – disse Nan. – E por finalmente termos algo para fazer. Odeio ficar sentada e esperando.

– Nosso trabalho para o Olho é vital – disse o Pau'an. – E vocês ficarão felizes em saber que está quase completo.

– Muito felizes – respondeu Nan. Era ótimo ter um *propósito* de novo. – Agora, como podemos ajudá-los?

– Se estão planejando causar algum problema a bordo do Farol, não sou uma engenheira de se jogar fora – disse Chancey, com o que Nan sabia ser falsa modéstia. – Deixe-me ver alguns esquemas e provavelmente vou poder dar uns nós nos sistemas daqui. – Ela ainda estava cautelosa com a equipe Nihil, que parecia ainda estar escondendo algo.

Nan deveria fazer o mesmo?

Os membros da equipe Nihil se entreolharam.

– Já temos um grande plano, que está muito próximo da conclusão – disse a humana da equipe... Leyel, ou algo do tipo. Nan não se deu ao trabalho de prestar atenção no nome deles. – Mas a etapa final será mais fácil com a sua ajuda.

O Pau'an interveio:

– Vocês devem seguir nossas instruções com *precisão*. Todo cuidado é pouco. Muita coisa depende da missão que o Olho nos confiou.

Nan sentiu uma pontada de ciúmes: aquelas pessoas já eram importantes para Marchion Ro. Isso não deveria importar mais para ela, mas importava.

– Sem problemas – disse Chancey. Ela podia não ter lealdade aos Nihil, mas Nan achava que a mulher estava genuinamente disposta a ajudá-los. A gratidão pesava mais para ela do que para os Nihil. – Nan, você sabe como usar um conjunto de ferramentas, certo?

– Claro – disse Nan. Como se qualquer um que tivesse viajado pelo espaço desde criança não soubesse.

– E você? – Leyel estreitou os olhos enquanto olhava para Chancey. – Se dá bem com ferramentas? Entende a tecnologia da estação?

A boca de Chancey se curvou, em um sorriso disfarçado.

– Acho que consigo me virar.

Nan queria dizer aos Nihil com quem realmente estavam lidando... uma cientista de elite que acabara de desenvolver um tipo inteiramente novo de arma gravitacional, mas aquilo significaria trair Chancey abertamente, algo que ela não estava pronta para fazer. Além disso, os Nihil já tinham um plano, não? A experiência de Chancey não fazia parte dele. Ainda.

O Pau'an simplesmente assentiu.

– Está quase na hora de darmos os últimos passos. Sigam-nos.

Enquanto isso, dentro do Centro de Comando, Stellan Gios tentava recuperar algum equilíbrio. Uma coisa difícil de fazer sem a constante orientação da Força – mas ela ainda não os abandonara completamente. Ainda estava lá, perceptível, mas tênue, fazendo sua influência ser sentida em breves instantes. Aqueles instantes eram como boias no mar tempestuoso que a mente de Stellan se tornara. Ele se apegava com força à memória deles especialmente naquele momento, porque não seria bom que o chefe do Farol da Luz Estelar demonstrasse fraqueza a uma liderança planetária.

– Ouvimos os últimos relatos de pessoas e naves que se refugiaram a bordo do Farol – disse a Rainha Thandeka de Eiram, brilhando no holograma diante dele. – Não é um fardo para suas operações?

– É – admitiu Stellan. – Mas um fardo com o qual somos capazes de lidar. Não precisam se preocupar, não esperamos nenhuma consequência em Eiram.

A rainha inclinou a cabeça, estudando-o.

– Você não entendeu o propósito do meu contato, Mestre Gios. O povo de Eiram não teme a chegada de refugiados. Desejamos recebê-los aqui, se isso puder ser útil.

– Seu planeta não está em condições para isso – insistiu Stellan, percebendo que era altamente presunçoso explicar a uma rainha a condição de seu próprio mundo no momento em que falava. Ainda assim, os fatos eram inegáveis. – Vocês mal têm água para seus cidadãos, e muitas de suas estruturas maiores sofreram danos consideráveis.

Thandeka ergueu o queixo.

– Temos médicos capazes de viajar para o Farol para ajudar no tratamento dos feridos. Embora sejamos um mundo pequeno, sem uma frota real, temos um cruzador médico que pode ser despachado. E, embora ainda estejamos trabalhando nos reparos por causa do terremoto, não faltam abrigos para os necessitados. Podemos compartilhar o que temos.

Outros protestos surgiram na mente de Stellan, mas ele teve o bom senso de guardá-los para si.

– Rainha Thandeka – começou ele. – Não se pode duvidar da generosidade de Eiram. Mas o Farol da Luz Estelar destina-se a oferecer ajuda aos necessitados, não a recebê-la.

A rainha balançou a cabeça.

– "Somos todos a República." São apenas palavras, ou vocês acreditam nisso?

– ... É claro que acreditamos, mas...

– Se Eiram não é menos parte da República do que qualquer outro mundo, então não somos menos obrigados a prestar qualquer ajuda que possamos oferecer. – Os olhos escuros da rainha brilharam, bem-humorados. – Ou os Jedi são orgulhosos demais para pedir ajuda?

Stellan sabia reconhecer uma derrota. Ele ergueu as mãos em um breve gesto de concessão.

– Não somos tão orgulhosos assim, Majestade. Prometo que, se e quando precisarmos da ajuda de Eiram, chamaremos seu povo. Mas, por enquanto, a situação aqui é estável. Nossa torre médica é mais do que capaz de lidar com os feridos que temos, e neste momento seria mais oneroso para nós tentar movê-los novamente do que cuidar deles onde estão. Nossos suprimentos médicos e rações são suficientes e continuarão assim por alguns dias.

A postura da rainha relaxou um pouco, e seu sorriso ficou mais suave.

– Você lidou muito bem com seus problemas, Mestre Gios. Eu o parabenizo.

– Guarde os parabéns para o final desta crise.

A rainha riu.

– Supersticioso?

– Apenas prudente. Obrigado novamente, Rainha Thandeka.

Ela assentiu com a cabeça enquanto seu holograma se apagava.

Uma vez que ele não podia mais ser visto por ninguém mais fora do Centro de Comando, Stellan desabou de volta na cadeira mais próxima. O que a galáxia em geral diria se pudesse vê-lo naquele estado? Stellan Gios, ilustre Jedi, membro do Conselho e líder do Farol da Luz Estelar, não mais o confiante guardião da paz e da justiça, apenas um homem cansado e confuso que se sente mais velho do que realmente é...

Stellan imaginou Orla Jareni erguendo uma sobrancelha. Na verdade, sabia exatamente o que ela diria se estivesse ali: "Por que está se comparando com uma ficção construída pela mídia da República? Você está fazendo o seu melhor. Ninguém pode pedir mais".

"Então trate de relaxar."

Se ela realmente estivesse presente para lhe dizer isso, até poderia ter acreditado nela.

Stellan teve um pensamento repentino e irracional: *Estou sendo punido por meu orgulho. Por pensar que sabia mais do que Avar Kriss, que só eu sabia o jeito certo de agir contra os Nihil, de liderar o Farol...*

Mas fora seu orgulho o responsável por criar aquela mentira? Ou a República e os Jedi a moldaram e depois colocaram o manto sobre os ombros dele?

Stellan percebeu que não importava. A questão era se reconhecer pelo que realmente era. Não se comparando a algo que nunca fora e nunca poderia ser.

Mas, sem isso, quem era ele?

A equipe Nihil – agora composta de cinco membros – percorrera seu caminho até a base da estação, até a parede do próprio núcleo da estrutura.

– O que está guardado aí? – perguntou a humana mais jovem que tinham resgatado, a garota chamada Nan. – Ou é maciço?

– Isso – disse Leyel, dando um tapinha satisfeito na parede de metal – abriga o núcleo do reator que alimenta toda a estação.

A humana mais velha, Chancey, assentiu.

– Desative o reator e em poucas horas eles vão implorar por ajuda. Além disso, nossa própria nave poderá decolar em segurança para sairmos daqui.

Werrera, Cale e Leyel trocaram olhares rápidos. Aquele não era o plano, mas ainda não havia necessidade de contar tudo para as recém-chegadas. Também parecia que Chancey entendia um pouco mais de engenharia do que deixara transparecer, mas eles podiam garantir que ela não atrapalharia os planos do Olho.

Cale disse apenas:

– Desativamos os alarmes que detectam atividade ao longo da parede central. Por isso eles não devem conseguir detectar nada.

Leyel e Werrera já estavam desembalando seus maçaricos de plasma.

Chancey se abaixou para abrir um poço de manutenção próximo. Certamente existiriam mais tochas de plasma ali apenas esperando para realizar reparos quando necessário. Aquelas tochas não eram tão potentes quanto as que os Nihil levaram, mas ajudariam a fazer o trabalho. Assim que as duas mulheres recém-libertas estavam com as tochas em mãos, Cale se virou para olhar a parede que estavam prestes a destruir.

– Vamos começar.

Já era quase "tarde" a bordo da estação. Bell Zettifar estava atrasado para pegar sua ração para o jantar, mas se recusava a sair do lado de sua Mestra. Até Brasa tinha se acomodado debaixo do leito hospitalar e se enrolado para dormir.

Mestra Indeera continuava inconsciente. Seus terríveis espasmos tinham cessado, mas Bell não sabia se aquilo era um bom ou um péssimo sinal. Os droides médicos relataram que todas as funções vitais de Indeera tinham diminuído tremendamente – como poderia acontecer com alguém de idade muito avançada –, mas que continuavam a fluir. Enquanto existisse vida, existiria esperança. No entanto, Bell se sentia mais longe da esperança do que há muito tempo.

Um grunhido suave o fez olhar para cima. Burryaga estava ali, segurando não um, mas dois pacotes de rações para o jantar.

Pela primeira vez desde que Mestra Indeera fora levada para lá, Bell foi capaz de sorrir, mais ou menos.

– Muito obrigado.

Burryaga entregou-lhe o pacote menor (as rações Wookiee eram compreensivelmente mais fartas) e juntos os dois se sentaram em silêncio em uma pequena mesa próxima. A comida tinha tão pouco sabor que Bell pensou que poderia estar mastigando folhas.

Não, nada disso, percebeu. *Algumas folhas são muito saborosas. As rações de emergência, não.*

Foi Burryaga quem rompeu o silêncio, perguntando gentilmente por Mestra Indeera, embora a condição dela certamente fosse óbvia.

– Nada de novo – disse Bell. – Eu gostaria de poder chegar até ela através da Força, mas não consigo.

Burryaga grunhiu uma sugestão... e se eles trabalhassem juntos? Se ambos se concentrassem, talvez se mostrassem mais fortes do que quem ou o que quer que estivesse nublando a Força a bordo do Farol.

Bell não tinha muita certeza. A Força não funcionava de acordo com princípios matemáticos. Dois Jedi trabalhando em conjunto podiam ou não ter um efeito maior.

Ainda assim, tentar não faria mal.

Depois de terminarem suas rações, os dois voltaram para a cabeceira de Mestra Indeera. Bell estava de frente para Burryaga, e algo naquele momento o fez perceber que a amizade deles se aprofundara nos últimos dias – e que precisava de um amigo mais do que imaginava.

– Obrigado por estar aqui – disse ele calmamente.

Burryaga apenas inclinou a cabeça, depois fechou os olhos, silenciosamente convocando Bell para começar.

Bell também fechou os olhos. Respirou fundo uma vez, depois outra, e começou a estender sua consciência e seus sentimentos. Uma lembrança da creche passou por sua mente: Mestre Yoda ensinando os jovens a fazer aquilo pela primeira vez, sussurrando para eles: *Deixem fluir*. Imaginar como Yoda soara quando disse aquilo sempre ajudava Bell, até aquele dia.

Pelo menos, costumava ajudar.

Aquele dia foi diferente.

Bell estendeu a consciência e não encontrou a Força. Ainda podia senti-la, mas a uma grande distância, e não fluía através dele. Estava... deformada. Distorcida. *Errada*.

Ele não conseguia se conectar com Mestra Indeera, mesmo de forma subconsciente. Bell mal conseguia perceber a presença de Burryaga, embora estivesse a menos de um metro de distância dele e ativamente estendendo sua consciência.

Os olhos de Bell se abriram para ver Burry parecendo igualmente aflito. Ele sussurrou:

– Também parece tudo errado para você?

Burryaga assentiu.

– Não pode continuar assim – Bell deixou escapar. – O que quer que esteja acontecendo nesta estação não pode durar para sempre. A Força é eterna. Nada pode danificá-la permanentemente. Nada jamais poderia.

Com um grunhido, Burry concordou que aquela situação não poderia durar para sempre. Mais cedo ou mais tarde, tudo mudaria.

A questão era como.

CAPÍTULO CATORZE

Como aprendiz, Orla Jareni certa vez viajara em missão para um mundo conhecido por suas esculturas maravilhosamente realistas. Seus artistas criavam formas tão reais com a famosa pedra nativa cinza iridescente que pareciam ter suavidade, textura e até espírito.

Ela pensou naquelas estátuas ao olhar para a casca que fora Regald Coll.

Suas feições estavam tão preservadas que ele bem que poderia ter sido uma daquelas estátuas: cinza como pedra, delicada como qualquer obra de arte. Mas a ilusão de vitalidade que aqueles escultores criavam estava ausente por completo. Apenas algumas horas antes, Regald estava brincando, dando risada, totalmente vivo. Naquele momento, olhando a casca que fora deixada em seu lugar, parecia impossível imaginar algo mais sem vida.

O droide logístico de Stellan tivera um prazer indevido em ativar o protocolo de uso de uma cápsula lacrada contra materiais perigosos. O ar tinha um cheiro estéril; o fraco chiado dos filtros atmosféricos vinha de todas as direções. Sofisticados droides de análise zumbiam ao redor da mesa onde estava a casca de Regald, fazendo medições, mas Orla tinha certeza de que o mistério do que acontecera ali não seria resolvido por meros dados.

As portas se abriram e Elzar Mann entrou, mais sério do que ela jamais o vira.

– Sabe, esta não é a primeira vez – disse ele, indo para o lado dela. – Loden Greatstorm foi encontrado assim, embora sua... casca, ou como queira chamar... tenha se desfeito em cinzas ao primeiro toque.

– Esta tem mais substância – disse Orla. Os restos de Regald tinham sido transportados até a cápsula lacrada sem dificuldade. – Mas você tem certeza de que é a mesma coisa?

Elzar assentiu.

– Mas a pergunta continua, que diabos é isto? O que tem o poder de fazer algo assim?

Orla vinha se perguntando isso. Apesar de não ter encontrado respostas definitivas, ela chegara até a próxima pergunta, ainda mais sinistra:

– Você acredita que a morte de Regald tenha sido causada... pela perturbação na Força?

– Você saberia dizer melhor do que eu – disse Elzar. – Ela, bem... não me afetou muito até agora.

– Claro. – Orla não podia acreditar que não tinha percebido aquilo sozinha; mas, de novo, nem ela nem os outros Jedi estavam em sua melhor forma naquele momento. – Você não está invocando a Força da mesma maneira que antes. Isso o guardou, até certo ponto, o protegeu. Elzar Mann, você pode ser nossa única esperança.

Elzar lançou a ela um olhar que parecia dizer: "Qualquer coisa, menos isso". Então ele ainda não confiava totalmente em si de novo. Não importava. Orla estava confiante de que Elzar superaria qualquer desafio que enfrentasse.

Se ao menos ela pudesse se sentir tão segura de si mesma.

Orla tinha um forte domínio sobre seu medo; ele não a incomodava muito desde seus primeiros dias como Padawan, independentemente dos perigos em que se metera ao longo dos anos. No entanto, uma onda de medo tomou conta dela ao pensar: *Precisamos sair desta estação.*

Precisamos sair daqui agora. Abrir as portas das docas e embarcar nas naves junto com seus pilotos. Os Nihil ainda podem estar lá fora, mas é melhor enfrentar os Nihil do que lutar contra... o que quer que isso seja. Pelo menos contra os Nihil nós sabemos como lutar...

Ela respirou fundo, recuperando o controle. Sua expressão não vacilou por um único instante.

– Precisamos investigar novamente.

Elzar não parecia entusiasmado.

– A última investigação terminou com a morte de Regald.

– Se não descobrirmos o que está fazendo isso e impedirmos – disse Orla –, ele não será o último a morrer.

Quando Nan ainda era muito pequena, e seus pais ainda estavam vivos, eles compartilhavam um dos rituais de união da maioria das famílias de viajantes espaciais. Entre suas poucas lembranças, uma era estar sentada no colo de seu pai enquanto ele lhe mostrava como reconectar um conduíte básico, e outra era a forma como sua mãe passava perto dela na primeira vez em que Nan pegou uma chave T-7 nas mãos. Aprender como consertar e modificar sua nave – sua casa – era um rito de passagem para qualquer criança que passasse a maior parte de sua vida entre as estrelas.

Quem poderia imaginar, pensou Nan enquanto trabalhava com o maçarico de plasma, *que eu acabaria usando minhas habilidades para isso?*

– Quase lá – disse Leyel. – Afastem-se e deixem-me terminar.

Nan, Chancey e os outros membros da equipe Nihil fizeram o que Leyel pediu, permitindo que a mulher mais velha completasse o último corte. Depois Werrera, o Ithoriano, utilizou um grampo magnético e puxou a grande placa de metal que tinham cortado do invólucro do núcleo. Painéis e peças internas zumbiam e brilhavam com sinais destinados apenas aos trabalhadores da manutenção. De onde estava, Nan não podia vislumbrar mais do que aquilo, mas sabia que, se olhassem para cima naquela escuridão oca, teriam uma visão de toda a estação.

Cale, o Pau'an, assentiu satisfeito.

– Quase na hora certa. Temos menos que uma hora de espera.

– Se ao menos o Olho pudesse saber o quanto isso foi bem-sucedido – disse Leyel.

– Será óbvio pelos resultados. – Orgulho emanava de Cale, e de toda a equipe Nihil, na verdade.

Mas Chancey lançou um olhar para Nan, que ela compreendeu no mesmo instante. Significava: *Por que o Olho não ficaria sabendo? Não vão contar como se saíram? É o grande plano dele, afinal de contas.*

Nan só conseguia pensar em um motivo para a equipe não contar a Marchion Ro sobre aquilo: eles nunca teriam a chance.

Werrera tirou a mochila que usava o tempo todo e a deixou cair no chão, com um baque pesado. Quando a abriu, Nan viu o que havia dentro. Suas entranhas se reviraram, e seu corpo ficou gelado ao perceber: *São explosivos.*

A imagem dos restos mortais de Regald Coll continuava na mente de Elzar Mann, quase deixando-o cego para o que o cercava. Depois da terceira vez que quase trombou com um droide, Elzar parou e se lembrou de seus ensinamentos. *O passado se foi. O futuro é apenas um sonho. O presente é tudo.*

Aquilo era o que Yoda diria, se estivesse ali. Mas os ensinamentos de Yoda poderiam guiar Elzar à serenidade mesmo em sua ausência.

Então, como se a Força estivesse testando sua busca por equilíbrio e harmonia, o sistema de comunicação da estação zumbiu com um anúncio:

– *Nave da República* Ataraxia *solicitando permissão para embarcar.*

A *Ataraxia*. A nave que transportava Avar Kriss.

Pelo menos aquilo enchera sua mente com novas imagens, mesmo que fossem claramente inúteis: os cabelos dourados de Avar caídos sobre o travesseiro, seus olhos tão brilhantes quanto a joia que ela usava em seu diadema, os dedos dela entrelaçados aos dele...

– Fique no presente – murmurou Elzar, querendo seguir adiante.

Durante o tempo que passara em Ledalau, Orla dissera a ele que se proteger contra a escuridão era mais do que simplesmente evitar o excesso de medo ou raiva. As emoções negativas podiam ser esmagadoras, às vezes, mas eram facilmente identificáveis. "O verdadeiro perigo", ela dissera, "está naquelas emoções que parecem positivas a princípio, mas que tomam conta de nossas mentes e corações. Dê lugar a esses sentimentos, abrace-os e, antes que você perceba, eles terão se transformado em algo muito mais prejudicial."

Elzar não conseguia rejeitar seus sentimentos por Avar. Mas não podia permitir que tais sentimentos se tornassem venenosos. Aquela seria a maior traição de todas... contra a bondade de Avar, contra suas emoções e contra cada memória do que tinham feito juntos.

– Fique firme – disse a si mesmo, e pareceu recuperar o equilíbrio.

Mas o equilíbrio se tornaria escasso por um tempo. Não adiantava desafiar o destino.

Depois que JJ-5145 terminou de configurar a cápsula lacrada contra materiais perigosos, Stellan descobriu que enrolar mais era impossível.

– Você apreciará muito a eficiência e a limpeza do escritório do novo marechal – insistiu o droide. – Além disso, organizei todos os equipamentos e móveis seguindo uma tendência de moda minimalista.

Se havia alguma coisa na galáxia com a qual Stellan se importava menos do que ter um escritório elegante, ele ainda não sabia o que poderia ser. Mesmo assim, inspecionar os esforços do droide era uma tarefa para a qual sentia estar à altura, por isso Stellan acompanhou JJ-5145 até o nível da estação que abrigava as docas e o que fora, até recentemente, o escritório do intendente.

– O que acha? – JJ-5145 virou na direção do Jedi, claramente ansioso por aprovação. – Não atenderá a todas as suas necessidades?

– Eu... acredito que sim. – Contra todas suas expectativas, Stellan ficou impressionado. Embora o escritório do intendente tivesse apenas uma fração do tamanho do Centro de Comando, JJ-5145 conseguira configurar matrizes com leituras que forneciam atualizações constantes de todos os principais sistemas da estação. Sua cadeira parecia quase o assento do piloto de uma nave pequena e era supereficiente, com tudo o que pudesse ser útil ao alcance da mão. E um móbile decorativo estava pendurado em um canto. – Você fez um trabalho incrível aqui, Jota Jota. Obrigado.

– Foi um grande prazer! – JJ-5145 apitou. – Que outras tarefas posso realizar para ajudá-lo? Se não há assuntos importantes da estação no momento, posso ajudar com suas necessidades pessoais. Suas roupas precisam ser organizadas?

Stellan não queria ter um droide remexendo sua gaveta de meias e teria dito aquilo se não tivesse sido interrompido pelo aviso no comunicador.

– A *Ataraxia?* – disse ele, com um espanto indesejado. Como se não tivessem mais com o que se preocupar, Avar decidira abandonar sua busca obsessiva pelo Olho dos Nihil apenas para fazer uma visitinha?

Talvez os outros membros do Conselho a tivessem informado de que não era mais a marechal do Farol da Luz Estelar, e ela estava ali para protestar. Ou talvez ainda não soubesse. Se fosse o caso, ela teria de receber uma dura notícia. E Stellan não hesitaria em dá-la.

Orgulho, esse é o seu orgulho falando com você. É um sentimento indigno, repudie-o.

Esse poder desconhecido a bordo da estação está esgotando a minha capacidade de sentir quase qualquer coisa.

Orgulho é a última emoção que me resta.

E, se desmoronasse durante aquela crise, nem isso ele teria.

Stellan se recompôs o máximo que pôde e acenou com a cabeça para o técnico de comunicações.

– Transfira-os para cá.

– *Ataraxia* para o Farol da Luz Estelar. Por favor, respondam.

O holograma se acendeu diante dele, revelando Avar Kriss, seus cabelos dourados envolvendo seu rosto, como se ela brilhasse.

– Aqui é o Farol da Luz Estelar – respondeu Stellan.

A primeira reação de Avar foi franzir a testa.

– Stellan, eu... está tudo bem? Onde está Maru?

Devo parecer ainda pior do que me sinto, pensou Stellan.

– Atendendo a seus deveres no Centro de Comando. Acabei de começar a operar no escritório do intendente.

A careta de Avar ficou mais intensa.

– Operar em que posto?

– Como marechal do Farol da Luz Estelar.

Dizer aquilo foi tão gratificante quanto não deveria ter sido. Os olhos dela se arregalaram. Avar teria ficado menos chocada se ele tivesse lhe estapeado o rosto.

(Algo que ele não faria, de forma alguma. Por que ele estava tendo tais pensamentos? Onde estava a Força para guiá-lo?)

Mas ela se recompôs rapidamente:

– Até eu voltar, você quis dizer.

– Eu quis dizer permanentemente. Nós avisamos, Avar. Eu avisei, e mesmo assim você abandonou seu posto...

– Abandonei? – disse Avar, cortando-o. – Stellan, você não pode estar falando sério.

Desafiá-la era muito bom.

– Você abandonou seu posto, desafiando o Conselho, e para quê? Uma caça a mynocks selvagens.

– Stellan, você precisa me ouvir. – Avar continuava inabalável. – A caça aos mynocks selvagens foi um sucesso. Nós conseguimos...

Um estrondo sacudiu as paredes, o chão, o próprio Stellan, tudo. As luzes piscaram; o holograma de Avar desapareceu. As reverberações continuaram, incessantes, como se tivessem sido pegos em uma tempestade planetária.

Algo deu errado, percebeu Stellan. *Alguma coisa explodiu.*

Na torre médica, o solavanco fez com que Bell se desequilibrasse; ele mal conseguiu se apoiar na lateral da cama de Mestra Indeera.

– O que foi isso? – gritou um dos pacientes, seguido pelo gemido alarmado de Burryaga. Brasa rastejou para o lado dele com o rabo entre as pernas.

– Eles vão nos contar – disse Bell, tão tranquilizador quanto pôde. – Provavelmente farão um pronunciamento muito em breve. Dentro de poucos segundos.

Assim que ele falou, as luzes se apagaram, deixando a enfermaria em uma escuridão quase completa.

Koley Linn bateu na lateral de sua nave com tanta força que foi como se tivesse sido atingido por ela. Mas conseguiu ficar de pé, o que era mais do que poderia ser dito da maioria das pessoas na doca. Gritos consternados e de alarme surgiram de todos os lados.

Preciso sair daqui o quanto antes, pensou ele, *e estou preso nesta maldita coisa.*

Os ouvidos de Elzar Mann ressoaram com a explosão enquanto ele se apoiava na parede do corredor. Seu primeiro pensamento foi que algo acontecera com a *Ataraxia*, mas isso não fazia sentido. A vibração sob seus pés lhe dizia que a explosão estava muito mais próxima e que o Farol sofrera danos consideráveis.

Seu comlink pessoal não captava nada naquele momento. A parede ao lado dele abrigava um painel de comunicação de fácil acesso. Talvez ainda tivesse uma boa conexão? Elzar cambaleou até ele.

– Stellan, o que aconteceu?

Nenhuma resposta veio do escritório do intendente.

Stellan ainda não teria todas as informações, de qualquer forma, pensou Elzar, e decidiu ligar para o Centro de Comando.

– Maru? Aqui é Elzar Mann. O que está acontecendo?

Nenhuma resposta.

As comunicações estavam desligadas, o que significava que, naquele momento, cada pessoa na estação estava por conta própria.

Affie Hollow se levantou do chão da *Nave* com a ajuda de Leox. As cartas de seu baralho de sabacc se espalharam pelo chão. Seu primeiro instinto foi chamar por Geodo, para dizer a ele que havia um problema. *Nem mesmo Geodo poderia continuar dormindo depois disso*, percebeu ela. O navegador estaria lá em breve.

– Uma das naves na doca explodiu? – Affie se perguntava se conseguiriam ver de dentro da cabine.

– Acho que não – disse Leox. Ele tinha a expressão estranhamente sombria. – Teríamos ouvido destroços contra o casco e os sistemas de supressão de incêndio estariam apitando loucamente.

– O que mais a bordo da estação poderia explodir assim?

As entranhas de Affie se retorceram quando Leox respondeu:

– Deve ter sido a própria estação.

Orla Jareni precisou de todo seu considerável talento na Força para continuar de pé quando a explosão se espalhou pela estação e as luzes em seu aposento se apagaram quase completamente. Ela esperou pela pressão em seus ouvidos, sinal da descompressão que seria obviamente seguida por uma morte rápida e dolorosa, junto a todos os outros a bordo do Farol.

Quinze segundos se passaram. A pressão nunca veio. *Ainda não morremos*, pensou Orla. *Isso quer dizer que ainda temos trabalho a fazer.*

Nan tossiu, rastejando para longe da fumaça espessa. Chancey estava ao lado dela, e parecia que o resto da equipe Nihil vinha bem atrás. Então todos tinham sobrevivido. Mas Nan não tinha certeza de quanto aquilo seria bom para elas.

O núcleo da estação estava comprometido de forma maciça e permanente. Nan podia sentir a instabilidade, a inclinação sutil que tornava o chão instável sob seus pés. Ela andara em muitas naves remendadas para não saber quando uma estrutura estava prestes a desmoronar. O Farol da Luz Estelar corria esse risco, no momento.

A rede de reforço gravitacional que unia a estação e orientava todos a bordo com a sensação de "cima" e "baixo" estava oscilando. Nan percebeu que o verdadeiro "baixo" estava deslocado em alguns graus. A estrutura invisível e tensa que mantinha a estação inteira começou a se afrouxar.

Todos se levantaram logo que chegaram a um corredor menos esfumaçado. Nan limpou a fuligem do rosto e das mãos. Esperava ouvir o medo e o arrependimento da equipe Nihil. Eles certamente tinham utilizado explosivos demais. Ou tinham detonado o local errado.

Mas não. Eles estavam sorrindo. Estavam *contentes*.

Chancey não parecia nem um pouco surpresa.

– Me digam que vocês têm como sair da estação.

– Se tivéssemos, os outros também teriam – respondeu Cale, balançando a cabeça. – Isso colocaria em risco o plano do Olho.

– Não precisamos de mais nada – acrescentou Leyel. – Concluímos o trabalho dele. A galáxia verá isso e finalmente entenderá o poder dos Nihil.

Nan já se perguntara antes, mas finalmente soube: aquela era uma missão suicida.

A estação seria destruída e Nan morreria com ela – assim como todos os outros a bordo do Farol da Luz Estelar.

CAPÍTULO QUINZE

A notícia chegou a bordo da *Olhar Elétrico* como um simples toque de comunicador, que poderia significar apenas uma Nuvem distante fazendo contato. Mas aquela era a hora que Marchion Ro ditara – e, ao que parecia, sua equipe tinha atendido às suas expectativas.

Ele se levantou do assento do capitão, o que significava desalojar Ghirra Starros de seu colo. Rindo, ela disse:

– Não há ninguém a bordo da sua nave? Você precisa de alguém por perto para cuidar de coisas assim. Achei que aquela tal de Ferr servia para isso.

Marchion não abordou a questão sobre quem mais estava a bordo de sua nave. Starros descobriria com o tempo e ele lidaria com a reação dela – ou não – mais tarde. Receber aquela mensagem era muito mais importante.

Assim que ele alcançou o painel, Thaya Ferr entrou correndo. Starros bufou de irritação. Ro não prestou atenção em nenhuma das duas.

Ele mesmo pressionou o interruptor. Todas as telas a bordo se iluminaram com a mensagem de texto simples e automatizada. *Uma explosão danificou o núcleo do Farol da Luz Estelar. Todos os sistemas respondem conforme previsto.*

– Então nós conseguimos. – Starros, com um grande e óbvio esforço, parecia alegre. – Você arrasou. Enquanto Lourna Dee e os outros Executores da Tempestade perseguem seus próprios interesses egoístas atrás de glória, você atingiu o coração de seus inimigos.

– E tirei sangue – disse Ro, antes de se virar para Thaya Ferr. – Continue monitorando este canal.

Ghirra Starros interrompeu:

– Vai ter... mais?

O rosto dela parecia pálido.

– Muito mais – disse Ro.

Ela não compreendia completamente o que fizera? Apenas um tolo não compreenderia. Mas Starros era, sem dúvida, como a maioria dos seres, capaz de grande negação quando se tratava do mal que ela mesma era capaz de fazer. Ele nunca precisara se enganar. Que ela encarasse a verdade do que forjara.

– Veja – disse Ro. – Poderíamos ter detonado o tipo de dispositivo que teria destruído o Farol da Luz Estelar instantaneamente. Colocá-lo a bordo da estação teria sido mais difícil... mas, com nossas informações, não seria impossível. No entanto, acabaria com o propósito da operação. A galáxia inteira precisa ver isso. Deve testemunhar. Conhecer o verdadeiro poder dos Nihil.

Stellan Gios não sabia se a perturbação na Força a bordo do Farol fora destruída na explosão, ou se ele finalmente superara os efeitos da insônia, ou se as demandas imediatas de uma crise o ajudaram a sair do estupor causado pela perturbação. Apesar dela, podia se concentrar novamente, e bem quando a estação mais precisava dele.

Elzar chegou até ele minutos depois da explosão, acompanhado de Nib Assek. Ela parecia desgrenhada, mas nada além disso, porém ele tinha um pequeno corte em uma das bochechas que não estivera ali no início do dia.

– O que está acontecendo? – perguntou Elzar.

– Nenhuma informação concreta ainda – disse Stellan, ajeitando seu manto enquanto se apressava para sair do escritório do intendente em direção aos elevadores mais próximos. Elzar caminhou ao lado dele. – As comunicações internas estão inoperantes. Os droides não conseguem obter informações de todo o sistema. Desgraça, nem sabemos se isso foi uma falha interna ou uma bomba.

– Eu aposto na bomba – respondeu Elzar.

Aquele também era o palpite de Stellan, o que significava que eles tinham mais um problema: sabotadores a bordo. Mas ele disse:

– Especular não nos ajudará tanto quanto descobrir os fatos sobre o que deu errado. Assim que chegarmos ao Centro de Comando, devemos ser capazes de obter um panorama melhor da situação.

Os primeiros elevadores que tentaram, no entanto, não estavam funcionando. Nem os seguintes. A julgar pelos murmúrios desanimados que Stellan escutava de todos os grupos reunidos pelo caminho – mais e mais numerosos à medida que avançavam –, todos os elevadores do Farol estavam inoperantes como precaução contra oscilações na integridade de sistemas internos. O próximo passo óbvio seria pegar um dos poços de manutenção; aquela seria uma escalada demorada, e Stellan desejava não ter de perder aquele tempo. Mas pelo menos era possível.

Ou assim pensou, até que os três olharam para o túnel de manutenção e viram o escudo de luz brilhante acima dele, segurando ondas de radiação. Uma olhada para baixo revelou que outros escudos também tinham sido ativados automaticamente, vários níveis abaixo deles.

– Esses escudos percorrem toda a estação? – perguntou Nib.

– Se sim, estamos presos aqui – suspirou Elzar.

Stellan sentia-se quase inflamado pela necessidade de chegar até o Centro de Comando. A nova configuração do escritório do intendente parecia abrangente, e mesmo assim ele teria preferido não arriscar. Mas reuniu toda sua paciência:

– Vamos falar com o Centro de Comando, então. Alguns dos painéis de comunicação estão danificados, mas certamente não estão todos desativados. Se eu conheço Maru, ele provavelmente já analisou todos os danos e apresentou listas de prós e contras para cada possível solução. – Aquilo lhe rendeu um sorriso duro de Elzar, e um sorriso verdadeiro de Nib.

Mas tais sorrisos desapareceram quando tentaram usar um comunicador após o outro, sem sucesso.

– Isso é impossível! – disse Stellan. – Existem fontes de energia e repetidores de sinal para comunicação em toda a estação. Nenhuma explosão deveria ser capaz de eliminá-los enquanto a estação permanecer intacta.

Nib parecia séria.

– E se eles não estiverem quebrados? E se estiverem bloqueados?

Assim que Nib falou, Stellan soube que ela descobrira a verdade.

– Sabotadores, então. Eles não apenas nos atingiram com um dispositivo explosivo, mas também nos impediram de pedir ajuda, até mesmo de conversar uns com os outros. O que mais poderiam ter feito?

– Tenho a sensação de que vamos descobrir – respondeu Elzar, de cara feia.

JJ-5145, que fazia análises silenciosamente, falou:

– No mínimo, sabotaram as cápsulas de fuga.

– O quê? – perguntou Elzar, bruscamente. – Como?

– A energia das cápsulas de fuga foi cortada, de forma permanente, ao que parece – disse JJ-5145. – Cada cápsula individual exigiria sua própria célula de energia, com força suficiente para ser lançada de forma completa e independente. Não mantemos um suprimento de células tão fortes a bordo do Farol.

– Certo – disse Stellan, projetando mais confiança do que realmente sentia. – Sem cápsulas de fuga. Precisamos encontrar uma maneira de abrir as portas da doca para deixar todo mundo sair. Então vamos começar por aí.

Quando os outros se foram, e não podiam mais vê-lo vacilar, Stellan se encostou na parede mais próxima para se recompor. *Pelo menos a perturbação na Força terminou*, lembrou a si mesmo. *Qualquer que tenha sido a causa, os sabotadores devem tê-la destruído completamente.*

A causa não fora destruída. Na verdade, estava em movimento.

Os danos da explosão foram maiores dentro do compartimento de carga do que em muitas outras áreas, tanto devido à proximidade da própria explosão quanto à ressonância percussiva que se espalhou por tantos contêineres e naves de carga sem supervisão. Enquanto algumas naves permaneceram intactas e em boas condições, outras foram derrubadas ou jogadas umas contra as outras.

Uma das naves – a que fora levada ao Farol por Cale, Leyel e Werrera – parecia ter sido partida de alguma forma com a força da explosão. Mas na verdade a trava do porão de carga da nave fora liberada, pois tinha sido programada para aquilo depois de detectar abalos sísmicos extremos.

Não demorou muito para sua carga perceber que finalmente estava livre.

– Aqui é Bell Zettifar chamando o Centro de Comando... qualquer um que possa ouvir... alguém? – Bell vinha repetindo variações dessa mensagem havia alguns minutos, mas acabou desistindo. As comunicações estavam inoperantes no momento, e seu tempo seria mais bem utilizado se ajudasse na torre médica.

As ondas de choque tinham sido intensas ali. Os pacientes foram jogados para fora de seus leitos, caindo no chão; droides pílula se chocaram com as paredes. Burryaga atribuíra para si a tarefa de arrumar os itens mais pesados, o que deixava Bell livre para averiguar e consolar o máximo de pessoas possível.

Ele tomou um tempo a mais ao lado do leito de sua Mestra. A condição de Indeera permanecia estável. Apesar de ainda não ter ideia do que exatamente lhe acontecera, Bell estava cada vez mais convencido de que ela poderia sobreviver, mas apenas se pudessem mantê-la estável por tempo o bastante para que se curasse. Manter--se confiante trabalhando apenas com as luzes de emergência para se orientar era uma tarefa árdua. Ainda assim, mesmo sem contato com o restante da estação, ele sabia que muitos Jedi e oficiais da República estavam trabalhando duro para consertar o que dera errado.

Então Bell se ajoelhou no chão. Brasa estava enrolada como uma bola, com o rabo entre as pernas, debaixo da cama de Mestra Indeera. Charhounds não gostavam de barulhos altos e assustadores, e Bell não os culpava por isso.

– Está tudo bem, garota – murmurou, acariciando o pelo morno de Brasa. – Acho que o pior já passou.

Depois, ele se aproximou de Burryaga para ver se o amigo precisava de ajuda. Burry, bem-humorado, apontou que Bell esperou para oferecer ajuda apenas depois de todas as coisas mais pesadas já terem sido movidas.

Bell fez uma careta, depois voltou aos assuntos importantes.

– Ouça, as comunicações ainda estão inoperantes. Devemos enviar um droide até o Centro de Comando para obter informações? Ou devo ir até lá eu mesmo? Parece que enviar alguém é a única maneira de descobrirmos o que aconteceu. É como se voltássemos aos velhos tempos dos mensageiros da fronteira.

Burryaga balançou a cabeça, rosnando enquanto explicava que tentara ir atrás de ajuda logo após a explosão, e que fora direto para uma eclusa de ar que não se abriu. Qualquer um que já tivesse viajado pelo espaço sabia: arrombar as comportas de uma eclusa de ar travada era muito imprudente, porque havia uma boa chance de que ela estivesse travada por um bom motivo: impedir o contato com o vácuo gélido do espaço.

O peso da realidade caiu sobre os ombros de Bell.

– Em outras palavras – disse ele –, estamos presos.

Naquele momento, embora praticamente ninguém mais no Farol soubesse, Avar Kriss e um punhado dos outros que chegaram na *Ataraxia* estavam embarcando na estação. Mesmo aquilo exigiu uma engenhosidade considerável, já que não conseguiram sinalizar para que alguma das portas da doca se abrisse. Em vez disso, os Jedi tiveram de escavar o exterior do casco da estação com seus sabres de luz, o que puderam fazer graças ao poderoso selo da câmara de estanque da *Ataraxia*.

– A junção da seção central está inundada de radiação! – avisou Nooranbakarakana, a Jedi Froziana, enquanto Avar caminhava pelos corredores com a intenção de chegar até o Centro de Comando. – As partes superior e inferior da estação estão quase totalmente separadas uma da outra. Os elementos condutores projetados para transmitir energia por toda a estação agora servem como condutores de radiação, com limitadores e campos de contenção destinados a evitar que essa cadeia seja sobrecarregada. Se isso foi um acidente, foi profundamente infeliz.

Avar podia perceber que Nooranbakarakana não achava que tinha sido um acidente. Ela também não achava.

Depois de fazer uma pausa e considerar, ela decidiu:

– No momento, dedicamos nossas energias para ajudar aqui na metade superior da estação. Depois disso, talvez possamos encontrar uma forma de conectar as duas partes.

(Certos seres atravessavam a divisa naquele exato momento – seres incapazes de entender que a radiação devastadora agiria dentro de seus corpos em alguns dias. Eles não entendiam nada além de sua terrível fome e o desespero de aplacá-la.)

Enquanto Avar seguia seu caminho resoluta na direção do Centro de Comando, via-se compelida a alcançar Stellan Gios, se possível. Ele assumira a posição dela como marechal, roubara-a, no momento em que ela tentava salvar a galáxia da ameaça dos Nihil, capturando seu líder. E qual foi o resultado? *Aquilo*. Não fazia nem um mês que Stellan estava encarregado do Farol antes de o desastre acontecer.

Apesar disso, ela também não conseguia deixar de pensar em Elzar Mann. Ele ficaria ao lado dela. Talvez até pudesse fazer Stellan entender. A lealdade dele era algo que Avar nunca precisara questionar.

Ela apertou o passo. Onde o encontraria? Na metade acima, ou estaria na metade inferior da estação, preso do outro lado da barreira entre eles?

Onde quer que estivesse, quem quer que estivesse com ele, Avar tinha certeza de que Elzar estaria lutando tanto quanto ela para salvar a todos.

Avar está bem? A Ataraxia *foi afetada pela explosão?*

Depois desse súbito e pungente momento de preocupação com Avar, Elzar Mann se forçou a deixar tais assuntos de lado. Não conseguia se concentrar em temer por uma vida e ao mesmo tempo fazer o possível para proteger todas as outras em risco no Farol da Luz Estelar.

Enquanto trabalhava no painel de comunicação mais próximo do escritório do intendente, na esperança de restaurar algum fragmento de sinal, uma figura de branco surgiu na penumbra da luz de emergência: Orla Jareni, preocupada, mas calma.

– Suponho que você esteja tão isolado quanto todo mundo – disse ela.

– Parece que sim – respondeu Elzar, olhando-a de cima a baixo. – Você nunca vai explicar como mantém seus robes brancos e imaculados, mesmo depois de explosões?

– Não. Agora pare de brincadeiras e me atualize sobre tudo.

Elzar contou a ela o pouco que podia, até as últimas e piores notícias.

– A capacidade dos astromecânicos de obter dados está severamente limitada, mas, com base nos diagnósticos que temos, parece que as metades superior e inferior da estação estão quase inacessíveis umas às outras, e que a união entre elas foi estruturalmente comprometida. Pode ser que não aguente. Neste momento, só podemos chegar à torre médica. Todo o resto acima de nós está fora de alcance.

Orla assentiu depois de ouvir.

– Contanto que as duas metades permaneçam pressurizadas, ainda é algo que pode ser consertado.

Como reconectar duas metades de uma estação espacial? Sem dúvida havia na República engenheiros que pudessem fazer isso, com tempo e recursos, mas Elzar esperava que eles não precisassem descobrir.

Stellan saiu de seu escritório, abatido, mas concentrado.

– Conseguiu alguma coisa? – perguntou ele. Elzar balançou a cabeça. – Então acho que precisamos assumir a pior hipótese e agir de acordo.

– O que significa que uma de nossas maiores prioridades deve ser tirar as naves de refugiados da estação – disse Orla.

– Exatamente – respondeu Stellan. – Elzar, Orla, estou colocando vocês à frente disso. Nem todas as naves já estão em condições de voar, mas as que estão precisam se preparar para decolar dentro de uma hora.

Vai ser um caos, pensou Elzar, mas tinha a sensação de que mesmo os pilotos mais difíceis seguiriam o plano, se isso significasse poder sair mais rápido do Farol.

– Não estamos em grande forma, mas podemos voar para fora daqui e descer em Eiram – disse Leox Gyasi, ao fazer as verificações prévias de voo com Affie. Geodo já estava no posto do navegador, mantendo-se firme apesar do caos. – É um planeta no meio do nada, mas pelo menos tem ar respirável. O Farol da Luz Estelar pode não ser capaz de dizer isso daqui a pouco.

Affie parecia aflita.

– É claro... a circulação de ar também precisa de energia. Quanto tempo acha que eles podem aguentar?

– Depende do dano... talvez alguns dias? – Leox sabia que a ideia de deixar para trás pessoas em perigo faria com que Affie ficasse ainda mais chateada. – A melhor coisa que podemos fazer por eles é ir embora. Quanto mais pessoas saírem daqui, mais ar respirável sobrará para os que ainda ficarem na estação – acrescentou.

Da cabine, ele viu um astromecânico aparecer; segundos depois, o local de decolagem e as coordenadas apareceram nos painéis. Affie respirou aliviada.

– Estamos na primeira leva.

– Viu? A sorte da estação pode ter acabado, mas a nossa ainda está resistindo.

Leox ligou os motores; a *Nave* zumbiu e ligou. A contagem regressiva para a janela de decolagem começou no painel.

As mãos de Leox estavam tensas nos controles, prontas para fazer a nave levantar voo no instante em que as portas da doca se abrissem. As portas que estavam ali para mantê-los seguros em caso de hostilidades ou desastres tinham se tornado apenas as grades de sua jaula. Leox não ficaria triste em não as ver mais. Ele contou os últimos instantes silenciosamente em sua cabeça: *três, dois, um.*

As portas não se abriram.

Talvez os droides não estivessem em perfeita sincronia, o que não o surpreenderia, dada a situação caótica. Mas, conforme os segundos foram passando, a barriga de Leox começou a doer e as portas da doca continuavam fechadas.

– Elas deveriam abrir – disse Affie. – Os problemas com as fontes de energia não deveriam importar. As comportas do Farol da Luz Estelar têm suas próprias fontes de energia independentes, Orla me disse. Elas deveriam funcionar, não importa o que aconteça!

– Deveriam – concordou Leox. – Mas aparentemente não vão.

Geodo ficou muito quieto.

– Quer dizer que estamos presos aqui? – sussurrou Affie.

Leox desejou poder dourar a pílula para ela, mas não gostava de mentir.

– Estamos presos.

Um grupo de droides astromecânicos conectados em rede era um péssimo substituto para um centro de comando adequado, mas era o que eles tinham, e Stellan estava grato por isso. Combinados com os esforços anteriores de JJ-5145, os droides estavam produzindo um nível de análise que o próprio Centro de Comando acharia difícil de igualar. Quando os dados finalmente começaram a chegar, ele, Elzar, Nib e Orla se reuniram para estudá-los.

– Eles conseguem obter nossa posição por meio dos satélites de Eiram? – murmurou Nib.

– Mais ou menos – assentiu Stellan.

– Deixe-me adivinhar – disse Orla. – Não estamos onde deveríamos estar.

– Não parece. – A voz de Elzar soou estranha. Provavelmente porque ele acabara de olhar para o fluxo de dados que Stellan estava estudando, aquele que rastreava a posição do Farol em tempo real. Aquela posição estava mudando a cada momento. – E parece que estamos ficando ainda mais longe da rota.

Àquela altura, Elzar devia ter percebido a verdade. Talvez ele simplesmente não quisesse dizer em voz alta. Ou talvez Stellan realmente tenha sido o único a perceber.

Mas era algo que não poderia ser escondido por muito tempo.

– A mudança em nossa posição está acelerando lentamente – disse Stellan. – Isso não aconteceria se nosso movimento fosse puramente resultado da explosão.

Os olhos de Nib se arregalaram. Orla colocou a mão sobre o peito ao dizer:

– Você está dizendo que caímos no campo gravitacional do planeta.

– E, sem o controle de nossos propulsores posicionais, não podemos nos libertar dele – acrescentou Elzar. Os olhos dele se encontraram com os de Stellan em uma mútua e terrível compreensão.

Stellan se obrigou a dizer:

– A estação vai cair.

CAPÍTULO DEZESSEIS

"Eles realmente estão sentados esperando a morte", pensou Nan.

A equipe Nihil considerava seu trabalho terminado. Suas *vidas* terminadas. Por mais que tivessem acompanhado Nan e Chancey enquanto fugiam da área desconfortavelmente esfumaçada perto da explosão, qualquer senso de urgência desapareceu assim que o grupo chegou a um corredor limpo. Werrera e Leyel sentaram-se no chão, enquanto Cale se recostou na parede com toda a satisfação de um artesão que acabara de concluir uma obra importante.

Chancey limpou a fuligem do rosto.

– Sugiro que encontrem outro lugar para relaxar. Eles mandarão uma equipe para cá em minutos.

– Dificilmente – respondeu Cale. – Nossos preparativos levaram dias, e garanto a você, cuidamos de tudo. De um jeito ou de outro, comprometemos todos os sistemas desta estação, exceto os mais obscuros: sistemas de entretenimento, sistemas de adaptação reserva e similares. Tomamos as comunicações. Desativamos células de energia independentes. Até fechamos os elevadores. Transitar pela estação será difícil, se não impossível, e os Jedi e a República estarão muito ocupados mantendo-se vivos para se preocupar com a causa da explosão.

– Não para sempre – retrucou Nan. – Eles virão atrás de nós, mais cedo ou mais tarde.

Leyel riu alto. Cale balançou a cabeça, astuto e satisfeito, ao dizer:

– Mais cedo? Eles têm problemas maiores. Mais tarde? Não existirá um mais tarde.

Nan e Chancey trocaram olhares. Aquela rápida interação bastou para dizer a Nan que sim, Chancey acreditava na equipe Nihil. Eles podiam não ter desferido de fato um golpe fatal no Farol da Luz Estelar, mas certamente acreditavam que sim.

O que significava que era hora de dar o fora dali.

– Obrigada por nos tirarem da prisão – disse Chancey. – Se não se importam, acho que está na hora de nos separarmos, tanto de vocês quanto desta estação.

Cale fez uma reverência.

– Obrigado pela ajuda. Não poderíamos... Bem, não. Poderíamos ter feito isso sem vocês, mas com sua ajuda foi mais rápido.

Acelerei um desastre que pode nos matar, pensou Nan. *Boa, garota.*

Ela e Chancey correram pelo corredor, se distanciando dos Nihil o mais rápido que podiam. Mas ainda ouviram Leyel gritando para elas:

– Vocês não vão se separar desta estação tão cedo... nem ninguém mais.

O escritório do intendente, por pouco tempo o centro calmo, organizado e "elegantemente minimalista" da autoridade de Stellan Gios no Farol da Luz Estelar, estava parecendo mais uma oficina de droides.

Mais e mais astromecânicos chegavam para se juntar ao grupo que fora conectado em rede para compensar a perda do Centro de Comando. Mas aquilo não estava nem um pouco próximo da grande rede de droides montada às pressas para conter as consequências do Grande Desastre do Hiperespaço; graças aos esforços avançados de JJ-5145, eles formaram uma matriz eficiente e bem-organizada. Não tinha o mesmo nível de poder computacional, já que o Centro de Comando e suas entradas estavam limitados às poucas conexões danificadas que podiam ser estabelecidas do escritório do intendente. Ainda assim, era melhor do que a alternativa... ou seja, melhor do que nada.

Stellan se debruçou sobre os dados dos astromecânicos reunidos, analisando o que eles tinham conseguido juntar nas últimas horas de operação da estação. Embora a informação estivesse espalhada até aquele momento, ele finalmente detectara o padrão: desligamentos de vários sistemas de alerta, seguidos por desregulagens nas áreas que tais sistemas deveriam proteger. Algumas daquelas desregulagens eram tão pequenas que Stellan mal podia acreditar que alguém teria se dado ao trabalho. Mas, no geral, os esforços de sabotagem resultaram em uma estação gravemente ferida, privada de sua capacidade de listar completamente os próprios danos, quanto mais de compensá-los.

Um desvio em particular chamou sua atenção.

– A cela de contenção... todos os sistemas naquela área foram desligados algumas horas atrás. – Stellan colocou a mão na testa, como se pudesse afastar a dor de cabeça que começava a tomar forma. – Eu diria para você checar as prisioneiras, Elzar, mas tenho quase certeza de que elas não estão mais sob custódia.

Elzar considerou aquilo.

– Nan, pelo menos, estava ligada aos Nihil. É uma ex-integrante, tinha abandonado o grupo muito recentemente. Isso não sugere que estamos lidando com sabotagem dos Nihil?

– Provavelmente – Stellan concordou. Era possível que o sabotador tivesse simplesmente libertado as prisioneiras para aumentar o caos geral na estação, mas quem mais tinha tanto ódio pela República? Quem mais mostrara tal padrão de hostilidade e agressividade com relação aos Jedi?

Não, aquilo era trabalho Nihil, e Stellan não percebera até que fosse tarde demais. Por que a Força não o avisara? Por que todos os Jedi a bordo da estação não estavam alertas?

Por causa da estranha distorção na Força que todos sentiram. De alguma forma, sua capacidade de prever o perigo fora removida no momento em que o risco se tornara mais agudo. Os Nihil tinham sido responsáveis pela distorção? Se sim... *como*?

Orla Jareni então decidiu interceder:

– No momento, saber quem fez isso não importa tanto quanto saber o que vamos fazer a respeito.

Elzar apontou para os astromecânicos, que produziam dados de maneira obstinada.

– É isso que estamos tentando descobrir. Não há muito o que possamos fazer além de ajudar os feridos...

– Mas podemos oferecer a verdade às pessoas a bordo – disse Orla. – Elas merecem saber que suas vidas estão em perigo.

Stellan fixou nela um olhar duro.

– Se dissermos isso a eles antes de descobrirmos como ajudá-los a escapar, tudo o que faremos é colocá-los em pânico. – Koley Linn passou por sua mente, zangado e argumentando. – Se eu conhecesse mais desses pilotos, se pudesse prever suas reações, saber que permaneceriam razoáveis e calmos, então sim, eu concordaria em contar a eles. Mas não conheço todos, e alguns dos que conheci já provaram ser, na melhor das hipóteses, difíceis. Basta um esquentadinho no grupo para fazer a situação inteira explodir, e garanto que temos pelo menos um desses a bordo.

Orla não parecia convencida:

– Se um desses esquentadinhos descobrir o perigo sozinho, o pânico será dez vezes pior.

– Se precisamos de tudo isso para obter os dados – destacou Stellan, referindo-se à dúzia de astromecânicos piscando e apitando ao redor deles –, ninguém lá fora tem chance de descobrir.

Leox Gyasi estava em uma das poucas janelas da doca, uma pequena abertura retangular bem ao nível de seus olhos. Ele espiou pelo visor do dispositivo de madeira e metal que segurava em suas mãos, ajustando cuidadosamente os pequenos espelhos em sua moldura.

– O que é isso aí? – perguntou Affie. Ela estava ao lado dele, principalmente porque não tinha mais nada para fazer.

– É um sextante astrométrico.

– Parece algo que veio de um museu.

– É mais provável encontrar um desses em um museu do que na maioria das espaçonaves hoje em dia – concordou Leox. – Às vezes prefiro fazer as coisas à moda antiga. Principalmente para me conectar com os ancestrais, para entender como eles encontravam seu caminho em uma galáxia tão vasta e caótica, mas, nas raras ocasiões em que todas as nossas maravilhas tecnológicas atuais falham, como de fato aconteceu hoje, as ferramentas antigas podem ser muito úteis.

Ele esperava que aquilo pudesse distrair Affie por um tempo, fazer com que ela lançasse alguma de suas provocações sobre as "antiguidades" que ele carregava. Em vez disso, ela perguntou:

– Mas o que exatamente você está fazendo à moda antiga?

Devia imaginar que a Pequenina não ia me deixar escapar tão facilmente, pensou Leox.

– Estou medindo as distâncias relativas entre as estrelas e o horizonte de Eiram.

– A única razão para fazer isso seria se você acreditasse que nossa posição está se alterando. Mudando em relação a Eiram.

– Você acertou de primeira.

– Mas de que isso importa? – perguntou Affie. – A explosão só poderia ter deslocado o Farol um tanto, e não poderíamos estar nos movendo rápido o bastante só com a força dela.

Leox verificou novamente sua quarta leitura nos últimos dez minutos, aceitou a verdade e baixou o sextante para poder olhá-la nos olhos.

– Outras forças estão entrando em jogo; mais propriamente, a gravidade de Eiram.

Foi horrível ver a compreensão e o pavor tomando conta daquele rosto jovem.

– Quer dizer que a estação está caindo.

– Ainda temos um longo caminho a percorrer – disse Leox rapidamente. – E tenho certeza de que estão retomando o controle sobre o Farol enquanto conversamos.

– É claro que estão. É claro. – Affie passou a mão pelo cabelo castanho-escuro, que era uma maneira de se acalmar. – Mas... você descobriu quanto tempo temos?

– Ainda não. – E era verdade, embora ele já percebesse que estavam falando de horas, e não dias... e não muitas horas. – Veja, a República tem o melhor pessoal, os melhores equipamentos. Já estão pedindo ajuda para o outro lado da galáxia, sem dúvida. A qualquer minuto, algumas Proas-longas vão aparecer e nos tirar do caminho do perigo. Caramba, podemos até ver um reboque do hiperespaço com nossos próprios olhos.

Affie deu um meio sorriso.

– Isso seria legal.

Leox deu um tapinha no ombro dela, mas olhava para o restante da doca. As pessoas estavam, em sua maioria, trabalhando em suas naves (para sair assim que as portas da doca finalmente pudessem ser abertas) ou amontoadas em grupos, conversando e passando o tempo. Leox não era o único que esperava que a República cuidasse da situação em breve.

Só esperava que a situação fosse resolvida antes que mais pessoas descobrissem o perigo, porque a única coisa que poderia piorar tudo seria o pânico.

Na torre médica, Bell sentia como se a ordem estivesse restaurada – mais ou menos.

Mais, porque as pessoas se acalmaram, tudo e todos foram colocados de volta no lugar e nenhuma outra explosão ou distúrbio parecia estar por vir. Menos, porque ainda tinham apenas a luz de emergência disponível, as comunicações continuavam inoperantes e eles ainda estavam isolados do restante da estação, tanto da parte superior quanto da inferior.

– Fizemos tudo o que podíamos fazer – disse Bell a Burryaga enquanto caminhavam lentamente pela enfermaria. Brasa trotava ao lado dele, abanando o rabo; no que dizia respeito a ela, tudo estava bem. Bell desejou conseguir ficar tranquilo com a mesma facilidade. – É loucura desejar que ainda tivéssemos mais o que fazer? Porque pelo menos assim estaríamos ocupados.

Burryaga disse que não, porque era difícil enfrentar um problema que não podia ser *resolvido*. Mas acrescentou com um grunhido suave que a galáxia continha muitos problemas que não poderiam ser resolvidos facilmente e, às vezes, eles precisavam ser encarados. Portanto, seria sábio aprender a lidar com momentos assim.

– Eu sei – disse Bell. – Só gostaria que não tivéssemos que aprender isso *hoje*.

Não tinha sido bem uma piada, mas os dois estavam cansados, e nada era tão bom quanto rir para quebrar a tensão. Burry riu; Bell riu; Burry começou a gargalhar, e logo ambos estavam cobrindo a boca, tentando não incomodar os pacientes com seus risos.

Os olhos de Bell estavam marejados quando ele e o amigo se recompuseram.

– Bem, como estamos de suprimentos?

Os suprimentos médicos estavam escassos, mas aguentariam por um ou mais dias, supondo que ninguém mais se ferisse, informou Burryaga. As rações, no entanto, infelizmente só cobririam mais uma refeição para todos na torre.

– Não devemos precisar de mais do que isso. – Embora o fato de não terem recebido nenhuma mensagem até o momento fosse preocupante, Bell sentia que os Mestres Stellan, Maru e os outros logo estariam no controle da situação. E a *Ataraxia* não tinha acabado de chegar? Aquilo significava que Avar Kriss também estava ali. Bell se inclinou para coçar Brasa atrás das orelhas. – Não se preocupe, garota. Vou dividir minha ração com você.

Burryaga disse que contara Brasa o tempo todo, e Bell sorriu.

Orla Jareni desejava ardentemente ter trazido a *Buscadora da Luz* naquela jornada. Mesmo que as portas da doca tivessem permanecido tão teimosamente fechadas para sua nave quanto para todas as outras, seria bom saber que estava lá esperando por ela, depois que aquela crise passasse.

Não que ela tivesse a menor intenção de abandonar alguém a bordo do Farol da Luz Estelar. Não, o desejo de Orla partir tinha menos a ver com a emergência do momento do que com a crise anterior, aquela em que tanto Stellan quanto Elzar pareciam ter perdido a cabeça depois da explosão Nihil.

A casca fantasmagórica de Regald Coll não era algo que ela conseguiria esquecer tão facilmente.

Orla também suspeitava que os outros não seriam capazes de ignorar aquilo por muito mais tempo. Conforme as consequências imediatas da explosão se assentavam, ela se tornava cada vez mais consciente de que a perturbação na Força não desaparecera. Ela continuava presente – de alguma forma mais difusa? –, mas Orla sentia que a fonte poderia estar ainda mais próxima do que antes.

O que pode ser essa fonte? Orla caminhava pelo corredor do lado de fora do escritório de Stellan Gios; o movimento às vezes a ajudava a pensar. *O que poderia ser capaz de perturbar a conexão de um Jedi com a Força? E o que poderia ter feito aquilo com o pobre Regald?* Embora tivesse ouvido falar sobre o destino que quase se abatera sobre os gêmeos Jedi Terec e Ceret e o grotesco fim de Loden Greatstorm, ela não vira os resultados – e o que acontecera com Regald tinha sido ainda mais horrível.

Ela não estava mais perto daquelas respostas do que antes, mas uma nova percepção surgiu em sua mente, uma que a fez parar em seu caminho: qualquer que fosse a fonte da perturbação, devia ter sido trazida para o Farol pelos Nihil.

E, se os Nihil tivessem encontrado um modo de atacar os Jedi atacando a própria Força, eles seriam um inimigo muito mais perigoso do que qualquer outro que a República pudesse imaginar.

Chancey e Nan encontraram uma pequena matriz operacional que continuava funcionando – mais ou menos. Não serviria para muita coisa além de informar o quanto estavam ferradas.

– Podemos acessar as comunicações deles – sugeriu Nan. – Ouvir se têm naves de resgate vindo que os Nihil possam atacar. Ou ocultar um sinal dentro delas e sinalizar à *Olhar Elétrico* que precisamos de ajuda.

– Em primeiro lugar, nem Marchion Ro nem qualquer outra pessoa na nave dele daria a mínima para o fato de precisarmos de ajuda. – Chancey franziu a testa para as últimas leituras que surgiam na pequena tela da matriz. – Em segundo lugar, aqueles fanáticos podem ser malucos, mas sabiam o que estavam fazendo quando foram atrás das comunicações do Farol.

Nan sentiu um tremor nauseante na boca do estômago.

– *Todos* os sistemas de comunicação estão desativados?

– Nenhum deles está desativado. No entanto, todos estão transmitindo um sinal branco. – Diante da expressão confusa de Nan, Chancey tentou explicar melhor. – O sinal branco é composto de *loops* de dados copiados que dão a ilusão de que está tudo bem, de que nada mudou. Portanto, não apenas o Farol não pode pedir ajuda à República, mas, se a própria República o verificar, por qualquer motivo, o sinal também fará parecer que não há problema algum por aqui. É claro que isso não vai resistir a nenhuma tentativa direta de contato, mas atrasar a comunicação durante algumas horas faz com que seja muito menos provável que a República chegue até aqui a tempo.

Por mais que Nan odiasse contar com a República para alguma coisa, detestou ainda mais saber que ela não viria.

– Os bloqueadores nas fontes de energia individuais significam que nenhuma das portas da doca se abrirá; então, mesmo que pudéssemos roubar uma nave, não teríamos como voar para fora daqui. – Aquilo deixava apenas uma opção. – Você consegue descobrir a localização das cápsulas de fuga?

Chancey assentiu, mas hesitou:

– A equipe Nihil parecia confiante de que tinha encurralado todo mundo a bordo. Não teriam dito isso se não tivessem lidado com as cápsulas de fuga também.

– Não importa o que tenham dito, eles não podem ter tido tempo de interferir em tudo na estação – insistiu Nan.

– Espero que não – disse Chancey, começando a procurar pelas cápsulas de fuga. – Porque essa parece ser nossa última chance... e todos aqui na estação estão prestes a descobrir exatamente a mesma coisa.

CAPÍTULO DEZESSETE

Aqueles na metade inferior do Farol da Luz Estelar começaram a se reunir dentro e perto da doca principal. Oficiais da República, funcionários da manutenção, até mesmo droides circulavam pelos corredores externos da doca, compartilhando os poucos fragmentos de informação que tinham. O clima geral continuava tranquilo. Eles tinham fé na República; esperavam que a ajuda chegasse logo; aquele fora um acidente considerável, a estação precisaria de reparos, mas nenhum deles suspeitava que a situação pudesse ser pior do que parecia.

Orla Jareni não sabia se sentia pena ou inveja deles. O que ela realmente queria era contar a verdade. Mas Stellan ainda não queria nem ouvir falar sobre isso.

– As pessoas têm o direito de saber – insistiu Orla. – No lugar delas, eu gostaria da verdade.

– Não pretendo esconder a verdade para sempre – disse Stellan. – Nem mesmo por muito mais tempo. Mas a situação e alguns indivíduos envolvidos nela são voláteis. Podemos fazer o anúncio assim que conseguirmos estabelecer contato com a República, assim que tivermos *um plano*. Koley Linn e outros como ele não terão a chance de criar problemas se formos até eles com uma solução já preparada.

Orla conseguia ver sabedoria naquele raciocínio. Mas também conseguia ver as falhas.

– Tudo isso se baseia na crença de que *podemos* entrar em contato com a República em um futuro próximo. Não temos absolutamente nenhuma prova disso, por enquanto.

– Tem que ser possível – insistiu Stellan. Seus olhos estavam com aquele brilho que às vezes tinham, aquela fé completa e absoluta que fazia Orla entender exatamente o motivo de ele ter sido escolhido pelo Conselho como o exemplo público de todos os Jedi. – Os Nihil são fortes e cruéis. Mas não são necessariamente inteligentes. Eles vencem por força bruta e trapaças. Fizeram alguma sabotagem tecnológica? Seremos capazes de lidar com ela. Só temos que encontrar a pista certa.

Os Nihil foram espertos o bastante para nos enganar uma vez após a outra! Orla quase se irritou, mas manteve a calma. Por muito pouco.

– Espero que esteja certo, Stellan – disse ela. – O preço será muito alto se estiver errado.

Enquanto se afastava, as palavras raivosas não ditas queimavam dentro dela. *Você sempre precisa da aprovação do Conselho, não é, Stellan? Não sabe quem você é sem ele.* Orla precisou de todo seu autocontrole para não voltar atrás, confrontar Stellan, forçá-lo a discutir o assunto ainda mais, com mais veemência, até que...

Essa não sou eu, percebeu ela.

Seu temperamento sempre fora seu companheiro mais difícil, mas ela não era descontrolada – pelo menos enquanto estava em comunhão com a Força.

Mas sua conexão com a Força estava perturbada novamente. Assim como a de Stellan, ela poderia apostar. O que quer que estivesse errado antes não foi embora convenientemente quando a crise mais recente começou. Em vez disso, tinha ficado à espreita, minando cada Jedi a bordo.

Temos que fazer alguma coisa, pensou Orla. *Não. Eu tenho que fazer alguma coisa.*

A primeira fagulha de esperança veio para Bell quando um droide apareceu dizendo:

– Cruzador médico de Eiram se aproximando do Farol.

– Como é que é? – Bell se levantou de onde estava, ao lado da cama de Mestra Indeera, acordando Brasa. Burryaga já estava se aproximando. – Você conseguiu acessar as comunicações?

– Negativo – disse o droide. – Mas veja. – Ele apontou seu braço metálico para a janela mais próxima. A nave de Eiram certamente estava ali fora, pairando por perto, aparentemente sem saber o que fazer.

Burryaga rosnou que, se eles não estavam atracando, provavelmente significava que *não tinham* como atracar.

– Detesto dizer isso, mas concordo – disse Bell. – As docas devem ter sido danificadas pela explosão. – Ele meio que já havia adivinhado aquilo, mas a confirmação foi assustadora.

Ainda assim, o cruzador médico era uma potencial fonte de ajuda, a primeira que eles tinham, e precisavam aproveitar ao máximo a oportunidade.

Bell se virou para o droide.

– Certo. Então a comunicação em toda a estação ainda está inoperante...

– Afirmativo.

– ... Mas existe alguma outra maneira de enviarmos um sinal em um alcance mais curto. Digamos, para a nave de Eiram? – Bell olhou do droide para Burryaga, esperando que um dos dois tivesse a resposta que lhe faltava.

Burry rosnou pensativamente que alguns droides tinham matrizes potentes o bastante, como aquele LT-16 ali com eles.

– Por que você não disse? – Bell perguntou ao droide.

O LT respondeu alegremente:

– Temo ter sido projetado para trabalhar em conjunto com sistemas de comunicação maiores. Falta-me a força do transmissor para enviar qualquer sinal que possa cobrir uma distância maior que cem metros.

– A nave de Eiram está próxima, mas não pode chegar mais perto sem atracar, e aparentemente está impossibilitada disso. – Bell passou a mão pelo cabelo, pensando rápido. – Mas, se pudéssemos aumentar a força do transmissor...

Burryaga foi até a parede mais próxima e arrancou um painel com um tinido metálico que assustou os pacientes, expondo fios e circuitos. Bell sorriu ao avistar um pequeno relé de célula de energia no meio dos mecanismos.

– Burry – disse ele –, você é brilhante.

Burryaga modestamente admitiu que era verdade, mas que no momento não vinha ao caso. Com muito cuidado, desconectou a célula de energia de seu cabo de retransmissão; algumas luzes de emergência se apagaram, mas não ficou muito mais escuro – o que foi um alívio, porque Bell realmente precisava enxergar o que estava fazendo.

– Você poderia abrir seu painel de manutenção? – perguntou Bell ao droide LT.

– Afirmativo. – LT-16 parecia um pouco relutante, como era de se esperar, já que estava prestes a receber o equivalente droide de uma dose tripla de adrenalina. Mas abriu o painel e permitiu que Bell conectasse a célula de energia. Assim que terminou, Bell abriu o fluxo de energia, e o painel do droide brilhou mais e mais forte. Seu corpo de metal começou a vibrar. – Oh, céus.

– Você consegue transmitir a minha voz? – perguntou Bell.

– Apenas texto. – LT-16 zumbiu mais alto. – Oh, céus, oh, céus, oh, céus.

– Então diga ao cruzador de Eiram que houve uma explosão, que estamos entrando em contato com eles a partir desta torre e que ainda precisamos de ajuda médica, certo? – disse Bell. Brasa choramingou de leve ao seu lado, e ele acariciou o pescoço dela enquanto o droide continuava chiando e zumbindo.

Os olhos dele encontraram os de Burryaga. Se aquilo não funcionasse...

– Eles receberam a mensagem – disse o droide. – Receberam e estão realizando varreduras. Vão reportar.

– Fizemos contato. – Bell sorriu para Burryaga. Aquele era apenas o primeiro de muitos, muitos passos para levar todos da torre médica em segurança, mas ao menos eles finalmente tinham começado.

De canto de olho, Elzar Mann viu uma mancha branca esvoaçante. Ele imediatamente deixou seu posto, no qual conectava ainda mais astromecânicos na esperança de obter maior poder computacional, e correu atrás dela.

– Orla? Orla, aonde você está indo?

Ela parou ao escutar seu nome.

– Estou encrencada por desafiar os decretos de Stellan Gios?

Elzar olhou bem para ela.

– Eu seria a última pessoa na galáxia a lhe causar problemas por quebrar as regras. Mas não devemos vagar por aí. Os níveis de radiação na base da estação estão aumentando... logo haverá ainda mais instabilidade.

– Sei disso – disse Orla, ainda que balançando a cabeça negativamente. – Mas aquela perturbação na Força ainda está por aí, Elzar. E acho que está ficando mais forte. Você realmente não está sentindo?

Ele teve de admitir:

– Me fechei para a Força ainda mais do que antes. Sei que é exatamente o oposto do que um Jedi deveria fazer...

– Não aqui – Orla o interrompeu. – Não hoje. Confie em seus instintos, Elzar. Eles o estão guiando na direção correta.

Pela primeira vez, Elzar pensou, mas permaneceu calado.

Orla continuou:

– Eu não estou normal. Stellan está melhor do que antes, pelo menos, mas ainda não está operando em capacidade máxima, não concorda? Provavelmente todos os outros Jedi a bordo do Farol estão sofrendo a influência maligna de... seja lá o que for. – Orla suspirou pesadamente. – Devemos acabar com isso. Precisamos identificar a fonte do problema. Para isso, temos que encontrar a maldita coisa. Que é o que estou prestes a fazer.

Elzar agarrou o braço de Orla, sem vontade de deixá-la ir.

– Mas... o que aconteceu com Regald, e mesmo com Indeera... Todos nós concordamos, ninguém mais deveria ir atrás disso até que tenhamos mais apoio e a crise termine...

– Reconheço os riscos – disse ela. – Vamos precisar de toda a nossa força para superar essa crise e, qualquer que seja a fonte da perturbação, está acabando com ela. Não podemos salvar o Farol sem acabar com essa perturbação. – Com a sombra de um sorriso, ela acrescentou: – Não se preocupe. Consigo ser surpreendentemente cuidadosa quando quero.

Ele queria detê-la, mas ela tinha razão.

– Se você não voltar dentro de uma hora, vou atrás de você.

– Eu não esperaria menos. – Com isso, Orla deu um sorriso incrivelmente leve. – Cuide desse seu temperamento até que eu volte para ficar de olho em você.

Depois, tudo o que Elzar pôde fazer foi vê-la partir.

Uma das poucas pessoas não Jedi a bordo do Farol que sabia da profundidade do perigo que corria estava, naquele momento, desejando intensamente não ter sabido de nada.

Se eu não soubesse, tudo isso seria apenas um pouco irritante, pensou Affie, andando atordoada pela doca lotada ao redor da *Nave*. *Poderia estar matando tempo jogando sabacc com Geodo e Leox. Estaríamos nos divertindo, até alguns minutos atrás...*

Um tremor percorreu o corpo de Affie enquanto ela imaginava como seria para a estação descer na atmosfera de Eiram, a gravidade puxando com cada vez mais força até que todos estivessem despencando na velocidade máxima direto para...

– Olá! – Pikta Adren pareceu surgir do nada bem no caminho de Affie, embora a garota tivesse quase certeza de que era apenas por não estar prestando atenção. – Viu, obrigada por sua ajuda com... com os acoplamentos... Affie, você está bem?

– Não exatamente. – Affie tentou sorrir. Não deve ter se saído muito bem, porque o rosto de Pikta ficou preocupado. – É duro, sabe? Ficar presa aqui.

– Bem, divertido não é. – Pikta se inclinou para mais perto e sussurrou. – Aquele Koley Linn está lhe causando problemas? Nós o vimos seguindo você, observando sua nave. Parece que está para aprontar alguma.

Affie nem tinha notado Koley Linn a seguindo. *Ótimo.*

– Já tivemos problemas com ele antes. Normalmente é mais incômodo do que um perigo, mas ele pode ser perigoso, então mantenha distância, se puder.

Os olhos de Pikta se arregalaram de indignação.

– Ele *está* incomodando você. Veja, se ele se aproximar de você e seus companheiros de tripulação não estiverem por perto, venha nos encontrar ou apenas dê um grito. Joss e eu chegaremos o mais rápido que pudermos.

– Vocês são boas pessoas – disse Affie. Pensar nos Adren presos naquela estação a atingiu com uma nova força. Uma coisa era temer por si, outra era temer pelos outros. Estava começando a entender que cada ser no Farol estava em perigo mortal. – Ah, sério. Obrigada. Eu agradeço, mas...

– Mas não é isso que está incomodando você. – Pikta colocou a mão sobre o ombro dela, em um gesto quase maternal. Affie não sentia aquele tipo de cuidado havia muito tempo. – Quer falar sobre isso?

Por menos que Affie quisesse conhecer a verdade, também não queria mentir para ninguém. *Além do mais*, disse consigo mesma, *quanto mais pessoas souberem, mais pessoas vão trabalhar em uma solução.*

– Precisamos conversar – ela disse a Pikta. – Mas primeiro você precisa se sentar.

– Oh, céus – chiou o droide LT-16, ainda quase vibrando com a energia emprestada. – Oh, céus, oh, céus, varreduras chegando.

– Finalmente! – Bell conectou o droide à tela mais próxima; Burryaga se inclinou para olhar também. No entanto, a onda de empolgação que sentiam diminuiu conforme as informações começaram a aparecer.

O que viam mal podia ser reconhecido como o Farol da Luz Estelar. O meio da estação se tornara nada mais do que um borrão brilhante. Normalmente, as varreduras mostrariam o Farol iluminado, com energia em todas as paredes, em todos os níveis, mas, em vez disso, grandes seções da estação estavam completamente escuras. A torre médica não era a única área funcionando apenas sob luzes de emergência. O pior de tudo, aos olhos de Bell, era a escuridão ao redor das docas. Sem elas, seria impossível evacuar os pacientes, muito menos partir eles mesmos.

– Leituras de trajetória chegando – disse LT-16. – Oh, céus.

Preciso desligar essa coisa da energia extra logo, pensou Bell. LT-16 era, no momento, sua única conexão com qualquer coisa fora daquela torre; não queria fritar os circuitos do droide.

– O que quer dizer com trajetória?

O droide respondeu enviando um esquema para a tela, que mostrava o Farol da Luz Estelar, Eiram e algumas setas extremamente desencorajadoras. Não era nada que os propulsores posicionais da estação não pudessem consertar, mas nas leituras anteriores tais propulsores estavam escuros e sem energia. Quando entendeu o significado completo do esquema, Bell olhou para Burryaga e viu no rosto do amigo o mesmo desânimo que sentia em seu interior.

De acordo com o esquema, o Farol entraria na atmosfera do planeta em três horas.

Bell se obrigou a permanecer calmo.

– Diga ao cruzador médico que estamos analisando os novos dados e entraremos em contato com eles em breve.

– Mensagem entregue – disse LT-16, ainda tremendo.

De modo lento e deliberado, Bell desligou o droide da energia extra. Ele parou com um longo assovio que só podia ser interpretado como alívio.

– E agora? – perguntou Bell a Burryaga. – O que podemos fazer que seja remotamente construtivo?

Burryaga mandou o esquema de volta para a tela. Ele ia mostrar alguma coisa a Bell, ou estava procurando algum tipo de resposta? Não importava, porque, quando Bell o analisou daquela vez, enxergou uma oportunidade.

Rapidamente, ele apontou para o contorno de um poço de manutenção próximo.

– Isso deveria ser desligado em caso de emergência, mas está aberto. O que quer dizer que...

Burryaga rosnou em triunfo. Eles finalmente tinham uma maneira de chegar ao resto da estação e, se aquilo não fosse uma solução, pelo menos era um ponto de partida.

Elzar Mann teria ficado muito surpreso ao saber que seus avisos a Orla foram – em parte – atendidos.

Por mais que Orla gostasse de pensar em si mesma como uma exceção à maioria das regras, não havia razão para acreditar que estaria mais consciente do perigo ou mais preparada para se defender dele do que Regald Coll e Indeera Stokes. Sim, algo precisava ser feito, mas não necessariamente um confronto.

Em vez disso, ela decidiu simplesmente isolar aquela área.

Devíamos ter feito isso desde o começo, pensou. Naquele momento, a ideia parecia tão óbvia. Mas deveria ter sido algo óbvio para todos imediatamente. Aquela era mais uma prova de que o que quer que estivesse acontecendo a bordo da estação estava afetando o julgamento deles; o medo nublava os pensamentos de modo tão eficaz quanto qualquer truque mental Jedi, se não mais.

E isolar a área provavelmente conteria o que quer que estivesse causando o problema... mas não cessaria seus efeitos. O distúrbio na Força continuaria.

Mesmo assim... Tomar aquela atitude poderia não resolver tudo, mas ficar parado não resolveria nada. Uma vez que a área fosse isolada, a fonte do distúrbio na Força não poderia se aproximar mais; aquilo pelo menos representaria algum tipo de limite.

Uma vez que esteja presa, pensou Orla, ainda sem saber o *que* poderia ser, *nossas opções para lidar com ela aumentam.*

O ar ficou gelado quando ela se aproximou do local onde Regald caíra, muito próximo ao compartimento de carga. Os controles ambientais daquele nível pareciam estar falhando. Logo Orla pôde enxergar sua respiração, visível como leves baforadas cinzentas. Por mais mundana que tal visão fosse, sempre a fazia sorrir; aquilo a lembrava de um dia muito distante, quando Yoda levou seu grupo de jovens alunos até o telhado do templo, para brincar em uma das raras vezes em que nevou no planeta.

Orla cambaleou perto da beirada, e ele a segurou com sua bengala...

Foi o que tinha acontecido. Ela se lembrava bem. Mas, em sua mente, as imagens tinham mudado. Aquelas memórias não eram mais dela.

Cambaleando perto da beirada, tropeçando na borda do telhado, gritando enquanto caía, depois caindo eternamente por entre o labirinto dourado de edifícios de Coruscant, em direção à morte inevitável...

Pare com isso, disse Orla a si mesma. Não fazia sentido imaginar como aquele dia poderia ter sido se Yoda não tivesse sido cuidadoso.

Como sempre fazia quando perturbada por algum pensamento mórbido aleatório, Orla convocou a Força para ampará-la e guiá-la. Aquilo ainda funcionava... mais ou menos.

Seus passos a levaram a um longo corredor marcado apenas por algumas caixas aleatórias, algumas altas, outras baixas. Orla olhou ao longe, para uma pilha mais alta de caixas, muitos metros adiante.

Acima da pilha ela viu baforadas branco-acinzentadas... grandes demais para representar a respiração de qualquer humanoide. Aquilo era outra coisa.

Não significa que seja a causa do problema, disse a si mesma. *Pode ser apenas um Trandoshano perdido, coisa do tipo.*

Mesmo assim, o terror tomou conta dela, ameaçando paralisá-la.

Orla se obrigou a avançar, mas cada passo se tornava mais difícil que o anterior – como se estivesse tentando caminhar pela água gelada, que subia até os joelhos, depois até as coxas e depois até os ombros. Mas, em vez da leveza natural que estar na água proporcionava, ela se sentia infinitamente mais pesada.

Como as ondas que ela ordenara que Elzar enfrentasse em Ledalau, mas piores. Mais escuras, mais altas, mais poderosas, ameaçando arremessá-la e esmagá-la contra as rochas mais próximas...

Ele sabe que estou chegando, pensou ela.

Está com fome, pensou logo depois, sem saber de onde vinha aquele conhecimento.

Não de sua carne, Orla sabia. Mas de algo muito pior.

Ela tentou expandir sua consciência, convocar a Força, mas era impossível. Não conseguia se lembrar de como fazer, não conseguia recuperar a concentração nem pensar direito. Seus olhos continuaram fixos na extremidade oposta do corredor, e ela viu movimento. Um movimento sem forma.

Ou melhor, um movimento com mil formas de uma só vez, se contorcendo, sumindo e reaparecendo, ficando turva e se aproximando cada vez mais. Ela não conseguia correr.

Está derretendo, pensou, enquanto as formas ao seu redor se projetavam sobre ela, caindo e caindo infinitamente. *A estação está derretendo. Ou a galáxia. Ou... ou...*

Nada mais fazia sentido para Orla. Não era algo que ela sabia, mas que sentia. Tinha passado do ponto em que qualquer coisa em sua mente poderia ser considerada pensamento. Em vez disso, estava à mercê das torções e reviravoltas alucinógenas que a engoliram completamente.

A mente de Orla não era mais dela. A Força estava em silêncio, mas ainda existia. *Tinha* de existir.

Não tinha?

A Força a encontraria, certamente. Orla não ia simplesmente desaparecer no vazio, não se tornaria simplesmente nada... ou ninguém...

O frio se apoderou de Orla, perfurando sua carne, parecendo congelá-la até os ossos. Ela queria se abraçar contra o frio brutal, mas seus braços não obedeciam mais a seus comandos. Suas pernas não se moviam. Nem a cabeça ou o pescoço. Queria olhar para baixo e ver o que a agarrara, mas não conseguia mais.

Seu rosto ficou ainda mais branco. Depois cinza como pó. Ela caiu no chão, incapaz de se mover, para sempre.

A Força estava em silêncio, e nada restou de Orla além do medo.

CAPÍTULO DEZOITO

O clima na doca estava mudando, passando de "tenso" para algo muito mais estranho e sinistro. Leox conseguia pensar em muitas razões para aquilo: ninguém gostava de ficar preso, os Jedi não estavam fazendo um grande trabalho em manter todos informados, e os sensores a bordo das naves sem dúvida estavam sendo usados para determinar o verdadeiro estado do Farol da Luz Estelar.

Mas aquilo não era nada comparado a como as coisas mudariam quando mais pessoas descobrissem que a estação estava caindo.

Leox, Affie e Geodo estavam todos sentados na cabine da *Nave*, no que ele considerava diferentes graus de dormência. Geodo estava completamente apagado, sem dizer nada; Affie não estava muito melhor. Leox, que se orgulhava de ter uma abordagem filosófica da vida, estava um pouco desapontado por descobrir que não conseguia enfrentar a própria morte com uma sensação maior de calma.

Gostaria pelo menos de me despedir da minha irmã, pensou ele.

Então ele disse:

– Comunicações.

Affie se virou para ele.

– O quê?

– Comunicações. – Leox pensava rápido. – Estamos em uma emergência daquelas, o que significa que os protocolos de emergência devem estar funcionando. Isso bloquearia todas as comunicações de naves independentes a bordo do Farol.

– Isso *bloqueia* as comunicações – disse Affie, apontando para o mostrador aceso com uma luz vermelha que confirmava suas palavras.

– Talvez não. – Leox virou-se para Geodo. – Ei, faça uma varredura nessas frequências. Mostre o que temos aqui.

Dados começaram a rolar por outra tela, e um sorriso começou a se espalhar lentamente pelo rosto de Leox.

– Às vezes fico surpreso com a bondade da galáxia.

– Eles *não* estão enviando o sinal de emergência em todas as frequências? – Affie teve dificuldade para entender aquilo. – Por que não? Se isso não é uma emergência, o que mais poderia ser? E, se não estão enviando os sinais de emergência, por que nossos sensores dizem que as comunicações da *Nave* estão bloqueadas?

– Quem quer que tenha sabotado esta estação veio com tudo – disse Leox. – Há truques dentro de truques, mentiras dentro de mentiras.

Geodo lhe dirigiu aquele olhar vago que geralmente queria dizer que Leox precisava ir direto ao ponto.

– Certo, começando pelo básico – explicou. – O sinal de emergência do Farol da Luz Estelar é igual ao de muitas estações espaciais: é composto de dois sistemas quase completamente separados. Um deles realmente transmite o pedido de socorro em todas as frequências disponíveis, e o outro lida com as tarefas mais locais, incluindo algo bastante pertinente à nossa situação atual, como dizer às naves ancoradas na estação que as comunicações estão bloqueadas. Se alguém quisesse sabotar a estação, como claramente foi feito, um primeiro passo óbvio seria eliminar a capacidade do Farol de pedir ajuda. E parece ter sido o que aconteceu.

O rosto de Affie se iluminou:

– E um segundo passo óbvio seria separar esses dois sistemas de emergência, para que todas as naves a bordo pensassem que suas comunicações estivessem bloqueadas pelo Farol. Aí essas naves não pediriam ajuda por acreditar que não seria possível, quando na verdade é. Quer dizer, podemos pedir ajuda!

– É exatamente isso que estou falando. – Leox levou um momento para considerar, depois decidiu que a última estação em que estiveram ancorados, orbitando Parlatal, seria sua melhor aposta. – Aqui é a *Nave* chamando, relatando uma emergência no Farol da Luz Estelar. Repito, temos uma emergência no Farol da Luz Estelar. A estação está caindo, várias naves estão presas a bordo, existe a possibilidade de um impacto catastrófico. Por favor, confirmem o sinal.

Demorou alguns segundos, mas uma resposta veio pelo comunicador, com um tom de voz entediado:

– Nave, *essa piada não tem graça.*

– Não é uma piada – disse Leox. – É pra valer!

– *Certo, claro* – disse o controle da estação Parlatal do mesmo tom de voz. – *E por que exatamente você está nos avisando disso em vez do pessoal do Farol?*

Havia muitas razões para aquilo, mas não fazia sentido entrar em detalhes quando uma solução muito melhor estava à mão. Leox virou-se para Affie e disse:

– Vá encontrar alguém no comando e traga aqui imediatamente. Ou para qualquer outra nave. Temos que pedir ajuda enquanto ela ainda tem uma chance de chegar aqui a tempo.

Stellan estava igualmente aliviado e desgostoso. Aliviado por finalmente ter uma maneira de alertar a República sobre o perigo que o Farol corria; desgostoso por simplesmente ter aceitado os sinais em vez de verificar as várias frequências de comunicação por conta própria. Como poderia ter deixado aquilo passar de forma tão inexplicável?

– Não parece inexplicável para mim – disse Leox Gyasi, conduzindo Stellan para dentro da *Nave*. – Vocês são a República. Vocês são os *Jedi*. De onde vocês vêm, se alguém diz que alguma coisa não funciona é porque ela provavelmente não funciona mesmo. Aqui nas fronteiras não confiamos em nada que não tenhamos verificado pessoalmente. Fazemos mais perguntas. E, quando se fazem mais perguntas, se obtêm mais respostas.

– Isso faz sentido. – E fazia mesmo, em algum nível. Mas Stellan não podia se eximir tão facilmente. Sua cegueira custara um tempo valioso à estação... e poderia fazer a diferença entre a salvação e a perdição de todos a bordo.

Fora a perturbação na Força que confundiu seus pensamentos? Possivelmente. No entanto, outra suspeita o assombrava muito mais. Orla Jareni dissera que Stellan estava acostumado demais a seguir o caminho que os Jedi traçaram para ele; aquela era uma acusação que não podia negar. Stellan confiava na Ordem como confiava na Força. Podia discordar ou debater com a Ordem vez ou outra, mas nunca a questionava.

Faça menos perguntas, pensou ele, *e obtenha menos respostas*.

Talvez devesse meditar profundamente sobre essa questão, até mesmo conversar com Orla sobre ela, quando tudo terminasse. Mas Stellan deixou o assunto para mais tarde, quando tivesse tempo para lidar com ele. Sua prioridade era entrar em contato com o Conselho e com a República, e graças ao sistema de comunicação da *Nave* ele pôde fazê-lo imediatamente.

– Recebemos suas mensagens, Mestre Gios – soou a voz de Mestra Rosason do Templo de Coruscant. – Tenha certeza de que estamos em plena comunicação com a chanceler e outros oficiais da República. – E isso era perceptível; o burburinho da agitação em torno de Rosason aumentou consideravelmente durante os poucos minutos de sua conversa. – Ajuda deve estar a caminho dentro de três horas.

– Três horas? – *Devia* haver um atalho no hiperespaço mais rápido que isso. – Podemos não ter três horas!

Mestra Rosason disse:

– As naves estão indo o mais rápido que podem. Mas os recursos são escassos... Alguns Jedi foram ajudar os mundos e estações afetados pelos ataques dos Nihil. As naves da República foram encaminhadas para esses mundos em esforços de proteção e resgate. Não pudemos chegar ao posto avançado Jedi em Banchii, mas enviamos pessoas para Chespea para investigar a destruição do templo de lá...

A voz dela sumiu, sem dúvida porque chegara às mesmas conclusões que Stellan tinha acabado de chegar.

– Os ataques Nihil não foram dispersos – disse ele, se endireitando. – Não foram aleatórios. Chespea e Banchii foram alvos porque são necessários vários saltos no hiperespaço para ir deles a qualquer planeta. Não foram alguns retardatários atacando o que estivesse pela frente... foi um *ataque coordenado*.

Leox Gyasi, parado ali perto, também se endireitou, registrando a terrível notícia. Sua expressão combinava com o tom de Rosason quando ela respondeu:

– Não detonaram o dispositivo a bordo do Farol até saberem que os Jedi e a República tinham dispersado suas forças.

– Tudo para que Lourna Dee parecesse ser o Olho dos Nihil. – Se Stellan tivesse descoberto aquilo alguns dias antes, teria sido um ponto marcado contra Avar Kriss. Naquele momento, o jogo de poder entre os dois parecia tão mesquinho, tão pequeno. Por que deixara o desacordo entre eles se tornar pessoal, de qualquer modo? Importava tão pouco em comparação ao perigo real que se abatia sobre os dois. – O verdadeiro líder dos Nihil ainda está à solta, em algum lugar.

– É o que parece – disse Mestra Rosason. – Isso deve orientar nossos esforços no futuro, mas no momento deve permanecer uma preocupação secundária. Podemos e devemos encontrar uma maneira de ajudar o Farol da Luz Estelar. Tenha esperança, Stellan.

Esperança ele tinha. O que não tinha era um plano. Mas, agora que as comunicações estavam restauradas, havia uma razão para acreditar que poderiam impedir que o plano Nihil chegasse à sua fatal conclusão.

Bell e Burryaga avançaram pelo poço de manutenção. O ritmo foi lento, já que quase não havia luz e as dimensões do poço não foram planejadas considerando o porte dos Wookiees. O espaço apertado se tornara ainda mais estreito e perigoso graças a várias vigas rompidas, chapas dobradas e outros obstáculos que se curvavam e se projetavam para mais longe do que os arquitetos da estação pretendiam. Apesar de precisarem se espremer de vez em quando, os dois aprendizes conseguiram transitar em torno de algumas das áreas bloqueadas e estavam se aproximando da doca principal.

Pelo menos Bell *esperava* que sim. Se tivessem se confundido e feito uma curva errada em algum lugar, podiam estar indo diretamente para uma zona cheia de radiação.

Um longo gemido ecoou pelo tubo.

– Eu sei – disse Bell, passando com cuidado por cima de uma junção elevada. – Também não é a coisa mais divertida que fiz hoje.

Burryaga apontou que nunca imaginara que sentiria falta da torre médica, mas estava com saudades do lugar.

Bell se lembrou do momento em que a deixaram, com o equipamento preso nos cintos, sem saber para onde ir.

– *Fique com Mestra Indeera* – dissera para Brasa, que foi direto para a cama de Indeera e se sentou, mantendo a vigília que Bell fora forçado a abandonar. Deixá-las para trás fora difícil, mas pelo menos ele finalmente estava prestes a conseguir alguma ajuda de verdade.

Ou a morrer. Uma coisa ou outra.

Os dois chegaram a uma porta e se entreolharam rapidamente antes de Burryaga abri-la. Bell sorriu ao ver o corredor que levava ao escritório do intendente e, além dele, à doca.

– Conseguimos!

Burryaga gargalhou em triunfo. Um rosto familiar apareceu quase imediatamente. Elzar Mann, sujo de fuligem e com os cabelos desgrenhados, mas de resto bem.

– Graças à luz vocês dois estão bem – disse Elzar, indo na direção deles. – Estávamos imaginando que estivessem na torre médica... ela está intacta?

– Relativamente – disse Bell. – Mas entrar e sair é um desafio.

– Conseguem acessar o resto da parte superior da estação de lá?

O ânimo de Bell desapareceu.

– Não. Isso quer dizer que... que o Farol foi partido ao meio?

– Estamos aguentando até agora, mas não sei por quanto tempo vamos conseguir. O resto da estação está se tornando mais instável a cada minuto, e está em uma trajetória que colidirá com Eiram em cerca de três horas, talvez um pouco menos – disse Elzar. Embora Bell já tivesse entendido aquilo, ouvir a informação foi como levar um soco no estômago. – Ainda assim, finalmente conseguimos fazer contato com a República. A ajuda está a caminho. Só precisamos torcer para que chegue a tempo.

– Claro. – Bell não duvidou nem por um segundo que a ajuda já estava próxima. Acontece que ele estava otimista demais. Mas engoliu em seco e continuou. – Estamos tentando encontrar uma maneira de permitir que o cruzador médico de Eiram atraque na estação, talvez até mesmo através de uma eclusa de ar padrão na torre médica. Tem alguma ideia?

– Nenhuma – disse Elzar, categoricamente. – Quanto à nossa perturbação na Força, Orla está investigando. Não podemos enfrentar esse desafio se não estivermos no nosso melhor.

Bell estava quase perguntando onde Orla estava quando uma voz mais alegre chamou:

– Aí está você! – Nib Assek veio até eles, com os braços abertos, e Burryaga recebeu o abraço bem-vindo de sua Mestra, praticamente enterrando o corpo dela em seus pelos desgrenhados. – Pela luz. Sabia que, onde quer que estivesse, você estaria bem. Mas não sabia quando o veria novamente.

Com um grunhido, Burryaga deixou claro que sua Mestra não se livraria dele tão facilmente. Ver Mestra e aprendiz se reunirem com tanta alegria fez o coração de Bell doer, mas de um jeito bom. Talvez fosse assim com ele e Mestra Indeera quando ela acordasse... *se* ela acordasse...

... Mas nunca aconteceria com Loden Greatstorm e, no fundo, Bell ainda esperava impotente e incessantemente por uma reunião que nunca poderia acontecer...

Elzar trouxe Bell de volta para o presente.

– Deixe-me dizer: vou pensar sobre aquele cruzador médico de Eiram enquanto vocês dois nos ajudam a controlar a situação por aqui, certo?

Burryaga assentiu com a cabeça, e Bell foi atrás dele enquanto caminhavam, pensando: *Eles vão encontrar a solução. Ou eu vou. Temos três horas.*

Muita coisa pode acontecer em três horas.

O que Elzar queria dizer com "controlar a situação por aqui" era acalmar as muitas pessoas presas na doca, porque o clima ficava mais e mais sombrio a cada minuto.

Koley Linn, conforme esperado, não estava ajudando.

– Nós definitivamente vamos cair – disse ele para um par de Arconas aterrorizados amontoados perto de sua nave. – Ouvi aquela garota da *Nave* falando para aquela mulher de cabelo encaracolado... ali. – Ele apontou para Pikta Adren, que no momento ajudava o marido a trabalhar em sua nave. – Elas não acharam que o resto de nós merecia saber.

Àquela altura, Koley já tinha dado variações daquela informação para quase todos na doca. Seus objetivos eram duplos: primeiro, fazer com que as pessoas confiassem nele, porque dentro de pouco tempo a confiança poderia ser muito útil.

Segundo, fazer com que as pessoas desconfiassem da tripulação da *Nave*, exatamente pelo mesmo motivo. Koley queria muito escapar do Farol da Luz Estelar, mas sair de lá seria ainda mais doce se ele pudesse garantir que Leox Gyasi e seus amigos fossem abandonados. Leox era um traidor e um delator. Merecia o que quer que acontecesse a ele.

Koley Linn teria dado de ombros se soubesse que foi seu próprio comportamento que motivara a decisão de não informar os pilotos a bordo sobre o perigo da estação. Ninguém tinha o direito de criticar seus erros; já os erros dos outros eram oportunidades para ele lucrar, se possível.

Quanto mais Koley falava, mais a notícia se espalhava.

Quanto mais a notícia se espalhava, mais as pessoas ficavam com medo.

Affie já descobrira que estar em grupo tornava as emoções mais intensas. Muitas pessoas corajosas poderiam se unir e formar um grupo incrivelmente corajoso. No entanto, muitas pessoas assustadas poderiam facilmente se tornar uma multidão em pânico.

E ela tinha certeza de que estava vendo essa multidão se formando diante de seus olhos.

Ao caminhar na direção da nave dos Adren, que estavam ocupados realizando reparos, já que era a única coisa construtiva a ser feita, Affie viu que as pessoas a observavam. Não, as pessoas a *encaravam*. À distância, outras pareciam estar abordando cada membro da tripulação da República ou Jedi que pudessem encontrar, apontando dedos e levantando vozes que ela conseguia ouvir mesmo com todo o burburinho baixo e preocupado da multidão.

Quando chegou aos Adren, eles estavam tensos e pálidos.

– Está ficando tenso aqui – confidenciou Pikta. – Mais pessoas percebem o perigo em que estamos e parecem *nos* culpar.

– Isso não faz sentido – disse Affie, mesmo sabendo que "pânico" e "sentido" não costumavam andar juntos.

– Talvez faça? Tipo, um pouco? – Pikta estremeceu. – As portas do compartimento das docas, essas que no momento nos mantêm presos aqui dentro... bem, Joss e eu ajudamos a instalá-las depois do Grande Desastre do Hiperespaço. Elas deveriam ser uma proteção contra os Nihil. Em vez disso, os Nihil encontraram uma maneira de usá-las contra nós.

– Isso não faz com que seja culpa sua – insistiu Affie. – Vamos apenas ser discretas.

Mas parecia que não teriam essa chance. Perto deles, um Neimoidiano estava com raiva o bastante para acossar um tripulante da República.

– Vocês estão nos mantendo presos aqui contra nossa vontade! Poderiam abrir as portas, mas não vão!

O tripulante tentou argumentar, mas o grito de raiva do Neimoidiano acendeu uma chama. As pessoas começaram a se aglomerar, gritando com diferentes graus de medo e fúria.

– Abram as portas! Façam o que for preciso!

– Talvez os Nihil tenham tomado o controle de toda a estação. Talvez vocês estejam do lado deles!

– Estamos cansados disso! Deixem-nos ir ou *aguentem as consequências!*

Esse último grito foi de Koley Linn. Affie achava que a situação não poderia ficar pior, até que Linn sacou um blaster.

Um Wookiee Jedi que estava por perto estendeu seus braços compridos, protegendo as pessoas mais próximas, mas Koley apontou sua arma para cima.

– Já *chega*! – gritou ele, e disparou.

Foi assim que todos os visitantes da estação descobriram que a principal doca do Farol da Luz Estelar era magneticamente selada.

Affie se jogou no chão quando o disparo do blaster ricocheteou a uma velocidade tremenda, refletindo em paredes e pisos de forma que qualquer um poderia ser atingido pelo disparo. O Wookiee rugiu em protesto, e palavrões de pelo menos três dezenas de mundos foram gritados e repetidos. Affie e Pikta se entreolharam sob a nave dos Adren. Ambas sabiam que aquele disparo de blaster não ia parar até que atingisse algo que não fosse uma parede, o que significava que alguma nave seria danificada ou que alguém estava prestes a morrer.

O raio passou por elas e... *szzzzzzzz*.

Depois daquele estranho e crepitante som, o disparo parou. Como os outros, Affie olhou para cima e viu Geodo parado ali, com a marca de queimadura bem no meio dele, ainda fumegando, completamente inabalável. Ele se jogara na frente do disparo e fora atingido. Ela observou enquanto ele se livrava da poeira e do cascalho chamuscado que caíam no chão.

– Sem tempo pra dor, hein – disse Joss Adren, com admiração. – Tive uma primeira impressão errada sobre você, cara.

Modesto, Geodo não disse nada, mesmo quando os outros começaram a aplaudir. Pikta ainda parecia preocupada, mas se levantou.

– Ele não está ferido?

– Está tudo bem. – Affie sorriu para a amiga. – Vintianos podem escolher quando estão magneticamente selados ou não. Para eles isso é tão fácil quanto prender a respiração. – Ela deu um tapinha nas costas de Geodo.

Koley Linn poderia ter aproveitado aquela oportunidade para se desculpar por ter disparado seu blaster, se fosse um tipo completamente diferente de pessoa. Em vez disso, ele disse:

– Estamos presos aqui, e os Jedi não estão ajudando.

– Eles estão fazendo tudo o que podem! – Affie colocou as mãos nos quadris. – Stellan Gios está na *Nave* agora mesmo pedindo ajuda, que por acaso já está a caminho. Até lá, se precisarmos de ajuda, vamos ter que contar uns com os outros. Por que não tentamos isso, só para variar?

O incidente com o blaster deixara a multidão lúcida o suficiente para ouvir, pelo menos por um tempo. As pessoas começavam a falar umas com as outras a sério. O Wookiee Jedi deu um abraço rápido em Geodo antes de sair correndo. Affie voltou sua atenção para os

Adren e a nave deles, que estava quase totalmente apta para o espaço mais uma vez.

Koley Linn a observou partir com os olhos semicerrados, determinado a marcar um ponto contra a tripulação da *Nave* antes que tudo aquilo terminasse. Eles tinham destruído a Guilda Byne, e Koley não permitiria que arruinassem seus planos mais uma vez.

Além disso, ele sempre procurava alguém para culpar.

CAPÍTULO DEZENOVE

O Farol só tem controles de abertura manual do lado exterior, observou Elzar Mann ao estudar os esquemas na tela, no escritório de Stellan. *A situação ainda é instável demais para enviar alguém em um exotraje. Talvez possamos conectar células de energia independentes nas portas?*

Apesar dos grandes esforços de JJ-5145, o grande número de astromecânicos ligados em rede no escritório do intendente ocupava todo o espaço, e eles apitavam e guinchavam em vários estados de alerta desde o momento em que foram conectados. Por isso Elzar levou alguns instantes para perceber que o tom do alarme aumentara. Ele ergueu os olhos para verificar as leituras dos droides.

Os níveis de radiação estavam subindo. As conexões restantes entre as metades superior e inferior da estação, já desgastadas e danificadas, quase inúteis, estavam começando a se romper completamente. Pior ainda, os níveis de estabilidade das estruturas mais internas do Farol estavam despencando.

Elzar soube logo após a explosão que havia o risco de a estação se partir em duas. Mas o Farol da Luz Estelar fora construído como o símbolo máximo da República, projetado por seus maiores cientistas, erigido pelos lendários construtores de Riosa. Ele tinha tanta certeza de que a estação suportaria aquele dano, pelo menos por tempo suficiente para a ajuda chegar, que nunca contemplara seriamente a possibilidade de ela ser destruída...

... até aquele momento.

O chão sacudiu sob os pés de Bell Zettifar, ou assim pareceu, quando ele tropeçou de lado, se apoiando na parede.

– O que foi isso? – perguntou, olhando para Burryaga.

Seu amigo Wookiee se juntara a ele perto da entrada da doca, onde teoricamente garantiriam que ninguém mais puxasse um blaster e criasse mais problemas. Burryaga, que precisou agarrar uma escada de serviço para continuar de pé, não parecia se sentir mais confiante que Bell. Com um gemido, ele admitiu que não tinha ideia do que poderia ter causado aquele solavanco, mas que não podia ser algo bom.

– Nada disso é bom – disse Bell. – Mas achei que não pudesse *piorar*.

Burryaga respondeu que, enquanto alguém estivesse vivo para se preocupar, as coisas sempre poderiam piorar. Era um bom argumento, mas não um sobre o qual Bell gostaria de refletir naquele momento.

Ele foi até o painel de controles mais próximo, que estivera mais ou menos funcional apenas alguns minutos antes. Sem leituras nem energia. As luzes de emergência piscaram.

O pior de tudo, porém, era a vibração e o tremor profundo que percorreram a estação, retumbando sob seus pés.

Bell olhou para Burryaga.

– Provavelmente deveríamos relatar isso ao Mestre Stellan, certo?

Burryaga achava que Stellan provavelmente já sabia sobre a crescente instabilidade da estação, mas a situação estava mudando rapidamente. Seria sensato obter o máximo de informações que pudessem, enquanto ainda fosse possível.

Seria? Bell não tinha tanta certeza. Aquele parecia o tipo de situação em que ter mais informações poderia ser mais paralisante do que útil.

Mas, caso o pior estivesse acontecendo, caso o Farol estivesse desmoronando completamente, expondo todos à morte rápida e sombria da exposição ao vácuo do espaço – Bell gostaria de estar ao lado de Mestra Indeera quando acontecesse. Gostaria de estar com Brasa em seus braços. Aquilo faria valer a pena enfrentar quaisquer terrores que a verdade pudesse conter.

Ele descansou a mão contra a parede para respirar e equilibrar suas emoções – e então a puxou de volta.

– Ai. Está quente. *Muito* quente.

Burryaga esticou o braço e aproximou a mão da mesma parte da parede, parando apenas alguns milímetros antes de encostar nela. O Wookiee resmungou que alguma coisa estava superaquecendo.

Bell revisou os esquemas do Farol da Luz Estelar mentalmente da melhor maneira que pôde. Embora não fosse engenheiro, tinha estudado os detalhes o suficiente para se sentir razoavelmente seguro de sua conclusão:

– Burry, acho que o sistema de energia auxiliar da estação... tem alguma coisa muito errada.

Stellan sentia-se mais perto de seu estado normal novamente, e bem na hora. Elzar, Bell, Burryaga, Nib e JJ-5145 estavam ao redor de sua mesa, cercados por astromecânicos, aguardando suas ordens – e finalmente ele tinha certeza das ordens a dar.

– Nossa maior prioridade deve ser estabilizar a energia auxiliar – disse. – Sem ela, não temos suporte à vida. Não temos nem luz. Se perdermos isso, qualquer outro esforço de reparo ou de resgate se tornará impossível. Nossas análises sugerem que ainda podemos fazer o sistema auxiliar funcionar por duas a quatro horas.

– Mas a instabilidade estrutural! – Elzar parecia não entender que não havia mais nada a ser feito. – Você está falando em horas a contar de agora, mas não tenho certeza de que a estação vá aguentar tanto tempo, Stellan.

– O que devemos fazer então? – perguntou Stellan. – Você tem uma equipe de engenheiros de uma espécie resistente à radiação, pronta para entrar com milhares de toneladas de durasteel e construir um novo esqueleto para a estação?

– ... Claro que não, mas...

– Só podemos alocar nossos esforços em nossa prioridade absoluta. – Stellan olhou nos olhos de Elzar com decisão, desejando que ele entendesse. – Nada pode ser mais importante do que manter o ar em nossos pulmões e luz para trabalhar. – Um punhado de técnicos da República e de Jedi a bordo eram de espécies que não dependiam da visão como seu sentido primário, mas não eram numerosos nem especializados o suficiente para realizar a quantidade de trabalho necessária por conta própria, e até mesmo eles precisavam respirar. – Existem ameaças em curso que não podemos evitar. Se permitirmos que nos distraiam dos poucos meios que temos para aumentar nossas chances de sobrevivência, vamos acabar desperdiçando essas chances. Além disso, se a estação está se partindo em duas, honestamente não sei se há muito que possamos fazer a respeito.

A verdade enfim parecia ter sido dita. O rosto de Elzar empalideceu.

– Você deveria saber... os astromecânicos acreditam que atingiremos o ponto de ruptura dentro de meia hora. Talvez nos próximos quinze minutos.

– Imagino que vamos perceber quando chegar – disse Stellan secamente.

– Mas as pessoas lá em cima... – protestou Nib. – E a *Ataraxia* está ancorada na metade superior da estação. O que vai acontecer com elas?

– Esse peso está todo nas nossas costas – disse Stellan. – Mas realmente não podemos fazer nada por elas. Temos que confiar que Maru, Avar e todos os outros estão dando o melhor de si por todo mundo ali. Estão em boas mãos. Por isso, por enquanto, vamos continuar trabalhando. Se perdermos metade da estação, seguiremos trabalhando. A menos até o instante em que as paredes se rompam e percamos o ar, *vamos continuar trabalhando*. Pensem em reforçar o suporte de vida auxiliar, e em mais nada.

– Entendido – disse Nib, endireitando seus ombros diminutos.

Onde está Orla?, pensou Stellan. Ela já deveria estar de volta àquela altura. Provavelmente se deparara com uma das incontáveis pequenas crises a bordo e estava tentando lidar com ela sozinha, como geralmente fazia.

A linha de raciocínio de Stellan foi interrompida quando Bell perguntou:

– Nossas atribuições?

Para Stellan, tomar decisões tinha ficado muito mais fácil na hora certa.

– Nib, gostaria que dividisse os sistemas auxiliares em conjuntos menores. Eles são compartimentados, então você deve ser capaz de fazer isso. Aí poderemos localizar os problemas e corrigi-los. Depois, veja se consegue localizar Orla Jareni; vamos precisar dela nisso também. Elzar, você precisa recuperar o maior número possível de células de energia individuais para ajudar a alimentar algumas das matrizes menores; podemos esperar mais falhas pontuais de energia à medida que a estação fica mais instável. Burryaga, Bell, vocês vão liderar a equipe principal de reparos.

Elzar assentiu, assim como Burryaga. Bell parecia preocupado – a falta de confiança do jovem desde a morte de um Mestre e o incidente com a outra o atrapalhava, mas esse também era um assunto para ser tratado outro dia. Foi Nib quem disse, cansada:

– Não esperava que as coisas chegassem a esse ponto.

Stellan suspirou. Naquele momento – focado no problema em questão e pensando apenas nos outros –, sentia-se mais como ele mesmo pela primeira vez em dias.

– É *isso* que significa esperança. Não é fingir que nada vai dar errado se nos esforçarmos o suficiente. É olhar diretamente para todos os obstáculos no caminho, conhecer os limites de nosso próprio poder e a possibilidade de fracasso, e seguir em frente de qualquer maneira. É assim que devemos proceder. Com esperança.

Outros estavam absorvendo aquela informação com sentimentos muito diferentes de esperança.

– *Kriff*, este lugar está realmente ferrado – disse Chancey Yarrow, rastejando por um poço de manutenção. – E estamos nos ferrando junto.

– Ferrar o Farol era o objetivo de Marchion Ro ao enviar aquela equipe – apontou Nan. Ela estava cerca de um metro à frente de Chancey, parando de tempos em tempos para acender um bastão luminoso e ver se ainda estavam na direção correta.

Chancey fez um som ofegante que não era exatamente uma risada.

– Eles fizeram um ótimo trabalho.

– Nunca pensei que desejaria que algum Nihil tivesse cometido um erro – respondeu Nan. – Mas aqui estamos.

De certa forma, ela quase se envergonhava por se sentir daquele jeito. Aquele era um grande triunfo para os Nihil – talvez o maior de todos os tempos – e uma prova do poder e brilhantismo de Marchion Ro.

No entanto, os Nihil encorajavam que cada um buscasse alcançar seus objetivos de maneira implacável, e qual objetivo poderia ser mais importante do que permanecer vivo? Ao cuidar de sua própria pele, Nan não estava traindo seu antigo eu, a parte dela que, interiormente, continuava sendo Nihil.

Àquela altura, Chancey e ela tinham alcançado um dos níveis mais baixos, mais próximo da doca principal. O objetivo era chegar à borda externa da estação antes de descer ainda mais, principalmente porque era quase certo que aquele nível fosse o mais lotado e, portanto, aquele no qual era mais provável que fossem pegas.

Mas o solavanco seguinte foi tão forte que pareceu chacoalhar os ossos de Nan. Ela mordeu a língua sem querer, com força o bastante para sentir o gosto de sangue. Um tremor sinistro começou a ressoar por todo o comprimento do poço de manutenção.

– Não acho que esses tubos tenham os mesmos controles atmosféricos que a estação em geral. E imagino que a qualidade do ar está prestes a se tornar um problema *muito* maior do que já é – disse Chancey.

– O que quer dizer?

– Percebeu como fica muito mais quente conforme rastejamos adiante? Alguma coisa está superaquecendo, e o meu palpite é que é o suporte de vida auxiliar. Se ele falhar, as luzes se apagam, primeiro no sentido literal, depois no sentido figurado. Esse é o nosso segundo maior problema.

Nan não gostou de perguntar:

– Então qual é o nosso maior problema?

– Tenho certeza de que as metades superior e inferior da estação estão prestes a se despedir. Então o que acha de encontrarmos algumas cápsulas de fuga logo?

Ela acha que o Farol vai ruir, pensou Nan. *Ro literalmente partiu a estação ao meio*. Por um segundo, apesar do perigo que estava correndo, Nan sentiu um lampejo de puro orgulho pelo poder dos Nihil. Eles pegaram o símbolo da República e dos Jedi e o quebraram tão facilmente quanto um graveto.

Seu senso de autopreservação logo voltou a funcionar.

– Então, primeiro precisamos sair desses poços, mesmo que ainda estejamos em um nível lotado.

– O quanto antes – confirmou Chancey. – Os Jedi podem acabar nem nos notando. Vai saber. Eles estão prestes a ter problemas maiores para lidar.

Elzar percebia a sabedoria no conselho de Stellan. O suporte de vida com certeza deveria ser sua maior prioridade. Mas quando ele correu pela doca e viu as pessoas presas, a maioria delas finalmente trabalhando juntas, em pequenos grupos ao redor das naves mais danificadas, não pôde deixar de pensar no perigo que corriam.

Não, ele não estava prestes a se erguer e gritar: *A estação está ruindo!* Isso só incitaria o pânico desenfreado. Fazê-lo sem poder oferecer uma solução seria indescritivelmente cruel.

Mas sua impaciência o incomodava, incitando seu mau temperamento, que era a última coisa da qual Elzar ou qualquer outra pessoa ao seu redor precisava.

Ainda assim, havia uma coisa que ele poderia fazer para ajudar. Elzar correu para o alto-falante da doca, que ainda funcionava, para projetar sua voz por todo o compartimento. Ele acionou os controles e se dirigiu a todos:

– Aqui é o Cavaleiro Jedi Elzar Mann. Todas as pessoas devem retornar *imediatamente* às suas naves, caso elas estejam em condições de viajar pelo espaço. Se as embarcações de seus vizinhos não estiverem navegáveis, por favor, permitam a entrada do máximo de indivíduos que puderem transportar com segurança. Todas as naves são necessárias para levar pessoal da estação, seja da República, seja Jedi, seja civil, na quantidade que puderem transportar com segurança. Repito, *façam isso imediatamente*. Mann desliga.

No mesmo instante, as pessoas começaram a se dirigir para suas naves, convocando seus companheiros de tripulação e gesticulando para que os funcionários da estação se juntassem a eles. Elzar sentiu alívio por um breve momento. Se a estação se desintegrasse completamente, pelo menos aqueles fechados dentro das espaçonaves teriam uma pequena chance de sobrevivência.

Caso contrário, não teriam nenhuma.

Esse anúncio veio no momento em que Bell e Burryaga lideravam uma equipe de reparos na direção de uma junção do sistema auxiliar, e ela os impediu de seguir em frente.

Eles se entreolharam, entendendo as implicações instantaneamente.

– A separação está mesmo acontecendo – disse Bell. – Vamos conseguir estabilizar o suporte de vida a tempo?

Burryaga disse que não tinha certeza, mas que havia uma chance: o sistema auxiliar poderia ser dividido em unidades, então o trabalho que fizessem ali poderia sustentar a parte inferior da estação, mesmo que a superior se rompesse.

– Certo. Vamos nessa. – Bell pareceu mais confiante do que se sentia ao conduzir Burryaga e o grupo de técnicos da República.

Um grave gemido metálico soou nas profundezas da estação, como o grito de um enorme animal moribundo. O cabelo de Bell se arrepiou; bem como os pelos de Burryaga, o que era uma visão assustadora.

O Wookiee balançou a cabeça negativamente. Depois de ouvir aquele som, Bell sabia que o amigo estava certo. A hora da verdade estava chegando, dentro de poucos minutos. Por mais desesperadora que fosse a situação do suporte de vida, ela teria de esperar para ver se algum deles sobreviveria à separação iminente.

Ele fechou os olhos com força e imaginou Brasa sentada ao lado de Mestra Indeera. Pelo menos elas estavam juntas. Pelo menos ele não tinha deixado nenhuma delas sozinha.

– Devemos pegar máscaras de ar? – perguntou Bell. – Já que os passageiros estarão a bordo de suas naves?

Burryaga não conseguia pensar em mais nada que fosse útil, assim como os outros, e Bell começou a guiar a equipe de reparos na direção da unidade de armazenamento mais próxima que pudesse ter máscaras.

Era um esforço quase inútil. Uma perda de pressão atmosférica quase certamente faria com que fossem sugados para o vácuo gelado do espaço. Mas continuar vivo significava retornar para salvar sua Mestra e sua charhound; por isso, Bell seguiria em frente ou morreria tentando.

Leox pressionou os interruptores para subir a rampa da *Nave*. Geodo já tinha retornado ao posto de navegador, e Affie estava em seu assento.

– Apertem os cintos – disse Leox. – Podemos estar prestes a passar por uma turbulência.

– A estação não está desmoronando, está? – perguntou Affie, embora fosse inteligente o bastante para entender aquilo sozinha. Ela sabia; simplesmente não queria acreditar. – O Farol não ia apenas... se desintegrar, né?

O silêncio de Geodo disse muito. Affie afundou em seu assento, esmagada pela compreensão.

– Veja pelo lado positivo – disse Leox ao apertar seu próprio cinto. – Queríamos aquelas portas do compartimento de ancoragem abertas, certo?

– Isso *não tem graça*. – Affie olhou para ele antes de se virar para seu próprio cinto.

– Não era para ter. Podemos sobreviver ao aglomerado de detritos e alcançar o espaço aberto. Senão... Bem, pelo menos não vamos morrer sozinhos.

O rosto de Affie se suavizou. Ela girou o assento para poder tocar Geodo com uma das mãos e o braço de Leox com a outra. Leox deu a ela o maior sorriso que conseguia. Pensar na morte dela e de Geodo era mais difícil do que encarar a sua própria. Aquilo era amor.

Mas ele preferia morrer com os amigos a sobreviver sozinho. Então, que o destino trouxesse o que quer que tivesse reservado.

Uma área de armazenamento alguns níveis abaixo do compartimento de carga, logo abaixo da engenharia, continha um tesouro na forma de células de energia independentes. Alcançá-las significaria se aproximar ainda mais de uma zona fortemente irradiada, que também era a área onde a estação corria o maior risco de se desintegrar. Em outras palavras, não era o lugar no qual a maioria das pessoas desejaria estar naquele momento.

Mas, se o Farol sobrevivesse ao rompimento iminente, as células de energia poderiam manter o suporte de vida funcionando e, portanto, ser a diferença entre a vida e a morte. Aquilo fazia com que o trabalho de Elzar Mann fosse coletar o maior número possível delas.

Usando uma máscara de ar, ele subiu a escada e saiu no nível correto. O Farol da Luz Estelar parecia trêmulo perto da doca, mas não era nada comparado com aquele lugar. Até as luzes de emergência operavam em metade da potência, se não menos, por isso tudo parecia cinzento e sombrio. O chão, as paredes, os escombros, tudo chacoalhava com tanta força que Elzar tinha dificuldade em manter o equilíbrio. Ele recorreu à ajuda da Força pela primeira vez durante aquela crise; ela respondeu, mas apenas como uma sombra do que deveria ser. Um arrepio percorreu sua espinha. O que quer que estivesse perturbando as ligações dos Jedi com a Força era mais intenso ali...

Ele se desligou dela. Sem Força, sem poderes Jedi. Naquele momento, eles só o prejudicariam, e a estação não tinha tempo. Elzar não precisava da Força para fazer seu trabalho e dar o fora dali.

Apoiando-se em uma parede, Elzar seguiu na direção da área de armazenamento. A trava de identificação continuava operacional, graças à Luz; a porta se abriu instantaneamente no momento em que ele pressionou a mão contra o leitor da trava. Melhor ainda, uma empilhadeira flutuante tinha sido sabiamente mantida em um canto próximo. Elzar a acionou e começou a carregar as células de energia, tantas quantas pudesse transportar em segurança e mais algumas. Ter algo construtivo a fazer lhe deu uma sensação de calma maior do que experimentara desde o momento da explosão inicial. Se pudessem simplesmente lidar com aquela parte, talvez ficassem bem.

Pronto. Movendo-se o mais rápido que podia, o que, dada a dificuldade de manter o equilíbrio, não era muito, Elzar transportou as células de energia para o poço de manutenção escuro. Ajustar a empilhadeira na horizontal levou alguns instantes, mas depois conseguiu fazê-la descer pelo tubo; ela teria energia o bastante para o resto do caminho. Elzar seguiu atrás dela, descendo a escada o mais rápido que pôde...

... e a escada se retorceu, cedendo imediatamente abaixo dele, de modo que seus pés escorregaram. Com as mãos, se segurou até conseguir recuperar o equilíbrio. Àquela altura, o gemido do metal atormentado no interior do núcleo da estação se tornara constante, mais agudo, quase um uivo. Os tremores ficavam cada vez mais fortes, até que Elzar não soube se conseguiria se segurar na escada por mais tempo.

Ele se soltou. Por um momento, ficou em queda livre – mas então a antigravidade do repulsor da empilhadeira o pegou, mais ou menos, permitindo que se acomodasse sobre ela. Sem fôlego, Elzar olhou para cima. O tremor se intensificava ali, mas ainda mais nos segmentos acima.

Apesar da perturbação, a Força continuava com ele em intensidade suficiente para que soubesse o momento certo de agir. Elzar fez a empilhadeira descer mais depressa até alcançar um dos raros painéis de controle dentro do poço de manutenção. Suas palmas estavam suadas enquanto ele testava os controles no escuro, pensando *vai, vai, vai, vai, vai...*

Um campo de contenção surgiu meio metro acima dele. Três segundos depois, a estação cedeu.

O barulho do metal feriu os tímpanos de Elzar. Ele cobriu as laterais da cabeça com as mãos enquanto olhava para cima horrorizado, observando o metal se retorcer, partir-se e se desintegrar. Chuvas de faíscas da fiação rompida iluminaram o poço de manutenção como relâmpagos. Elzar só podia ver o buraco ficando mais e mais largo, depois explodindo para fora, revelando o campo negro de estrelas do espaço.

Pela Força, pensou. Era possível ver a silhueta da metade superior da estação, ainda borbulhando com milhares e milhares de fios faiscantes, diminuindo de tamanho enquanto as duas metades seguiam caminhos distintos, cada uma em direção ao seu próprio destino. *Malditos Nihil. Que sejam condenados a todos os infernos de todas as mitologias da galáxia!*

Ao menos as estruturas de ambas as metades pareciam ter se mantido, sozinhas. As luzes de emergência continuavam acesas. Ainda havia alguma chance de sobrevivência, incorporada nas células de energia que Elzar precisava transportar imediatamente.

Mesmo assim, antes de seguir adiante, Elzar reservou um último momento para observar a pequena silhueta da metade superior da estação, como tinha sido e nunca mais voltaria a ser. O Farol da Luz Estelar não existia mais.

CAPÍTULO VINTE

Para Stellan, o rompimento veio na forma de um terrível tremor do piso e das paredes do escritório do intendente, dos alarmes estridentes dos astromecânicos em rede e do piscar das luzes. Ele se apoiou sobre a mesa, fechando os olhos contra a onda de medo e dor que sentia reverberar de quase todos os seres vivos a bordo da estação...

... seguido de algo ainda pior: a consciência de que metade daquelas vidas já estavam ficando mais distantes à medida que as duas partes da estação se separavam.

JJ-5145 oscilara sobre sua base esférica, mas já se endireitara.

– Parece que a estação foi dividida ao meio – disse ele, com uma satisfação totalmente incompatível.

Aquela verdade inegável estava escrita em cada gráfico, varredura e linha de informação que os cercava, mas era algo quase impossível de aceitar. Stellan se forçou a dizer as palavras:

– Sim. O Farol da Luz Estelar se partiu em dois.

Um holograma pequeno e trêmulo brilhou de um dos astromecânicos: sua metade do Farol, conforme as varreduras indicavam. A metade inferior da estação, a metade de Stellan, tinha carregado com ela a torre médica no rompimento. De resto, o topo do Farol da Luz Estelar estava totalmente apagado. O que estava acontecendo com Maru? Com Avar? Naquele momento, não havia como saber. Stellan não poderia ficar pensando neles.

Estava no escritório do intendente em meio ao emaranhado de astromecânicos ligados em rede, em silêncio. Os droides tinham pouco a relatar. Tudo parecia tranquilo e firme novamente, pelo menos por algum tempo. Stellan se perguntou se as muitas pessoas amontoadas na doca achavam que algo bom acontecera. Talvez acreditassem que o pior já passara. Se sim, ele as invejava.

– Recalculando as necessidades organizacionais com base nos novos parâmetros da estação – disse JJ-5145. – Perdemos algumas funções críticas da nave, mas outros sistemas podem operar com mais eficiência durante um tempo, já que agora precisam atender apenas metade da estação. Claro, esses sistemas logo deixarão de operar completamente, mas isso levará horas a partir deste ponto, ou ao colidirmos com a superfície do planeta.

– Isso não é muito bom, Jota Jota. – Mas a menção da colisão despertou outra ideia em Stellan: *O rompimento poderia ter alterado a trajetória de uma das metades, evitando o acidente? Talvez de ambas?*

Foi uma esperança pequena e de vida curta. Stellan tocou na tela que mostrava a sequência de eventos: dois arcos, em vez de apenas um, cada um indo em direção à superfície de Eiram. A parte superior realmente atingiria a atmosfera primeiro, e muito em breve. A parte inferior da estação seguiria logo atrás.

A ideia de JJ-5145 sobre alguns sistemas da estação serem capazes de trabalhar com mais eficiência parecia ter se confirmado. O suporte de vida auxiliar, embora ainda sob grande pressão, havia se recuperado um pouco. Pelo menos aquilo lhes dava um tempo maior para repará-lo. Mas nenhuma das outras funções discretamente melhoradas os ajudaria.

Exceto...

– Os propulsores posicionais – disse Stellan, com energia renovada em sua voz. – Eles não podiam ser restaurados à potência total, e nada menos do que ela teria nos ajudado. Mas, agora que só precisam erguer metade da estação, em vez de toda ela, talvez possamos nos sustentar indefinidamente!

Se JJ-5145 sentiu algum orgulho por ter acertado, o droide não deu sinal algum.

– Vou começar a calcular os reparos necessários imediatamente!

Stellan sentiu um momento de desespero por aqueles que estavam a bordo da metade superior da estação, sem propulsores, sem maneira alguma de alterar seu curso ou destino, mas deixou aquilo de lado. Temer por eles não mudaria nada; o luto, se e quando viesse, aconteceria em seu devido tempo. A partir daquele momento, ele tinha de se concentrar apenas nas vidas que ainda podia salvar.

Nan e Chancey Yarrow continuavam abaixadas em uma área de armazenamento, na extremidade mais distante do nível da doca do Farol. O terrível som de metal sendo rasgado cessara, assim como as vibrações que sacudiram Nan a ponto de causar náuseas. Ainda assim, era difícil confiar que aquele estágio do perigo passara.

Por fim, porém, Chancey se levantou.

– Certo, parece que o Farol perdeu um nível, ou se rompeu, ou o que quer que seja, e ainda estamos vivas.

– Eles realmente o destruíram. – Nan sentia algo próximo de reverência. Quem poderia duvidar do poder de Marchion Ro depois daquilo?

Chancey, por outro lado, não parecia interessada no quadro geral.

– Neste momento as coisas parecem estáveis, mas não podemos supor que estejam. Meu palpite é que a estação, ou o que resta dela, precisa de muito pouco antes de ruir completamente. Nossa melhor chance é pegar uma cápsula de fuga, seguir para Eiram e continuar de lá.

– Vamos precisar de armas – disse Nan. – Porque não seremos as únicas tentando arrumar uma cápsula de fuga.

– A grande questão é se sobrou alguma. Elas podem já ter sido lançadas. – Chancey refletiu por um segundo. – Talvez ninguém mais consiga alcançá-las. Temos que torcer que seja possível, de qualquer modo. Caso contrário, estamos ainda mais ferradas do que eu pensava.

Nan sentiu medo e um frio na barriga, mas os reprimiu. Ela testemunharia o maior triunfo de Marchion Ro e viveria para contar a história.

Embora poucos minutos tivessem se passado desde o rompimento da estação, as pessoas nas naves encalhadas na doca principal já tinham se arriscado para perguntar o que acontecera e exigir respostas. Bell desejou ter mais para dar a elas.

– Não estamos mais rumando para a superfície do planeta? – perguntou Joss Adren. – Talvez isso tenha mudado a nossa trajetória.

– Quanto tempo podemos continuar pressurizados? – A pergunta veio de um jovem Twi'lek de pele verde e olhos arregalados de pavor. – Como sabemos que esse sistema não foi comprometido?

Koley Linn exigiu saber:

– Por que vocês não estão nos tirando daqui?

Burryaga rosnou para que todos ficassem calmos. Ou ele se expressava muito bem, ou as pessoas ficavam naturalmente intimidadas com enormes Wookiees rosnando, porque a multidão se aquietou um pouco.

Koley Linn, no entanto, foi menos subjugado que a maioria.

– Minha pergunta ainda está valendo. Certo, as cápsulas de fuga não estão funcionando. As portas da doca não estão funcionando. Mas vocês são Jedi. Deveriam ser capazes de fazer milagres, de mover as coisas com a mente. Então por que não usam a Força ou qualquer que seja o nome para abrir as portas da doca?

Aquela era uma boa pergunta, que infelizmente tinha uma resposta deprimente.

– Porque não se trata apenas de abrir as portas – disse Bell. – Os campos de contenção menores estão funcionando, mas não conseguimos ativar os maiores, como os do tamanho de uma doca. Então teríamos que usar a Força para segurar todo o ar respirável para não desestabilizar a estação e talvez matar todos os outros a bordo. Fazer qualquer uma dessas coisas seria difícil, mesmo para nós. Fazer as duas ao mesmo tempo é impossível.

Talvez não fosse, pensou Bell, *se tivéssemos a chance de meditar. Se pudéssemos reunir mais do que um punhado de Cavaleiros Jedi sobrecarregados de uma só vez. E se a perturbação na Força presente na estação desaparecesse, mas nada disso está acontecendo.*

– Que belos milagreiros vocês são – disse Koley antes de sair. Os outros, no entanto, pareceram escutar Bell, e a multidão se acalmou, pelo menos por um tempo.

Assim que Bell e Burryaga ficaram sozinhos por um instante, ambos correram na direção de um dos terminais ainda em (quase) funcionamento. Bell sabia que os dois compartilhavam a mesma preocupação. Stellan Gios sem dúvida os informaria em breve, mas eles precisavam saber o que acontecera com a torre médica. Também tinha sido arrancada no rompimento?

Não posso perder outro Mestre, pensou Bell. *E Brasa... Brasa deve estar tão assustada...*

Então a tela se iluminou com a imagem do que restava do Farol da Luz Estelar. Para praticamente qualquer outra pessoa, aquele teria sido um retrato de pura destruição. Mas Bell riu alto enquanto Burryaga comemorava.

– Eles ainda estão com a gente! – disse Bell. – Ainda podemos alcançá-los!

Logo ele se reuniria com sua charhound, ajudaria a cuidar dos feridos indefesos – e *salvaria* Indeera Stokes.

Ser um Jedi envolvia realizar muitas tarefas consideradas "heroicas", mas Elzar dificilmente se sentira mais heroico do que no momento em que retornou à doca carregando uma empilhadeira flutuante cheia de células de energia. Não foram apenas os passageiros presos ali que começaram a gritar e aplaudir; Nib Assek parecia prestes a beijá-lo.

– Você conseguiu – disse Nib, sem fôlego. – Vamos poder estabilizar o suporte de vida auxiliar!

– Talvez – disse ele. Elzar não conseguia compartilhar o bom humor... só a Força sabia o que estava acontecendo com a metade superior da estação e com todos a bordo, incluindo Avar Kriss... mas ele tinha algo produtivo a fazer e precisava se concentrar na tarefa, em vez da raiva que sentia pelo que os Nihil tinham feito com o Farol. – Qual é a nossa situação?

A informação foi dada em uma reunião, menos de cinco minutos depois, em que Stellan, Elzar e Nib se reuniram no escritório do intendente para examinar os dados que JJ-5145 e os astromecânicos tinham conseguido coletar. Elzar se sentia em um ninho de fios quando o holograma pequeno e grosseiro surgiu no centro da sala.

– Parece que isso é o que restou do Farol – disse Stellan. A parte inferior irregular da estação, delineada em luz azulada, girava no ar diante de todos eles. – Nossa trajetória, mesmo alterada, ainda nos leva ao campo gravitacional de Eiram e à superfície do planeta em pouco menos de duas horas e meia. Mas temos uma chance melhor de ativarmos os propulsores posicionais agora. Não em plena capacidade, o que é impossível, mas com potência suficiente para evitar que a estação caia, por alguns dias ou até semanas.

– Alguém virá nos ajudar até lá – disse Nib, com total confiança. Elzar sabia que ela tinha todos os motivos para ter fé, mas o silêncio e o isolamento impostos pelo sabotador o abalavam.

– Vocês dois, juntem-se aos esforços de Bell e Burryaga para reparar o suporte de vida auxiliar. Jota Jota e eu trabalharemos na ativação dos propulsores posicionais, se pudermos. – O droide girou, aparentemente orgulhoso de sua importante missão. – Uma vez que essas duas tarefas sejam cumpridas, acredito que seremos capazes de aguentar até que a ajuda da República chegue.

– Temos esperança novamente – disse Elzar, reconhecendo Stellan com um aceno de cabeça. – Mas, espere, onde está Orla?

– Apagando outros incêndios. Talvez literalmente. – Nib estava indo em direção à porta antes que Elzar terminasse de falar. – Vou trazê-la de volta o mais rápido possível.

Elzar não se sentia confiante quanto à segurança de ninguém naquele momento. Será que poderiam ter perdido Orla durante o rompimento da estação? Elzar sentia uma pontada de preocupação por sua mentora.

Mas Stellan estava certo. Eles precisavam otimizar suas melhores chances. Naquele momento, isso significava estabilizar o suporte de vida e ter fé. Além do mais, se havia alguém capaz de se cuidar sozinha, era Orla Jareni.

As notícias que corriam pela doca (onde as fofocas fluíam em velocidade quase hiperespacial) eram de que a situação estava melhorando graças a mais células de energia. Affie não sabia como aquelas pessoas estavam extraindo "boas notícias" do fato de estarem em uma estação espacial que acabara de se *partir ao meio.*

Em virtude de suas experiências anteriores com os Jedi, e particularmente sua amizade com Orla Jareni, Affie confiava mais neles do que algumas pessoas naquela região do espaço. Mas, como Leox lhe ensinara, os melhores resultados surgiam quando ambos os lados confiavam de coração aberto, mas cuidavam da própria retaguarda.

Por isso, enquanto os outros discutiam as novas possibilidades e os Jedi participavam de uma reunião superespecial, Affie partiu em busca das cápsulas de fuga.

Os Jedi diziam que as cápsulas não estavam funcionando. Mas também acreditavam que as comunicações estavam desativadas, quando na verdade podiam ser usadas. Era exagero imaginar que as cápsulas poderiam estar em melhor estado que os computadores alegavam?

Acostumada a viajar pelo espaço desde a infância, Affie sabia como uma variedade de cápsulas de fuga funcionavam. Podia haver maneiras de utilizar até mesmo uma cápsula sabotada. Ela faria o que fosse preciso para garantir que Leox ficasse em segurança.

Mas Geodo não caberia em uma delas...

As portas das cápsulas são pequenas demais para quem não pode se curvar ou agachar, mas talvez ele possa sair por uma eclusa de ar, pensou Affie ao caminhar por um corredor escuro e cheio de detritos na extremidade externa do nível da doca. *Ele ficaria bem por um bom tempo. Só precisaríamos nos certificar de que alguém poderia pegá-lo.*

(Vintianos raramente abraçavam as viagens espaciais, preferindo permanecer em Vint. No entanto, os poucos que se aventuravam, como Geodo, eram procurados principalmente por causa de sua extrema robustez, que estava no limite do que as formas de vida biológica eram capazes. Uma ou duas horas no vácuo do espaço não fariam mal algum a um Vintiano. O que podia prejudicá-los, no entanto, era a gravidade. Se Geodo caísse na gravidade de Eiram e depois na superfície do planeta, morreria tão certamente quanto qualquer humano que caísse da mesma altura.)

Affie estava quase completamente absorta, pensando nas possibilidades, mas voltou ao momento presente quando ouviu vozes vindo à frente. Vozes *abafadas*, palavras daqueles que não desejavam ser ouvidos.

Ela se agachou perto da parede e se arrastou para a frente, tomando cuidado triplicado com o entulho espalhado a seus pés. Graças à curva do corredor, demorou algum tempo para ela chegar perto o bastante para ver quem estava falando: duas mulheres humanas, ou uma mulher e uma garota, que seguravam um bastão luminoso à frente delas, mas – felizmente – não olhavam para trás.

– Se bem me lembro dos esquemas, deve haver algumas cápsulas adiante – disse a mulher.

Então Affie não era a única querendo informações antecipadas sobre as cápsulas de fuga. Bom, era justo. Ela abriu a boca para chamá-las, já que achava melhor trabalhar em equipe, quando ouviu a mulher mais jovem dizer:

– Só espero que ainda não tenham sido lançadas.

Eu conheço essa voz, percebeu Affie, enquanto seu estômago se revirava. *É a Nan! É uma dos Nihil!*

Fazia meses desde que a *Nave* ficara presa na estação Amaxine, mas Affie nunca esqueceria a sensação de choque e traição que sentira ao saber que dois dos outros presos lá eram Nihil. Nan era uma delas: pequena como uma criança, aparentemente doce e curiosa sobre a República, tão ansiosa para ser amigável com todos, mas principalmente com os Jedi. Em outras palavras, Nan manipulara todos eles habilmente, o que já era motivo suficiente para não ser perdoada.

Mas como Nan pelo jeito era uma das pessoas que ajudaram a explodir o Farol da Luz Estelar...

Affie parou, abaixou-se no chão e pegou cuidadosamente uma longa haste de metal que caíra por ali. Não pretendia deixar Nan se safar, e isso significava que deveria estar pronta para lutar.

Stellan suspeitava que nos próximos dias se sentiria desconfortável com a forma como assumira o controle da *Nave* como um centro de comunicações improvisado. Naquele momento, no entanto, ele permanecia focado na ligação que acabara de receber.

– Mestre Gios, lamentamos com vocês neste momento terrível. Desejamos fornecer a assistência que pudermos. – A Rainha Thandeka de Eiram, em imagem holográfica, flutuava na cabine da nave. – No entanto, a Rainha Dima e eu devemos pensar em nosso planeta e nosso povo. As análises de nossos estrategistas sugerem que a metade superior da estação, sem propulsores posicionais, provavelmente chegará tão rápido que queimará durante a descida pela nossa atmosfera.

Maru, pensou Stellan. *Avar.* A realidade daquilo o atravessou novamente.

A Rainha Thandeka continuou:

– Se vocês conseguirem reativar os propulsores a tempo, sua metade da estação pode sobreviver. Mas, se não conseguirem, parece provável que atinjam uma das maiores cidades do nosso planeta, localizada na costa de nosso continente mais setentrional. Parece que... a única forma de salvar os habitantes daquela cidade seria derrubar a estação.

– Quer dizer, nos explodir em pedacinhos. – Stellan não podia culpar a mulher. Qualquer bom líder precisava considerar aquela opção.

Ela pareceu magoada.

– Por favor, saiba que essa é nossa última opção. Nunca faríamos isso... não se houver outras possibilidades...

– Não precisa se desculpar – respondeu ele. – Trata-se de sacrificar as centenas de vidas nesta metade da estação para salvar muitos milhares na superfície do planeta, então é o que devem fazer. Mas não chegaremos a esse ponto.

– Tem certeza? – A Rainha tinha as mãos entrelaçadas diante do corpo, inquietas de preocupação.

Stellan deu de ombros.

– Certeza absoluta? Não. Mas conheço os Jedi a bordo desta estação. Sei do que são capazes. Do que *somos* capazes. Não vamos deixar o Farol cair. Você já confiou em nós, Rainha Thandeka. Devo pedir que o faça novamente. Confie em nós para salvar esta estação.

Ela hesitou, mas apenas por um momento. Erguendo o queixo, disse:

– Então temos orgulho de depositar nossa fé nos Jedi uma vez mais.

Stellan só esperava que os Jedi merecessem aquela fé.

CAPÍTULO VINTE E UM

Chancey Yarrow se perguntava o que ficaria em pedaços primeiro: o que sobrou do Farol da Luz Estelar ou aquela garota, Nan.

Ela ainda quer acreditar em Marchion Ro tão ferozmente, pensou Chancey, enquanto as duas continuavam sua busca pelas cápsulas de fuga. *Pode até ter se convencido de que acredita.*

Mas um cético também podia perceber a dúvida nas outras pessoas, mesmo quando elas não conseguiam ver por si mesmas. Chancey usara os Nihil para seus próprios objetivos, da mesma forma que estava usando os Grafs, mas não precisava crer em algum líder carismático ou em qualquer propósito maior havia muito tempo. Era uma maneira de viver mais eficiente e muito menos decepcionante.

Nan, por outro lado, ainda buscava validação em algo ou alguém fora dela mesma. Chancey esperava que partir sozinha despertasse alguma independência em Nan, mas aquela adulação que tinha pelos Nihil ainda brilhava no coração da garota.

Será que realmente teremos que pegar fogo e queimar junto com essa coisa antes que ela perceba que Ro não se importa com ninguém em seu caminho?

Chancey pensou. *Se não encontrarmos cápsulas de fuga logo, acho que vou acabar descobrindo.*

Estranhamente, Chancey se pegou lembrando da filha, Sylvestri. De certa forma, Nan e Sylvestri eram muito parecidas – mais do que seriam capazes de admitir, ela suspeitava. Mas ambas tinham uma veia idealista que não lhes serviria de nada a longo prazo. A razão pela qual tinha contratado Nan provavelmente era poder ensinar a alguma jovem aquilo que sua própria filha se recusava a aprender. Assim, Chancey poderia descobrir como chegar até Sylvestri, e elas poderiam ficar juntas novamente, do jeito que ela sempre quis, mesmo que Syl ainda não pudesse entender isso...

Bem, o tempo provavelmente daria conta do idealismo de Sylvestri. Da adoração de Nan por heróis também, supondo que ela sobrevivesse.

O bastão luminoso de Chancey balançava para a frente e para trás pelo corredor curvo que elas percorriam, até que a luz finalmente pousou sobre algo interessante.

– Ali. – Chancey cutucou Nan com o cotovelo.

– Uma cápsula! – Nan se animou. – Tudo o que precisamos fazer agora é detonar os lançadores explosivos e dar o fora daqui!

Chancey não tinha tanta certeza.

– Vamos dar uma olhada.

A maioria das cápsulas de fuga funcionava exatamente como Nan tinha sugerido, com explosivos químicos que as lançariam para longe da nave ou estação-mãe, para que pudessem ser usadas mesmo quando não houvesse energia disponível. Elas deveriam ser capazes de usá-las, independentemente de qualquer coisa.

Mas não podiam.

– A arrogância da República – disse Nan, seu rosto se fechando em uma careta. – Pensavam que nada poderia dar errado em sua estação, e por isso não se preocuparam em ter cápsulas de fuga que funcionassem...

– Ou talvez, apenas talvez, a mesma equipe que sabotou o restante da estação também tenha acabado com as cápsulas – apontou Chancey. – Qual dessas possibilidades parece mais provável para você?

De qualquer forma, é melhor torcer para que essas coisas tenham sido sabotadas, porque aí talvez a gente consiga dar um jeito.

Nan começou a arregaçar as mangas do macacão.

– Eu consigo dar um jeito em qualquer sistema.

Chancey, uma cientista quase inigualável, dificilmente precisava de ajuda para quebrar um sistema, mas não havia necessidade de dizer aquilo. Além do mais, quem poderia dizer? Talvez o tempo de Nan com os Nihil tivesse ensinado a ela exatamente o que precisava para desfazer a sabotagem deles. Havia duas cápsulas, uma para cada uma delas trabalhar. Depois, desde que conseguissem desfazer a sabotagem, ambas sobreviveriam...

Lá estava ele de novo. Um leve ruído arrastado atrás delas. Chancey não estava imaginando aquilo.

Seus olhos encontraram os de Nan. Ambas perceberam que não estavam mais sozinhas.

O suporte de vida auxiliar realmente acabou sendo mais fácil de reparar com o topo da estação quase totalmente ausente – estranho, mas era verdade. Bell conseguiu "amarrar" diferentes áreas da metade inferior da estação, dividindo o suporte de vida auxiliar em partes independentes, cada uma delas estável o bastante para durar algum tempo.

Pelo menos até nos arrebentarmos no chão, pensou, com um humor sombrio que guardou para si mesmo.

Ele seguiu adiante com sua tarefa, duplicando ou triplicando os reforços em cada sistema, até mesmo restaurando alguns sistemas de comunicação internos, até que Burryaga choramingou de forma inquisitiva.

– O que foi? – Bell colocou a cabeça para fora do compartimento inferior em que estava trabalhando; Burryaga, naturalmente, ficara responsável por algumas junções localizadas mais no alto.

Burryaga apontou que Mestra Nib já estava fora havia algum tempo.

– Ela está procurando por Orla Jareni, certo? – Uma vez que completaram o trabalho principal no suporte de vida auxiliar, Nib assumiu sua tarefa secundária. – Pode demorar um pouco, dado o estado do Farol.

Mesmo que Burryaga soubesse que isso era plausível, também não podia deixar de lembrar que tinham perdido Regald Coll, e por pouco não perderam Indeera Stokes, para a estranha perturbação na Força – e, mesmo que ela tivesse diminuído, principalmente depois da explosão, ainda não desaparecera.

Bell empurrou uma pesada alavanca industrial de volta no lugar, depois se afastou e olhou o rosto preocupado de Burryaga.

– Fizemos o máximo que podíamos por aqui. Devemos mandar alguns droides procurar Mestra Nib?

Burryaga admitiu rispidamente que eles podiam mandar os droides, mas que queria procurar pessoalmente por sua Mestra.

Aquele era um sentimento que Bell entendia muito bem.

– Certo. Temos alguns minutos. Vamos lá.

Nib teria iniciado sua busca no último paradeiro conhecido de Orla: a área do compartimento de carga, a mesma que parecia ser o centro dos distúrbios na Força. Aquele também era o último lugar do Farol que Bell queria visitar. Mas Burryaga não descansaria até que encontrasse Mestra Nib sã e salva, e Bell não negaria a nenhum outro Padawan o tipo de reencontro feliz que lhe fora negado com Loden Greatstorm.

Quando se aproximaram do compartimento de carga, os corredores se ramificaram em uma dúzia de direções. Burryaga sugeriu que se separassem para vasculhar mais rapidamente.

– Ah, não, acho melhor não – disse Bell. – Você nunca assistiu a um holofilme de terror? A pior coisa que poderíamos fazer é nos separar.

Burryaga apontou que assistia a holofilmes de terror desde muito antes de Bell nascer, e nenhum deles jamais teve muita semelhança com a vida real.

Era um argumento válido. Pouco depois, Bell estava caminhando sozinho pelo corredor esquerdo. Ele caminhava o mais rápido possível e ainda tomava o cuidado de procurar por qualquer sinal da presença de Orla. Na verdade, queria voltar para a torre médica o quanto antes. Mestra Indeera precisava dele. Brasa precisava dele.

E ele também precisava delas.

Bell parou quando seu bastão luminoso iluminou uma forma cinzenta desconhecida no chão. A textura era peculiar... *teias de aranha? Não existem muitas aranhas em uma estação espacial*. Ele deu mais alguns passos adiante, tentando entender os detalhes.

Aquilo são... pés?

Então ele percebeu que aquela era a forma de um corpo humano deitado de lado, em posição fetal. Estava de costas para ele, mas Bell não tinha dúvidas de que acabara de encontrar o que restava de Orla Jareni.

Affie estremeceu no momento em que seu pé esbarrou em um ladrilho caído do teto – foi apenas um barulhinho, mas as duas mulheres que ela perseguia ouviram. Ambas ficaram tensas e se entreolharam, o que foi a deixa para Affie tomar iniciativa.

– Afastem-se – disse ela, avançando com a haste de metal nas mãos, projetando o tipo de confiança que ela imaginava que a segurança oficial da estação teria. – Afastem-se dessas cápsulas.

As duas se levantaram, parecendo obedecer, mas então os olhos de Nan brilharam ao reconhecer quem a seguia.

– Eu conheço você. Não é nenhuma Jedi. É aquela garota da *Nave*, Addie.

Affie quase a corrigiu, mas conseguiu se conter. Não adiantaria dar aos sabotadores mais informações do que já tinham.

– E você é Nan, uma Nihil.

– Você não pode mais zombar dos Nihil – retrucou Nan, dando um passo à frente. – Não depois disso.

– Vocês foram estúpidas o suficiente para explodir uma estação espacial estando *dentro* dela – disse Affie. – Não posso dizer que estou impressionada.

A outra mulher agiu como se nada daquilo fosse grande coisa.

– Escute, Addie – disse ela. – Eu me chamo Chancey e sei apenas três coisas sobre você: seu nome, que você não tem nenhuma autoridade real nessa estação e que está em perigo, assim como nós. Ou os Jedi lhe deram permissão especial para pegar uma cápsula de fuga?

Então só sabe duas coisas, pensou Affie.

– Só vim aqui para checar as cápsulas, não para roubar.

– Mas você quer muito uma, não quer? – O sorriso de Chancey parecia quase natural. – Escute, vocês duas estiveram de lados opostos em algum momento. Não deixe que isso a impeça de ver que estão do mesmo lado agora. Há cápsulas de fuga aqui suficientes para todas nós, além de alguns amigos seus. Ajude-nos a prepará-las, chame seus amigos e vamos todos dar o fora daqui.

Por um segundo, aquilo fez todo sentido. Affie simpatizava com os Jedi e com todos os outros a bordo, mas ter a chance de salvar seus amigos...

Se Geodo coubesse em uma cápsula, ela poderia ter concordado.

Em vez disso, ela disse:

– Nunca estarei do mesmo lado de invasoras Nihil.

Affie ergueu a haste no momento em que Nan se precipitou em direção a ela.

– Não somos *invasoras!* – gritou Nan. Ela pegou um pedaço qualquer de cano do chão e continuou golpeando Affie, atingindo a haste com tanta força que todos os ossos dos braços de Affie sacudiam. – Fomos trazidas aqui como prisioneiras!

– Não tenho tanta certeza... *ugh* – Affie empurrou Nan para trás com tanta força quanto podia, mas mal conseguiu tirá-la do lugar. A garota sabia lutar. – Não tenho tanta certeza de que isso ajuda no caso de vocês.

Os olhos de Nan brilhavam de modo quase febril.

– Se os Jedi não puderam nos conter, se subestimaram os Nihil, isso é problema deles.

– Nan! – gritou Chancey, intercedendo. Sua voz foi alta o bastante para que Nan realmente parasse por um segundo, tempo suficiente pelo menos para Affie recuperar o fôlego. – Esta é uma distração, e perigosa. Deixe para lá e venha comigo.

Nan olhou para Affie por um longo momento. Elas mal se conheceram na estação Amaxine. Nan passara mais tempo dando em cima de Reath Silas, fazendo-o liberar mais informações sobre os Jedi – mas a partir daquele ponto ela conseguira acender uma chama de ódio.

Não éramos inimigas antes, pensou Affie, *mas sempre seremos daqui para a frente.*

Quando Nan se virou para fugir com Chancey, não havia qualquer sentido em perder tempo perseguindo-as. Duas contra uma não colocavam as chances a favor de Affie.

O melhor era voltar para a doca e avisar os Jedi sobre com quem estavam lidando.

– Bell Zettifar para Mestre Stellan...

– Bem na hora – disse Mestre Stellan antes que Bell pudesse dizer outra palavra. – Tanto na restauração das comunicações (vi pelas varreduras, bom trabalho) quanto na sua chamada. Uma das pilotas civis encontrou duas prisioneiras, potencialmente as sabotadoras Nihil, a aproximadamente setenta metros do compartimento de carga. Precisamos de uma equipe para investigar os arredores. Jota Jota diz que você não estava trabalhando muito longe de lá, certo?

– Sim, senhor, estou perto, mas... acabei de encontrar Orla Jareni. Quero dizer, o que sobrou dela.

Seguiu-se uma longa pausa, momento em que Burryaga apareceu no final do corredor; ele ouvira o grito de Bell momentos antes. Burry devia ter percebido que Orla não fora encontrada viva e bem, mas lamentou ao vê-la caída aos pés do amigo.

Por fim, Mestre Stellan disse, com a voz grave:

– Ela está... em forma de casca, como estão chamando?

Por mais vazio e sem vida que "em forma de casca" soasse, Bell achava que o termo não chegava nem perto do horror da realidade. A casca cinzenta, frágil como papel diante dele era quase uma zombaria da mulher vibrante que esse corpo fora um dia. Pior ainda, para Bell, era uma terrível lembrança do trágico fim de Loden Greatstorm.

– Sim – disse ele. – Ela virou casca.

– Pela Força. E não podemos guardar seus restos mortais para análises, nem mesmo fazer uma pira. Orla merecia uma pira. – Mas Mestre Stellan, abalado como parecia estar, rapidamente se concentrou na tarefa diante de si. – Coloque alguma proteção ao redor dos restos... ao redor de Orla. Estou a caminho, para me juntar a você na busca. Se os Nihil também estão por trás do que aconteceu com Orla e Regald, encontrar os sabotadores e obter algumas respostas é mais importante do que nunca.

– Entendido, senhor. – Mas Mestre Stellan já havia encerrado a ligação. Bell olhou para Burryaga enquanto começava a vasculhar seu cinto de equipamentos em busca de um campo de contenção portátil. – O que tem o poder de fazer algo assim?

Burryaga disse que não sabia, mas que eles tinham um problema mais imediato.

– Eu sei, eu sei. A estação está caindo...

Mais imediato que isso, apontou Burry: ainda não tinham encontrado sua Mestra, Nib Assek.

– E esta era a parte da estação para onde ela estava vindo. – A percepção atingiu Bell como uma pedrada. – Ah, não.

Stellan Gios nunca conseguira ter a última palavra com Orla Jareni, e nunca mais conseguiria.

Talvez você estivesse certa sobre mim, pensou Stellan. *Gostaria de ter tido a chance de lhe dizer isso*. Parecia tão errado o fato de que ele nunca mais teria a honra de ser alvo da honestidade inabalável de Orla. Ela saíra corajosamente, tentando resolver um dos poucos problemas na estação que tinha alguma chance de ser resolvido de vez, e o custo fora sua vida.

O que quer que esteja causando essa perturbação na Força, decidiu ele ao caminhar rumo ao compartimento de carga, *simplesmente deve ser evitado*. A investigação, antes tão importante, se tornara quase inútil; eles já tinham perdido dois bons Jedi na busca, sem qualquer resposta. O que ou quem estivesse interferindo na conexão dos Jedi com a Força provavelmente pereceria com a estação. *Se eu puder salvar o Farol, então chegará a hora de mergulhar a fundo nesse mistério.*

Ele pensou novamente em Orla Jareni, primeiro como a garotinha risonha que conhecera em Pamarthe, muitos anos atrás, depois em como ela dissera que ele se deixava definir pela Ordem. Quanto tempo fazia? Um dia? Três? Mais?

Parecia que ele deveria saber. Mas Stellan não conseguia encontrar a resposta em nenhum lugar entre seus pensamentos. A memória de Orla oscilava, tremeluzia, como uma miragem de calor. A tristeza por sua companheira perdida estava minando sua capacidade de pensar direito?

Não. Era a perturbação na Força que mais uma vez nublava sua mente. Stellan se lembrava com muita clareza daquele terrível e penetrante frio que entrava por todos os poros de sua pele...

Ele estremeceu.

Não. Não, não estou nem perto ainda... não tão perto... mesmo assim...

Não era uma lembrança do pesadelo. Tudo aquilo estava acontecendo com ele novamente.

Stellan pegou seu sabre de luz e o acendeu. Mesmo que aquele parecesse um inimigo que não podia ser combatido, ele pretendia cair lutando. O que quer que tivesse matado Regald e Orla finalmente encontrara Stellan Gios.

CAPÍTULO VINTE E DOIS

A cor morreu primeiro.

Em um momento Stellan podia ver, apesar da fraca iluminação de emergência, inúmeras cores: o clarão vermelho das luzes de alerta em cada interface eletrônica, o branco e dourado de suas vestes, a lâmina e os quillons azuis de seu sabre. Então, quando o frio o arrebatou, todas as tonalidades e os matizes foram drenados da existência, deixando-o em uma realidade que parecia ser feita apenas de sombras.

Está chegando, pensou, embora não pudesse dizer o que era, nem como sabia.

Em seguida, veio o medo. Puro medo biológico, os reflexos do eu animal que menos obedecia aos ensinamentos Jedi. Sua frequência cardíaca acelerou; sua pressão sanguínea subiu até suas têmporas latejarem; o suor ficou pegajoso em sua pele. Se Stellan realmente estivesse com medo de algo específico, qualquer coisa, poderia ter se controlado.

Mas aquela era uma categoria diferente de medo, se assentando ao redor dele como um manto frio e úmido, pesado e encharcado. Era tangível, até mesmo palpável. Ele não poderia exorcizá-lo de seus pensamentos mais do que poderia desejar um sol em seu céu.

Está chegando, pensou Stellan uma vez mais. Sua visão estava mais turva, o corredor em que estava ficou líquido e ondulado, depois mais escuro, depois mais claro novamente. Ele *pensou* que podia ver algo se movendo em sua direção, mas não tinha certeza. Não havia mais certeza de nada.

Poderia fugir? Stellan tentou correr, mas não conseguia. Mal conseguia andar. O chão balançava e se lançava sob seus pés como se estivesse no convés de um veleiro durante uma tempestade. A náusea tomou conta, e ele teve de ofegar para conseguir respirar. Quase se debatendo, estendeu a mão para se apoiar na parede.

Sua mão encostou em uma caixa. A caixa era chamada... de alguma coisa... alguma coisa que Stellan deveria se lembrar...

Está chegando está chegando está chegando

Stellan apertou o botão da caixa. Imediatamente, um escudo de vácuo completo desceu, fechando o corredor a menos de um metro de onde ele estava. A espessura do metal parecia proporcionar um pequeno conforto, o bastante para que pudesse cambalear para longe, mas ele sabia que aquilo não era uma fuga.

Era apenas um contratempo.

O que quer que estivesse atrás daquela parede iria atrás dele novamente, e logo.

– Obrigada por fugir – disse Nan enquanto ela e Chancey desciam outro nível. A busca por cápsulas de fuga obviamente precisou ser realocada, porque o nível que tinham acabado de deixar estaria repleto de Jedi em segundos, se é que já não estava. – É bom saber que posso contar com a sua cobertura.

– Ah, me poupe – disse Chancey, quase com simpatia. – Você parece mais interessada em defender os Nihil do que em me ajudar, então quem é a traidora aqui? Se a falsa indignação faz com que se sinta melhor, divirta-se, mas eu tenho mais o que fazer.

Nan gostaria de rebater aquele argumento, mas Chancey estava certa. Elas tinham se tornado parceiras, mas nunca aliadas. Chancey era sua companheira por uma questão de conveniência, nada mais. Isso também fazia os Nihil parecerem mais atrativos, em contraste – lá, as pessoas compartilhavam uma crença. Compartilhavam um líder. Faziam sacrifícios juntas. Podia ser cruel, sim, mas sempre havia algo maior a se levar em conta, planos maiores em andamento.

Elas chegaram ao novo nível e o encontraram deserto. Qualquer um perto da doca, pensou ela, já teria ido para lá se pudesse. Mas elas ainda estavam perto o suficiente da doca para que parecesse provável encontrar cápsulas de fuga.

Nan disse isso a Chancey, que não pareceu impressionada.

– O fato é que – disse Chancey – qualquer sabotagem dos Nihil contra as células de energia que encontramos até agora provavelmente afetou a todas elas. Digo que não devemos perder tempo com as cápsulas até termos algumas células de energia individuais. Talvez uma delas consiga alimentar uma cápsula o bastante para que consiga se soltar manualmente do Farol.

– Faz sentido. – Nan ainda se sentia inquieta, até mesmo irritada. Chancey tinha certeza de que não era a causa da inquietação da garota. Seria fácil afirmar que ela estava com medo, que a devastação que via ao seu redor, com fios soltos pendurados nas paredes e no teto, detritos espalhados pelo chão e a fraca iluminação amarelada de emergência, a fazia temer por sua vida. Mas Nan se recusava a admitir. Os Nihil tinham lhe ensinado que a bravura vinha antes de qualquer coisa.

É aquela tal de Addie, decidiu, por fim. *Ela pode voar pela galáxia se divertindo e agindo como uma hipócrita, sem nunca parar para pensar em como o resto de nós está trabalhando. Nunca sonhou em ter que sofrer ou se sacrificar. Não sabe os privilégios que tem.*

Nan decidiu que, se tivesse a chance, ensinaria uma ou duas lições a Addie Hollow.

Na superfície de Eiram, até pouco tempo antes, era possível estar completamente inconsciente de que o Farol da Luz Estelar estava sobre o planeta, e mais ainda de que estivesse com problemas. Se alguém ali ignorasse os noticiários e não estivesse monitorando os céus por algum motivo em particular, o Farol não pareceria mais do que um ponto brilhante entre outros milhares no firmamento.

Àquela altura, no entanto, a única coisa de que um habitante de Eiram precisava para saber que havia problemas era viver no continente sudeste e olhar para cima.

Era tarde da noite lá, mas os poucos que estavam acordados começaram a despertar os outros. Apontavam para um céu repleto de estrelas, onde duas delas ficavam cada vez maiores e mais brilhantes. Uma delas começara a brilhar em um terrível tom de vermelho.

Alguns diziam que estava queimando.

Outros diziam que não era possível. Que o Farol era o símbolo da República. A melhor tecnologia que a galáxia poderia oferecer. Não poderia ser derrubado assim tão facilmente.

Mas diziam isso com menos frequência conforme o céu clareava com o amanhecer e se tornava mais fácil ver a chama que começava a riscar o céu.

O anúncio da Rainha Thandeka foi dado assim que o sol nasceu no horizonte:

– *... aconselha a todos os moradores das cidades costeiras a se dirigirem para o interior o mais rápido possível. Não entrem em pânico. Esta medida é apenas uma precaução.*

O povo de Eiram era um grupo calmo. As pessoas não entraram em pânico. No entanto, se mexeram depressa. Antes da luz plena, deslizadores e veículos de todos os tipos começaram a entupir as ruas, repletos de indivíduos e bens. Um pequeno veículo terrestre para duas pessoas balançava, carregando quatro humanos, um Bith e três gatos-tooka – apenas para ficar preso, junto com todo o tráfego, nas estradas congestionadas que levavam à segurança, mas que não tinham começado a se mover para lugar nenhum.

O clima geral na doca ainda não tinha voltado a ser de pânico, mas a calma que se estabelecera mais cedo era apenas temporária, e seu tempo estava chegando ao fim.

Era o que parecia a Leox Gyasi, que terminava de soldar alguns grampos danificados na eclusa de ar de uma pilota Cereana. Ele ergueu os óculos de proteção, pronto para anunciar que o trabalho estava feito, mas antes tomou um momento para avaliar completamente a situação ao redor.

Aqueles cujas naves tinham sido consertadas, ou quase, agiam de forma produtiva: checavam novamente os sistemas, auxiliavam os vizinhos, preparavam-se para o momento em que teriam chance de decolar. No entanto, aqueles cujas naves estavam mais seriamente danificadas ficaram ameaçadoramente quietos. Alguns nem se moviam. Olhavam para os mais afortunados com olhos grandes, às vezes cheios de medo, mas outras vezes, mais perigosamente, com inveja ou até raiva.

Pior de tudo, um pequeno grupo de Sullustanos amontoados perto dos fundos da doca conversava com ninguém menos do que Koley Linn, aquele desperdício de oxigênio. Leox estava longe demais para ouvir qualquer coisa específica, mas podia dizer pela linguagem corporal dos Sullustanos que eles estavam ficando mais temerosos e zangados a cada segundo. Também podia dizer que Koley estava gostando de provocá-los, pelo sorriso que tinha no rosto.

Alguns indivíduos se alimentam de conflitos da mesma maneira que plantas se alimentam de luz, lembrou Leox a si mesmo. *É tão natural para eles quanto a fotossíntese para uma folha.*

No entanto, com exceção dos Drengir, plantas não costumavam piorar as coisas. Koley Linn quase sempre o fazia. E aquela situação precisava melhorar, não decair.

Se chegasse o momento em que Koley Linn precisasse ser calado, Leox assumiria a tarefa com um sorriso.

O gemido profundo e grave do metal dentro do Farol lembrava a Bell as profundezas de um navio no oceano e uma missão realizada havia muito tempo, com Loden Greatstorm. Era bom lembrar de seu Mestre como ele realmente fora: seu rosto úmido com a água do mar, seus lekku soltos ao vento forte – não como a casca ressecada que se tornou.

Não como Bell acabara de encontrar Orla Jareni.

Burryaga uivou para sua Mestra, um som estranho que ecoou ao longo do corredor comprido que percorriam. Nenhuma resposta de Nib Assek ou de qualquer outra pessoa.

– Talvez ela simplesmente não possa nos escutar – disse Bell.

Aquela sugestão recebeu a resposta que merecia: nenhuma. Burryaga continuava concentrado na busca.

Naquela seção da estação, as vibrações da explosão ou do rompimento deviam ter sido especialmente violentas. Vigas inteiras tinham caído, assim como enormes painéis de metal das paredes e do teto. Burryaga poderia escalar os obstáculos com bastante facilidade, mas Bell precisava se esforçar para acompanhá-lo. Ele quase tropeçou em uma viga e escorregou no painel à frente dela, derrapando para trás e recuperando o equilíbrio pouco antes de cair.

Ao se endireitar, ele vislumbrou algo debaixo do painel. Algo pálido, meio empoeirado...

Bell ficou muito quieto. Burryaga não percebeu a princípio, mas depois de mais alguns passos se virou e ganiu de modo interrogativo.

– Não tenho certeza do que é – disse Bell, o que era verdade, independentemente de suas fortes suspeitas. – Mas... acho que precisamos liberar essa área e ver.

Não pode ser. Não pode ter acontecido de novo. Burryaga não será capaz de suportar...

Seu tom de voz devia ter sido muito revelador, porque o Wookiee voltou para o seu lado em um mero instante. Burryaga ergueu o painel e o jogou de lado.

Aquilo revelou a próxima casca.

Os contornos de Nib Assek eram mais claros do que qualquer um dos outros que Bell já vira. Ela poderia ter sido esculpida em pedra, tão belos eram os detalhes de seu rosto, seu manto, até mesmo seu longo cabelo, solto de seu coque habitual. Mas mesmo a mais leve corrente de ar dentro do corredor afastava partículas de sua superfície, e quando Burryaga estendeu a mão... ela se desfez em pó e nada ao primeiro toque, desaparecendo para sempre.

Elzar Mann nunca mais compraria um droide para fazer piada.

– Talvez você devesse tentar redirecionar os refletores de polaridade – sugeriu JJ-5145 enquanto Elzar continuava seu trabalho no escritório do intendente, se esforçando para fazer os propulsores posicionais voltarem a funcionar. – Isso geralmente é eficaz.

– Você viu que já tentei isso – disse Elzar. – Não viu?

– Sim, mas, como você tentou vários métodos e não obteve sucesso, há poucas possibilidades a serem sugeridas. Portanto, você pode querer começar a repetir os métodos que tentou anteriormente.

Elzar olhou para o droide, cuja animação desconhecia limites.

– Por que eles funcionariam agora se não funcionaram antes?

– Não funcionariam. Mas você ficaria menos frustrado se tivesse mais tarefas para realizar. É fato conhecido que a maioria dos sencientes funciona com menos eficiência quando frustrada.

– Deixe-me ver se entendi, Jota Jota. Está sugerindo que fazer coisas que sei que *não vão funcionar* vai relaxar a minha mente para que eu possa pensar em algo que *vá* funcionar?

O droide girou alegremente sobre sua base esférica.

– Isso mesmo, Mestre Elzar.

Isso era absolutamente ridículo, é claro, e Elzar pretendia discutir outras soluções potenciais com Stellan assim que ele voltasse. Até lá, no entanto, era melhor tentar do jeito de JJ-5145. Elzar se obrigaria a refazer cada opção uma vez mais, apenas no caso de uma delas...

– Espere. – Ele olhou para a tela à sua frente, na qual várias luzes vermelhas tinham acabado de ficar verdes, ou pelo menos um laranja promissor. – Espere. Isso deu certo? Temos propulsores posicionais?

Todos os astromecânicos no escritório do intendente apitaram e chiaram alegremente, e um sorriso iluminou o rosto de Elzar. Aquele truque tinha funcionado... mais ou menos. Elzar não recuperou o controle total sobre os propulsores, mas os ativou com um terço da potência.

– Além disso, às vezes repetir um método fornece um resultado diferente – disse JJ-5145, com certa presunção que ele honestamente merecia. – Dentro do razoável, é claro.

– Duvido que a energia que temos seja suficiente para impedir para sempre que a estação colida com Eiram – disse Elzar. – Mas isso deve funcionar para nos impedir de queimar na atmosfera, certo?

– Sim, não corremos mais o risco iminente de morte por incineração – disse JJ-5145 alegremente. – Agora temos apenas 98,1% de probabilidade de morrermos no impacto com a superfície do planeta. É um excelente progresso!

Inebriado de esperança, Elzar gargalhou. Pelo menos conseguira um tempo valioso para todos. E, se os propulsores posicionais pudessem ser ativados àquele nível, então havia todos os motivos para acreditar que poderia colocá-los em força total.

Naquele momento, no entanto, as únicas maneiras que conseguia pensar para fazer isso envolviam interagir manualmente com os mecanismos de propulsão. Para tal, alguém precisava atravessar uma zona de radiação intransponível, com intensidade que embaralharia até mesmo um droide...

O som de passos no corredor do lado de fora do escritório do intendente fez Elzar se afastar do trabalho com um sorriso.

– Prepare-se – disse ele –, seja você quem for, porque acho que está prestes a... Stellan?

Stellan Gios se arrastou na direção dele, com uma das mãos na parede como que para lembrá-lo de onde estava, ou para que direção seguia. Seu rosto estava pálido de choque; seus olhos, mortos e cegos. Elzar agarrou um dos braços de Stellan para lhe dar apoio; parecia que o homem poderia desmaiar a qualquer segundo.

– Elzar – disse Stellan. Sua voz falhava com o esforço para falar. – Ele veio atrás de mim.

– ... o *que* veio atrás de você?

– O que quer que seja. Está faminto. Está tão faminto. E não terminou seus assuntos conosco... não está nem perto de terminar...

– Os Drengir? – Aquilo não fazia sentido; eles saberiam se os Drengir tivessem retornado, mas o apetite desenfreado da espécie por carne senciente não podia deixar de vir à mente.

– Não. Pior. Muito... muito pior. – Lágrimas brotavam nos olhos de Stellan.

– Continuo ouvindo... *shri ka rai, ka rai*... repetidamente...

A estação estava à beira do apocalipse e a mente de Stellan estava nublada com canções de ninar? O que aconteceu com ele? O que poderia ter causado isso em um Jedi tão forte e orgulhoso como Stellan Gios?

Elzar o conduziu depressa para dentro do escritório do intendente, tanto para que ele descansasse quanto para que não fosse visto por nenhum dos pilotos encalhados. Se as pessoas vissem o líder do Farol da Luz Estelar à beira de um colapso, o resultado certamente seria pânico.

As pessoas lá fora achavam que seu maior problema era a queda iminente da estação. Momentos antes, Elzar teria concordado com elas.

Naquele momento, porém, suspeitava que o acidente não era tão perigoso quanto a outra coisa que espreitava os corredores da estação.

CAPÍTULO VINTE E TRÊS

Bell não precisava de nenhum vínculo empático especial com a Força para entender a angústia que Burryaga sentia. Ele mesmo estivera lá quando Loden Greatstorm se foi.

Burryaga continuava curvado sobre as cinzas que eram os únicos restos de Mestra Nib. Seus uivos de dor tinham diminuído, mas não cessado; ele não mostrava sinais de querer se levantar novamente.

Regald Coll. Orla Jareni. E agora Nib Assek. Três Jedi, todos mais poderosos que um par de aprendizes. Se essa coisa nos encontrar, por quanto tempo podemos esperar resistir a ela?

Pelo menos Mestra Indeera sobrevivera. Se ela se recuperasse, poderia dizer o que estavam enfrentando. Mas essa não era a única razão de Bell querer retornar à torre médica. Naquele momento, mais do que nunca, ele sentia a necessidade de protegê-la. Queria o conforto da companhia de Brasa. Queria estar de volta a um lugar com outras pessoas, onde os problemas a enfrentar fossem tangíveis e conhecidos.

O corredor em que estavam continuava assustadoramente escuro. Pareceu a Bell que havia algum tipo de trilha ou a pegada de algo muito grande ao longe, em meio a uma mancha de pó causada pelo tremor do colapso das estruturas de metal. Seria aquele o agressor? Ou apenas um membro de alguma espécie senciente maior a bordo?

Tudo o que Bell sabia era que investigar aquela coisa fazia as pessoas morrerem. Sim, a verdade era necessária, mas a prioridade, naquele momento, era continuar vivo, salvar os outros e avisar os Mestres Stellan e Elzar do que acontecera ali.

Primeiro ele precisava cuidar de seu amigo.

– Burryaga? – chamou Bell, com a voz suave. – Precisamos relatar isso.

Os sons lamentosos de dor de Burryaga pararam, mas ele não se moveu. O Wookiee olhava para as cinzas diante deles como se a intensidade de sua atenção pudesse ressuscitar Nib Assek de alguma forma.

Era impossível descrever a dor de perder um Mestre. Bell a carregava desde que Loden Greatstorm fora capturado pelos Nihil; depois a dor redobrou, quando soube como falhara com seu falecido Mestre, não procurando por ele, permitindo que fosse grotescamente torturado pelos Nihil. Sua Mestra seguinte, Indeera Stokes, naquele momento jazia na torre médica, inconsciente, entre a vida e a morte. Por isso ele sabia de cor o terrível choque e a sensação de perda que certamente quase paralisavam Burryaga.

Para o bem dele, no entanto, Bell conseguia vislumbrar a perspectiva maior que tantas vezes o iludira com suas próprias perdas.

Bell ajoelhou-se ao lado do Wookiee.

– Ela gostaria que avisássemos os outros. Diria para não sofrermos. Diria para cumprirmos nosso dever. – *Assim como Mestre Loden faria. Assim como Mestra Indeera fará, se acordar.*

A princípio Burryaga não reagiu. Bell se perguntou se tinha sido ouvido. Mas então o Wookiee se ergueu, finalmente pronto para se afastar de sua Mestra.

A torre médica não tinha nenhum droide pílula que pudesse ser emprestado, e o trajeto que levava da torre para a parte inferior da estação já era bastante difícil. Além do mais, Elzar sabia que o tipo de ajuda que Stellan precisava não era a que um droide pílula poderia oferecer.

O escritório do intendente já fora transformado em um Centro de Comando improvisado; em seguida, tornou-se outra ala médica, dedicada a lesões relacionadas à Força. Elzar encontrara cobertores de emergência suficientes para preparar uma cama para Stellan descansar, em um canto quase totalmente isolado pelos astromecânicos, que ainda zuniam.

Durante os preparativos de Elzar, Stellan permaneceu quase inerte. O único movimento que fez para se ajudar foi caminhar até a cama em vez de ser carregado. Seus olhos continuavam fixos em algo que não podia mais ser visto.

Ele precisa de um curandeiro do templo, pensou Elzar, parado, olhando para onde Stellan estava. *Ou até mesmo alguém mais empático... Avar saberia o que fazer...*

Naquele instante, ele se assustou com o som das portas se abrindo. Elzar ficou aliviado ao ver Bell Zettifar e Burryaga, mas apenas por um segundo. Ele leu a expressão nos rostos dos Padawans.

– Ah, não – disse Elzar. – Orla também?

– E Nib Assek. – Bell abaixou a cabeça.

As *duas* se foram?

– Vocês viram o que aconteceu?

Burryaga balançou a cabeça. Bell acrescentou:

– Nós nos separamos, e acho que foi um erro que não deveríamos repetir.

Elzar se sentiu enjoado. Orla fora, nos dois últimos meses, a boia em que ele se agarrara em meio a um oceano revolto. Aquele apoio se fora para sempre. Stellan quisera tanto o controle daquela estação, mas, no momento de maior crise, ele se tornou incapaz de assumir tal responsabilidade.

Está nas minhas mãos, pensou Elzar.

Não importava se tinha falhado recentemente. Não importava se ele se sentisse trêmulo, incerto ou sozinho. O dever o levara até aquele momento, e Elzar não se permitiria vacilar de jeito nenhum.

Se tivesse de assumir o lugar de Stellan – se tivesse de usar a Força de maneiras que ainda não conhecia bem – então era o que pretendia fazer.

– Certo – disse, projetando uma confiança que não sentia. – Algo aparentemente está atacando todos os usuários da Força, ou a própria Força. As duas conclusões que podemos tirar disso? Primeiro, não usuários da Força parecem estar seguros. Nenhum deles relatou sentir qualquer problema. Segundo, precisamos isolar a área de onde a perturbação está se originando.

Burryaga choramingou de forma inquisitiva. Bell perguntou:

– Como?

– Placas de blindagem. Eclusas de ar. Se for preciso, colapsamos os túneis. Definitivamente não é hora de nos preocuparmos em fazer mais estragos. – Elzar passou a mão pelos cabelos pretos. – E colocamos não usuários da Força para realizar essa tarefa. Eles não estão correndo risco da mesma maneira.

– Quer dizer que agora vamos contar tudo a eles? – perguntou Bell.

– Você é contra? – Elzar não era fã da decisão de Stellan, mas não significava que não entendesse seus motivos, ou que Bell não poderia dizer nada que o fizesse mudar de ideia.

Mas Bell balançou a cabeça.

– Acho que deveríamos ter feito isso há muito tempo.

Elzar lhe deu um sorriso encorajador.

– Ótimo. Então você vai gostar de conversar com os passageiros. Além disso, se eles estiverem trabalhando para isolar aquela seção do Farol, poderemos dedicar nossas forças para fazer os propulsores posicionais operarem a toda potência.

– Eles estão funcionando novamente? – Bell se iluminou. Parecia uma eternidade desde que Elzar conseguira dar boas notícias a alguém. – A estação está segura?

– Ainda não – disse Elzar. – Mas nossas chances melhoraram muito. Não vamos desperdiçá-las.

Tendo crescido em um mundo pacífico, Leox Gyasi estava apenas vagamente familiarizado com a ideia de recrutamento – mas estava certo de que via um naquele exato momento.

– A ameaça aos Jedi a bordo do Farol é uma ameaça à sobrevivência do próprio Farol – declarou Elzar Mann. Ele estava em uma plataforma com vista para a doca, onde as tripulações das naves encalhadas estavam todas reunidas. – Vocês precisam de nós para manter a estação intacta e no ar. Isso significa que precisamos de vocês para selar uma grande parte da estação. Burryaga e Bell Zettifar vão mostrar como.

Dois aprendizes Jedi assentiram. Leox sentiu uma pontada de perda – todos tinham sido informados da morte de Orla Jareni, embora ela significasse pouco para qualquer outra pessoa a bordo além da tripulação da *Nave*. *Esses dois jovens com certeza não deveriam ser enviados novamente ao perigo. Orla era durona. Qualquer coisa capaz de acabar com ela deve ser formidável.*

Mas parecia que a coisa não ia atrás de pessoas comuns. Apenas de usuários da Força. O que significava que Leox estava seguro. (Bem, tanto quanto era possível em um pedaço quebrado de estação espacial que avançava na direção do solo.) E aquilo tornava sua responsabilidade fazer o que pudesse.

– Por Orla – murmurou ele baixinho, antes de dar um passo à frente e ser um dos primeiros voluntários.

Mesmo Koley Linn não era capaz de acreditar que Leox Gyasi era estúpido o suficiente para se alistar em alguma missão suicida apenas por ordem dos Jedi, mas lá estava ele fazendo aquilo. Inacreditável.

Por outro lado, ele tinha sido estúpido o suficiente para registrar suas horas corretamente naquele maldito cargueiro, arruinando-o para qualquer pessoa sã que quisesse lucrar sozinha. Portanto, não havia como prever a idiotice que Gyasi faria a seguir.

A tolice de um homem sempre podia ser a oportunidade de outro, se as jogadas certas fossem feitas. E Koley se orgulhava de tirar o máximo proveito de cada jogo.

– Você vem?

Ele se assustou e voltou ao presente ao ver uma mulher bonita com cabelo quase tão encaracolado quanto o dele, encarando-o com as mãos nos quadris. Pikta Adren, lembrou-se ele. Muito amigável com Gyasi para o gosto de Koley.

– Que diferença faz para você?

– Só pensei que, já que você gosta tanto de falar dos outros, ia gostar de *fazer* alguma coisa para variar – retrucou ela antes de se afastar com os outros. Obviamente não tinha ideia de que Koley já planejava um bom negócio.

Aquela maldita pedra vai ficar para trás vigiando a nave, pensou, olhando de lado para a *Nave*. *Mas parece que a maioria das pessoas da doca está se reunindo à equipe que vai cortar ou colapsar alguma coisa, ou basicamente perder tempo fazendo algo que não seja dar o fora daqui.*

Aquela garota intrometida com quem Leox viajava também faria parte da missão? Koley precisava esperar para ver. Sua estratégia dependia de saber se teria de lidar com ela ou não.

Independentemente disso, desde que alguns indivíduos ficassem para trás, ele teria a chance de sugerir um novo plano.

Quase quarenta pessoas acabaram se voluntariando para a equipe, o que era mais do que Bell ousara esperar. Com certeza era um número suficiente para fazer o trabalho, e de forma muito rápida. Ele só esperava que fosse rápida o bastante.

– Certo – gritou para o grupo, que marchava com ele pelos corredores escuros, pisoteando alguns detritos menores espalhados por lá com suas botas. Cada ser era banhado por uma luz de emergência amarelada, que lhes dava uma aparência de unidade que de outra forma talvez não tivessem. – Toda estação espacial é projetada para lidar com possíveis rupturas no casco. Em outras palavras, existem dezenas de eclusas de ar nas profundezas da estação, redundantes até que as ativemos em caso de emergência.

Pikta Adren murmurou para o piloto loiro e esguio ao lado dela, claramente sem perceber que falava alto o suficiente para ser ouvida:

– Será que o pobre rapaz acha que essa é nossa primeira vez no espaço?

Bell sentiu-se grato pelo fato de o calor que corava suas bochechas não aparecer. *Essas pessoas viajam pelo espaço há mais tempo do que você está vivo! Faça o favor de se lembrar disso.*

– Obviamente, todos vocês estão familiarizados com esse conceito. O que podem não saber é como ativar uma eclusa de ar interna sem os sensores relatarem uma ruptura no casco.

– Deixe-me adivinhar – disse o piloto esguio, cujo nome era alguma coisa parecida com Leox. – Vamos enganar os sensores.

– Normalmente faríamos desse jeito – concordou Bell. – Mas nossos sensores já estão embaralhados. Não queremos confundi-los ainda mais. Há uma liberação manual para as eclusas de ar. Vou demonstrar em uma e depois vou deixar vocês fazerem o resto. Tudo bem?

O grupo não parecia apenas disposto, mas também ansioso para começar. Isso surpreendeu Bell, até ele se dar conta de que quase todos os pilotos eram fanáticos por mecânica – não havia nada de que gostassem mais do que aprender um novo truque com máquinas.

Ótimo, pensou. *Se estão se divertindo, talvez trabalhem até mais rápido.* Até onde Bell sabia, os voluntários não conseguiriam selar aquela seção com rapidez suficiente.

Burryaga ergueu Bell sobre os ombros, que ficou *bem* alto. Isso permitiu que alcançasse um pequeno mostrador octogonal no teto, próximo das ranhuras quase invisíveis na parede que ocultavam as portas internas da eclusa de ar. Ele acendeu uma luz para que o grupo pudesse enxergar.

– Se vocês girarem isso e encontrarem o padrão, que depois que pegarem o jeito vai ser bem rápido, a eclusa de ar é ativada manualmente. Fiquem todos do lado de cá das portas que eu vou demonstrar.

Ele acionou o controle. As portas se fecharam com um ruído tranquilizador, seguido do leve silvo da pressurização. Todos assentiram e, na próxima eclusa, um Sullustano repetiu os movimentos com sucesso, embora tenha usado uma escada de serviço em vez de subir nos ombros do Wookiee. Depois foi simples dividir todos em equipes e deixá-los seguir seus próprios caminhos.

– Certo, isso deixa vocês dois livres para assumir a área mais próxima do compartimento de carga – disse Bell, emitindo o conjunto final de ordens. Então parou e pensou nelas. – Esperem. Esperem um segundo.

Burryaga choramingou de forma inquisitiva, o primeiro sinal de curiosidade ou de qualquer emoção positiva que demonstrava desde a morte de Mestra Nib.

– Não tenho certeza, mas acho que tenho um plano – disse Bell.

De modo geral, Ghirra Starros não duvidava de suas escolhas. Ela gostava de dizer: "O passado é a única coisa fora do seu controle. Então não olhe para trás. Olhe para a frente".

Forjar uma aliança com Marchion Ro, usando sua posição de senadora para ajudar os Nihil, particularmente em seu ataque contra o Farol da Luz Estelar, fora um movimento tático, uma maneira de se colocar em ambos os lados do conflito naquela nova parte da República. Ghirra pretendia ficar no topo com quem quer que vencesse. O relacionamento com Marchion não era sua principal motivação, apenas um benefício mútuo prazeroso. Muito, muito prazeroso. Mas ele não nublava seu raciocínio; Ghirra sabia o que a aliança entre eles era e o que não era. Se alguém pudesse se deixar levar pela emoção, certamente seria Marchion, não ela.

Ou assim ela acreditava, até que estivessem novamente juntos na nave dele.

O reencontro dos dois a bordo da *Olhar Elétrico* fora tão apaixonado quanto Ghirra fantasiara. Claro, nada era perfeito: a atenção de Marchion inevitavelmente estava dividida entre ela e os eventos no Farol; ela ainda não arranjara um álibi para aquele tempo que passaria com ele (podia nem ser necessário, mas era melhor se prevenir); e a nave estava estranhamente deserta, com exceção de Thaya Ferr, a assistente onipresente de Marchion.

Thaya a invejava? Ghirra se perguntava. (Ela gostava de ser invejada pelas pessoas.) Era fácil imaginar aquela criatura tímida e esquecível ansiando pela atenção de um líder tão dinâmico e poderoso. Fácil vê-la percebendo, desesperada, que nunca estaria à altura de ser a parceira que Marchion merecia, que sua vida monótona e sua pessoa absolutamente comum jamais poderiam ofuscar uma senadora da República que jogava habilmente dos dois lados e se divertia ricamente. Tais fantasias chegavam ao ponto de imaginar Thaya olhando para o próprio macacão simples em angústia depois de ver o elegante manto de viagem tecido em seda verde-mar Nubiana.

Mas Thaya Ferr não demonstrava nem sinal de inveja. Seu respeito por Marchion era evidente, mas ela parecia totalmente desinteressada nele do ponto de vista romântico. Quando solicitada, ela atendia prontamente a qualquer necessidade de Ghirra, depois voltava para cumprir as tarefas triviais de Marchion com toda a diligência.

Portanto, não havia rivalidade ali, e Ghirra era autoconsciente o bastante para saber que se quisesse uma, se precisasse de alguém para se opor a ela e ser derrotada, talvez fosse um sinal de que não tinha tanta certeza sobre seu caminho quanto acreditava ter. Era mais fácil acreditar nas coisas quando era preciso lutar por elas.

Mesmo assim, não dava para mudar o passado. Então Ghirra percebeu sua inquietação interna e seguiu em frente.

Após sua chegada a bordo e as boas-vindas entusiasmadas de Marchion, Ghirra precisava muito descansar; parecia que ela não dormia havia dias. Quando acordou na *Olhar Elétrico*, seu primeiro pensamento foi de que ainda era "noite", embora ela talvez tivesse descansado por algumas horas. A maioria das estações e naves espaciais simulava um ciclo diurno por meio do aumento e da diminuição gradual da iluminação, mas Marchion, ao que parecia, mantinha sua nave em uma noite perpétua. Também estava frio. Não gelado, mas beirando o limite do desconforto humano. Talvez aquela fosse a temperatura preferida pela espécie dele.

Com certeza era a única razão para o arrepio que percorria toda sua pele.

Ghirra caminhou pelos corredores de cabeça erguida. Que todos que passassem por ela pudessem testemunhar o orgulho que sentia por ajudar Marchion no maior de seus feitos. Que percebessem quem era sua única e maior aliada.

Mas ninguém passou por ela.

Suas botas soavam estranhamente alto contra o piso de metal enquanto Ghirra se dirigia para a ponte da nave. Quanto mais andava, mais inquieta ficava. Onde estava a tripulação?

Ghirra virou uma curva no corredor e tomou um susto.

De pé diante dela estavam dois droides, mas de nenhum tipo que ela reconhecia. Suas formas eram humanoides, ainda mais que a dos droides de protocolo padrão, mas seus revestimentos eram peculiarmente lisos, desprovidos das entradas e dispositivos de sempre. Aquilo já era estranho o bastante, mas o que inquietou Ghirra foram as cabeças dos droides: ovais, brilhantes e tão bem polidas que pareciam refletir seu próprio rosto de volta para ela.

Um droide em um corredor normalmente estava ocupado fazendo alguma coisa, mesmo que estivesse apenas indo de uma tarefa para outra. Mas aqueles dois estavam imóveis, como sentinelas, na frente das portas da ponte.

As portas se abriram e Ghirra se assustou. A ponte estava repleta daqueles droides estranhos e perturbadores, todos nas estações antes ocupadas por guerreiros Nihil. No entanto, sentado na cadeira do capitão e parecendo à vontade, estava Marchion Ro.

– Ah – disse ele. – Ghirra. Você finalmente acordou. – Estendeu a mão para ela se juntar a ele, e Ghirra se apressou em segurá-la.

– Marchion, esses droides... o que eles *são?*

– Eles – respondeu Marchion – são a nova tripulação da *Olhar Elétrico*.

Ghirra olhou lentamente ao redor da ponte; o único outro ser vivo presente era Thaya Ferr, operando seu painel como se aquilo fosse completamente normal. Era tudo menos normal, como qualquer outra pessoa na galáxia teria concordado.

Droides não pilotavam sozinhos. Havia funções que nunca, jamais, seriam completamente entregues a eles, por mais eficientes que pudessem ser, ou por mais rápido que fossem capazes de realizar cálculos ou manobras. Ghirra sabia que sentia aquilo de forma mais intensa do que alguns sencientes, mas também sabia que a maioria concordaria com o argumento básico de sua opinião. Era como se os sencientes tivessem aprendido, em algum ponto de seu desenvolvimento tecnológico, que droides deveriam ser mantidos em seus lugares ou as consequências seriam terríveis.

Pilotos e tripulantes droides geralmente eram usados apenas por criminosos. Por contrabandistas. Pela ralé da ralé.

Como Marchion podia se rebaixar tanto?

– Gostou da minha nova equipe? – perguntou ele. Às vezes parecia capaz de ler pensamentos.

Ghirra sabia que não deveria responder.

– Nunca vi droides como esses antes. Onde... onde os conseguiu?

– Tenho certeza de que você sabe que existem certos comerciantes que lidam com cargas proibidas.

– Sua tripulação... por que você...

– Chega de traições – disse Marchion. – Chega de tramas e intrigas nos corredores dos fundos. Chega de Executores da Tempestade ambiciosos subornando e persuadindo meus subordinados a dar informações, levando-os a se rebelar. A partir deste dia, a *Olhar Elétrico* está total, completa e inalteravelmente sob meu controle.

Ghirra engoliu em seco.

– Consigo ver a sabedoria nessa decisão – disse ela, e até certo ponto era verdade. Mas a repulsa que sentia ao testemunhar droides no controle total de uma nave tão grande e poderosa... levaria tempo demais para desaparecer. Ela nem tinha certeza se queria que a sensação sumisse.

Alguma coisa se moveu nas sombras na parte de trás da ponte, uma forma diferente da dos misteriosos droides espelhados ao redor deles. A tensão no peito de Ghirra diminuiu um pouco; pelo menos havia outro senciente a bordo. Mas então a forma avançou para a luz, e seu horror voltou dez vezes mais intenso.

O droide que pairava em sua direção era enorme, tinha quase dois metros de altura, era largo no meio e se estreitava até a base flutuante. Sua superfície era tão incomum quanto o material de que era feito; o que quer que fosse, não parecia metal, mas algo quase cristalino, um azul pálido e fantasmagórico que lembrava a Ghirra os lábios dos moribundos. Em vez do falso rosto humano que muitos droides humanoides tinham, ou a superfície vazia e refletora dos droides da tripulação ao redor, aquele tinha duas fendas horizontais, ambas de um vermelho intenso, como feridas abertas na carne... ou relâmpagos cortando um céu tempestuoso. Um brilho fraco vazava de cada fenda. Era como se pudesse olhar para ela e rosnar, mesmo sem se mover ou emitir ruído.

– Parece que Carnove quer se apresentar. – Marchion gesticulou para que KA-R9 se aproximasse ainda mais. – Preciso de mais do que tripulantes, entende? Também preciso de alguém que execute meus comandos. E Carnove é excelente no que faz.

Ghirra colocou a mão sobre o ombro de Marchion, esperando que isso a acalmasse.

– Não duvido.

Os propulsores posicionais continuavam operando a apenas um terço da potência. Elzar tinha certeza de que encontraria uma solução alternativa que aumentaria a potência, mas esgotara todos os truques que conhecia sem obter nenhum efeito adicional. Os sabotadores Nihil sabiam exatamente o que estavam fazendo.

Queria que Estala Maru estivesse na parte inferior do farol quando ele se partiu, pensou Elzar. *Ele saberia exatamente como fazer os propulsores funcionarem.*

Foi ao se lembrar de Maru que aconteceu. Elzar sentiu uma pontada de percepção nos limites de sua consciência – uma sensação de que algo estava errado, como a fração de segundo entre tocar algo muito quente e sentir a dor.

E, quando a dor bateu, foi indescritivelmente terrível. Uma angústia quase inimaginável...

– A metade superior da estação – ofegou. – Está sentindo?

Stellan mal parecia saber do que Elzar estava falando; não mostrou nenhuma reação, apenas ficou lá parado e entorpecido.

Elzar correu para a doca, que estava silenciosa, mas não deserta, e na direção da embarcação conhecida mais próxima, que por acaso era a *Nave*. Ele subiu a rampa de embarque, gritando:

– Vocês conseguem ver a parte superior da estação?

A resposta veio quando ele entrou na cabine e encontrou Geodo sentado, solene, um holograma já captado por satélites projetado no ar. Elzar se jogou em um assento, olhando para a imagem digna de pesadelos diante dele.

O Farol da Luz Estelar estava queimando.

A metade superior da estação fazia um arco através da atmosfera de Eiram como um meteoro, deixando em seu caminho um longo rastro de detritos brilhantes e incinerados. Àquela altura, a estrutura sacudia de modo tão violento que podia ser percebido mesmo daquela grande distância, e não havia como se manter íntegra por muito mais tempo.

Partes dela já estavam em chamas. Elzar podia sentir a dor daquelas pessoas como se fosse a dele, e daqueles que eram Jedi de modo ainda mais vívido do que o restante. A dor perfurava sua consciência como lâminas em brasa.

O pináculo do templo. O Centro de Comando. O próprio farol. Todos eles estavam ardendo.

Por favor, Avar, não esteja aí dentro, pensou. As varreduras já tinham sugerido que a *Ataraxia* conseguira escapar, mas Elzar não conseguia deixar de se preocupar. Desejar a sobrevivência de uma pessoa mais do que a de qualquer outra era errado, era um sinal de "apego", mas ele não dava a mínima, naquele momento.

Em algum lugar no âmago de toda aquela dor, ele sentiu uma incrível força de vontade, alguém exercendo tamanho esforço através da Força que poderia quase consumir a própria vida. Elzar não sabia quem era, mas sabia que tal ato de heroísmo estava salvando vidas a cada instante que pudesse ser sustentado.

E então sumiu.

A metade superior do Farol da Luz Estelar se desintegrou completamente em uma explosão incandescente. O pináculo se torceu com violência quando se transformou em uma nuvem de cinzas e faíscas. Então Elzar avistou a brilhante forma oval que devia ser o Centro de Comando... as pessoas ali ainda estavam vivas enquanto eram consumidas pelo fogo. Em meio a tudo aquilo, o Farol da Luz Estelar pulsou uma última vez, sua luz quase perdida no deslumbrante céu de Eiram, e depois se apagou para sempre.

A dor dentro da estação se intensificou, fraturou e se extinguiu. Lágrimas de pesar e até de raiva brotaram dos olhos de Elzar, enquanto as últimas vidas se desvaneciam.

Ninguém sobrevivera.

A *Nave* não era a única embarcação que conseguiu se conectar aos satélites de Eiram. Um pequeno e seleto grupo de pilotos assistia tudo a bordo da *Ás de Paus*.

Quer dizer, a maioria deles assistia. Koley Linn olhava para os convidados, avaliando as reações deles. Se tivesse mais opções, teria escolhido uma equipe diferente; aqueles que não estavam trabalhando para selar o restante da estação tendiam a ser muito jovens, bastante idosos, ou vulneráveis de alguma forma, como a Shistavanana grávida que observava tudo com a mão sobre o focinho.

Mesmo assim, todos eram capazes de pilotar uma nave e atirar. Aquilo significava que poderiam servir ao propósito de Koley.

Uma vez que a metade superior da estação se apagou e se desintegrou e já não era mais interessante, ele disse:

– Os Jedi não puderam salvar aquela metade. O que os faz pensar que será diferente com esta?

Ninguém parecia capaz de responder. As pessoas ficavam tão abaladas com as coisas, mesmo quando aconteciam com os outros... Koley nunca entendera isso.

Ele continuou:

– Não podemos ficar aqui esperando que os Jedi resolvam isso. Não podemos sacrificar nossas vidas em um esforço inútil para salvar pessoas que já estão condenadas. Todos temos naves espaciais. Tudo o que precisamos são de portas abertas, ou de um buraco grande o suficiente para passar. – Koley sorriu. – E se abríssemos um?

CAPÍTULO VINTE E QUATRO

Havia poucas notícias boas no momento, e Elzar Mann era grato por todas. Aquela, no entanto, teria lhe dado alguma alegria a qualquer momento.

– Confirmado – disse JJ-5145, rodando por entre a teia de cabos que conectavam os astromecânicos no escritório do intendente. – A *Ataraxia* escapou da destruição da outra metade da estação. É possível presumir que muitos indivíduos a bordo daquela parte da estação evacuaram com a nave.

Avar está viva. Elzar não sentira a morte dela, e certamente teria sentido. Mesmo assim, a confirmação acendeu uma fagulha em seu humor sombrio.

JJ-5145 sacudiu a cabeça de um lado para o outro em aparente confusão.

– Essas trajetórias para a metade superior da estação não batem com os cálculos. Ela deveria ter caído ainda mais rápido do que caiu.

– Os Jedi a bordo sem dúvida usaram a Força para manter a estação íntegra o máximo que puderam. – Elzar sentira o esforço titânico, e completamente heroico, mas prestara atenção ao fracasso. Ele já tinha considerado tentar algo como aquilo na metade inferior do Farol (tudo o que restava do Farol); significaria se reconectar totalmente à Força, de uma maneira como ele não fazia desde Ledalau, de uma maneira em que ainda não voltara a confiar totalmente, mas, se fosse necessário, Elzar o faria. No entanto, entre a perda de tantos Jedi e a estranha perturbação na Força a bordo, ele suspeitava que não teriam mais sorte do que aqueles na metade superior da estação.

A Força não poderia resolver tudo. Às vezes, até os Jedi mais poderosos tinham de lidar com o mundo material do jeito que o encontravam. Aquela era uma dessas vezes.

Faça os propulsores posicionais operarem em capacidade total, disse Elzar a si mesmo, *e se preocupe com as limitações da Força depois*.

Mas sua próxima tarefa prometia ser mais difícil do que qualquer outra.

Stellan Gios oscilava entre o limite da... consciência? Do sono? Não conseguia dizer a diferença e não se importava mais. Seu corpo exigia descanso; sua mente exausta estava pronta para dar o que o corpo queria.

Então uma mão sacudiu seu ombro, forçando-o a reconhecer o mundo além de sua pele.

– Sim – murmurou ele. – Estou acordado. Estou aqui.

– Stellan, é Elzar. – O tom de Elzar era suave, como se ele estivesse falando com uma criança assustada. – Consegue me entender?

– Consigo. – Stellan conseguiu se sentar para olhar nos olhos de Elzar. A consternação que viu neles o fez se perguntar se parecia tão mal quanto Indeera Stokes; sentiu-se apenas vagamente mais consciente. – Nós estamos... a estação está...

– Ainda estamos caindo, mas os propulsores posicionais estão operando a um terço da potência. Se conseguirmos aumentar para dois terços, podemos permanecer no ar por muito tempo, provavelmente tempo suficiente para obtermos ajuda. E se pudermos fazê-los operar com toda a potência, podemos aguentar indefinidamente.

O humor de Stellan melhorou – não muito, mas mais do que ele pensava ser possível.

– Excelente. Como está a metade superior da estação?

Elzar respirou fundo.

– Eles tentaram usar a Força para manter a estação íntegra, para retardar a descida. Mas não funcionou.

– Então precisam de nossa ajuda...

– Não – disse Elzar. – Não que tenhamos alguma forma de ajudar. Mas eles já passaram desse ponto. Sinto muito, Stellan. A metade superior do Farol da Luz Estelar foi destruída, junto com todos a bordo.

Estala Maru. Cada funcionário da República. Cada civil a bordo. Tantos outros Jedi – cada um deles perdido. A República desmoralizada – não, *humilhada* pelos Nihil. Era um fracasso tão completo, tão terrível, que Stellan mal podia compreender.

O símbolo dos Jedi. O orgulho e alegria da Ordem. O Farol da Luz Estelar foi destruído sob a minha vigilância.

Elzar inclinou a cabeça.

– Stellan? Está me ouvindo?

Claro que Stellan estava ouvindo, mas não conseguia reagir. Não conseguia agir de forma alguma. Qualquer mal que se escondesse a bordo da estação roubara mais do que a Força. Roubara seu orgulho, sua vontade, sua língua. Se ao menos pudesse roubar sua dor.

Affie e Geodo estavam muito pensativos na cabine da *Nave*. Desde que sua embarcação se tornara o centro de comunicações improvisado para o restante do Farol da Luz Estelar, Affie sentia um maior senso de responsabilidade pelo bem-estar da estação. Era mais fácil trabalhar para proteger a vida dos outros do que ficar sentada temendo pela própria.

– Então descobrimos como alcançar as redes de comunicação de Eiram e podemos falar com o planeta e quaisquer naves em nossa vizinhança imediata – refletiu ela em voz alta. – Estão enviando nossas mensagens a Coruscant por um retransmissor, mas não podemos entrar em contato com ninguém que esteja mais longe.

Geodo, ainda imerso em pensamentos, não disse nada. Ele sabia quando deixar Affie refletir em voz alta sobre um problema.

– O maior problema com isso é que não podemos emitir um pedido de socorro mais amplo. Todas aquelas naves da República desviadas para lidar com os ataques Nihil anteriores não podem chegar aqui tão cedo. Mas deve haver outras naves, civis, que poderiam e viriam nos ajudar, se souberem que precisamos de ajuda.

Uma das telas no painel da *Nave* mudou para uma visão da rede completa de satélites de Eiram. Parecia a de qualquer outro planeta pequeno: pequenos satélites prateados em órbitas cruzadas, enviando sinais ao redor daquele mundo. Parecia... vulnerável.

– Ótima ideia, Geodo! – disse Affie. – É um alvo fácil, né? Se tivéssemos os códigos de quebra de segurança, que, no caso, nós temos. E se, digamos, "assumirmos" a rede de satélites do planeta, seremos capazes de enviar pedidos de socorro por toda parte!

As punições por interferir nos sistemas de comunicação planetários eram extremamente severas. A maioria das pessoas, ao ouvir a sugestão de Affie, imediatamente teria dito alguma coisa sobre criar problemas com Eiram ao tomar essas medidas, ou sobre ser julgado ou punido pelos Jedi por passar por cima da autoridade (inexistente) deles. Geodo não se incomodou. Não era o tipo de cara que perdia tempo pedindo permissão, não quando vidas estavam em jogo.

Em poucos instantes, a rede de satélites começou a brilhar em vários tons de laranja, quando os sinais da *Nave* começaram a lhes dar novas instruções.

O pedido de socorro enviado era genérico, falado em tons gerados por computador. (Affie não teve problema algum em tomar a iniciativa de assumir o controle da rede de comunicação inteira de um planeta, mas se limitou a falar literalmente pela República.) Declarava a situação nos termos mais secos e breves possíveis. E, no entanto, surpreendeu a todos que o escutaram.

O Farol da Luz Estelar caiu sob o ataque Nihil. Centenas de pessoas presas a bordo. A metade superior da estação já foi destruída; a metade inferior requer ajuda imediata. Solicita-se a todas as naves capazes de prestar qualquer assistência que se desloquem imediatamente para o sistema Eiram.

Muitos que ouviram o sinal acreditaram que era uma pegadinha. Outros acharam que era uma jogada de propaganda dos Nihil, exagerando os danos reais.

No entanto, as naves e os mundos que já haviam testemunhado o que os Nihil eram capazes de fazer acreditaram. Em poucos minutos, naves espaciais começavam a preparar o salto para o hiperespaço. Alguns líderes planetários e conselhos de governo chegaram a iniciar esforços de resgate em larga escala, preparando flotilhas e comboios de naves bem equipadas com suprimentos médicos.

A notícia da mensagem chegou a Coruscant e foi rapidamente repassada à Chanceler Lina Soh. Ela se sentou entre Voru e Matari, lendo a transcrição da mensagem com crescente horror. Mesmo durante as últimas horas de suspense, ela sempre acreditou que as mentes brilhantes a bordo do Farol encontrariam soluções. Os Jedi sempre encontravam. Eles protegeriam a estação e aqueles a bordo.

Em vez disso – metade do Farol se fora? A maior de todas as Grandes Obras estava dilacerada e em chamas?

Eu devia ter pedido por reforços civis antes, percebeu Soh. Não o fizera, em parte, porque parecia realmente impossível que o Farol da Luz Estelar pudesse cair. Mas ela amplificaria aquele pedido e acrescentaria o seu. Ao menos isso era possível. Que a Força permitisse que ainda houvesse tempo!

Então ela se lembrou dos Jedi que conhecia, aqueles que ajudaram a salvar seu filho na malfadada Feira da República, aqueles que celebraram com ela, via holograma, apenas alguns dias antes. Muitos deles já estavam mortos.

E Lina Soh, chanceler da maior República que a galáxia já conhecera, foi incapaz de impedir.

Entre os primeiros a receber a mensagem estavam aqueles que já conheciam o horror, ainda mais completamente do que qualquer um na metade inferior do Farol. Aqueles poucos que tinham escapado da metade superior antes de seu fim ardente.

Avar Kriss estava na superfície de Eiram, com as roupas cheias de pó e fuligem, piscando contra a luz do sol. As faixas escuras que marcavam a incineração dos últimos fragmentos da estação, de Maru e de tantos outros, já se dissipavam na atmosfera. Por mais horríveis que fossem de testemunhar, Avar mal podia suportar o fato de que estavam desaparecendo. Em breve não haveria vestígios daquelas pessoas, daquela estação, das esperanças de toda a República.

Sua mente se voltou para Elzar, depois para Stellan, que ela sabia que estavam lutando bravamente para salvar a metade inferior da estação. Avar fechou os olhos e desejou-lhes força. *A Força os guiará. Não vamos perder a estação inteira.*

A mensagem também chegou àqueles que não ficaram chocados com seu conteúdo.

– Metade da estação já está queimando! – Marchion Ro estava no centro da ponte da *Olhar Elétrico*, com os braços estendidos. Mesmo lá, ele usava seu capacete; seus sorrisos não eram para os outros verem. – E a outra metade está condenada! A República, os poderosos Jedi, forçados a implorar pela ajuda da galáxia! Eles não são *nada* comparados com o poder dos Nihil!

– Eles não são nada comparados ao Olho dos Nihil! – disse Ghirra, exultante. Outra vantagem de usar a máscara: Ghirra não podia vê-lo revirar os olhos.

– As naves estão respondendo ao pedido de socorro do Farol – disse Thaya Ferr, de sua estação. – Pequenas embarcações civis, em sua maioria. Nada com o poder de alterar o curso dos acontecimentos.

Ro deu de ombros.

– Deixe que tentem o que puderem. Vão implorar por ajuda, vão recorrer a Corellia, procurar soluções por todo canto. Não serão capazes de impedir a destruição completa do Farol da Luz Estelar. Depois disso, ninguém poderá negar que os Nihil são os verdadeiros mestres da Orla Exterior.

Ghirra Starros estava pálida. Tinha mesmo entendido as implicações de seus atos? Estava preocupada com aquela sua filha? Se sim, deveria ter pensado sobre o destino de sua prole antes. Ro tinha pouca paciência para aqueles de percepção tão míope ou estômago tão fraco. KA-R9 pairava por perto, como se o próprio droide pudesse fazer a estação em pedaços. (Algo que, dados os terríveis vibrobisturis com os quais era equipado, provavelmente era verdade.)

Enquanto isso, Thaya Ferr acenou com a cabeça para Ro, nada além disso, antes de retomar suas tarefas. O sorriso de Ferr, embora claro, carecia do cuidado quase intoxicado da maioria de seus seguidores Nihil. Ela não acreditava no sonho que ele vendia para os soldados rasos... mas fazia as vontades de Ro com prazer mesmo assim, e ele começava a acreditar que sempre faria. De qualquer forma, ela nunca tentaria apunhalá-lo pelas costas, e isso já era mais do que ele poderia afirmar sobre qualquer outro membro da elite dos Nihil.

Decidiu que era hora de aproximar Ferr de suas operações. Um assistente leal valia dez porões de cargas cheios de coaxium.

– E agora, meu senhor? – perguntou Ferr.

– Quando as tentativas desesperadas de resgate culminarem em caos... quando ninguém souber ou se importar com quem se infiltrou no sistema onde o Farol ruirá... a *Olhar Elétrico* se juntará à multidão. –

As informações de Ghirra confirmaram, para Ro, que sua nave permanecia totalmente desconhecida para a República. Eles seriam apenas mais uma espaçonave entre muitas. – E juntos vamos assistir enquanto o Farol da Luz Estelar queima.

Àquela altura, cada astromecânico a bordo do Farol estava conectado em rede; Elzar só esperava que o que perdiam com o aumento de falhas fosse compensado por um maior poder computacional. Ele esgotara todas as opções para ativar os propulsores posicionais que não exigiam que entrasse no próprio maquinário – supondo que pudessem atravessar as áreas ao redor e alcançar tais maquinários, que estavam em chamas. Com sorte, os droides logo encontrariam um terceiro caminho.

Nesse meio-tempo, Elzar tinha alguém para salvar.

Sentou-se com Stellan em um compartimento de carga silencioso, na traseira da *Nave*. (O escritório do intendente, repleto de droides chiando e apitando, não podia mais ser considerado "tranquilo".) Stellan aceitara a sugestão de Elzar com uma disposição perturbadora, e seu olhar continuava desfocado, uma sombra do que fora até recentemente.

– Sem a Força – disse Stellan, ainda com o olhar vago. – Este é o lugar onde você esteve. Onde estou agora.

– Você não está totalmente isolado da Força. – Elzar não sabia bem o que atormentava os Jedi no Farol da Luz Estelar, mas se recusava a acreditar que pudessem ser completamente separados da Força. Ela era vasta demais para isso; seu poder era, e sempre seria, eterno e universal. – Só está mais difícil de se conectar a ela por enquanto.

– E foi isso o que você escolheu para si, para se afastar da escuridão. – O rosto de Stellan se enrugou em um pequeno e triste sorriso. – Eu não teria coragem.

Elzar não podia ter escutado aquilo corretamente.

– O quê?

– Nunca me perguntei quem eu seria sem meu controle sobre a Força. Sem a Ordem Jedi para estruturar e definir a minha vida.

– Porque você é um grande Jedi, um dos maiores de todos nós – disse Elzar. – Está mesmo duvidando disso, Stellan?

Stellan deu de ombros, seu olhar ainda muito distante de Elzar, distante daquele compartimento de carga.

– Grandeza pode significar muitas coisas diferentes. Sempre acreditei que significava dever, honra e altruísmo. Mas como você pode ser altruísta, se nunca se definiu? Porque eu nunca fiz isso, Elzar. Vivi como o Jedi exemplar, me conformei a um molde criado por outros. Sem a minha habilidade de usar a Força, eu me vejo como... como um homem que mal conheço.

Elzar colocou as mãos nos ombros do amigo.

– Stellan. Você está sofrendo. Agora não é a hora de questionar toda sua existência...

– É exatamente a hora. – Stellan balançou a cabeça e, por fim, encontrou os olhos de Elzar; a abertura que Elzar viu ali, a vulnerabilidade, era algo que os dois não compartilhavam desde que eram Padawans. Stellan havia se fechado tão lentamente, tão gradualmente, que Elzar nem percebeu.

Meu amigo retornou para mim, pensou Elzar, *aquele que nem reparei que tinha partido.*

– Você teve força para trilhar seu próprio caminho – continuou Stellan. – Mesmo que às vezes fosse tortuoso, era um caminho seu e somente seu. Você e Avar sempre souberam quem são. Nunca deixaram a Ordem pensar por vocês. Sempre brilharam... um pouco mais intensamente.

– Você também não é fácil de dobrar – protestou Elzar. – Já enfrentou o Conselho antes.

– Mas é diferente, e você sabe disso, não sabe? – Stellan olhou para baixo por um instante antes de continuar. – Sempre soube que eu desconfiava da... da intimidade entre Avar e você.

Aquele era o último assunto que Elzar teria sonhado que surgiria, e quase o último que queria discutir naquele momento.

– Eu, hã...

– Você achava que era porque eu obedecia às regras, mas essa não era toda a verdade. Para ser sincero, eu estava com ciúmes, porque vocês dois tinham uma conexão que eu não compartilhava. – Stellan inclinou a cabeça, estudando Elzar como se os dois não se vissem havia muito tempo. – Uma constelação de três estrelas, mas duas estavam muito mais próximas.

Elzar sentiu a garganta apertar.

– Mas você era nossa estrela-guia. Nosso norte. Você não sabia?

Stellan respirou fundo.

– Fico feliz que pensem assim.

Eles precisavam começar a trabalhar; por mais importante que aquela conversa fosse, e por mais que precisassem voltar a ela, aquele não era o dia.

– Não sei que danos a Força sofreu – começou Elzar –, ou se é nossa habilidade de nos conectarmos a ela que está nos devastando tanto. Independentemente disso, foi você quem sofreu mais. Orla me ensinou uma técnica de meditação, uma espécie de autocura. Pode ser que ajude. Quer tentar fazer junto comigo?

Stellan concordou. Ele parecia confiar totalmente em Elzar.

Agora Elzar precisava confiar em si mesmo.

– Feche os olhos – disse Elzar, fechando os seus. Em sua mente, imaginou Orla Jareni parada na praia de Ledalau. Atrás dela, quebravam as ondas eternas.

Você vê a Força como um oceano, dissera Orla no primeiro dia do retiro de meditação. *Mas caiu no hábito de acreditar que o oceano é algo que pode ser controlado. Esse é o primeiro passo para pensar na Força apenas como uma ferramenta a ser usada da maneira que você desejar. Nenhum oceano obedece a criatura alguma... já era hora de você se lembrar disso.*

Elzar não podia recriar aquela experiência para Stellan, mas nem acreditava que seria necessário. Naquele momento, Stellan sabia muito sobre o que era estar impotente. O que ele podia fazer era encontrar a serenidade dentro de sua própria mente e compartilhá-la da maneira mais completa possível.

Ele não invocaria a Força de nenhuma fonte externa – apenas do que encontrava dentro de si mesmo.

Stellan precisou de coragem para se retirar da orientação da Força. Elzar também precisou de coragem para retornar totalmente a ela, para acreditar em sua capacidade de usá-la totalmente mais uma vez.

Em pouco tempo, ele imaginou que podia escutar o oceano. Elzar pensou que Stellan talvez também tivesse escutado.

Leox Gyasi já tivera diversão maior em sua vida do que naquele dia em particular, mas, se não pudesse curtir o fato de andar sobre os ombros de um Wookiee... bem, então ele poderia muito bem estar morto. Por isso se permitiu sorrir ao preparar mais uma eclusa de ar, antes de gritar:

– Deem espaço!

Sua pequena equipe se afastou, Leox acionou o mecanismo e XUUMP – a eclusa de ar se fechou.

– Essa nos deixa com três quartos do caminho fechado – disse ele, ainda sobre os ombros de Burryaga. – Está pronto para testar esse seu plano biruta?

O jovem Bell Zettifar conseguiu sorrir.

– Não é biruta. Mas sim. Está quase na hora. Só precisamos garantir que as rotas de entrada e saída estejam claras e que funcionem como deveriam.

Leox certamente esperava que funcionassem – porque pelo menos algumas pessoas teriam a chance de sobreviver.

Uma vez que Stellan estava descansando novamente, Elzar estudou o semblante adormecido do amigo por alguns momentos. Embora a energia de Stellan continuasse baixa, ele parecia um pouco melhor.

Talvez, quando acordasse, estivesse bem o suficiente para ajudá-lo com algumas das inúmeras decisões que precisavam ser tomadas.

Não. Elzar podia tomar essas decisões sozinho; o que realmente queria era alguma sensação de calma. Encontrar algo bom e puro que expulsasse a raiva interior. Saber que outra pessoa estava com ele naquela luta.

Apenas uma pessoa na galáxia fazia com que se sentisse assim.

Avar, pensou ele, fechando de novo os olhos enquanto a chamava telepaticamente. *Avar, por favor, fique comigo. Fique aqui comigo apenas um momento.*

Não era como se ela pudesse ouvir as palavras em sua mente, muito menos responder. Mas havia outras formas de comunicação através da Força, outras formas de entender e ser entendido.

Elzar encheu sua mente com lembranças dela: o som de sua voz, a forma como ela duelava na arena de sabre de luz, até mesmo o odor de sua pele. Quanto mais real ela se tornasse em sua mente, mais chance ele teria de...

Então ele escutou.

Apenas por um momento. Apenas uma leve melodia. Ainda assim, era alguma coisa.

Era a canção da Força, como Avar Kriss a ouvia – e, por um instante, ela lhe deu esse presente.

O choque e o prazer daquela sensação quebraram sua concentração. Elzar estava de volta ao presente, tão distante de Avar Kriss quanto sempre. No entanto, estava fortalecido por aquele momento de comunhão.

Ele esperava que Avar, o que quer que estivesse fazendo, quaisquer problemas que estivesse enfrentando, tivesse compartilhado um instante em que pudesse ouvir as ondas do mar.

Avar levitava com os braços estendidos, ao mesmo tempo distante e perto dali, invocando a canção da Força para sustentar e dar ânimo a todos os Jedi dentro ou perto do Farol da Luz Estelar que lutavam para salvar a estação e as pessoas a bordo. Cada indivíduo era uma nota no maior e mais significativo acorde que ela já conhecera.

Entre aquelas notas havia um outro som, tão sutil que ela mal o reconhecia: o som das ondas, o rugido do mar.

CAPÍTULO VINTE E CINCO

Bell Zettifar conduziu o grupo até o compartimento da estação reservado apenas para carga. Como regra geral, as naves de carga eram deixadas sem vigilância, exceto por droides; os pilotos passavam quase todo o tempo no restante da estação. Alguns deles faziam parte do grupo que estava selando aquela seção; outros, que desfrutavam a hospitalidade oferecida na metade superior do Farol da Luz Estelar, já estavam mortos.

– Minha ideia é a seguinte – disse Bell, aparentemente para Burryaga, mas na verdade para todos ao alcance de sua voz. – Abrimos as portas desta doca e deixamos todas as naves de carga escaparem, junto com o maior número de passageiros que conseguirem transportar. Isso não vai salvar a todos e significa que muitas pessoas perderão a espaçonave, deixada para trás na doca principal, mas ainda assim salvamos muitas vidas.

O piloto chamado Leox parecia cético:

– Como vocês podem abrir essas portas, mas não as da doca principal?

– Porque lá é muito mais complexo. Teríamos que manter a atmosfera, lidar com a pressurização, manter as naves que ainda não podem voar no lugar e fechar as portas de novo a tempo. Basicamente, é tão complicado que é impossível, mesmo para usuários da Força experientes. – Aquilo fazia a cabeça de Bell doer só de pensar. – Aqui, no entanto, todas essas naves permanecem navegáveis. Já isolamos esta área da maior parte do resto da estação. Ou seja, tudo o que temos a fazer é abrir as portas. Será uma despressurização explosiva. As pessoas terão que se preparar para isso. Mas vão poder sair.

Burryaga resmungou em tom encorajador. Leox ergueu uma sobrancelha que parecia dizer: "Bem pensado, garoto". Os outros, reunidos nas proximidades, começaram a discutir ansiosamente como aquilo poderia funcionar, quais naves diferentes poderiam transportar e assim por diante. Foi Pikta Adren quem perguntou:

– Mas como decidimos quem fica e quem vai?

Bell percebeu que, se lidasse mal com o tema, ele poderia se transformar na fagulha que faria explodir o conflito, mas acreditava que sabia como resolvê-lo.

– Obviamente, os pilotos e tripulantes dessas naves podem estar a bordo delas. Depois, cada nave deverá transportar um número de pessoas, e a capacidade delas será determinada por droides. Quando soubermos quantas vagas estão disponíveis, vamos distribuí-las aleatoriamente.

Uma Ardenniana na parte de trás, uma das pilotas de carga, parecia cautelosa, cruzando os quatro braços sobre o peito.

– Isso significa que precisamos despejar as cargas?

– Muito provavelmente – disse Bell. – Esta é uma emergência extrema. Sem dúvida você e seus empregadores vão entender. – A Ardenniana assentiu, já resignada com a perda.

Pikta falou novamente, fazendo uma pergunta que Bell não previra:

– E se não quisermos abandonar nossas naves? Para alguns de nós, elas são nossas vidas. – Várias pessoas murmuraram em concordância.

Aquilo parecia uma atitude suicida para Bell, mas as pessoas sabiam o que estava acontecendo e podiam tomar suas próprias decisões.

– Ninguém será forçado a ir.

Burryaga rosnou, inquisitivo. Ele pegou um datapad e estava revisando o manifesto de carga de todas as naves no compartimento. Duas delas estavam carregando criaturas vivas... elas deveriam ser despejadas no espaço como o restante das cargas ou deveriam ser salvas?

– Que criaturas vivas? – Bell pensou primeiro em charhounds, como Brasa; a mera ideia de jogar um deles no espaço fez seu coração doer.

Mas então Burryaga explicou que, por mais improvável que fosse, ambas as naves carregavam rathtars.

– *Rathtars*? – Bell não esperava que alguém fosse tolo o suficiente para transportar aquelas coisas, muito menos dois pilotos na mesma semana. A julgar pelas risadas e olhares incrédulos do grupo em geral, ele não era o único.

Pikta balançou a cabeça.

– Sim, podemos jogar essas no espaço.

Burryaga, no entanto, ficou sério de forma inesperada. Ele disse que, na última vez que viu Orla Jareni, ela mencionara os rathtars. Tinha achado o manifesto suspeito, provavelmente falso, projetado para evitar que alguém olhasse dentro daquelas naves para ver o que realmente carregavam.

Eles precisavam se apressar – Bell sentia a urgência em cada célula de seu corpo –, mas e se aquela fosse a tática Nihil usada para sabotar a estação? E se outro ato de sabotagem ainda estivesse por vir?

– Certo – disse ele. – Vamos verificar essas naves. Depois terminamos os preparativos. Dentro de meia hora precisamos fazer essa coisa ir pelos ares.

– O que eles fizeram com essas coisas? – Nan bateu no anel de entrada para o último conjunto de cápsulas de fuga com tanta força que o metal feriu sua mão. A dor pouco importava. – Testei todos os tipos de quebra de código dos quais já ouvi falar e inventei alguns novos. E essas cápsulas ainda não podem ser lançadas!

– Aquele grupo Nihil sabia o que estava fazendo – apontou Chancey Yarrow. – E, como unimos forças com eles e ajudamos a criar essa crise em particular, só podemos nos culpar.

Nan sentiu que havia culpa mais do que suficiente para todos, mas discutir aquilo com Chancey só a deixaria ainda mais irritada, por isso não disse nada.

Elas tinham se afastado o suficiente para ficar longe do risco da radiação; aquele era o convés mais baixo, sua última tentativa. Mas nenhuma das cápsulas de fuga ligava, de qualquer maneira. Aquilo importaria menos se Nan e Chancey tivessem encontrado alguma célula de energia para ativar manualmente uma ou duas cápsulas. Mas não tiveram tal sorte.

– Vamos ter que voltar ao nível da doca – disse Chancey.

– Se formos lá, seremos pegas. – Nan podia imaginar a alegria que Addie sentira em denunciá-las aos Jedi. Ela esperava que uma equipe de captura as atacasse a qualquer instante.

Chancey balançou a cabeça.

– Não tenho tanta certeza. Sim, eles estariam vasculhando a estação atrás de qualquer sinal de nós a qualquer outro momento. Mas têm problemas maiores para resolver agora.

Nan supôs que aquilo fazia algum sentido. Ainda assim, subir até o nível da doca e assumir que ninguém estaria procurando por elas... era abusar da sorte.

Por outro lado, se fossem capturadas e os Jedi encontrassem alguma maneira de escapar do Farol da Luz Estelar, a República provavelmente também levaria seus prisioneiros. Eram idiotas o bastante para fazer isso.

Nan preferia partir em seus próprios termos, mas Chancey estava certa.

– Certo, vamos tentar.

O primeiro transporte de rathtars – como estavam chamando –, encontrado por Leox e os outros, estava ali com a porta do compartimento de carga escancarada, e o compartimento em si completamente vazio.

– Um arrombamento – arriscou Bell Zettifar.

Leox balançou a cabeça; ele levava o tipo de vida que ensinava a identificar o que era ou não um roubo.

– As portas não foram forçadas. O que quer que estivesse nesse compartimento foi retirado, ou solto, pelas pessoas que trouxeram a nave aqui em primeiro lugar.

– Explosivos. – Pikta Adren, pelo menos, estava ligando os pontos. – Foi assim que os Nihil os trouxeram a bordo?

– Meu palpite é que os sistemas de segurança teriam captado qualquer dispositivo grande em varreduras – disse Leox. – Além disso, não é necessário nada muito grande para causar dano. Escolhendo o material certo, alguém pode arrancar as tripas desta estação com um dispositivo não maior do que a palma da mão.

– Bem, eles não soltaram um monte de rathtars na estação – disse Bell. – Com ou sem explosões, teríamos notado *isso*.

Burryaga entrou no compartimento de carga da nave para farejar. Literalmente. Ele rosnou que já tinha encontrado rathtars antes e, ainda que farejasse algum tipo de animal que tinha estado ali, devia ser de uma espécie diferente, uma que ele nunca tinha visto antes.

– Animais? – Leox não conseguia entender. – Por que alguém transportaria um monte de animais para cá como parte de um ataque terrorista? Principalmente quando os animais não causaram nenhum problema a ninguém o tempo todo.

Burryaga então sugeriu que os animais poderiam não ter sido o elemento agressor, mas um ardil, incluídos para que seu cheiro forte impedisse a detecção da ameaça *real*. Embora Leox não imaginasse que a maioria dos Jedi tivesse um faro tão sensível quanto os Wookiees, era uma teoria que deveria ser levada em conta.

Bell apontou para outro cargueiro atracado a menos de cinquenta metros de distância.

– Aquela é a outra nave que afirmou transportar rathtars, e parece que ainda tem a carga.

Burryaga e Bell se dirigiram para aquela nave e várias pessoas, Leox e Pikta entre elas, os acompanharam. O que quer que fosse, Leox queria ver. Ele tinha um pressentimento de que seriam criaturas inocentes, mais vidas para salvar.

Mas talvez os Jedi já soubessem. Ele perguntou:

– O que a Força lhes diz sobre isso?

– Não muito – admitiu Bell. – Algo está obscurecendo a Força no Farol da Luz Estelar há dias. De outra forma, os Nihil nunca poderiam ter destruído a estação.

Aquilo foi muito revelador. Leox recebeu bem tamanha franqueza. Parecia a ele que o tempo para sutilezas se esgotara cerca de quatro segundos depois que a bomba Nihil explodiu. Claro, ela também o deixava um pouco desconfortável, já que ele preferia que os Jedi estivessem em sua melhor forma durante um desastre. Mas Leox sabia que precisava jogar com qualquer mão de sabacc que recebesse.

– Certo – disse Bell. – Preparem-se. Vamos abrir isso aqui no três. Um...

Leox olhou para o compartimento de carga aberto e vazio da nave da qual tinham acabado de se afastar. Animais selvagens tinham sido soltos e corriam livremente pelo Farol – a Força estava bloqueada – havia uma chance de aquelas duas coisas estarem relacionadas?

– Dois...

Parecia improvável. Ainda assim, Leox estava prestes a perguntar quando Bell disse:

– Três.

Na contagem, Burryaga liberou as portas da segunda nave e deixou que se abrissem. Por uma fração de segundo, nada, nem ninguém, se moveu.

Então Bell disse:

– Certo. Então esses *são* rathtars.

E foi quando os rathtars acordaram e o inferno começou.

Elzar captou uma sensação de alarme – mais novo e mais agudo que o resto –, mas a perdeu quase instantaneamente. Ele respirou frustrado. Depois de parar de se proteger e voltar a buscar a orientação completa da Força, entendeu como seus companheiros estavam prejudicados. O enfraquecimento e os danos causados à Força naquela estação... era como ter de trabalhar com um braço amarrado junto ao corpo. Ele não poderia dar o melhor de si enquanto aquilo estivesse acontecendo, e dar o melhor de si era exatamente o que precisava para salvar o Farol da Luz Estelar.

Daquele jeito, ele estava dando tudo o que lhe restava, e mesmo assim parecia que não era o bastante.

Por isso ele falava, principalmente para si mesmo, mas também com JJ-5145:

– Não dá para atravessar com segurança os níveis irradiados para chegar até o maquinário dos propulsores posicionais. – Elzar continuava olhando para a seção transversal holográfica do Farol, que ajustara para não mostrar mais a metade superior. A lembrança daquela dor só o distrairia. – Onde estão os trajes de radiação?

JJ-5145 relatou gentilmente:

– Os trajes de radiação foram armazenados em duas áreas principais a bordo do Farol da Luz Estelar, em um dos níveis mais altos e em um dos mais baixos.

– Perdemos os trajes do nível superior, claro, mas...

– A área de armazenamento inferior dos trajes de radiação está atualmente inacessível devido à radiação – relatou JJ-5145 sem qualquer sinal de ironia. Elzar conseguiu não resmungar alto.

– Algumas espécies são mais resistentes à radiação. Alguma delas está a bordo, Jota Jota?

– Ar Prace, um dos supervisores de manutenção, é um Fian – disse JJ-5145, o que deu esperança a Elzar por um breve momento, antes que o droide continuasse. – Mas parece que ele estava na parte superior da estação quando o Farol se rompeu em dois.

Mais uma pessoa que Elzar ainda não contara.

– Quanto tempo levará para a radiação diminuir?

– Aproximadamente dez mil anos.

– É um pouco mais de tempo do que nos resta. – Elzar passou as mãos pelo rosto, sentindo a barba por fazer arranhar levemente suas palmas. – As naves podem atravessar esse nível de radiação, se estiverem com os escudos ativados, mas não podemos tirar nenhuma delas da doca...

Não, essa é uma ideia maluca.

Também é a única que tenho.

– Talvez – disse Elzar. – Se não podemos voar com as naves para fora da estação, talvez possamos voar *através* dela.

O sabre de luz de Bell estava em sua mão em um microssegundo, aceso e preparado...

... mas os rathtars também estavam preparados.

Eles rolaram para fora com uma velocidade aterrorizante, chicoteando com seus tentáculos para todas as direções, com centenas de olhos assustadores e desalmados, e uma boca enorme. Todos se dispersaram, exceto os Jedi, que precisavam lidar com aquilo de alguma forma.

Bell rodopiou selvagemente na direção de um dos rathtars, pronto para dividi-lo ao meio, apenas para ter seu golpe aparado pelo sabre de luz de Burryaga.

– O que você está fazendo? – gritou Bell, mergulhando para escapar do caminho do rathtar enfurecido, embora outro deles estivesse rolando logo atrás. – Eu estava com ele na mira, Burry!

Com um rugido longo e poderoso, Burryaga explicou que os rathtars se reproduziam por fissão, e ele não sabia se cortar um ao meio resultaria em dois rathtars, mas aquela não era a hora de descobrir.

– Não os cortar ao meio – disse Bell, saltando no ar para o topo de uma das outras naves atracadas. – Boa estratégia. Obrigado por avisar!

Ele precisava defender os civis, se pudesse, mas eles já estavam empregando instintivamente a melhor estratégia, que era se espalharem bastante pela doca. Os seis rathtars libertados não podiam perseguir todos de uma vez.

Como se percebeu, eles eram capazes de escalar as laterais das naves. Bell descobriu isso quando um deles rolou para cima da que ele usara para se proteger. Com os tentáculos estalando, a criatura avançou na direção de Bell.

Não corte, disse a si mesmo. *Apunhale.*

Ele teve de cortar os tentáculos, girando seu sabre de luz da direita para a esquerda em uma velocidade tremenda; sangue respingou por toda parte, mas o rathtar não diminuiu a velocidade. Sua bocarra horrível e repleta de dentes se abriu para devorar Bell de uma só vez.

O Padawan usou seu sabre de luz para apunhalar a boca da criatura, atravessando o corpo dela quase completamente com uma estocada. O rathtar deu um último grito antes de rolar morto de cima da nave e cair pesadamente no chão.

Para onde deveria ir depois? Burryaga acabara de despachar outra das criaturas, tendo conseguido atacá-la pelas costas. Mas ainda havia quatro rathtars soltos, que perseguiam civis em fuga.

Bell correu para a extremidade da nave e saltou cerca de dez metros, para pousar entre Pikta Adren e o rathtar mais próximo. Tentou lutar da mesma forma que enfrentara o último, mas aquele parecia determinado a massacrar as pessoas com seus tentáculos antes de levá-las à boca. Bell decepava os tentáculos, um atrás do outro, mas sempre havia mais. *Quantos tentáculos essas coisas têm...*

Um blaster disparou atrás de Bell, cada uma das rajadas atingindo o centro da criatura, que uivou e se contorceu apenas por um momento, e então pareceu murchar. Bell olhou para trás e viu Pikta com o blaster na mão. Ela sorriu para ele, e Bell retribuiu.

Ali perto, no entanto, Burryaga e outro rathtar estavam embolados em uma luta confusa, em um ângulo que impossibilitava que Pikta atirasse sem possivelmente atingir Burry. Os outros dois rathtars estavam quase nas extremidades da doca, àquela altura. Bell correu na direção de Burryaga e seu oponente, pensando: *Formar uma equipe normalmente ajuda, porque a maioria dos seres não consegue lutar em duas frentes ao mesmo tempo, mas os rathtars conseguem combater em todas as direções.*

Aquele também era consideravelmente maior do que os outros, tão grande que Bell não tinha certeza se mesmo uma estocada de sabre de luz seria capaz de atravessar o coração da criatura.

Se não pudessem derrotar a coisa, teriam de escapar dela.

– Sinalizador de emergência! – gritou Bell enquanto partia para a briga ao lado de Burryaga. – Alguém encontre um e o acenda agora mesmo!

Com isso, Bell estava de volta ao modo de batalha, cortando e decepando o que parecia ser uma selva de tentáculos. Burryaga uivava de fúria enquanto o rathtar continuava avançando, destemido, sempre com mais tentáculos de sobra.

– Eeei! – A voz de Leox ecoou pelo compartimento de carga. – Aposto que você gostaria de um desses!

Em seguida, acendeu um sinalizador de emergência. Um brilho branco e ofuscante encheu o compartimento como um sol em miniatura.

As criaturas quase descerebradas só sabiam que alguma coisa brilhava muito e por isso precisava ser perseguida. Com seu grito sinistro, o enorme rathtar rolou para longe de Bell e Burryaga, na direção de Leox e do sinalizador, e os outros dois seguiram. Uma vez que ambos os Jedi estavam livres, Leox lançou o sinalizador com todas as suas forças. Enquanto o sinalizador ia para a extremidade oposta do compartimento, todos os outros seres correram para as portas a toda velocidade.

Eles conseguiram. Mas o clarão não distraiu as criaturas por muito tempo. Enquanto corria, Bell podia ouvir o som úmido de tentáculos se chocando contra o metal.

– Passem pela próxima eclusa de ar! – gritou Bell. – Burry, é com você!

A próxima eclusa de ar estava apenas alguns metros à frente. Todo o grupo passou, com Burryaga na retaguarda. Ao alcançá-la, Burry saltou para agarrar o mecanismo no teto, então se manteve ali com um braço enquanto terminava apressadamente a manobra.

Bell olhou para trás e viu os rathtars rolando na direção deles, mais rápido do que nunca, se aproximando demais...

... quando Burryaga passou pela eclusa de ar, que logo se fechou, isolando as criaturas do outro lado.

Todos suspiraram ao mesmo tempo; alguns indivíduos xingaram. Bell se inclinou contra as portas da eclusa, ofegante.

– Bem, isso foi divertido.

Aquilo lhe rendeu olhares de reprovação de todo o grupo, com uma exceção.

– Eu não iria tão longe – disse Leox, com um sorriso. – Mas o que faltou em paz de espírito nesse incidente será mais do que compensado ao longo dos anos em valor anedótico.

Estranhamente, ele estava certo.

Supondo que sobrevivessem.

CAPÍTULO VINTE E SEIS

– Você pode repetir, por favor? – perguntou Elzar Mann, com a voz monótona. Aquela situação não *poderia* piorar. Ele obviamente não ouvira direito.

Mas era aquilo mesmo.

– Há três rathtars soltos na estação – confirmou Bell Zettifar. – O primeiro carregamento de rathtars se revelou falso, por isso presumi que o segundo também fosse. Não tenho como me desculpar pelo meu erro, e...

– Deixe isso para lá. – Elzar respirou fundo. – Toda habilidade tem uma fraqueza correspondente. Para nós, nossa habilidade na Força nos dá confiança para tomar decisões... mas acabamos nos acostumando demais a nos apoiar nela. – Stellan lhe ensinara aquilo. – Eu também poderia ter aberto o compartimento de carga daquela nave.

Stellan Gios acordara um pouco antes; embora permanecesse uma sombra de quem normalmente era, tinha recuperado a razão e a compostura.

– Veja desta forma: de todos os nossos problemas atuais, os rathtars devem ser os mais fáceis de resolver.

O escritório do intendente, repleto de droides, quase não servia mais como um espaço de reunião. Elzar desejava não ter levado a discussão para lá, mas talvez fosse melhor que nenhum tripulante civil os ouvisse por um tempo. Ele disse apenas:

– Vamos voltar ao plano. Você disse que poderíamos evacuar algumas pessoas pelo compartimento de carga da estação.

Bell ainda parecia envergonhado, mas assentiu.

– Sim, Mestre Elzar. Acho que tem um jeito.

Depois que Bell explicou a ideia, Elzar se animou. Stellan, no entanto, precisaria de mais para se convencer.

– Você está falando de um nível de descompressão explosiva que naves menores provavelmente não conseguem compensar. Elas poderiam colidir umas com as outras; os passageiros podem ser mortos antes mesmo de chegarem ao espaço.

– É arriscado – disse Bell. – Mas essas pessoas conhecem os riscos.

Elzar assentiu.

– Além disso, se a única outra opção que podemos oferecer é mantê-los presos em uma estação que ainda está caindo, devemos dar a eles uma possibilidade melhor. Mesmo que não seja a opção ideal, é uma chance. Talvez a única que tenham.

Elzar viu Stellan levar a mão à cabeça; sua pele ainda estava pálida. Será que o estavam pressionando demais? Mas Stellan conseguiu dizer:

– Você está certo. É a única possibilidade que podemos dar a eles agora.

Por mais que Elzar quisesse compartilhar suas ideias sobre como alcançar o maquinário dos propulsores posicionais, decidiu que seria melhor esperar mais um pouco. Stellan precisava de mais tempo para processar aquilo, e Bell já estava sobrecarregado o suficiente – e prestes a carregar ainda mais peso.

– Bell, obrigado por tudo o que fez até agora. Mas precisamos de você de volta na torre médica. Não poderemos evacuar os gravemente feridos por nenhum meio convencional, por isso precisamos de você lá para criar um plano. – Ele colocou a mão no ombro do Padawan, um pequeno gesto que Elzar tornou mais acolhedor com um sorriso. – Burryaga pode ficar aqui para ajudar na evacuação do compartimento de carga da estação.

Pelo jeito, ele não precisaria consolar Bell sobre a atribuição; não só o aprendiz não vira aquilo como um castigo como também se animou. Devia ser onde realmente queria estar o tempo todo.

– Claro, senhor. Vou direto para lá.

Stellan assentiu, como se ainda estivesse em posição de aprovar ou desaprovar.

– Muito bem.

Bell saiu, mas parou na porta.

– Sobre o plano de fuga do compartimento de carga... agora eles também precisam passar pelos rathtars.

Elzar suspirou.

– Um problema de cada vez.

Bell não pretendia hesitar em seu caminho de volta à torre médica. O Farol da Luz Estelar estava ficando sem tempo, e saber daquilo o pressionava mais a cada minuto. No meio do caminho, porém, Burryaga cruzou com ele e grunhiu uma saudação amigável.

– Burry! Estou voltando para a torre médica. – Bell apertou a pata de seu amigo. – Temo que os rathtars vão ficar por sua conta.

Burryaga disse que aquela era uma dívida que eventualmente precisaria ser paga, idealmente com Bell comprando para ele um jantar tamanho Wookiee no melhor restaurante de Coruscant.

É isso aí, pensou Bell. *Acreditamos que vamos sobreviver. Temos que acreditar para tornar possível.*

Ele sorriu para o amigo peludo.

– Combinado!

Nan nunca tinha se considerado uma pessoa particularmente azarada, mas teria de repensar isso, porque, no minuto em que ela e Chancey voltaram ao nível da doca, voltavam também mais de vinte pilotos, incluindo Leox Gyasi, da *Nave*. Ela se escondeu em uma pequena alcova, mas Leox parecia ter outras prioridades, correndo para sua embarcação rápido o bastante para não a notar.

Chancey, que não se dera ao trabalho de se esconder, olhou-a de soslaio.

– Você percebe que era mais provável que chamasse a atenção dele pulando para se esconder assim?

– Não deveríamos ter vindo – murmurou Nan.

– Provavelmente estaremos mais seguras se formos presas do que se não formos – apontou Chancey.

Aquela ideia doía em Nan mais do que seu medo de morrer. Sua vida lhe pertencia; ela não aceitaria ficar em dívida com os Jedi. Isso seria uma espécie de morte em vida, do tipo que Nan não pretendia suportar. Preferia perecer em chamas, gloriosamente livre até o fim.

Então ela se deu conta – a realidade de morrer queimada, a dor agonizante que seria...

– Então. – Um homem ruivo apareceu diante delas; ele devia estar logo depois da curva. O que significava que tinha escutado tudo, como seu sorriso presunçoso confirmava. – Vocês duas não querem ser vistas pelos outros. Pelo que exatamente seriam presas?

– Contrabando – respondeu Chancey, imediatamente. – E por que é que você não nos entrega?

– Não estou a fim de fazer o trabalho dos Jedi para eles – disse o homem. – Especialmente quando tenho a chance de fazer novas amizades. Meu nome é Koley Linn, e acho que podemos fazer uma barganha.

Nan já sabia que seria um mau negócio, que elas não tinham escolha a não ser aceitar.

Como nem todos falavam Shyriiwook, Leox Gyasi acabou traduzindo o plano para todos no compartimento de carga.

– No momento, Elzar está descobrindo quais pilotos de carga ainda estão a bordo. As outras naves serão atribuídas por sorteio para aqueles que souberem pilotá-las. Todas as naves no compartimento vão ser ocupadas à máxima capacidade, ainda que ninguém seja obrigado a ir, se não quiser. Sim, a descompressão do compartimento será violenta. Assim como a colisão com a superfície de Eiram. Então, escolham seu veneno.

A maioria das pessoas seguiu imediatamente na direção de Elzar, pronta para se inscrever no que parecia ser a única escapatória possível. Algumas, no entanto, permaneceram. Joss e Pikta Adren estavam conversando ao lado de sua nave; suas mãos repousadas no casco sugeriam que não tinham tanta pressa em abandoná-la. A pilota Cereana cuja nave tinha literalmente um buraco aberto na lateral ficou ali olhando para ela como se pudesse consertar o casco por pura força de vontade.

E, é claro, havia Affie e Geodo. Geodo estava mantendo a pose, mas os olhos escuros de Affie estavam arregalados de desgosto.

– Nós teremos que abandonar a *Nave*? – sussurrou ela.

– Não. – Leox segurou as mãos da garota. – A *Nave* pertence a você, e somente a você. A decisão é sua.

Affie pareceu muito assustada por um momento, até que sua determinação voltou. Leox percebeu aquilo na postura dos ombros dela e no modo como a garota erguia o queixo.

– Vou ficar com a minha nave. Talvez seja loucura acreditar que os Jedi ainda vão arranjar uma solução para isso, mas eu acredito. E, enquanto existir alguma chance, vou tentar salvar a *Nave*. Mas, se vocês dois quiserem ir, por favor, saiam desta coisa. Posso lidar com a *Nave* sozinha, e vocês ainda terão empregos se...

Leox a poupou de terminar aquela frase.

– Estou com você até o fim, Pequenina.

Perto deles, Geodo permanecia leal ao grupo, robusto até o fim.

Affie hesitou antes de assentir.

– Certo. Todos juntos então.

Koley Linn desejava ter um droide-câmera sobre o ombro para filmar o rosto daquelas duas mulheres quando ele explicou o plano. A mais nova estava boquiaberta, e a mais velha disse:

– Abrir um buraco *nas portas* da doca? Você tem alguma ideia de quanto poder de fogo é necessário?

– Muito – respondeu Koley. – Mas junte naves suficientes e podemos conseguir. É por isso que poderíamos usar algumas mãos a mais para operar armas em naves cujas tripulações não estejam, digamos, cooperando.

– Mas aí todos vocês serão sugados para o espaço através de uma abertura irregular, quente como lava – disse a mais nova, Nan. – Você realmente acha que todas as naves vão atravessar ilesas?

– Não, acho que as naves não estão preparadas. Aquelas que não se ancorarem ou não acionarem os propulsores reversos serão sugadas primeiro. Vão virar sucata, mas ampliarão a abertura para o resto de nós, que sairemos sozinhos depois.

– Não estou muito certa de que isso funcionaria – disse a mais velha, Chancey ou algo do tipo. – De qualquer forma, é uma aposta muito mais alta do que você está deixando parecer. Alta o suficiente para eu suspeitar que você não está compartilhando os riscos com os outros. Alta o suficiente para você garantir que sua nave saia por último, quando o caminho estiver liberado.

Koley adorava o momento em que as pessoas percebiam o quanto ele as tinha ferrado e que não tinham escolha a não ser concordar com ele.

– Pense desta forma: não é uma aposta tão alta quanto a de vocês sobreviverem sozinhas. E não se enganem, os Jedi não vão nos salvar. Se tivessem alguma solução, já teríamos ouvido. Eles não conseguem nem salvar seus amigos, então quais são as chances de nos ajudarem?

Chancey e Nan trocaram um olhar que dizia a ele que estava um passo à frente.

Aquelas duas mulheres, quem quer que fossem, eram difíceis. Eram duronas. Estavam acostumadas a fazer o que fosse preciso para se manterem vivas. Koley vira aquele olhar no espelho muitas vezes para não conseguir reconhecê-lo nos outros.

Pessoas como aquelas poderiam capturar as naves equipadas com armas pesadas cujas tripulações não cooperassem, e seu plano de fuga poderia se concretizar.

Stellan Gios se sentia partido ao meio. Seu corpo estava se movendo, seu cérebro estava pensando, mas sem nenhuma comunhão com sua alma. Talvez fosse assim que um droide se sentisse.

Ainda assim, ele podia seguir o movimento. Com o Farol em risco iminente, era preciso dar o que podia.

– Certo, precisamos abrir o compartimento de carga – dizia Elzar a Burryaga. – Para o máximo de naves possível. Isso significa levar algumas das naves menores da doca principal para o compartimento de carga, literalmente voando pela estação.

Burryaga resmungou que seria difícil abrir caminho pela estação daquele jeito sem explosivos.

Ao ouvir aquilo, Stellan teve de falar:

– ... Como detonar outra bomba pode melhorar a nossa situação?

– Não vamos detonar outra bomba – disse Elzar. – Vamos ativar o subsistema de adaptação.

Isso não fazia sentido para Stellan.

– O subsistema de adaptação... visa facilitar a reestruturação do Farol em uma doca espacial. Não vai magicamente criar uma rota de voo através da estação.

– Não, não vai. Mas vai nos *permitir* derrubar paredes e pisos específicos, abrindo espaços muito mais amplos que podem funcionar como rotas de voo, pelo menos para nossa emergência atual. – Elzar tocou a cabeça de um dos muitos astromecânicos que os cercavam, que começou a projetar uma seção transversal holográfica da metade inferior do Farol da Luz Estelar. – O sabotador Nihil, quem quer que tenha sido, bloqueou praticamente todos os principais sistemas operacionais do Farol. Qual foi uma das únicas funções deixadas intactas? O subsistema de adaptação. Ele provavelmente presumiu que era algo obscuro demais para se preocupar. Mas esse subsistema nos permite reconfigurar quase todo o funcionamento interno da estação. Quando fizermos isso, as naves menores terão espaço para manobrar através do Farol.

– E como abrimos esse caminho sem destruir todo o resto nessas áreas? – perguntou Stellan.

Elzar olhou para ele.

– Não tem jeito. Precisamos considerar que tudo dentro do Farol da Luz Estelar está perdido, exceto as vidas a bordo. Depois de salvá-las, podemos nos preocupar com a estrutura física. Mas não antes disso.

Stellan, por fim, percebeu o sentido daquilo e concordou. Burryaga também concordava com o plano. Parecia drástico, mas a situação em que estavam também era.

– Se der certo – acrescentou Elzar –, podemos ser capazes de abrir um poço descendente mais perto do meio da estação. Aí vou poder levar uma cápsula de reparo através dos níveis irradiados, recuperar um traje de proteção e descer até os propulsores posicionais perto da base do Farol. Se conseguir chegar até lá, talvez consiga fazê-los operar na potência máxima.

O plano tinha valor.

– Você foi brilhante, Elzar. Bom trabalho.

Elzar sorriu de volta.

No seu interior, no entanto, Stellan só conseguia pensar que não seria capaz de ajudar na abertura das portas do compartimento de carga. A Força já não estava sob seu comando.

Depois de uma longa e árdua jornada de volta, Bell finalmente chegou à torre médica. Ele surgiu para receber sorrisos dos poucos e sobrecarregados médicos sencientes, mas não conseguiu sorrir de volta até chegar a Indeera Stokes e Brasa. Quando entrou no quarto onde deixara sua Mestra, a viu ainda inconsciente, mas viva, descansando em sua cama com Brasa lealmente a seu lado.

E Mestra Indeera devia ter despertado brevemente em algum momento, porque sua mão estava sobre a cabeça de Brasa.

Pelo menos até a charhound perceber que Bell estava de volta. Ela saltou, indo na direção dele com tanta alegria que Bell não pôde deixar de rir alto.

– Ei, garota – murmurou ele enquanto se inclinava para dar nela uma boa coçadinha. – Bom trabalho cuidando de Mestra Indeera. – Brasa se contorceu de alegria, batendo a cauda contra o chão.

Aquele momento de alegria se provou fugaz. Bell passara todo o caminho de volta à torre médica imaginando como poderia transportar alguns ou todos os pacientes para o compartimento de carga, para que tivessem alguma chance de escapar da estação. Seus poucos e etéreos planos evaporaram quando olhou ao redor da enfermaria improvisada. Aquelas pessoas não poderiam ser transportadas para fora da torre em menos de algumas horas, e algumas delas estavam feridas demais para ser movidas com segurança.

Através de uma das pequenas janelas de observação, ele podia ver o cruzador médico de Eiram, abastecido com médicos, sencientes e droides, e todos os suprimentos possíveis, ainda flutuando impotente perto do Farol.

Eclusas de ar a cada poucos metros em incontáveis passagens por toda a estação, pensou Bell*, e nenhuma que eles possam usar para atracar.*

A menos... a menos que eu possa mudar isso.

CAPÍTULO VINTE E SETE

Vários seres reagiram de forma diferente diante da opção de abandonarem suas naves para escapar pelo compartimento de carga da estação. Aqueles que eram meros viajantes, que tinham sido passageiros das naves de terceiros, ou que apenas pensavam em suas pequenas embarcações como meios de transporte, já estavam disputando as vagas. Aqueles que tinham suas naves como um elemento essencial para suas atividades comerciais estavam hesitantes, mas a maioria escolhia ir para o compartimento.

Mas aqueles que – assim como Leox Gyasi – pensavam em seu lar não como um planeta, mas como uma espaçonave entre as estrelas, esses permaneciam na doca com suas naves.

Ainda assim, Leox percebeu que não tinha menos responsabilidade de limpar o caminho para o compartimento de carga só porque ficaria na estação. Cada indivíduo era uma pequena centelha de uma grande consciência, o universo contemplando a si mesmo; se você faria algo para salvar sua própria pele, pensou ele, deveria estar disposto a fazer a mesma coisa para salvar a de outra pessoa.

Por isso ele ficou no grupo quando os preparativos para a ida até o compartimento de carga começaram.

– Como todos a bordo agora sabem, temos três rathtars soltos na região do compartimento de carga – disse Elzar Mann, que parecia ter assumido o comando. (Stellan Gios estava por perto, parecendo um pouco melhor do que quando Leox o vira pela última vez, mas sem falar nada.) – Isso quer dizer que a caminhada até lá ficou significativamente mais arriscada. Embora Burryaga, Stellan e eu possamos fornecer alguma cobertura com nossos sabres de luz, os rathtars são... desafiadores.

– Não precisa pegar leve! São uns grandes *imbecis* cheios de tentáculos! – disse Pikta Adren. Não era bem uma piada, mas a maioria riu. Praticamente qualquer coisa para aliviar a crescente tensão a bordo da estação.

Elzar simplesmente assentiu.

– Tenho conversado com os poucos aqui na doca principal que chegaram em pequenas naves individuais, como naves de reconhecimento. Esses corajosos pilotos concordaram em se juntar aos nossos esforços.

Leox ergueu uma sobrancelha. Aquilo estava indo para onde ele achava que estava?

Elzar continuou:

– Basicamente, vamos abrir vários corredores entre a doca e a última eclusa de ar que separa essa parte da estação. Isso permitirá que essas naves voem pela estação até o compartimento de carga, fornecendo cobertura extra contra os rathtars, e que tenham a chance de escapar quando chegarmos lá e abrirmos as portas.

Leox recalculou para mais a probabilidade de morrer naquela empreitada, mas ainda precisou dizer:

– Gostaria que pudéssemos vender ingressos.

Elzar olhou de soslaio para Burryaga, que segurava o sabre de luz desligado em suas mãos como se um rathtar pudesse aparecer a qualquer segundo.

– Você sabe que estamos seguros enquanto não abrirmos os corredores, né?

Burry concordou com um grunhido, mas apontou que não ficariam a salvo das criaturas por muito mais tempo depois daquilo. Era melhor estar preparado.

– Faz sentido. – Ao pegar o próprio sabre, Elzar teve uma lembrança fugaz do requintado sabre de luz duplo de Orla Jareni. Ela havia encorajado a iconoclastia dele, sempre lhe dizendo: "Fazer as coisas de maneira diferente não significa fazê-las errado".

Desejou que Orla tivesse sobrevivido para ver aquele plano, porque ela teria adorado.

Elzar fez um sinal com a cabeça para Stellan, que ativaria a contagem regressiva por meio dos astromecânicos. Um droide âncora próximo começou a recitar:

– Dez... nove... oito...

As quatro naves batedoras, cada uma com um piloto, acionaram seus motores, que soaram alto pela doca.

– Seis... cinco... quatro...

Os batedores se levantaram do chão, pairando no ar. As poucas pessoas que não acompanhariam o grupo se abaixaram nos cantos mais distantes do lugar ou se retiraram para o interior de suas naves.

– Dois... um... *iniciar.*

Nesse instante, os astromecânicos enviaram sinais para as junções nos mecanismos internos da estação, projetadas para facilitar sua construção original e uma reconstrução teórica. Elas só deveriam ceder no caso de uma adaptação, mas com os códigos corretos poderiam ser liberadas a qualquer momento.

Do corredor veio uma série de baques profundos e vibrantes, o som de metal se separando e cedendo. Elzar olhou para o grupo reunido e viu as pessoas prontas para correr. Elas o fariam assim que os pilotos avançassem, o que aconteceria assim que...

O corredor final cedeu, e paredes e teto se dobraram diante deles para revelar uma enorme e escura caverna que parecia se estender infinitamente. Elzar gritou:

– *Vão!*

Todos começaram a correr. Os poucos com ferimentos leves andavam em cadeiras mecânicas, empurrados por amigos ou novos aliados. Burryaga rugia enquanto avançava, rapidamente, liderando o caminho com seu sabre de luz brilhante, e algumas das pessoas que corriam aplaudiram para aumentar a coragem do Wookiee.

Eles não deveriam fazer isso, os rathtars vão ouvir, o pensamento passou pela mente de Elzar enquanto corria, *mas não, os motores das naves fazem mais barulho e vão atrair as criaturas para longe...*

Mesmo assim, ele também acendeu seu sabre de luz, preparando-se para a batalha que estava por vir.

O barulho de níveis inteiros da estação desmoronando de uma vez perturbou Nan ainda mais. Não era o único impacto que sentira naquele dia, e definitivamente não o maior, mas havia um limite para o quanto ela poderia suportar em um curto período, e pelo jeito esse limite estava prestes a ser atingido.

Que tipo de fracote você é? Nan repreendeu a si mesma. *Você luta em batalhas desde criança. Não pode ficar parada e esperar mais um pouco?*

Mas esse era exatamente o problema. Nan estava se dando conta de que era mais fácil lutar – até mesmo arriscar a própria vida – do que ficar esperando em meio a uma situação fora de seu controle.

Pelo menos a espera estava quase acabando.

Nan estava com Chancey Yarrow em um canto escuro da doca, onde não eram facilmente vistas, mas claramente não estavam escondidas. Infelizmente, Addie Hollow e Geodo tinham permanecido na *Nave*, o que significava que Nan poderia ser presa a qualquer momento. Em breve, porém, Koley Linn daria o sinal e seu pequeno bando tentaria tomar o controle da doca de ancoragem, prosseguindo ao abrir caminho a tiros através do casco e seguindo em segurança para o espaço.

Para Nan, o ideal seria ter roubado a *Nave* para fugir. Ela gostava da ideia de voar com ela, deixando Addie e aquela pedra comendo poeira. Ainda assim, o principal era voar para longe dali.

– Você parece tensa – disse Chancey. – Tente não parecer tanto.

– Ninguém está nos observando – insistiu Nan.

– Mesmo assim, quando você projeta um sentimento do lado de fora, ele às vezes se manifesta nas suas entranhas. Se torna real. – Chancey soava... encorajadora. – Tente agir de forma relaxada, e pode ser que acabe relaxando de verdade ao fingir por tempo suficiente.

Nan teve de sorrir. Chancey esfregou gentilmente um dos braços da garota, um gesto breve antes de ambas voltarem aos negócios. Por um instante, Nan até se lembrou do motivo de ter deixado os Nihil e partido com Chancey Yarrow – de como era desejar uma vida própria.

Koley Linn verificou a carga em seu blaster. Por obra do acaso, ficara encalhado ali no momento em que seu BlasTech B95 favorito deu problema. Mesmo assim, 90% de carga o levaria bem longe. Ele poderia acabar com algumas dezenas de oponentes apenas com aquilo. Levando em conta os outros que se juntaram a ele, seu grupo tinha poder de fogo mais do que o bastante para superar qualquer resistência.

Um Jedi ficara para trás, o líder Stellan Gios. Mas parecia que a explosão arrancara algo de Gios. O homem ali parado era uma pálida imitação daquele com quem Koley falara pela primeira vez. Será que seria capaz de sacar seu sabre de luz e até mesmo lutar com ele, do jeito que parecia estar?

Koley decidiu que não importava muito se Stellan Gios fosse capaz de reagir. Ele olhou para o pacote que tinha acabado de preparar e deu risada.

Com ou sem Jedi, sua equipe seria a única a bordo com uma bomba.

– Estou construindo uma bomba – Bell disse para Brasa.

A charhound era a única com tempo e consciência para ouvir Bell ali, naquele momento; ao redor deles, na torre médica, os pacientes cochilavam em diferentes estados de consciência, e tanto a equipe de sencientes quanto os droides pílula corriam de um para outro, administrando o que restava de remédios e tratamento. Certo, Brasa não poderia exatamente apontar falhas no plano – mas Bell tinha certeza de que não havia falhas. Pela primeira vez desde o desaparecimento de Loden Greatstorm, ele se sentia completamente seguro de suas escolhas.

Brasa inclinou a cabeça quando Bell continuou:

– Veja, o cruzador médico de Eiram poderia nos resgatar, até mesmo atracar conosco se tivéssemos uma eclusa de ar disponível. No momento não temos nenhuma. As únicas que estão funcionando são as internas.

Um baque da cauda de Brasa serviria como resposta.

– O ponto é que esta torre não está totalmente integrada à estrutura principal do Farol da Luz Estelar, não desde que ele se rompeu. – Bell continuava conectando seu dispositivo. Era um explosivo bastante simples, o tipo de coisa que qualquer piloto de experiência mediana poderia construir em caso de emergência. – Um explosivo potente o bastante colocado no lugar exato... bem, vai separar completamente a torre do Farol. Mas, se já tivermos selado as duas eclusas de ar inferiores, não apenas ficaremos seguros aqui, como o cruzador médico de Eiram poderá atracar conosco. De lá, eles podem evacuar os pacientes, nos trazer remédios e, o melhor de tudo, evitar que continuemos caindo.

Brasa deitou-se ao lado do dispositivo, farejando-o com grande interesse. Suas orelhas estavam ligeiramente inclinadas para trás – será que ela sentia o perigo? Bell descobrira que charhounds captam coisas que muitos sencientes nem suspeitariam.

– O truque – disse Bell, parafusando uma das últimas conexões no lugar – é fazer um dispositivo potente o bastante para separar esta torre do resto da estação sem causar muitos danos. Mas eu fiz os cálculos. Todos deram certo.

Sentir-se tão seguro de si se tornara um estado de espírito tão estranho que Bell precisou fazer uma pausa. Havia alguma falha em seus planos que ele não podia ver?

Não. Era finalmente hora de voltar a confiar em si mesmo. Era hora de agir.

Elzar corria pela concha oca do Farol da Luz Estelar, mantendo a atenção focada no caminho à frente. Mas sua mente ainda tinha espaço para especular: *O que quer que esteja prejudicando a Força, matando os nossos, será que acabamos de liberar de novo? Se sim, ainda teremos forças para abrir as portas do compartimento de carga?*

Só há um jeito de descobrir.

O grupo chegou ao compartimento de carga com Burryaga ainda liderando a marcha. Assim que Elzar chegou lá, pôde ver o quanto o lugar fora profundamente alterado: o teto e as antigas paredes de cada lado tinham se retraído, ampliando muito o espaço e expondo o esqueleto da estação, vigas de metal e fiação pendurada. Na escuridão acima, Elzar podia ver as naves dos batedores circulando, mergulhando – e atirando.

Aquilo, além de um grito assustador que ecoou pelas vigas, disse a Elzar que ao menos um rathtar permanecia à solta.

O cheiro de carne viva logo atrairia as feras.

– Todos para suas naves! – gritou Elzar.

Pessoas de pelo menos vinte espécies se espalharam pelo lugar. Os computadores tinham mantido as identificações das naves com mecanismos de ancoragem, então todos sabiam onde encontrar seus transportes designados. Em poucos minutos, todos teriam embarcado e estariam prontos para partir.

Só vamos torcer para que os rathtars nos deem o tempo de que precisamos, pensou Elzar.

– Trajes atmosféricos! – gritou ele para Burryaga.

Mas o Wookiee já estava correndo em direção ao armário onde eram guardados os trajes daquele nível. Por sorte, os trajes eram elásticos o suficiente para que até mesmo um Wookiee pudesse usá-los, embora Elzar não invejasse a tarefa de Burryaga de entrar em um deles.

Ele estava apenas alguns passos para trás quando ouviu um som medonho de algo deslizando no alto.

Elzar olhou para cima e viu um rathtar descendo a parede, indo diretamente para os dois com os tentáculos se debatendo.

– É uma pena que o escritório tenha se tornado tão caótico logo após sua organização inicial – disse JJ-5145, expressando o primeiro sentimento de consternação desde que o desastre começara. – Em nossa trajetória atual e taxa de descida, é improvável que haja uma oportunidade de restabelecer a ordem.

– Em outras palavras – disse Stellan –, você acredita que vamos todos morrer.

– *Você* vai morrer – especificou JJ-5145 alegremente. – Eu apenas ficarei inativo.

Stellan não pôde evitar um sorriso.

– Olhe pelo lado bom, Jota Jota.

JJ-5145 se virou para ele e perguntou:

– Que lado? Para onde precisa que eu olhe?

– ... Pensando bem, pode ser melhor você monitorar a rede de astromecânicos em busca de possíveis instabilidades.

Assim que JJ-5145 se ocupou, Stellan levou um momento para se concentrar. A Força ainda parecia abafada, distorcida, distante – mas o transe meditativo, com Elzar o ajudando a se equilibrar, havia ajudado. Se Stellan ainda não podia agir como um Jedi, poderia ao menos agir como um líder.

Um comunicador soou, surpreendendo Stellan a princípio; tantos comunicadores estavam desativados ali. Mas, graças a um bom trabalho dos astromecânicos, a torre médica se tornou uma das poucas exceções, e a imagem holográfica granulada de Bell Zettifar surgiu no escritório do intendente.

– Bell – disse Stellan. – Está tudo bem onde você está?

– Sim, senhor. E acho que sei como melhorar ainda mais.

Enquanto Bell explicava seu plano de separar a torre médica do Farol, um profundo alívio tomou conta de Stellan. Ao menos algumas pessoas seriam salvas.

– Quando planeja detonar?

– Logo, Mestre Stellan. Se esperar muito mais, não estou convencido de que a explosão levará a torre médica longe o bastante para escapar da gravidade de Eiram.

Ele não está pedindo permissão. Não está se questionando. A dúvida que tomou conta de Bell desde o desaparecimento de Loden Greatstorm se foi – e que não volte mais.

– Você agiu bem – disse Stellan. – Indeera ficará orgulhosa quando acordar. E Loden Greatstorm também ficaria orgulhoso.

Bell piscou rapidamente, contendo a emoção.

– Obrigado, senhor.

Stellan ergueu a mão em despedida, se perguntando se algum dia veria Bell Zettifar novamente. Ao menos naquele momento, ele teve um vislumbre do grande Cavaleiro Jedi que Bell se tornaria.

– Que a Força esteja com você.

Bell começou fechando a primeira eclusa de ar, que ficava dentro da própria estação, apenas alguns metros antes do túnel atulhado de detritos que levava até a metade inferior. Isso protegeria o resto do Farol da Luz Estelar de uma descompressão catastrófica.

Em seguida, colocou seu dispositivo explosivo com muito cuidado na junta intermediária, exatamente onde a estrutura deveria ser mais frágil. Embora aquilo levasse apenas alguns segundos, pareceu ter durado muito mais. Bell continuava muito consciente do silvo do ar pressurizado, do leve cheiro de queimado da fiação danificada e da presença de Brasa alguns passos atrás dele.

– Aguarde o meu sinal – disse para o aparelho, como uma espécie de brincadeira. Não ajudou muito.

Bell selou a eclusa seguinte para conter a explosão. Depois a outra, para que, com sorte, a nave médica de Eiram pudesse usá-la para atracar. Por fim, selou a que ficava depois daquela, como garantia. Então parou do outro lado de uma eclusa selada, respirando com dificuldade, sem nada mais a fazer a não ser ter fé.

– Vem cá – disse Bell, curvando-se para pegar Brasa em seus braços. Disse a si mesmo que fazia aquilo para evitar que ela ficasse com medo quando a explosão ocorresse; ela era quente contra o peito dele.

Tirando o detonador do bolso, o jovem revisou cada passo em sua cabeça, certificando-se de que tudo tinha sido feito corretamente. Seu polegar se ergueu sobre o botão.

– Pela luz e pela vida – sussurrou ele, pressionando enfim o botão.

BOOM!

A explosão quase jogou Bell contra o chão, mas ele conseguiu se manter de pé e segurar Brasa, por pouco. Gritos de pânico dos pacientes a bordo o perturbaram, mas ele manteve a calma. O ar ainda fluía. A energia continuava ligada. Bell correu para o visor mais próximo, olhou para fora e gritou de alegria.

– Conseguimos! Brasa, nós conseguimos!

Brasa começou a se contorcer alegremente em seus braços, lambendo seu rosto. Ela só sabia que o jovem estava feliz, e ele estava em êxtase, porque o que viu foi o restante do Farol da Luz Estelar flutuando para longe, com a torre médica completamente separada e livre. Melhor ainda, a força da explosão empurrara a torre para mais longe de Eiram.

LT-16 se aproximou dele, guinchando:

– Jedi Zettifar, o cruzador médico Eiram informa que nos têm em seu raio trator. Vão nos tirar do curso de descida e tentar embarcar em breve.

– Ótimo! – disse Bell, com um sorriso largo. – Espalhe a notícia entre os pacientes, está bem? – Ele pretendia ir logo atrás, para contar pessoalmente à Mestra Indeera; mesmo que ela ainda não pudesse escutá-lo, era importante para ele poder dizer as palavras: *Você está segura.*

E talvez ela pudesse escutá-lo. A consciência de Mestra Indeera permanecia intacta dentro dela, ainda que sufocada por sua lesão...

Só então Bell se deu conta do quanto conseguia perceber através da Força, e era muito mais do que era capaz até poucos minutos antes. À medida que o Farol da Luz Estelar se afastava mais e mais, o terrível embotamento causado à sua conexão com a Força desaparecia. Suas habilidades estavam retornando completamente. Até aquele momento, Bell não tinha compreendido o quanto elas haviam sido reduzidas.

Pensou em todos os Jedi ainda a bordo do Farol. Elzar Mann, Stellan Gios e, acima de tudo, Burryaga. Bell sabia que os companheiros estavam praticamente isolados da Força. Como poderiam superar aquilo? Havia alguma esperança para os que ainda estavam a bordo do Farol da Luz Estelar?

CAPÍTULO VINTE E OITO

Quando Stellan viu a torre médica flutuando livremente, sentiu uma onda de gratidão. Por mais radical que fosse, o plano tinha funcionado. Ele olhou pela janela do escritório do intendente, observando o cruzador médico de Eiram atrair a torre com seu raio trator e depois começar a conectar as eclusas. Cada indivíduo no interior daquela torre e, mais importante, as dezenas de pessoas que vieram em busca dos Jedi em busca de auxílio e abrigo estavam salvas.

Sim, os povos da galáxia saberiam do sucesso do ataque Nihil – mas também saberiam como tantas vidas foram salvas pela engenhosidade e coragem de um Jedi.

Outras naves começaram a aparecer na escuridão do espaço: a maioria delas eram naves pequenas, mas que responderam ao pedido de socorro. Aquelas pessoas, não soldados ou representantes planetários, mas civis, enfrentavam a ameaça dos Nihil para viajar por rotas hostis e perigosas do hiperespaço na esperança de ajudar o Farol da Luz Estelar.

Somos todos a República, pensou Stellan. A frase nunca fora mais verdadeira do que naquele momento.

Ele só desejava que existisse um modo de aquelas pessoas *poderem* ajudar.

Mas tinha de haver algo – um plano em que ainda não tivessem pensado, uma carta escondida na manga. A mesma inspiração que surgira para Bell surgiria para eles, desde que não desistissem.

A boa notícia: não era um rathtar descendo na direção de Elzar Mann e Burryaga.

A má notícia: eram *dois* rathtars.

Elzar saltou para cima, dando um golpe amplo com seu sabre de luz, menos com o objetivo de acertar um ataque fatal e mais na esperança de assustar as feras e fazer com que recuassem. Infelizmente, aqueles rathtars pareciam gostar de objetos brilhantes. Seus tentáculos se agitaram na direção de Elzar, um deles acertando o pulso do Jedi, mas sem conseguir prendê-lo.

Elzar pousou novamente no convés, agachado e pronto para o combate, com o sabre de luz em punho. Burryaga também saltou, aproveitando sua chance de golpear os tentáculos das criaturas – mas um deles envolveu a barriga do Wookiee, agarrando-o em um poderoso aperto.

Elzar pensou rápido. Saltar na direção dos rathtars poderia economizar tempo, mas também deixaria os Jedi vulneráveis enquanto estivessem no ar. Em vez disso, ele correu para a escada de serviço ao lado; normalmente escondida em um poço de manutenção, ela fora exposta no espaço cavernoso recém-aberto do compartimento de carga quando as paredes foram derrubadas. Ele escalou o mais rápido que pôde, desesperado para alcançar Burryaga antes que mais danos fossem causados.

Burryaga, no entanto, não estava indefeso. O Wookiee estendeu suas garras completamente – uma visão assustadora que Elzar nunca tivera antes – para cortar o rathtar que o segurava. A criatura urrou de dor e soltou o Padawan.

Por um instante, Elzar sorriu. Burryaga usaria a Força para se segurar, Elzar pularia até ele, e talvez os rathtars tivessem aprendido a lição.

Mas não tinham. O outro rathtar correu pela parede para agarrar Burryaga novamente. Daquela vez, o tentáculo envolveu o pescoço do aprendiz – com força suficiente para sufocar qualquer um, mesmo um Wookiee, até a morte. Burryaga atacou o novo tentáculo com as garras mais uma vez, mas aquela criatura parecia mais resistente que a anterior. Ela apenas uivou, sedenta, ao aproximar o Wookiee de sua boca enorme e faminta.

A doca estava quase vazia. Quase todos em seu interior pareciam distraídos pela explosão que acabara de reverberar pela estação, sem mencionar a torre isolada que parecia estar flutuando do lado de fora. Nan não se incomodou em olhar. Ela não se importava.

O que importava era que as poucas pessoas realmente focadas no lugar e no momento presentes eram todas membros da pequena equipe de Koley Linn.

Perto dali, Chancey lhe deu um sinal discreto com a cabeça. Um instante depois, o explosivo de Koley explodiu na doca.

Nan se abaixou, esquivando-se de estilhaços e detritos; não era bem uma bomba, mas dizimara a nave sob a qual fora colocada, e a doca começou a se encher de fumaça e gritos. Ela avançou para a frente, indo direto para a nave que recebera ordens de atingir. Suas botas se chocavam contra o convés. *Vai, vai, vai, vai...*

– Ai! – Nan tropeçou em alguma coisa e caiu esparramada no convés. Um pedaço de metal fumegante no chão queimou ou abriu um corte doloroso em seu antebraço. Pior de tudo, ela olhou e viu que tinha sido derrubada por Addie Hollow, que a encarava como se pudesse fulminá-la com o olhar.

Olhares não podiam matar. Nan podia. Ela se levantou, pronta para derrubar Addie, mas parou quando Koley Linn gritou:

– Ninguém se mexa!

Tanto ela quanto Addie se viraram ao mesmo tempo para ver Koley de pé, próximo ao centro da doca, apontando seu blaster para uma criança pequena caída no chão, chorando de soluçar. Nan viu que todo mundo tinha ficado imóvel, tanto os membros de sua equipe quanto os outros, que tinham reagido mais rápido do que ela pensava ser possível. Até o atordoado Stellan Gios surgira, empunhando o sabre de luz, em posição de batalha na extremidade da doca.

É um impasse, Nan percebeu.

Koley Linn gritou:

– Vou explicar o que vai acontecer.

Embora a fumaça continuasse a rolar, oscilando entre nebulosa e opaca, parecia que todos achavam melhor não arriscar agir com uma cobertura tão passageira.

A criancinha no chão gemeu, e por um instante Koley sentiu vagamente uma sensação que banira anos atrás: vergonha. Não havia muito orgulho em tomar como refém alguém tão completamente indefeso.

Mas ele não estava ali por orgulho. Koley tinha um refém, tinha o elemento surpresa e, por isso, a vantagem. Era exatamente disso que ele gostava. A vergonha momentânea desapareceu para nunca mais voltar.

– Há uma maneira de sair desta estação, para aqueles dispostos a aceitá-la – disse. – O resto pode se arriscar com os Jedi. Mas nós? Vamos tomar as naves com o melhor armamento e estourar o casco do Farol da Luz Estelar.

– Vocês não podem fazer isso – disse Stellan Gios, com mais energia do que Koley teria pensado que o cara seria capaz de reunir. – O hangar está magnetizado...

– Sim, isso seria um problema se estivéssemos tentando abrir um buraco com nossos blasters. Mas os blasters são para vocês. – Koley balançou o cano da arma levemente, indicando alguns indivíduos em quem ele considerava atirar primeiro. – E não se preocupem. Se eu atirar em algum de vocês, não vou errar. Já as armas das naves têm o tipo de poder de fogo que não será retido pelo selo magnético que vocês têm aqui, e não pense que não sei disso. – Típico dos Jedi, presumir que sabem de tudo e que ninguém sabe nada.

Stellan permanecia destemido.

– Você faz alguma ideia de quanto tempo levaria para explodir as portas? Horas, provavelmente. Não temos esse tempo.

De trás dele, Joss Adren falou:

– Além disso, você faria com que o resto de nós e de nossas naves fosse lançado ao espaço.

Koley manteve os olhos em Stellan, de longe a maior ameaça no local.

– Encarem os fatos. Suas naves já estão perdidas. Ninguém aqui precisa ser lançado ao espaço, desde que abra caminho. – Ele não se importava em matar quem quer que precisasse, mas naquele caso o jeito mais limpo também era o jeito mais rápido, e o tempo era precioso. – Quanto ao casco, você não fez os cálculos, Stellan. Eu fiz. Podemos perfurá-lo em cerca de quarenta e cinco minutos. Estamos a cerca de uma hora de entrarmos totalmente na atmosfera e as coisas ficarem ainda piores. Por isso, eu gostaria de começar agora.

A criança no chão perto de Koley de repente parou de chorar. Ele se virou para ver uma espessa mancha de fumaça se dissipando – e Geodo ali de pé, silencioso e resoluto, entre Koley e seu antigo refém.

Como essa maldita pedra se move? Koley pensou, não pela primeira vez. Ele gesticulou para sua comparsa mais próxima, a garota chamada Nan, que girou seu rifle para mirar contra a criança em seu lugar. Então Koley sorriu.

– Esta é a última vez que você vai ser uma pedra no meu sapato, seu idiota.

Geodo não reagiu. Koley precisou admitir que o cara sabia manter a pose.

– Nem imagino como alguém já levou você a sério – disse ele, segurando o blaster na altura do quadril para um tiro mais preciso. Koley não sabia ao certo quanto fogo seria necessário para reduzir um Vintiano a escombros, mas estava prestes a descobrir. – Agora é hora de tirar você do jogo.

Koley disparou...

... no instante em que seu dedo apertou o gatilho, ele se lembrou de algo que Affie Hollow dissera: *Vintianos podem escolher quando estão magneticamente selados ou não...*

... o som e o clarão de seu primeiro disparo atravessaram o torso de Koley.

Ele cambaleou para trás. Geodo estava diante dele, fumegante; o cara nem se mexeu.

Mas Geodo repelira o disparo de blaster de Koley diretamente de volta para ele, e era por isso que um novo buraco em seu intestino estava aberto.

Koley caiu no chão. A última coisa que viu foi Geodo de pé diante de sua cabeça, como uma lápide.

Affie Hollow entendeu o plano de Geodo imediatamente; ela também tinha certeza de que Koley Linn era burro o bastante para cair nele. Por isso se concentrou em se preparar para impedir que Nan cumprisse sua ameaça implícita à criancinha, ainda caída ali perto no convés.

Logo depois de Koley disparar, quando ele ainda cambaleava para trás, Affie se jogou contra Nan. As duas caíram, batendo no chão no mesmo instante em que Koley Linn caía morto.

Preparada para lutar, Affie se levantou novamente, mas vários dos comparsas de Linn, sem interesse em participar de uma luta na qual não tivessem a vantagem, se viraram e correram. Nan estava entre eles; ela partiu com uma velocidade impressionante, desaparecendo nas sombras mais escuras na beira da doca. Affie a observou se afastar, queimando por dentro, mas determinada a se concentrar no que realmente importava.

Depois ela se virou para Geodo. A mãe da criança já a segurava nos braços e se curvava ao Vintiano em profunda gratidão. Affie perguntou:

– Você está bem? – Ele obviamente estava, mas ela se sentiria melhor depois que ouvisse a resposta do próprio Geodo.

Naquele momento, porém, Stellan gritou:

– Ouçam! Aqueles de vocês que apostaram suas fichas em Koley Linn, não os culpo por estarem com medo. Não os culpo por estarem desesperados. Vocês devem entregar suas armas, porém. Se o fizerem, dou a minha palavra como Jedi de que não sofrerão nenhuma consequência.

As pessoas levaram apenas um momento para começar a obedecer. Affie conseguia sentir a raiva no recinto diminuir, sendo substituída por... bem, a melhor forma de chamar seria "resignação", mas já era algo muito menos volátil.

– Estamos procurando uma saída – continuou Stellan. – E vamos encontrar. Precisamos de vocês para isso. Precisamos que acreditem.

Elzar assistiu horrorizado enquanto Burryaga – ainda sendo sufocado pelo tentáculo do rathtar – golpeava loucamente com seu sabre de luz. A outra criatura tentou agarrar a coisa brilhante com um tentáculo e se aproximou o suficiente para derrubar o sabre da mão do Wookiee. A arma caiu, e Elzar estendeu a mão usando a Força para pegá-la...

... mas foi difícil, *muito difícil*, como se o simples ato de convocar a Força causasse dor, e ela respondeu tão fracamente...

... quando Elzar finalmente conseguiu pegar o sabre de Burryaga, sentia-se exausto, como se estivesse tentando levitar por horas.

É por isso que os outros Jedi têm passado durante todo esse tempo?

Burryaga, ainda se debatendo contra o aperto do rathtar, pelo menos conseguira livrar seu pescoço. Rugiu para que Elzar não se preocupasse com ele; as pessoas no compartimento de carga precisavam escapar.

– Deixe de nobreza! – Elzar tinha pouca paciência para esse tipo de coisa. – Preciso que me ajude com as portas do compartimento!

Mas o Padawan rosnou que Elzar poderia fazer aquilo sozinho. Ele era forte o suficiente. Era bastante inventivo. Se algum Jedi naquela estação podia fazer aquilo sozinho, era Elzar Mann.

Também queria que Elzar se despedisse de Bell por ele.

– Burryaga, não! – Mas Elzar podia ver que os dois rathtars, que passaram a trabalhar juntos, deslizavam cada vez mais para cima, além do alcance de Elzar. Se usasse a Força com tudo o que lhe restava, talvez fosse capaz de pegá-los...

... e depois não teria mais energias para abrir as portas.

Elzar praguejou. As lágrimas ardiam em seus olhos, mas ele se recusava a se entregar. Tudo o que podia fazer era honrar o sacrifício do Wookiee.

Seu trabalho era salvar as pessoas naquele compartimento, e isso significava deixar Burryaga.

Bell Zettifar ergueu a cabeça.

Uma das médicas de Eiram olhou para ele com curiosidade.

– Você está bem? – ela perguntou.

– Estou bem – insistiu ele. – É Mestra Indeera que precisa de sua ajuda.

A Força lhe disse que Burryaga estava com problemas a bordo do Farol da Luz Estelar. Era como se Bell pudesse sentir o desespero de seu amigo, a necessidade selvagem de atacar em todas as direções ao mesmo tempo. O que estava acontecendo?

Não havia como saber. Não havia como ir ao socorro de Burry.

Bell atravessou o piso do cruzador médico Eiram – recém-carregado com os pacientes e feridos da torre médica – enquanto Brasa acompanhava seus passos. Através do visor, podia ver a metade inferior do Farol da Luz Estelar abaixo deles, prestes a entrar na atmosfera de Eiram. Àquela altura, a estação estaria condenada.

– Aquele *idiota*. – Chancey Yarrow andava de um lado para o outro da pequena sala no nível inferior onde tinham se refugiado. – Se não tivesse sido tão arrogante, poderíamos ter passado por cima de todos eles! Mas não, ele tinha que fazer um refém! Não acredito que deixamos *aquele* cara assumir a liderança.

Nan estava sentada em um canto da sala, exausta e ainda mais suja de fuligem do que antes. Parecia que sua única chance de sobrevivência eram os Jedi. Para ela, aquilo era pior do que não ter esperanças.

Os Jedi nem se preocuparam em capturá-las. Era quase um insulto.

Chancey passou a mão pelo cabelo e voltou a se concentrar.

– Certo. Koley Linn disse que poderíamos nos reagrupar aqui, o que não aconteceu, mas isso sugere que há algo nesta área que vale a pena ter.

Nan não tinha muita esperança, mas começou a vasculhar o armário mais próximo. Estava abarrotado de coisas díspares, sugerindo que Koley Linn estivera roubando durante seu tempo no Farol da Luz Estelar. Mas de que toda aquela porcaria serviria para elas ali naquele momento?

Então sua mão se fechou em torno de um material grosso e prateado. Ela o puxou para a luz e achou que não parecia grande coisa, mas sua companheira ficou boquiaberta.

– Trajes de radiação – Chancey disse, quase sem ar. – Agradeça a todos os deuses em todas as religiões em todos os planetas que já existiram!

– Nosso maior problema não é a radiação. – Nan imaginava que os trajes poderiam impedi-las de queimar por um tempo, o que significava que as duas morreriam sendo atiradas ao chão em velocidade terminal. Não era exatamente uma vitória.

Mas Chancey disse:

– Isso mesmo. Nosso maior problema é a *gravidade*. Nossa melhor defesa contra a gravidade são os propulsores posicionais da estação, que estão apenas parcialmente operacionais. Nós os ouvimos falando sobre consertá-los, mas eles não podem, porque não têm os trajes de radiação. Mas nós temos!

Aquilo pelo menos parecia promissor.

– Você sabe como consertar os propulsores? – perguntou Nan.

– Eu inventei um tipo totalmente novo de arma gravitacional. Acho que consigo lidar com os mecanismos antigravidade mais básicos que existem. – Chancey sorriu. Já estava tirando o colete, pronta para vestir o traje de radiação. – Se os propulsores posicionais da estação puderem ser consertados, e aparentemente podem, então serei capaz de fazê-los funcionar na potência máxima pelo menos por um tempo. Isso deve bastar para levar o Farol de volta para o espaço e salvar as nossas peles.

Nan pensou naquilo.

– Também vamos salvar todos os outros na estação, incluindo os Jedi.

Chancey deu de ombros:

– Nenhum plano é perfeito.

CAPÍTULO VINTE E NOVE

Outra das naves batedoras disparava do alto contra os rathtars – os que estavam atrás de Burryaga? Outro? Elzar Mann não sabia dizer – e os ecos dos disparos abafaram qualquer som que as criaturas ou Burryaga pudessem ter feito. As outras naves tinham começado a ligar seus motores, e o barulho crescente tornava impossível para Elzar saber se o Padawan continuava vivo.

No entanto, Burryaga fora o primeiro a dizer que isso não importava. O dever de Elzar era para com as pessoas naquelas naves, que mereciam uma chance de sobreviver.

Agora tudo o que ele precisava fazer era abrir aquelas portas maciças do compartimento de carga sozinho...

Mais e mais naves começavam a chegar ao sistema Eiram. Algumas eram naves espaciais maiores: transportadoras de passageiros, de minério, até mesmo um construtor de naves de Corellia. A maioria, no entanto, era menor. Naves de um ou dois passageiros ou cargueiros utilitários padrão. Elas vinham de dezenas de planetas diferentes, todas em resposta ao chamado desesperado do Farol da Luz Estelar, todas dispostas a fazer o que pudessem para ajudar.

Mas elas não tinham uma liderança, nem logística. Tampouco se podia emergir do espesso redemoinho de comunicações sobrepostas que obstruía todas as frequências possíveis. Assim, elas levavam um tempo precioso para coordenar os esforços; cada nave equipada com raios tratores os direcionava para a metade restante da estação. No entanto, como se percebeu, a organização ou sincronia não importava; mesmo os raios tratores combinados não teriam força para libertar o Farol das garras da gravidade do planeta.

Planos cada vez mais rebuscados foram elaborados, compartilhados e debatidos. Eles poderiam conectar cabos de reboque físicos à estação, transportá-la para cima e para longe, assim como o Farol fora rebocado para Dalna e Eiram? Mas os cabos de reboque eram amplamente projetados para uso em naves de pequeno e médio porte e, mesmo quando o Farol ainda estava sólido estruturalmente, a atividade de reboque era arriscada e precisava ser planejada com cuidado. O Farol estava além da esperança.

Mesmo assim as naves vieram. Toda a República compartilhava o sonho representado pelo Farol da Luz Estelar. Pessoas e espécies de toda a galáxia viram sua situação e estavam dispostas a fazer qualquer coisa para ajudar, mesmo arriscando represálias dos Nihil.

E nada daquilo adiantava.

O sistema estava cada vez mais cheio de naves incapazes de ajudar, que podiam apenas ficar ali paradas e assistir enquanto o Farol caía.

Tudo aquilo parecia ideal para Marchion Ro.

– Cada uma das Tempestades foi informada de seu triunfo, meu senhor – disse Thaya Ferr, curvada sobre seu console como estava havia horas, mal se mexendo. KA-R9 pairava atrás dela, uma sombra malévola esculpida em gelo, mas ela não deixava que isso a enervasse.

(O que contrastava sensivelmente com Ghirra Starros, que permanecia na extremidade oposta da ponte em relação a KA-R9 o tempo todo.) – Dois dos Executores já convocaram suas Nuvens e Raios para o sistema Eiram, para atacar as naves que vieram ajudar...

– Eu proíbo – disse Ro. – Qualquer nave Nihil que entrar nesse sistema será destruída pela própria *Olhar Elétrico*. Se quiserem assistir à devastação, que o façam pela holonet, como bilhões de outros seres na galáxia. Qualquer outra atividade Nihil neste momento apenas distrairá as testemunhas de nossa vitória definitiva. – Ele se levantou da cadeira e olhou para a cena diante deles: o resquício irregular do Farol da Luz Estelar descendo para a enevoada camada mais exterior da atmosfera de Eiram. – *Isso* é o que quero que eles vejam. A *única* coisa que quero que vejam.

Thaya Ferr abaixou a cabeça.

– Será como ordena, meu senhor.

Havia outra motivação para a postura de Ro, que ele preferia não expressar: testemunhar pessoalmente a morte do Farol de dentro do próprio sistema Eiram era um privilégio que pertencia a ele, e somente a ele.

O capacete do traje atmosférico escorregou facilmente sobre a cabeça de Elzar. Quando ele se encaixou, um silvo fraco ao redor de seu pescoço se fez agudamente audível, ao passo que os sons de todas as naves e rathtars no compartimento de carga foram abafados a uma fração de seu volume anterior. O respirador entrou em ação, bombeando o ar da mochila em suas costas através do traje. Embora o revestimento isolante permanecesse em silêncio, ele podia sentir a energia zumbindo ao longo de sua pele, preparada para protegê-lo do vazio gélido do espaço.

Mas a mesma blindagem que era tão necessária para aquele momento ia contra o ideal Jedi de abertura, consciência e conexão. Usar o traje causava apenas um bloqueio mental, mas Elzar sabia que tais bloqueios podiam ser tão impenetráveis quanto qualquer barreira física.

Não é apenas o traje, pensou ele. *É acreditar que mereço me conectar totalmente à Força mais uma vez, depois de me permitir usar seu lado sombrio.* Ele começara a se reabrir para aquele poder com o objetivo de ajudar Stellan, mas a tarefa exigiria muito mais.

A voz de Orla Jareni falou em sua cabeça novamente: *Confie em si mesmo, estúpido.*

Elzar respirou fundo, prendeu o cinto de segurança e fechou os olhos. Em sua mente, ele estava de volta à superfície de Ledalau, olhando para a vasta extensão do oceano. Em seus ouvidos, podia escutar o som da maré.

"Você sempre imaginou a Força como o oceano", dissera Orla. "Mas o oceano não é um poder que possamos controlar. É um poder com o qual podemos fazer parceria. Primeiro você precisa decidir: vai continuar lutando contra algo infinitamente vasto para ser combatido? Ou vai estudar suas correntes e zarpar?"

Eles concordaram que Elzar não deveria "improvisar" com a Força novamente por um tempo, até alcançar um lugar de maior paz e robustez. Ele achara essa decisão sábia. Mas isso também era lutar contra a corrente. O oceano o levara até ali, para um lugar e um momento nos quais só poderia salvar os outros confiando em si mesmo.

Elzar ergueu as mãos e concentrou sua atenção – nunca para fora, para a totalidade do ambiente, mas para a frente. Seu espírito buscava apenas os seres a bordo das naves que esperavam. De forma suave e gradual, ele começou a sentir o medo e o pânico, mas também a esperança daquelas pessoas. A determinação. A fé.

O vínculo se fortaleceu. Elzar percebeu que estava extraindo parte de seu poder daquelas pessoas, algo que um Jedi normalmente nunca faria. Naquele instante, porém, ele sabia que era o certo a fazer. Cada um daqueles indivíduos teria dado cada gota de energia, teria lutado com vontade suprema, se isso significasse ter uma chance de escapar da morte. A energia e a vontade daquelas pessoas fluíram para Elzar...

... e ele sentiu as portas, mas não seu peso. Elas eram meros objetos, e seu tamanho não importava...

... *Abram*, pensou ele. Abram.

Um raio de luz dividiu o compartimento ao meio. Uma sucção poderosa o agarrou, puxando-o para a frente até que as tiras do cinto parecessem cortar seu peito. Seus pés deixaram o chão. Elzar mal percebeu. As naves no compartimento eram mais importantes, todas lutando contra a potência da sucção com a força total dos motores.

Os olhos de Elzar se arregalaram quando ele viu as portas deslizando e se abrindo lentamente para revelar Eiram abaixo. O planeta estava banhado pela luz do sol, que preenchia o compartimento. *Só mais um pouco, só mais um pouco...*

Ele vislumbrou formas escuras no alto sendo sugadas pela abertura em uma velocidade que as tornava impossíveis de ser identificadas. Eram naves menores? Rathtars? O pensamento de que alguma delas poderia ser Burryaga trespassou o coração de Elzar, mas ele continuou focado.

Por fim, quando a abertura era grande o suficiente, as primeiras naves começaram a atravessar. Elas decolaram, uma a uma, avançando para o espaço sideral em segurança.

Fiz isso por você, Orla, pensou Elzar. *E por vocês, Burryaga, Nib, Regald. Fiz isso* com *todos vocês.*

Lágrimas de gratidão encheram os olhos de Elzar, que captavam a luz do sol até parecerem nadar em ouro derretido.

Os droides conectados em rede relataram a Stellan que as portas do compartimento de carga estavam se abrindo, mas ele não se permitiu acreditar de verdade até vários minutos se passarem, quando Elzar voltou, vestindo o traje atmosférico e carregando o elmo debaixo do braço.

– Vocês conseguiram – disse Stellan, com um sorriso se abrindo em seu rosto cansado. – Todos conseguiram sair?

– Todas as naves – confirmou Elzar, mas sem sorrir. Foi quando Stellan se deu conta de que Elzar voltara sozinho.

– Não. Não Burryaga...

– Os rathtars o pegaram. – Elzar praguejou baixinho, mas depois prosseguiu com algo que quase poderia se passar por serenidade. – Burry me disse que completasse o plano de fuga sem ele. Deve ter sido seu último ato.

Deveria ter sido eu a acompanhar Elzar. Deveria ter sido eu. Stellan apenas disse:

– A bravura dele é um exemplo para todos nós.

– Ei. – Elzar se aproximou. – Me ocorreu uma ideia.

Stellan ergueu uma sobrancelha.

– Uma ideia útil, imagino?

– Consegui invocar a Força de forma poderosa enquanto estava no compartimento de carga. Isso se deve, em parte, à minha engenhosidade. Mas parte pode ter sido por causa da ausência ou ao menos da distância da coisa ou das coisas que estavam causando esses problemas para todos os usuários da Força a bordo da estação. – Elzar começou a tirar as luvas de seu traje atmosférico, preparando-se para uma ação maior. – Os locais variados, além do fato de que o transporte Nihil foi falsamente marcado como transportando vida selvagem, me fazem pensar que não são coisas causando o distúrbio, mas sim criaturas vivas.

Era uma dedução racional, que Stellan provavelmente teria alcançado se não estivesse tão incapacitado.

– Como podemos usar esse conhecimento a nosso favor?

– Agora? – perguntou Elzar. – Só tem um jeito. Entendendo que qualquer Jedi, em qualquer lugar a bordo do Farol, está vulnerável a esses... ataques, a qualquer momento. – Seus olhos encontraram os de Stellan, sombrios com um mau pressentimento. – Qualquer um de nós... todos nós... podemos tombar.

A doca de ancoragem principal, anteriormente lotada, se tornara muito mais silenciosa. Embora quase todas as naves ainda estivessem lá, a maioria perdera suas tripulações. Affie Hollow, parada na rampa da *Nave*, não podia deixar de se perguntar se cometera um erro terrível. Sua nave era seu mundo – mas sua vida era sua vida.

Leox surgiu, mascando um palito de menta.

– Parece meio abalada, Pequenina.

– Não estou abalada – insistiu Affie. – Só é difícil. Não temos muito tempo de sobra, e sei que os Jedi sempre pensam em alguma coisa, mas… Eu queria que eles fossem em frente e pensassem logo.

– Não há muitas saídas para eles que eu consiga pensar – disse Leox. – A única saída em que consigo pensar para nós envolve canibalizar a *Nave*.

Uma vez que a possibilidade de abandonar sua própria nave à destruição era real mais uma vez, Affie se lembrou do motivo de não ter suportado tal ideia antes.

– O que quer dizer?

– Abrimos as entranhas da nossa nave, arrancamos suas células de energia centrais e as usamos para dar partida em uma cápsula de fuga. – Leox ofereceu a ela um palito de menta. – Mas, se fizermos isso, será o último ato da *Nave*. É uma decisão e tanto.

Ela ia pegar o palito de menta quando exclamou:

– Leox, é isso!

– Você realmente está disposta a deixá-la para trás? Acho que estamos quase…

– Não podemos extrair o núcleo de energia da *Nave* sem praticamente destruí-la, mesmo que os Jedi salvem a estação – disse ela. – Mas todos que partiram já abandonaram suas naves. Esses núcleos de energia estão disponíveis. Isso significa que…

Leox terminou para ela:

– As cápsulas de fuga também estão.

CAPÍTULO TRINTA

Primeiro Leox correu até os Jedi. Sim, as pessoas precisavam dar o fora da estação, mas ele também precisava não ter uma acusação de "depredação de patrimônio privado" esperando por ele no próximo espaçoporto. Para seu alívio, Stellan Gios não permitiu que seu pensamento fosse obscurecido pelos dilemas éticos da situação.

– Neste momento, nossas prioridades são salvar vidas, não preservar patrimônio. Vá em frente!

Foi assim que Leox se viu trabalhando lado a lado com Joss e Pikta Adren, removendo núcleos de energia dos motores de naves abandonadas e levando-os para o círculo de cápsulas de fuga mais próximo. Lá, Affie tinha todo seu kit de ferramentas organizado ao seu redor, trabalhando em velocidade dobrada para conectar as cápsulas aos núcleos. Aqueles eram dois componentes mecânicos que não foram projetados para ser ligados um ao outro, o que significava que a conexão era bastante desajeitada. Mas, como a própria Affie dizia, "só precisava funcionar uma vez". Assim que Leox e os Adren removessem todos os núcleos que pudessem ser recuperados, iam se juntar a ela no trabalho, com sorte aprendendo qualquer método que a garota tivesse criado.

Em determinado momento, Leox entrou rapidamente na *Nave* para buscar seu cantil – extrair peças de motor era um trabalho braçal cansativo –, mas hesitou na porta, diante da bagunça. Geodo estava no final do corredor, lançando a ele um olhar penetrante.

– Escute – disse Leox. – Quero enfiar Affie em uma cápsula de fuga tanto quanto você. Também sei que, se fizermos isso e tivermos a sorte de sobreviver ao desastre atual, só morreremos mais lenta e dolorosamente quando ela nos encontrar mais tarde.

Geodo não parecia convencido.

– *Você* quer ir lá ordenar que ela entre em uma das cápsulas? Tem certeza de que não seria transformado em cascalho? Porque, se tiver certeza, vá em frente. – Como Geodo não se mexeu, Leox disse: – É, achei que não.

Se fosse preciso, Leox sabia que ainda poderia obrigar Affie a entrar em uma cápsula de fuga. Mas, antes de ser capaz de convencê-la, eles precisavam estar ainda mais perto do limite do que já estavam.

A estação chacoalhava sob seus pés enquanto ele se apressava na direção da próxima nave que ia saquear. A atmosfera de Eiram estava começando a dar sinais.

Elzar Mann ficou aliviado com o fato de os pilotos terem inventado um meio de alimentar as cápsulas de fuga e fazerem o trabalho sozinhos. Aquilo o deixava livre para enfim se concentrar em chegar até os propulsores posicionais.

– Os trajes de radiação foram armazenados em dois compartimentos primários nos níveis superior e inferior da estação, dos quais fomos isolados de maneiras diferentes – começou Elzar, dirigindo-se a Stellan e ao punhado de outros funcionários que restavam. – No futuro, pretendo sugerir que todas as estações espaciais da República armazenem esses trajes de modo muito menos centralizado, mas esse é um assunto a ser discutido com a Chanceler Soh depois. Sem esses trajes, parecia que não tínhamos como alcançar os propulsores posicionais do Farol sem expor quem descesse até lá a níveis mortais de radiação. Tão mortais que matariam em minutos, então nem mesmo sacrifícios heroicos poderiam nos ajudar, de qualquer jeito.

– Deve haver mais trajes em algum lugar – protestou Stellan. (Para grande alívio de Elzar, seu amigo parecia concentrado, ativo, energizado, mais uma vez de volta a si.) – Nunca na história galáctica tudo em uma estação foi guardado precisamente e apenas onde deveria estar.

– Verdade – apontou Elzar. – Mas nenhuma de nossas buscas encontrou algum deles até agora, e não podemos vasculhar todos os armários e baús no restante da estação na esperança de que algum traje de radiação apareça de repente. Não temos tempo. É por isso que precisamos fazer exatamente a mesma coisa que fizemos para levar as pessoas até o compartimento de carga: temos que derrubar mais da estrutura interna do Farol. Sabemos agora, por causa da fuga pelo compartimento de carga, que podemos ativar os sistemas de adaptação sem causar um colapso interno em grande escala. Isso significa que podemos usá-los mais uma vez para alcançar os propulsores posicionais.

Stellan assentiu lentamente.

– Certo. Tudo bem. Como vamos fazer isso?

– Vou dar aos pilotos mais vinte ou trinta minutos para que ativem o máximo de cápsulas de fuga possível – disse Elzar. – Vamos ficar com pouco tempo, eu sei, mas as vidas a bordo da estação continuam sendo nossa maior prioridade. Assim que eles terminarem, os droides iniciarão a readaptação estrutural da estação para baixo, e eu irei até os propulsores posicionais em uma cápsula de manutenção. Lá embaixo, talvez eu finalmente consiga colocá-los para operar a toda potência.

Ele não se preocupou em dizer que derrubar paredes e pisos verticalmente na estação era muito mais arriscado do que fazer aquilo horizontalmente, como tinham feito. Algumas das seções inferiores estavam muito mais danificadas e enfraquecidas do que os níveis em que tinham estado confinados até então. Um colapso parcial tinha uma chance maior de desencadear um ainda mais catastrófico, que poderia matar todos a bordo antes mesmo de a queda da estação acontecer.

Mas não era uma chance *tão grande* assim, pensou Elzar. Além do mais, o que eles tinham a perder?

Àquela altura, já era manhã em Barraza, a maior cidade costeira de Eiram – ou o que fora a cidade mais populosa até algumas horas antes. Em vez disso, ela se tornara várias outras coisas: uma cidade fantasma, um grande engarrafamento, uma cidade muito menor ainda ocupada por vários milhares de pessoas incapazes de sair.

Os veículos voadores que podiam já tinham partido, embora a fuga frenética tivesse causado vários acidentes; peças fumegantes de aeronaves jaziam nos telhados onde caíram. Landspeeders e veículos sobre rodas tentavam seguir, mas o terreno ao redor de Barraza era acidentado e irregular, de modo que não era possível deixar a estrada, o que resultava em longas filas de veículos avançando em ritmo lento demais para garantir que seus ocupantes estivessem protegidos do horror que vinha dos céus.

Àquela altura, o fim ardente da metade superior do Farol da Luz Estelar já fora exibido em canais de holonotícias em todo o planeta; as telas de todos os dispositivos reproduziam o desastre, intercalando com depoimentos de testemunhas oculares e, às vezes, pessoas exibindo achados horríveis e carbonizados que recolheram na região abaixo do acidente.

Nada daquilo era tão assustador para os moradores da cidade quanto a mancha escura que crescia lentamente no céu sobre suas cabeças.

As pessoas de Eiram não eram as únicas assistindo horrorizadas.

– É um desastre. – A Chanceler Lina Soh se inclinou pesadamente contra os targons que a rodeavam. Imagens holográficas mostrando as transmissões da queda do Farol, e as reações a ela, em uma dúzia de mundos diferentes eram projetadas ao seu redor. – O maior desastre para toda a República em um século, talvez mais. – *Até agora*, pensou, mas não era mórbida o bastante para acrescentar. – Não podemos levar ninguém até lá mais rápido?

– Não vai levar mais de duas horas, agora – disse Norel Quo. Mas todos eles sabiam que o Farol da Luz Estelar não tinha tanto tempo.

Um de seus assessores mais novos decidiu que aquela seria uma excelente oportunidade de ser notado.

– Senhora, tomei a liberdade de redigir várias declarações, cada uma com nuances ligeiramente diferentes, para sua revisão. O mais importante agora, claro, é demonstrar que a República continua forte e sob controle, e que sua liderança não pode estar ligada a esse incidente de forma alguma...

– Tolo! – gritou Soh. Ela tentava ser uma líder moderada e generosa, mas aquela era uma provocação que passava de todos os limites. – Agora não é hora de eu me preocupar em como isso pode afetar a minha campanha de reeleição. Essa grande tragédia merece respeito, um respeito que você parece incapaz de demonstrar. *Saia*.

O assessor claramente queria perguntar se aquele "saia" era por um tempo ou para sempre. (E, como ele acabou descobrindo, era para sempre.) Mas foi esperto o suficiente para apenas sair sem dizer nada.

A tragédia pode forjar a unidade, pensou Lina Soh. Sua declaração, que ela mesma escreveria, começava a tomar forma em sua cabeça. Mas aquela não era uma questão política, não era qualquer tentativa de salvar a própria reputação. Ela a encarava da mesma forma que um médico olhava para uma ferida, vendo se havia alguma maneira de curar o que não podia ser desfeito.

Bell poderia estar de excelente humor, não fosse a visão do Farol da Luz Estelar abaixo.

A torre médica, totalmente acoplada ao cruzador médico de Eiram, fervilhava de médicos e droides pílula. Cada pessoa ferida recebia tratamento; cada uma delas estava segura. Brasa se enrolara em uma bola de alegria aos pés de Bell enquanto ele ficava sentado ao lado da cama de Indeera Stokes. Mestra Indeera ainda não recuperara a consciência plena, mas os médicos asseguravam que suas leituras estavam se normalizando aos poucos, e havia alguma indicação de que ela era capaz de perceber tanto estímulos luminosos quanto sonoros. Havia todos os motivos para pensar que não apenas se recuperaria, mas que também poderia explicar exatamente que entidade horrível tomara a vida de Regald Coll e Orla Jareni.

E de Loden Greatstorm.

Finalmente vamos obter respostas, pensou Bell.

Mesmo assim, na extremidade da janela da ala médica, ele podia ver a metade inferior do Farol, irregular e feio no topo, ficando cada vez menor à distância.

Bell pegou seu comunicador e tentou mais uma vez.

– Bell Zettifar para qualquer um a bordo do Farol da Luz Estelar que possa ouvir a minha...

– *Padawan Zettifar*. – A voz de Stellan Gios soava rouca e fraca, mas melhor do que Bell a ouvira pela última vez. – Bom trabalho com a torre médica.

– Deve haver algo mais que eu possa fazer para ajudar – insistiu Bell. – Há algumas naves médicas auxiliares a bordo. Os funcionários me ofereceram...

– *Não volte aqui* – disse Stellan. – *Vidas suficientes estão em risco sem adicionar a sua.*

Embora Bell entendesse os motivos, era difícil aceitar que não havia mais nada que pudesse fazer. Buscando ideias, disse:

– Ouça, há alguma maneira de vocês mandarem Burryaga para cá? Nós dois somos muito bons pensando juntos. Talvez existam maneiras de separar outras seções da estação, para que possam ser puxadas com segurança pelo raio trator...

– *Não tenho como mandá-lo até aí. Temo que... Sinto muito, Bell. Perdemos Burryaga.*

O Padawan olhou para o comunicador como se aquilo pudesse de alguma forma mudar as palavras que tinha acabado de ouvir.

– Quer dizer que... Burryaga está morto?

– *Presumivelmente morto* – respondeu Stellan. – *Aparentemente deu a vida protegendo Elzar Mann dos rathtars, para que as naves do compartimento de carga pudessem escapar a tempo.*

Presumivelmente morto. Isso significava que não tinham encontrado um corpo.

Depois do que acontecera com Loden Greatstorm, Bell nunca mais desistiria de alguém que estivesse desaparecido.

Descer as escadas não era muito menos cansativo do que subir, e Nan fizera as duas coisas muitas vezes durante aquele dia incrivelmente longo. Os músculos de suas pernas pareciam ter se tornado gelatina quando ela enfim chegou ao nível mais baixo da estação, que abrigava os propulsores posicionais, e fechou a escotilha que ficava entre elas e a radiação mortal.

Chancey Yarrow, embora quase tão vacilante quanto Nan, endireitou-se primeiro, tirando o capacete com um suspiro de alívio.

– Depois que isso acabar, digo, *tudo* isso, vou encontrar o planeta de férias mais próximo que tenha fontes termais e me preparar para um longo banho. Um banho de dias. Droides vão ter que voar e levar comida para mim. Mais pelo menos duas garrafas de vinho Toniray. Depois disso, talvez... – A expressão de Chancey ficou mais suave. – Talvez eu possa conversar com a minha filha, tentar falar com ela novamente. A próxima vez vai ser melhor. Não que possa piorar muito.

Àquela altura, as ambições de Nan se limitavam a "não morrer". Se conseguisse, certamente não pretendia perder tempo com atividades frívolas. Mas estava exausta demais para entrar naquela discussão.

– Qual o próximo passo?

– Agora vamos encontrar a matriz de engenharia localizada e aumentar a potência dessa coisa.

– Precisamos encontrar células de energia, ou...

– Deveria haver bastante conexão para emergências como essas. O Farol só precisa de alguém para ligar os interruptores certos, e é isso o que viemos fazer. – Chancey sorriu ao abrir um conjunto de equipamentos fixado na parede mais próxima. – Não é muito complicado, então se anime. A parte complicada acabou.

– Isso é o que você pensa – disse uma terceira voz, que soou familiar.

Chancey e Nan se viraram ao mesmo tempo para ver a equipe Nihil ali parada olhando para elas: Cale, Leyel e Werrera, sujos e esfarrapados, com seus trajes de radiação quase totalmente cobertos de fuligem, mas ainda muito vivos. Os três também estavam bem armados, não com blasters, mas com pedaços de cano capazes de causar muito estrago.

– O que estão fazendo aqui? – perguntou Nan.

O rosto frio de Pau'an de Cale pareceu mais ameaçador do que nunca.

– Nosso trabalho não terminou com a explosão. Fizemos análises depois dela e depois que a estação se rompeu. Não foi difícil perceber que a única maneira de salvar a parte inferior seria usando os propulsores posicionais.

– Então vestimos alguns trajes de radiação que escondemos, apenas para garantir que não derreteríamos antes que pudéssemos terminar nosso trabalho – acrescentou Leyel. – Descemos aqui e esperamos para garantir que ninguém teria a brilhante ideia de desfazer nosso trabalho duro. Mas aqui estão vocês. A menos que tenham vindo de tão longe para se despedir?

Chancey pegou uma ferramenta do conjunto de equipamentos: um laser de fusão, que não apenas podia selar conexões de difícil acesso à distância, mas também funcionar como um blaster durante um aperto. Nan já usara um daqueles desse jeito antes.

– Vim até aqui salvar a minha pele e fritar qualquer um que fique no meu caminho – disse Chancey.

– Você tiraria a maior vitória dos Nihil? – Cale subiu o tom da voz.

Quando ele colocava daquela forma, Nan conseguia entender seu ponto de vista. Mas ela também achava que a vitória dos Nihil já era inegável. O que importava se houvesse um punhado de sobreviventes? Aquilo realmente anularia o que Marchion Ro realizara ali?

Não muito, ela decidiu, desde que saísse com vida.

Mais naves continuavam a chegar, vindas de todas as partes. Não estavam sendo catalogadas por ninguém, nem mesmo por droides.

E foi por isso que uma nave específica pôde entrar no sistema sem ser percebida ou anunciada, mas ainda chegar perto o bastante para ter uma vista maravilhosa dos últimos momentos do Farol da Luz Estelar.

A *Olhar Elétrico*.

Todos os outros espalhariam a história entre os Nihil até que se tornasse mais uma das lendas sobre Ro – a maior até aquele momento.

Mas não a maior de todas, pensou. *Essa ainda está por vir.*

Ro pensou por um momento nos seres que sacrificara a bordo do Farol. Ele enviara sete – o bastante para ter certeza de que teriam sucesso, mas também o suficiente para que sentisse a falta deles. Não eram criaturas facilmente substituíveis.

Ainda assim, ninguém mais as teria. A vantagem era apenas de Ro.

CAPÍTULO TRINTA E UM

Normalmente, em um tiroteio, quem sacava a arma primeiro tinha vantagem.

Não funcionou para Chancey Yarrow.

Ela disparou seu laser de fusão contra os sabotadores Nihil, atingindo o Ithoriano, Werrera, no intestino. Mas tanto Cale quanto Leyel se esquivaram habilmente, e até Werrera conseguiu arremessar um cano pesado na cabeça de Nan antes de cair. Nan se jogou no chão, deixando o cano passar inofensivo enquanto ela se arrastava na direção do pedaço de metal. A arma do oponente logo se tornaria dela.

Leyel também jogou algum tipo de projétil – Nan não conseguiu ver bem o que era, mas, o que quer que fosse, atingiu Chancey na têmpora. A mulher mais velha cambaleou para trás, mas não caiu. Em vez disso, Chancey se apoiou em uma coluna de metal, retomando o fôlego e esperando para ver o que os outros fariam em seguida. Werrera jazia no chão, exposto e mal se movendo; qualquer um que tivesse lutado com os Nihil já tinha visto morte o suficiente para saber que ele não duraria muito.

De onde estava, no chão, Nan olhou para Chancey. Naquele momento, a garota pegou o cano; a ponta ainda estava quente do contato com a mão de Werrera. Era bom estar armada novamente.

Mas Chancey balançou a cabeça.

– Não jogue nada ainda – murmurou ela de forma quase inaudível entre o zumbido pesado das máquinas ao redor. – Se fizermos a coisa errada aqui embaixo, podemos acabar danificando tanto o equipamento que colocar os propulsores para funcionar direito ficaria impossível. Não posso nem atirar de novo a menos que tenha certeza de que os tenho na mira.

Então elas só precisavam esperar que Cale e Leyel decidissem os termos da luta? Nan queria gritar de frustração. Sua mão apertou o cano enquanto ela lembrava a si mesma que logo poderia descontar sua raiva.

A bordo do cruzador médico de Eiram, um droide de protocolo, que devia ter sido levado porque a missão era considerada "diplomática", não tinha muito a fazer, o que significava que estava concentrando toda a sua atenção em Bell Zettifar, para a diversão do jovem.

– Mas, senhor! – protestou o droide prateado, cambaleando atrás de Bell na baía de lançamento do cruzador médico. – O senhor acabou de escapar do Farol da Luz Estelar!

– Eles ainda precisam de ajuda – disse Bell, examinando a baía em busca da nave auxiliar à qual ele recebera acesso. – Isso faz com que seja minha responsabilidade voltar lá, se possível.

O droide de protocolo não seria facilmente convencido:

– Mas, se ninguém que está no Farol consegue sair, como espera entrar nele?

– Lembre-se, eles abriram o compartimento de carga. – Era o lugar onde Burryaga fora visto por último, e o primeiro lugar que Bell pretendia vasculhar atrás dele. – A partir dali, consigo acessar o restante da estação.

– A estação está instável! Prestes a colapsar! É por isso que nenhuma embarcação de resgate foi enviada...

– É arriscado – concordou Bell. – Não podíamos pedir que mais ninguém tentasse. Mas a Força está comigo, eu conheço a estação e... e é a *minha gente* que está lá. É meu trabalho ajudá-los, se eu puder.

O droide de protocolo provavelmente tinha sido programado para manter os enviados diplomáticos fora de perigo, se possível, porque agitou seus braços rígidos de metal em sinal de desânimo quando Bell embarcou na nave auxiliar.

– Senhor, se puder esperar, talvez surjam condições mais favoráveis. Deveria reconsiderar!

Bell balançou a cabeça.

– O Farol está quase sem tempo.

No fim das contas, Elzar decidiu que faria a viagem pela estação em uma pequena cápsula de manutenção, de um único piloto, o tipo de coisa destinado apenas a pequenos reparos no casco e outros raros trabalhos externos. Stellan tinha recomendado algo mais robusto, já que as cápsulas não eram destinadas a nada tão perigoso quanto aquilo, e restavam um punhado de naves de um único piloto, mas não disse nada quando Elzar embarcou.

Ele não vai me ouvir, pensou Stellan. *A única pessoa capaz de convencê-lo seria Avar.*

A terceira estrela na constelação que formavam. A luz no céu noturno da qual Stellan se afastara, tudo por causa de um desacordo sobre estratégia – um que naquele momento parecia tacanho, e até mesquinho. Como puderam deixar os Nihil, que já haviam causado tanta destruição, prejudicar a amizade deles também? Stellan estava se dando conta de que aquele fora o maior erro que qualquer um deles já tinha cometido; e, ironicamente, já que aquilo os colocara em desacordo, era um erro que tinham cometido juntos.

Caso se encontrassem novamente, ele diria a Avar que não a valorizara o suficiente. Sua constelação brilharia no firmamento novamente.

Visto de fora, o que restava do Farol da Luz Estelar parecia ainda mais destruído e condenado do que Bell esperava – e ele já não esperava muito. Mas seus olhos se arregalaram quando viram todo o horror: as vigas de metal retorcidas e partidas se projetando para cima do terrível buraco, as poucas paredes de pé naquele nível que revelavam onde os alojamentos – e as pessoas – ficavam; a escuridão proibitiva de uma estação iluminada apenas por luzes de emergência, de modo que brilhava em um tom alaranjado e doentio no escuro.

Pior de tudo, a curvatura da superfície de Eiram chegava a cobrir quase todo o horizonte, e Bell podia sentir a sutil resistência dos primeiros traços da atmosfera planetária. Eles tinham tão pouco tempo.

O Padawan guiou a nave auxiliar ao redor da curva do casco do Farol, direcionando toda sua atenção para o compartimento de carga. Sim, ele fora até lá para ajudar qualquer um que pudesse, mas seu amigo Burryaga permanecia em primeiro lugar em seus pensamentos. Mestre Stellan lhe contara o suficiente sobre o desaparecimento de Burry para que ele soubesse que as chances não eram boas. Mesmo assim, seu cérebro continuava criando possíveis maneiras de seu amigo ter sobrevivido: *Burryaga poderia ter conseguido se espremer através de uma eclusa de ar em um nível superior. Ou, se tivesse se livrado dos rathtars a tempo, poderia ter colocado seu traje atmosférico e afivelado os cintos, o que significa que não teria sido sugado para o espaço quando as portas do compartimento se abriram.*

Se Bell conseguia pensar naquelas possibilidades, Burryaga também conseguiria.

Ele aproximou sua nave do casco ao rumar para o compartimento – a menos de vinte metros. Ao fazer isso, Bell sentiu um leve arrepio de medo.

Vamos, disse a si mesmo. *Você é um piloto bom o bastante para lidar com isso.* Era verdade, mas não ajudou em nada a acalmar sua preocupação.

Em vez disso, só a aumentou.

Alguma coisa está errada, pensou, sentindo os pelos dos braços se arrepiando e seu coração se acelerar. *Não deveria ser assim, de jeito nenhum...*

Os controles da nave auxiliar não faziam sentido. O que ele estava fazendo de errado? Parecia que o painel de instrumentos mudava cada vez que ele olhava para os mostradores, ou enquanto os olhava, e isso apenas tornava tudo mais assustador.

Então outra voz dentro de sua cabeça, aquela que falava com ele como Mestre Loden já havia falado, disse: *Afaste-se desse lugar.*

Agindo por instinto, Bell conseguiu mover os controles o suficiente para afastar a nave do Farol da Luz Estelar. A uma distância de mais de cem metros, o medo começou a diminuir. Ele respirou fundo, sentindo o terror cada vez mais distante.

De alguma forma... o próprio medo fora colocado a bordo do Farol. E Bell não tinha dúvidas de que fora esse mesmo medo que matara Orla Jareni, Regald Coll e Loden Greatstorm.

Mas o que é isso? Como é capaz de fazer o que faz?

Aquelas eram questões que exigiam investigação, e logo. Naquele momento, porém, Bell só tinha certeza de uma coisa: ele não deveria voltar ao Farol. O que quer que estivesse lá dentro era venenoso para os Jedi e, se voltasse, ele também seria uma presa.

Em vez disso, precisava encontrar uma maneira de ajudar estando do lado de fora.

– O que foi isso? – perguntou Affie Hollow.

Pikta Adren, que trabalhava lado a lado com Affie nas cápsulas de fuga, inclinou-se para olhar para o corredor e balançou a cabeça.

– Não vi nada.

– Tinha uma sombra – insistiu Affie. – E pensei ter ouvido algo pesado se movendo.

– Talvez seja um Trodatome ou algo parecido que esteja perdido. – Pikta já estava trabalhando novamente. – Não que eu tenha visto um deles a bordo, e ainda bem, já que não sei bem se caberiam em uma cápsula de fuga. Mas são meio molengas, então talvez caibam, um pouco espremidos?

Affie ainda se sentia desconfortável, porque sabia que *alguma coisa* estava espreitando a estação, ferindo ou matando os Jedi. Qualquer coisa desconhecida poderia ser uma ameaça.

Mas os Jedi relataram que uma sensação de confusão e medo os cercava quando a coisa estranha se aproximava, e Affie não sentia nada daquilo. Até mesmo suas compreensíveis preocupações sobre sair da estação a tempo podiam ser administradas, desde que ela pudesse se concentrar em algum trabalho, como fazia naquele momento. *Acho que não foi nada*, decidiu.

Pikta assentiu e deu um tapinha no painel mais próximo da primeira cápsula de fuga que tinham preparado.

– Acho que ela está pronta para seu primeiro lançamento.

Affie sorriu.

– Então vamos em frente.

Stellan Gios escolhera os primeiros a embarcar: um casal Caphex que gostaria de ter participado da fuga pelo compartimento de carga, mas ficou entre aqueles que não conseguiram vagas nas naves. Com a ajuda de Affie, ambos conseguiram entrar na minúscula cápsula; eles couberam, ainda que por pouco.

– Certo – disse Affie. – Coloquem os cintos, fechem a cápsula e vamos lançar assim que o caminho estiver livre.

À medida que a cápsula se fechava, Affie e Pikta olharam para o painel de controle, que deveria mostrar tudo pronto para o lançamento. Em vez disso, o painel piscava em vermelho.

– E agora? – lamentou Pikta. – Será algum defeito?

– Não podemos lançá-los sem ter certeza – insistiu Affie. – Não sabemos que danos o exterior da estação sofreu quando se partiu ao meio. Pode haver uma viga pendurada ou algo assim lá fora. – Pikta já estava balançando a cabeça; ela também tinha percebido. Se lançassem uma cápsula de fuga apenas para que colidisse quase instantaneamente com o metal, estariam tirando vidas em vez de salvá-las.

Uma leve batida veio do interior da cápsula. Sem dúvida os Caphex estavam se perguntando quando finalmente poderiam escapar. Affie queria ter uma resposta.

Naquele momento seu comunicador apitou, e ela ouviu uma voz:

– *Aqui é o aprendiz Jedi Bell Zettifar, chamando qualquer um que possa me ouvir a bordo do Farol da Luz Estelar. Alguém na escuta?*

– Na escuta, Bell – disse Affie. – Sou Affie Hollow, não sou uma Jedi, mas estou trabalhando nas cápsulas de fuga aqui. Quer que eu procure Stellan Gios?

– *Pode ser... Mas há alguma maneira de eu ajudá-la? Estou em uma nave auxiliar circulando o Farol nesse instante. Embarcar parece...* – ele hesitou por um segundo antes de continuar – *desaconselhável, mas, se tiver algo que eu possa...*

– Tem sim, e uau! Você chegou bem na hora. – Talvez essa tal de Força fosse para valer, afinal, pensou Affie.

Nan nunca tinha lutado contra outros Nihil antes. Já tivera vontade, mas mantinha os olhos em seus objetivos. Assassinar outro Nihil só era aconselhável se significasse uma promoção, se a aproximasse da riqueza, do poder e de Marchion Ro. E era tolice se opor a qualquer um dos planos de Ro.

Aquele dia era diferente.

Ela gritou de puro esforço ao brandir o cano de metal contra Leyel, que bloqueou com o dela; o baque surdo de metal contra metal ressoou dolorosamente em resposta nos ossos de seu braço. Nan continuou brandindo o pedaço de cano, continuou atacando, empurrando Leyel mais para trás, em direção à parede.

Se ao menos Chancey Yarrow já os tivesse matado! Sim, sim, um laser de fusão não era tão preciso quanto um blaster, e um disparo mal direcionado poderia ser fatal, mas colidir com a superfície de Eiram também seria. Na opinião de Nan, já estava na hora de correr o risco.

Em vez disso, Chancey e Cale estavam engalfinhados em uma batalha exaustiva, atirando coisas um no outro, cada um tentando se posicionar mais perto dos painéis de controle dos propulsores da estação.

(Nem Nan nem ninguém na luta prestava mais atenção a Werrera, que estava completamente imóvel no chão, morto ou perto da morte. Ninguém iria verificar.)

Leyel atacou mais baixo do que Nan esperava, atingindo-a no estômago e deixando-a sem fôlego. Ela caiu de lado, derrapando pelo chão, enquanto Leyel gritava:

– Traidora! Você não passa de uma *traidora!*

Não quero morrer pelos Nihil, decidiu Nan. *Em vez disso, viverei para eles.*

Leyel já estava correndo na direção dela, mirando um golpe mortal na cabeça de Nan. A garota rolou e se atirou na direção de Chancey, especificamente na direção do laser de fusão. Sua mão agarrou o cabo da ferramenta e, mesmo enquanto Chancey tentava reagir, Nan a empurrou de lado para que pudesse empunhar o laser de fusão, erguê-lo contra o rosto de Leyel e disparar.

Leyel caiu. Antes que Cale pudesse reagir, Nan se virou e disparou contra ele também. Ele cambaleou dois passos para trás e caiu não muito longe de seu companheiro. Ambos foram mortos instantaneamente. Por alguns momentos, Nan e Chancey ficaram ali paradas, respirando com dificuldade e olhando para a carnificina.

– Sei bem o que poderia acontecer se eu tivesse errado – disse Nan. – Mas *não errei*.

– Vamos ter uma conversa sobre isso mais tarde. – Chancey tinha começado a arregaçar as mangas. – Logo depois que eu terminar de salvar o traseiro de todos aqui.

CAPÍTULO TRINTA E DOIS

– ... embora já tenha entrado em nossa atmosfera, ainda não é tarde demais para destruir o Farol da Luz Estelar no céu.

A ministra da defesa de Eiram, uma mulher Enso envolta em um casaco grosso, acenou com aprovação para seu conselheiro antes de se voltar para as duas rainhas do planeta.

– Rainha Dima, Rainha Thandeka, vocês ouviram o relatório. Podem ver com seus próprios olhos. Por quanto tempo mais podemos continuar colocando nosso povo em perigo?

– Pedimos ao nosso povo que aceitasse o risco – respondeu a Rainha Dima. Ela era um pouco mais velha que sua consorte, com espessos cabelos grisalhos enrolados em tranças complexas na cabeça. – Fazer o contrário significa submeter todos aqueles no Farol da Luz Estelar à matança.

A ministra da defesa baixou a cabeça.

– Com todo respeito, Majestade, nossa primeira responsabilidade é com o povo de Eiram.

A Rainha Dima olhou para sua consorte. Embora o governo de Dima fosse absoluto, ela ouvia seus conselheiros com atenção, principalmente a que era sua esposa havia trinta anos. À medida que a rainha reinante envelhecia e se tornava mais frágil, Thandeka, como rainha consorte, assumia mais responsabilidades, em especial quando se tratava de lidar com dignitários de outras nações e da República.

Foi a Rainha Thandeka quem argumentara mais veementemente para que dessem mais tempo aos Jedi, e Dima confiara nela. Naquele momento, no entanto, as dúvidas estavam surgindo na mente de Dima – dúvidas que Thandeka começava a compartilhar.

Por mais que Thandeka confiasse na República, por mais que honrasse os Jedi, ela sabia que os dons deles tinham limites...

– Quanto tempo até o impacto? – perguntou Thandeka.

A ministra da defesa respondeu:

– Aproximadamente quarenta e cinco minutos, mas só temos mais dez a quinze minutos para abater a estação. Depois disso, simplesmente espalharemos detritos por um espaço mais amplo.

Os ombros da Rainha Thandeka se curvaram. Ela pensou nos rostos dos Jedi que conhecera nas últimas semanas. Quantos deles já estavam perdidos? Quantos estavam prestes a tombar?

Então a Rainha Dima a surpreendeu, dizendo:

– Não podemos fazer isso.

– Mas... – A ministra da defesa ficou atônita. – Majestade, como não?

– É como eu disse antes. – Dima se levantou, olhando cada conselheiro nos olhos. – Não usaremos esse tipo de *ação preventiva* como eufemismo para justificar assassinato. Alguém neste planeta não sabia dos Nihil antes? Alguém não sabia que o Farol da Luz Estelar era um dos alvos deles? No entanto, convidamos o Farol aqui quando precisávamos de ajuda, quando nos convinha. Nosso planeta aceitou esses riscos quando aceitamos o auxílio da República... e não permitiremos que os Nihil nos transformem em assassinos.

A Rainha Dima olhou para Thandeka por último, e sua esposa não tentou esconder as lágrimas. Ver seu povo em perigo era difícil, mas teria sido muito pior sacrificar a própria alma de seu mundo em nome da "segurança".

A decisão foi tomada. Depois dela, apenas os Jedi poderiam determinar o que aconteceria a seguir.

O caminho para baixo fora liberado, então Elzar finalmente começou sua descida até o nível mais baixo do Farol da Luz Estelar.

A minúscula cápsula de manutenção percorria o caminho lentamente – apenas à velocidade de caminhada de um ser humano, se tanto –, porque Elzar não tinha certeza de que cenário acidentado poderia estar esperando lá embaixo. Não precisaria de muito para danificar o casco; sua cápsula era uma coisa tão frágil que mal o protegia da radiação que atravessaria. Assim que chegasse ao nível mais baixo, Elzar fecharia o andar de cima, o que deveria protegê-lo por tempo suficiente para consertar os propulsores posicionais da estação.

Mas descer devagar significava ter tempo de sobra para ver todos os lugares por onde passava, e o que via o deixava horrorizado.

Um nível: marcado pelas chamas, manchas pretas sobre cinzas sobre mais manchas pretas, com figuras prensadas entre os destroços, figuras que antes foram seres sencientes.

O próximo nível: o que tinha sido um belo arboreto era agora escuro e tomado de fuligem, de modo que os poucos móveis de pé e os painéis de parede estavam todos danificados a ponto de desmoronar.

O nível seguinte: quase vazio, onde antes era cheio de energia e movimento. De algum modo, aquilo era ainda pior – a simples ausência de propósito onde havia tanta coisa antes.

Ver os danos à estação a cada nível atiçava o temperamento de Elzar, deixando-o cada vez mais quente, ameaçando levar a melhor sobre ele. *Os Nihil fizeram isso. Não podiam deixar uma coisa pura, boa e nobre de pé. Não podiam suportar um símbolo de cooperação, amizade e paz. Então o tornaram horrível, e à custa da vida das pessoas, como sempre...*

Elzar se conteve. Aquele não era o momento. Ele tinha um trabalho no qual se concentrar.

A cápsula foi ainda mais a fundo, em seções onde nem mesmo a iluminação de emergência funcionava. Apenas o brilho fraco dos controles da cápsula iluminava seu rosto. Era quase enervante.

– Vamos – murmurou para si mesmo, tentando ignorar o calafrio que sentia. – Você não é velho demais para ter medo do escuro?

Mas Elzar não conseguia afastar a profunda sensação de que algo estava terrivelmente errado.

Havia mais sabotadores Nihil à espreita? Algum tipo de colapso interno da estação era iminente? O medo aumentava cada vez mais dentro de Elzar, como a água da maré até o pescoço, acelerando sua respiração até que ele mal conseguia se concentrar.

Os controles da cápsula não pareciam mais fazer sentido. Por que ele estava dentro dela? Onde estava todo mundo, e...

... o que era *aquilo*?

Um vulto grande e indistinto na penumbra de um nível mal iluminado nadou e se transformou diante dos olhos de Elzar como um sonho febril. Ele só sabia que era horrível, repulsivo, *errado*. Estava se movendo em sua direção – o que quer que fosse – e tudo nele se retraiu. Elzar se apoiou contra a parede da cápsula e levantou o braço para tentar proteger os olhos, mas seu braço estava tão pesado...

A cápsula desceu outro nível; o vulto desapareceu. *O que aconteceu?* Elzar não conseguia entender. *Onde estou? O que está acontecendo?*

Outro nível. Seu batimento cardíaco ainda estava tão acelerado que parecia doer, e Elzar sentia como se tivesse vontade de sair da cápsula... mas se lembrou da função dela, de sua missão e de como operar os controles.

Também se lembrou do que acabara de acontecer, e como tinha sido estranho. Elzar ficou – por um instante – totalmente incapacitado pelo medo e pela confusão com a proximidade de alguma coisa. Quanto mais se afastava dela, melhor se sentia.

Embora estivesse quebrando a cabeça para guardar qualquer lembrança significativa da coisa, havia retido apenas alguns vislumbres indistintos de uma grande criatura movendo-se na direção dele. Estava convencido de duas coisas:

1. Aquela era a criatura, ou uma das criaturas, que estava atacando os Jedi a bordo do Farol da Luz Estelar – atacando-os através da Força; e
2. Se sua cápsula estivesse se movendo mais devagar, ele provavelmente já estaria morto.

Sem que Elzar soubesse, seu encontro com a criatura – sua confusão, seu medo e pavor mortais – fora captado por mais alguém.

Stellan estava no escritório do intendente, lutando para retomar o fôlego. A ligação entre ele e Elzar estava excepcionalmente forte no momento, sem dúvida devido ao profundo vínculo meditativo que o companheiro compartilhara com ele para ajudá-lo a se concentrar, depois de seu último encontro com aquelas terríveis criaturas sem nome a bordo. Ele sabia que Elzar estava em risco, mas escapara.

Por enquanto.

Stellan percebeu que muita coisa dependia dos próximos minutos. E não deixaria seu amigo sofrer como ele mesmo sofrera, sozinho.

– Jota Jota – disse ele. – Prepare uma segunda cápsula de manutenção.

O droide rolou na direção dele de forma inquisitiva.

– Há outra área que precisa de reparos imediatos?

– Não. Mas Elzar precisa de reforços. – Stellan ajeitou os ombros. – Pretendo estar ao lado dele.

Fazia um tempo desde que Bell fizera um voo atmosférico, mas estava pegando o jeito novamente.

O céu sobre o Farol da Luz Estelar não era mais preto, mas azul-escuro, um azul que clareava a cada minuto. Até ali, o arrasto atmosférico em sua nave auxiliar era mínimo, mas só aumentaria.

Por sorte, Bell só precisava chegar a uma distância razoável do Farol para fazer seu trabalho.

– A cápsula de fuga A está livre – relatou, pairando ligeiramente acima dela. – Repito, a cápsula está livre!

Segundos depois, a cápsula de fuga foi lançada, a primeira a se afastar do Farol. Bell comemorou, depois estremeceu; não era muito bom ser barulhento enquanto estivesse usando um capacete de voo.

Mas não pôde deixar de sorrir. Depois de tanto sofrimento, tanta perda e tanto medo, as coisas *finalmente* estavam dando certo.

A voz de Affie Hollow veio pelo comunicador:

– *Certo, a cápsula B está carregada e pronta para ir. Pode confirmar se está liberada?*

Uma pequena luz laranja piscava ao redor da cápsula B; nenhum destroço estava em seu caminho.

– Confirmado, está liberada. Vamos tirá-la daqui! – disse Bell.

Essa cápsula também se projetou, lançando-se em um longo e gracioso arco na direção da superfície de Eiram.

Burryaga pode ter saído do compartimento de carga, encontrado uma cápsula e descoberto um modo de ativá-la, pensou Bell. Tudo era possível.

Ele deixou de lado essas esperanças para se concentrar no momento presente. Ali onde estava, era fácil confirmar que as cápsulas estavam livres, mas, depois das próximas, elas estariam em uma área mais danificada da estação. Nem todas elas poderiam ser acionadas com segurança, e caberia a ele informar quais poderiam.

Não importava quantas vidas já tivessem sido perdidas, cada uma que pudessem salvar seria uma vitória.

Affie estivera hesitante quanto a permanecer com a *Nave* antes, mas não como no momento em que Pikta Adren colocou as mãos nos seus ombros e disse:

– Uma nave não é uma vida.

– Eu sei disso – Affie conseguiu responder. – Ainda assim, essa é tanto minha nave quanto minha vida.

– Claro que é. A decisão é sua. – Pikta trocou um olhar com seu marido, Joss, que já estava se abaixando para entrar na cápsula de fuga, antes de se voltar para Affie. – Só quero que compreenda que é sempre possível recomeçar. Acredite ou não, antes de Joss e eu estarmos juntos, trabalhei na tripulação de uma pequena nave à qual eu me dedicava tanto que... fiz sacrifícios que não deveria ter feito... – Pikta fechou os olhos com força, como se revivesse as memórias. – É uma longa história. Um pouco fora de hora. A questão é que as coisas sempre são substituíveis. As pessoas não. E isso inclui você.

– Também inclui a minha tripulação – disse Affie. Geodo não estava mais perto de passar pela porta de uma cápsula de fuga do que antes. – Que tipo de capitã abandona sua tripulação?

– Fale sobre isso com eles, então. Pergunte o que pensam.

Affie não disse nada, porque já sabia que, se perguntasse a Leox e Geodo, eles a empurrariam para dentro de uma cápsula de fuga tão rápido que sua cabeça ainda estaria girando ao desembarcar. Ela não queria deixá-los, não queria abandonar a *Nave*, e caramba, eles ainda tinham pelo menos quarenta minutos! As cápsulas de fuga poderiam ser lançadas muito mais tarde que isso.

(Bem, não *muito* mais tarde. Mas mais tarde.)

Ou Pikta presumia que Affie aceitaria sua sugestão, ou simplesmente sabia que não havia mais tempo para discutir. Ela abraçou Affie, que a abraçou de volta, repentina e nitidamente ciente de que fizera uma nova amiga que talvez não voltasse a ver.

– Boa aterrissagem – sussurrou Affie. – Encontro você no chão.

A cápsula de Elzar enfim parou, bem perto do nível inferior do Farol, o mesmo nível que abrigava o maquinário dos propulsores posicionais. Finalmente, uma chance de desfazer alguns dos danos causados pelos Nihil e salvar todos os seres ainda vivos.

Ele trabalhou com uma cautela metódica que teria assustado Stellan, e poderia até mesmo ter surpreendido Avar. Elzar estava notoriamente impressionado consigo mesmo: examinando listas de tarefas, selando os três andares acima para evitar vazamentos significativos de radiação, inspecionando suas ferramentas duas vezes para ter certeza de que tinha tudo o que poderia precisar para o trabalho a ser feito.

Em momentos como aquele, quando Elzar podia se ver como o Jedi que sempre almejara ser, era mais fácil sentir coragem. Era mais fácil se sentir confiante de um bom resultado pela frente.

Minha estrela-guia, pensou, *e minha canção. Eles estão comigo agora, mesmo que não saibam.*

Elzar abriu a porta da cápsula e saiu. Embora se sentisse razoavelmente certo de que nenhuma daquelas... *coisas* que vira antes estava naquele nível, era melhor ter certeza absoluta. A influência delas era muito poderosa; parecia que nenhum Jedi poderia detê-las. *Talvez*, pensou, *eu devesse ter enviado um técnico não usuário da Força no meu lugar.*

Ele parou quando ouviu algo. Relaxou um segundo depois. Aquelas eram vozes conscientes, com certeza, mas ninguém respondera a nenhuma de suas tentativas anteriores de contato, sugerindo que aquele nível estava vazio no momento da explosão ou que todos ali embaixo haviam morrido.

Então quem estava ali?

E, mais importante – o que estavam fazendo com os controles dos propulsores?

Leox Gyasi gostava dos Jedi como gostava de qualquer outra pessoa, mais se essa outra pessoa fosse um Nihil, mas os únicos seres na galáxia de que ele gostava o suficiente para confiar sua vida eram Geodo e Affie Hollow. Isso significava que ele já estava cansado de esperar que os Jedi resolvessem a situação. Se pudessem resolvê-la, já teriam feito.

Hora de um novo plano – e o novo plano tinha de incluir a *Nave*.

Leox entendia o que a nave representava para Affie, talvez mais do que a própria garota. A embarcação se tornara dela depois que a jovem entregou sua mãe, líder de cartel, por inúmeras violações flagrantes das leis que protegiam os pilotos contratados. Aquilo fazia da *Nave* a única coisa que Affie ganhara em troca de tudo o que havia perdido, a única prova tangível de que não destruíra toda sua vida fazendo a coisa certa.

No fim, ele sabia que Affie desistiria da *Nave* para salvar suas vidas, mas estava tão propenso a deixá-la fazer aquilo quanto a deixá-la cortar o braço fora. Tinha de ser de outra maneira.

Pensando rápido, Leox dirigiu-se à cabine para verificar algumas leituras. Geodo estava ali, totalmente imóvel e sem reação. Leox parou e lançou a ele um olhar fulminante.

– Vamos, cara. Recomponha-se! Sei que o momento é assustador pra caramba, mas é quando mais precisamos usar a cabeça!

Ele pegou alguns equipamentos de um armário, colocando uma mochila nas costas, ajustando os óculos de proteção e pegando um dispositivo que ele tinha havia algum tempo. Na verdade, que ganhara em um jogo de sabacc, muito tempo antes. Leox pensou em vendê-lo diversas vezes – aquelas coisas não eram baratas –, mas sempre se perguntou se poderia ser útil. Hoje seria.

Affie apareceu na porta da cabine, ligeiramente sem fôlego.

– Certo, o primeiro conjunto de cápsulas de fuga já foi.

– Bom trabalho, Pequenina – disse Leox. – Estamos prestes a ficar por conta própria. A única maneira de abrir as portas das docas é usando os controles manuais.

– Mas... – Affie franziu a testa. – Eles estão localizados no exterior do casco. Do lado de fora da estação.

– De fato. – Leox ficou de pé, exibindo o item de seu armário para seus companheiros de tripulação pela primeira vez. Geodo ficou mais uma vez quieto pelo choque, embora fosse um silêncio muito diferente do anterior. Affie literalmente ficou de boca aberta.

– Leox... isso é... você... – gaguejou ela. – Você está segurando um detonador térmico?

Ele assentiu.

– Estive guardando para uma ocasião especial. Parece que é hoje.

CAPÍTULO TRINTA E TRÊS

Chancey Yarrow havia esquecido que trabalhar com máquinas podia ser divertido. Passara tanto tempo lutando e se esforçando para agarrar qualquer vantagem, fazendo o melhor que podia em uma galáxia que não colaborava... enquanto poderia ter feito isto o tempo todo: ficar enfiada até o pescoço nos mecanismos de uma estação espacial, analisando seu funcionamento, esquecendo toda e qualquer coisa que estivesse além do alcance de suas mãos. Mesmo as invenções, com todos os deslumbrantes fogos de artifício mentais que proporcionavam, careciam da satisfação gerada pelo simples ato de consertar o que precisava ser consertado.

Tenho me concentrado nas coisas erradas, nos últimos tempos, meditou ao verificar os motores que alimentavam os propulsores posicionais do Farol da Luz Estelar. *Eu deveria começar de novo. Lidar com problemas que podem ser resolvidos não é nada mau.*

– Sem pressão – disse Nan, que estava ao lado dela com os braços cruzados –, mas só temos mais alguns minutos.

Chancey entendeu que aquilo não significava "alguns minutos antes de o Farol colidir com a superfície do planeta e matar todos nós". Significava "alguns minutos antes que o Farol estivesse tão baixo que os propulsores posicionais não poderiam mais evitar a colisão". Ainda não era uma boa notícia – mas saber distingui-las ajudou a manter a mente focada.

Além do mais, ela finalmente vislumbrara a solução. Bastava redirecionar um pouco de energia ali, inclinar os propulsores aqui, e em poucos minutos o Farol da Luz Estelar estaria flutuando novamente.

Algum dia os Jedi admitiriam que uma prisioneira fugitiva, que tinha trabalhado com ninguém menos do que os Nihil, era a responsável por salvar o dia?

Provavelmente não. Mas eles saberiam a verdade. Chancey se perguntou se eles engoliriam o orgulho republicano para agradecê-la. Talvez até Sylvestri percebesse, algum dia, o que sua mãe realizara ali, e tal conhecimento poderia ser a pedra fundamental de uma nova ponte entre elas, uma sobre a qual as duas poderiam se encontrar novamente.

Esperança não importa, lembrou Chancey a si mesma enquanto pegava a T-7 e trabalhava. *A única recompensa de que preciso é a sobrevivência.*

– Você faz ideia de quantos formulários de espaçoporto perguntam sobre detonadores térmicos? – perguntou Affie. – Muitos. Sabe em quantos desses formulários eu menti dizendo que não tinha nenhum? *Em todos*, pelo jeito. Como pôde não me contar sobre isso?

Leox deu de ombros. Os dois estavam na rampa da *Nave*, onde ela o impedia de sair com um detonador como se não fosse nada. Ele parecia achar tudo aquilo divertido, o que só deixava Affie ainda mais furiosa. A única resposta que deu foi:

– O detonador térmico está a bordo da *Nave* há mais tempo do que você. Aquela partida de sabacc aconteceu há muuuito tempo.

– Mas a *Nave* é minha! Eu tinha o direito de saber!

O sorriso finalmente desapareceu do rosto de Leox.

– Acho que sim. Quando o ganhei, porém, a *Nave* pertencia à sua mãe, e não achei que seria sensato contar a ela. Vai saber para que ela o teria usado.

Por mais que Affie detestasse admitir, Leox estava certo. Scover Byne, sua mãe adotiva, tinha uma veia implacável. Muitos de seus pilotos eram pressionados a aceitar missões antiéticas, perigosas e até fadadas ao fracasso. Scover Byne não era uma mulher à qual se poderia confiar um detonador térmico.

Mesmo assim...

– Sou dona da nave já tem um tempo, Leox. Você poderia ter me contado.

– Veja pelo lado bom – disse ele, colocando os óculos de proteção. – Depois de hoje, não teremos mais um detonador térmico.

– O que você vai fazer com essa coisa?

– O plano é o seguinte. – Leox apontou para o canto mais distante da doca. – Vou prender este detonador naquela área do casco da estação que, como pode ver, costumava ser uma eclusa de ar durante a construção do Farol, mas agora está um pouco mais fina. Vou explodir o detonador, que deve abrir um buraco através dela. Já estamos na atmosfera, por isso a descompressão não é mais um problema catastrófico. Assim que tivermos um buraco pelo qual eu consiga passar, poderei usar os controles manuais externos para abrir as portas da doca.

Affie balançou a cabeça.

– Vamos entrar em uma cápsula de fuga, Leox. Posso conseguir outra nave.

– Sim, mas você não é a única aqui que não está disposta a abandonar a nave.

De fato, pouco menos de uma dezena de tripulações, alguns pilotos individuais, alguns grupos de duas ou três pessoas, permaneciam inseparáveis de suas naves até o fim. Affie sabia que aquelas pessoas eram como ela, sem outro trabalho, sem outro lar. Até a pilota Cereana cuja nave tinha um enorme buraco no casco se recusava a deixá-la para trás; era seu único bem.

Affie se virou para concordar com Leox – era preciso tentar –, mas ele já estava correndo na direção de seu alvo, com o detonador térmico na mão.

Elzar avançava com o sabre de luz nas mãos, ouvindo os sons, as vozes, que vinham da sala de controle dos propulsores.

– Tem certeza de que consegue?

– Só mais alguns segundos e esse passeio vai chegar ao fim.

Ele se inclinou para a frente e viu duas figuras que reconheceu das imagens que Stellan lhe mostrara: as prisioneiras que haviam sido capturadas nos ataques aos Nihil, as que afirmavam ser inocentes. No entanto, ali estavam elas, no coração dos maquinários da estação, revelando-se como as sabotadoras.

Ainda estavam vivas – enquanto Regald Coll, Nib Assek e Orla Jareni jaziam mortos, transformados em versões poeirentas de si mesmos. As sabotadoras não apenas levaram a bordo aquelas criaturas misteriosas, não apenas detonaram um dispositivo que matou muitos e condenou quase todos, mas também estavam tentando destruir a única chance de Elzar de salvar vidas.

Não havia fim para o mal que criaram? Eram completamente impiedosas, sem misericórdia ou decência algumas?

Em um instante, mil imagens surgiram na mente de Elzar: o caos criado pelo Desastre do Hiperespaço. Valo. O destino terrível de Loden Greatstorm. O rosto pálido e abatido de Stellan. As naves avariadas vagando pelo espaço, escuras e mortas como os seres que estiveram dentro delas. O raio. O orgulho, a arrogância e a ganância dos Nihil...

Ele não aguentava mais.

Ele não aguentaria mais.

Chega.

Elzar saltou para dentro da sala, acendendo seu sabre de luz ainda no ar, e pousou bem diante da mulher que estava no meio do maquinário dos propulsores posicionais. Ela arregalou seus grandes olhos, e já estava pegando uma arma, pronta e disposta a matá-lo, se aquela fosse a única maneira de matar os outros...

Antes que ela pudesse alcançá-la, Elzar brandiu seu sabre de luz e a lâmina a dividiu ao meio. Ela caiu morta no mesmo instante.

Às vezes, o destino traz algumas boas surpresas.

Leox sentia-se confiante de que teria seguido com aquele plano de qualquer maneira, mas era ótimo que uma das naves estacionadas mais próximo de seu alvo para o detonador térmico fosse a *Às de Paus*. Não apenas porque nenhum proprietário vivo seria privado de sua nave devido aos danos da explosão iminente, mas, como um bônus, algumas das últimas evidências da existência de Koley Linn provavelmente estavam prestes a cair no esquecimento.

Guardar rancor contra os mortos é indigno, Leox se repreendeu. *A vida é para ser vivida no agora, onde os mortos não podem mais estar.* Ele precisava transcender aquela mesquinhez – faria isso logo que tivesse certeza de que não estavam mais todos prestes a morrer.

Uma pequena torção iniciou a contagem regressiva do detonador térmico. Leox enfiou o explosivo em uma pequena abertura, na frente daquela parte do casco, e correu como nunca. Ele deveria se sair bem, contanto que colocasse a *Às de Paus* entre ele e a explosão...

A explosão abalou a doca, quase derrubando Leox. Ele ouviu alguns gritos um instante antes de aquela parte do casco ceder, e então a doca se encheu de um vento uivante e do brilho repentino da luz do sol. As entranhas de Leox se retorceram com a prova absoluta de que a estação espacial não estava mais no espaço, e provavelmente nunca mais estaria.

Mas ele ainda tinha tempo de sair e salvar a *Nave*.

Leox ativou os grampos magnéticos em suas luvas e correu para a abertura do casco. A próxima parte seria difícil, mas ele poderia cumprir a tarefa. Tinha de cumprir. A vida de Affie e de Geodo dependiam disso.

A melhor parte do espetáculo espacial já havia terminado. Como a glória podia ser fugaz.

Marchion Ro estava na ponte da *Olhar Elétrico*, olhando para o planeta Eiram, um mundo tão insignificante e desprovido de verdadeiras riquezas que seus Nihil nunca se incomodaram em invadi-lo.

Thaya Ferr estava ao seu lado, fazendo anotações no datapad em suas mãos, silenciosamente. Do outro lado estava Ghirra Starros, com a cabeça erguida, a mão em torno do braço dele. Ela era tola o suficiente para pensar que aqueles gestos o cegariam para a umidade que a mulher tinha nos olhos?

Não havia sentido em empreender tal ação, se as consequências não fossem totalmente compreendidas e aceitas desde o início. Esse tipo de comportamento, lamentar após um sucesso completo, era algo que Ro desprezava profundamente.

Ghirra já servira ao seu propósito mais crítico. Ro considerou por um instante eliminá-la ali mesmo; alguém tão fraco seria mais uma responsabilidade do que um aliado nos dias que viriam. Ele chegou a ponto de olhar para KA-R9, que pairava a poucos passos de distância, envolto em um ar de maldade, e se perguntar com que rapidez o droide poderia ativar seus bisturis a laser.

Mas não. Ghirra ainda era o melhor trunfo de Ro no Senado Galáctico. Não fazia sentido livrar-se dela até que tivesse feito tudo o que podia por ele. Ou, é claro, até que encontrasse alguém melhor. Por enquanto, ela serviria.

Em voz baixa, ele disse:

– De certa forma, eu gostaria de ter a chance de derrubar o Farol da Luz Estelar sobre um lugar muito maior. Sobre um planeta ao qual a grande e poderosa República prestasse mais atenção.

– Acho que já provou seu argumento – disse Ghirra categoricamente.

Thaya Ferr perguntou, com calma:

– Também há uma justiça nisso, não?

Ela entendia muito.

– Sim. O local de descanso final do símbolo máximo da República, o orgulho dos Jedi, será um lugar remoto que nem aparece na maioria dos mapas estelares.

– Então é a perfeição, meu senhor.

Ro assentiu. O Farol já não passava de uma forma indistinta, delineada contra as nuvens de Eiram. Logo a estação as atravessaria e não seria mais visível.

– Coloque nas holonotícias planetárias – ordenou a Ferr. – Vamos assistir a isso junto com o resto da galáxia.

No mesmo instante, a imagem cheia de nuvens na tela principal foi substituída por imagens captadas da superfície de Eiram, onde uma massa escura e crescente ocupava cada vez mais o céu.

Mesmo sabendo o quanto detonadores térmicos eram perigosos e poderosos, a explosão que abalou a doca ainda pegou Affie desprevenida. O tremor a derrubou da cadeira para o chão da cabine da *Nave*; ao lado dela, Geodo balançou precariamente, mas conseguiu não cair. Detritos de metal tilintaram e retiniram ao longo do casco da sua e de todas as outras naves restantes na doca, e Affie suspeitou que não era a única praguejando.

Mas então um enorme raio de luz atravessou a doca, perfurando sua raiva e seu medo.

– Estamos perto – ela disse a Geodo. – Estamos quase lá!

Embora o vento que varresse a doca fosse feroz, apenas uma leve despressurização foi registrada nos controles de sua nave. A estação já havia entrado bem na atmosfera àquela altura. Quando as portas finalmente se abrissem, eles poderiam voar sem problemas.

Até a pilota Cereana poderá decolar, se prender bem os cintos, pensou Affie, olhando para a nave com um buraco na lateral. Ela com certeza já estava na cadeira de pilota, se preparando para a decolagem, assim como praticamente todos os outros que permaneciam no convés.

Tudo o que Leox precisava fazer era abrir as portas e voltar.

Ele tem luvas com grampos magnéticos, lembrou Affie a si mesma ao começar a fazer as checagens pré-lançamento. A *Nave* precisava de mais reparos, mas voaria para a superfície com bastante facilidade. *Ele vai estar grudado na lateral da estação como uma lampreia shiliana. Até aí tudo bem.*

Naquele instante, como que em resposta, as portas da doca finalmente começaram a se abrir.

Elas se abriam com o que parecia uma lentidão excruciante, mas Leox estava operando controles manuais, e aquela deveria ser a maior velocidade possível. Affie mal podia imaginar o esforço necessário; ele devia estar usando todas as suas forças.

As portas finalmente se abriram o suficiente para Affie vislumbrar Leox: inclinado, seu corpo quase escondido no canto das portas, sua camisa folgada e cachos louros balançando freneticamente ao vento. Mesmo de longe, ela podia dizer o quanto ele estava dando duro.

– Você consegue, você consegue. – Affie nem percebeu que estava falando em voz alta. – Vamos Leox, volte para cá e vamos embora!

A primeira nave a acelerar foi a da pilota Cereana, passando por eles para voar livremente para o céu de Eiram. Algumas outras a seguiram, cada uma praticamente se espremendo pela abertura estreita entre as portas da baía, mas mesmo assim conseguindo passar. O rosto de Affie se iluminou quando viu Leox começando a abrir caminho em direção à abertura. Ele aparentemente entraria por ela, e não pelo buraco na lateral...

... e então o vento o atingiu e o empurrou para trás, para longe da estação. Por um momento, Leox pareceu pairar no céu, antes que a ventania o levasse para longe e o atirasse na direção do chão e da morte.

Affie gritou:

– Não! Não, não, não, por favor, não, *por favor, não!* – As palavras continuavam saltando de sua boca, como se repeti-las o suficiente pudesse desfazer o que aconteceu. Mas Leox se fora.

Geodo conseguiu manter a compostura, travando as coordenadas que os levariam em segurança para o solo. Embora as lágrimas brotassem nos olhos de Affie, fazendo o painel parecer borrado, ela conhecia os controles de cor. A garota acionou as alavancas certas até que a embarcação ligou, decolou e disparou para fora das portas.

A última coisa que Leox Gyasi fez foi sacrificar a vida pelos amigos, pensou Affie. Ela não deixaria aquele sacrifício ser desperdiçado.

Nan agarrou-se ao suporte de metal mais próximo, olhando para o corpo de Chancey Yarrow no chão – as duas metades dela – e o Cavaleiro Jedi assassino que estava sobre o cadáver. Nan certamente seria a próxima a morrer, e ela pretendia infernizar o Jedi antes de partir.

Mas o Jedi continuava olhando para Chancey como um idiota. Como se não tivesse a intenção de fazer o que, de modo inquestionável, acabara de fazer.

– Por quê? – perguntou Nan.

– Vocês são Nihil – respondeu o Jedi de cabelos escuros. Sua voz soou vazia. Será que ele acreditava nas próprias palavras? – Vocês fizeram isso com o Farol.

– Nós? Nós abandonamos os Nihil meses antes de vocês nos capturarem.

– Então como... como poderia...

– Os Nihil enviaram uma equipe de sabotadores, três pessoas completamente diferentes que, a propósito, *nós* tiramos do jogo. – Nan apontou para o corpo de Werrera caído no chão. – Nós éramos prisioneiras aqui, lembra? Não ficamos sabendo disso antes de vocês!

Tudo aquilo era verdade, mais ou menos. Nan esperava que o Jedi não percebesse todas as coisas que ela omitia cuidadosamente. Ele não conseguia parar de olhar para Chancey enquanto falava:

– Vocês... *vocês* mataram os Nihil que atacaram a estação? Por quê?

– Porque estávamos tentando salvar a estação e nossas peles com ela! Sem falar na de *vocês!*

O Jedi voltou-se para os controles nos quais Chancey estivera trabalhando momentos antes.

– Certo. Os propulsores posicionais… parece que ela… parece que ela já conseguiu consertar os…

Uma luz vermelha começou a piscar, e uma voz metálica e sintetizada entoou:

– Estação abaixo do nível de operação do propulsor. Evacuação imediata.

O rosto do Jedi ficou pálido quando percebeu o que tinha feito. Nan se perguntou se ele ficaria ali perplexo enquanto a estação caía.

Ela saiu correndo, embora não resistisse a gritar:

– Você matou nossa última chance de sair da estação! Você *matou todos nós!*

CAPÍTULO TRINTA E QUATRO

Segundos antes, Elzar Mann fora um Jedi, um herói, um homem com a missão de salvar vidas. Agora estava ali como um assassino. Olhava para o cadáver dividido ao meio, perto de seus pés, e se sentia como se estivesse doente.

– *Evacuação imediata* – repetiu a voz do computador. – *Aviso: colisão iminente.*

Elzar sabia que precisava se mexer. Os outros precisavam de sua ajuda. Ainda assim, apenas desviar o olhar do corpo da mulher que ele acabara de assassinar parecia uma profanação.

Todo o trabalho que tivera com Orla Jareni em Ledalau. Todas as suas boas intenções. Todo o progresso que arrogantemente acreditava ter feito. Cada pedacinho daquilo desaparecera em uma fagulha de raiva. Isso bastou para derrubar Elzar Mann.

Então, a voz de Orla soou em sua cabeça, tão nitidamente quanto se ela estivesse viva: *E se você desse um tempo com essa autopiedade e fizesse algo produtivo, para variar?*

– Perdoe-me – disse Elzar à mulher morta no chão. Depois se preparou para fazer tudo o que ainda fosse possível.

Naquele instante, ouviu um baque atrás dele. A garota estava voltando? Elzar se virou e, chocado, viu Stellan correndo em sua direção. Atrás do amigo, à distância, JJ-5145 vinha rolando, com vários conjuntos de ferramentas pendurados em seu corpo metálico.

– Stellan? Como... como você? – ofegou Elzar.

– Há mais de uma cápsula de manutenção a bordo. – Stellan viu os corpos espalhados pela sala. – O que aconteceu?

– Esta mulher estava tentando nos salvar. – Elzar se forçou a dizer. Por mais horrível que fosse contar a verdade, mentir teria doído ainda mais. Pelo menos ele guardaria a pouca integridade que lhe restava. – Mas eu não sabia. A vi curvada sobre os propulsores, acreditei que estivesse com os Nihil e a matei. Stellan, eu a matei a sangue-frio. Por causa disso ela nunca teve a chance de nos salvar, tudo por minha culpa, e agora é tarde demais...

– Não é tarde demais enquanto estivermos vivos. – Stellan parou por um instante, como se estivesse se esforçando para pensar. Então colocou a mão sobre o ombro de Elzar. – Precisam da nossa ajuda lá em cima. Pegue uma cápsula de manutenção, suba e certifique-se de que os outros escaparam. Estaremos bem atrás de você.

Elzar não podia argumentar. Não queria. Stellan estava de volta... a estrela-guia, a única luz que Elzar tinha para se orientar.

Nan havia removido seu traje de radiação apenas parcialmente, por isso não precisou de muito tempo para se proteger mais uma vez para a jornada acima. Mesmo assim, aquela fora uma longa decida, ela tinha uma longa escalada pela frente, e todos os músculos de seu corpo estremeceram de exaustão.

Será que eu consigo? Nan pensou brevemente ao olhar para o trecho impossível do poço de manutenção que a levaria à segurança. E que coisa inútil de se perguntar. Ou ela fazia a escalada ou morreria. Não havia alternativa.

A garota se moveu para cima o mais rápido que pôde enquanto mantinha o ritmo e se segurava firme. Para se distrair da ardência em seus braços e pernas, começava a planejar seus próximos passos. Alcançar uma cápsula de fuga parecia plausível – e ela sabia que, àquela altura, a República finalmente teria descoberto como energizar algumas delas. Mas será que ainda restaria alguma cápsula funcional?

Não posso fazer nada a não ser tentar, disse a si mesma, e continuou subindo.

O Farol da Luz Estelar estremeceu ao redor dela. Sua queda estava próxima.

Assim que Elzar terminou de subir, correu pelo nível da doca, gritando:

– Alguém ainda está aqui? Alguém? Mostre-se!

Nenhuma resposta. Com sorte, aquilo significava que todos foram levados para um local seguro.

Um pouco antes, Stellan enviara droides para vasculhar outros níveis acessíveis por pessoas que, de alguma forma, poderiam não ter encontrado o caminho para a doca. Aparentemente, os droides não haviam localizado mais ninguém. Àquela altura, o melhor que Elzar podia fazer era evacuar todas as almas restantes. Ele e Stellan eram os últimos remanescentes?

Passos ecoando no chão da doca tiraram Elzar do marasmo de sua tristeza. Ele se virou para ver uma jovem – a prisioneira Nihil, Nan, que parecia alguém que ele encontrara havia muito tempo, correndo pelo convés com os cabelos com mechas azuis sacudindo ao vento. Ela ia na direção de uma das poucas naves abandonadas que ainda restavam, que fora danificada pela detonação recente e poderia não ser capaz de voar.

– Não – gritou ele. – Pode não estar funcionando! Venha conosco!

Ou a garota não conseguia ouvi-lo por causa do rugido do vento, ou preferiu se arriscar como uma mulher livre a viver como prisioneira. De qualquer forma, correu para a nave sem olhar para trás.

Se ela tivesse apostado, os dados teriam dado sorte, porque os motores da nave ganharam vida quase instantaneamente. Elzar apenas ficou parado na entrada da doca, segurando-se firme e vendo-a partir. Depois de tudo o que passara, ele a via apenas como mais uma vida salva. Mais uma pessoa com quem não falhara por completo, diferente de tantas outras.

O bipe de um droide atrás dele o fez se virar. Seus olhos se arregalaram ao ver que o droide tinha, de fato, encontrado mais um sobrevivente: um Sullustano muito atordoado que parecia ter sofrido um ferimento na cabeça. Apesar do sangue escorrendo de sua têmpora inchada e de mancar dolorosamente, o Sullustano ia na direção do Jedi o mais rápido que podia.

– Há mais algumas cápsulas de fuga conectadas, certo? – Elzar perguntou ao droide, que assobiou em tom afirmativo. Ele olhou para a abertura das cápsulas de manutenção, desejando que Stellan já estivesse de volta. Mas o dever de Elzar era claro. Apoiando o braço do Sullustano sobre seu ombro, o Jedi começou a lavá-lo na direção das cápsulas de fuga.

– Aguente firme. Vou tirar você daqui.

Mais uma vida salva.

Nan gritou de puro triunfo quando a nave saiu da doca. Ela navegava no céu azul puro, sob a luz.

Seu sorriso vacilou por um momento quando se lembrou de Chancey Yarrow, sua parceira durante um curto, embora desconfortável período, e que se tornara nada além de uma horrível lembrança. Mas não se deteve muito nisso. Precisava se concentrar em encontrar os Nihil. Ela, no mínimo, tivera a melhor visão da queda do Farol; Marchion Ro adoraria ouvir os detalhes. Sim, isso lhe renderia um lugar ao lado dele, ao menos por alguns dias. Daí para a frente... bem, seria com ela.

Nan também se deu conta de que havia adquirido uma nave própria. Uma rápida busca pelos sistemas de identificação no computador revelou que se chamava *Às de Paus*. *Gostei desse nome*, decidiu. *Vou mantê-lo.*

No solo rochoso abaixo, Nan avistou algumas pequenas embarcações que circulavam em busca de uma área segura para pousar, a maioria delas familiar da doca do Farol. Uma delas tinha de ser a *Nave*. Explorar e testar os sistemas de armas de sua nova nave como um último adeus era tentador...

Mas isso poderia esperar. Marchion era mais importante.

Nan guiou sua nave para cima, em direção ao espaço, à liberdade e aos Nihil.

Ventos fortes atingiam a *Nave* enquanto Affie deslizava pela superfície do planeta. Ela parecia procurar um lugar para pousar, mas na verdade estava piscando para conter as lágrimas, tentando clarear a visão. Leox dera a vida por eles. Ela se recusava a desonrar o sacrifício do amigo batendo sua nave.

A cena diante dela era quase incompreensível. De onde a *Nave* pairava, Affie e Geodo tinham uma ampla visão do terreno rochoso que se dividia em fendas e penhascos; longas estradas se destacavam à distância como linhas coloridas e confusas de veículos parados. A uma distância muito curta havia uma grande cidade costeira, suas torres balançando sutilmente ao vento, cada vez mais forte. Várias naves menores e incontáveis droides-câmera estavam espalhados pelo ar, todos voltados para o desastre que se aproximava a toda velocidade.

O Farol da Luz Estelar pairava sobre todos eles, parecendo maior a cada segundo, sua sombra ampliada se projetando sobre todos, escurecendo a cidade enquanto caía.

Vai destruir a cidade, pensou Affie. *Vai matar milhares... talvez milhões...*

Um soluço escapou. Geodo estava abalado demais para falar. Eles só podiam ficar ali observando, impotentes.

Embora a voz do computador continuasse a insistir que era tarde demais para evitar a colisão, não significava que era tarde demais para ativar os propulsores posicionais da estação. Stellan operava os controles, reativando sistema atrás de sistema. Por fim, todas as barras se acenderam em verde, indicando potência total.

Aquilo não era mais suficiente para evitar que a estação caísse; era suficiente, no entanto, para que o Farol se movesse.

De acordo com as varreduras diante de Stellan e seu droide, a cidade costeira de Eiram, Barraza, estava quase diretamente abaixo da estação. Ele ativou apenas os propulsores traseiros, que se ativaram rugindo com tanta força que o ar ao redor zumbiu.

Mesmo agora, a estação tem tanta potência... se eu tivesse vindo aqui antes, se não estivesse tão perdido...

Stellan afastou os pensamentos e se concentrou. O arco da queda do Farol mudou, aproximando-se cada vez mais da água.

– Jota Jota? – chamou, por cima do zumbido do maquinário, que ficava mais alto à medida que a estação se aproximava da superfície. – Faça mais algumas simulações para mim, sim? Diga-me o quanto o curso mudou!

JJ-5145 respondeu quase imediatamente:

– Nesta velocidade, em nossa nova trajetória, a estação cairá no oceano, não em Barraza.

– Quais os efeitos do acidente?

– Ele criará tremores e ondas significativas, até mesmo mortais. No entanto, a perda de vidas sencientes caiu de maneira significativa: de dezenas de milhares para em torno de uma dezena.

– Perder dez vidas ainda é demais. – Stellan se inclinou com mais força sobre os controles, colocando todo o peso do corpo sobre eles.

Estava lutando com todas as suas forças ali, com toda sua vontade. Estava lutando sem a Força – não como um Jedi, mas como um homem. E Stellan ainda sentia que, se tivesse feito isso antes, se tivesse se perguntado o que isso significaria para ele, teria sido um Jedi melhor.

Esta é a primeira vez que ajo sem pensar na Ordem, percebeu. *Esta é a primeira coisa que já fiz por conta própria, apenas por saber que era certo.*

– Mestre Stellan? – JJ-5145 soou estranhamente hesitante. – Você deve evacuar em breve, se quiser alcançar uma cápsula de fuga a tempo.

– Se eu sair daqui e ninguém conseguir manter esses controles, a estação ainda vai atingir a cidade, não vai?

– Sim, Mestre Stellan. – O droide girou, claramente tentando determinar se poderia segurar os controles no lugar de Stellan, mas seus braços eram finos, feitos para tarefas de precisão, não de força. Seria impossível. Stellan sabia disso o tempo todo. – Mas deve evacuar, ou vai morrer.

– Sei o que estou fazendo, Jota Jota – disse Stellan. Ele se sentia mais forte do que se sentira em dias. Talvez mais forte do que já fora em toda sua vida. Pensou no rosto de Elzar Mann... depois no de Avar... depois no de Orla Jareni... e sorriu. – Eu sei quem sou.

Gritos de espanto e alegria ergueram-se de Barraza quando a sombra que pairava no alto se deslocou na direção do mar. No entanto, a maioria dos outros que assistiam, mesmo que se alegrassem com as muitas vidas salvas, só puderam sentir um horror esmagador quando o Farol da Luz Estelar finalmente caiu.

Ele parecia acelerar ao atingir a superfície: uma ilusão de óptica, como a lua parecendo maior perto do horizonte, mas uma ilusão angustiante. Muitos daqueles que sabiam estar seguros não puderam deixar de recuar ou mesmo gritar quando o enorme, destroçado e retorcido maquinário da estação despencou na direção do planeta.

– A usina de dessalinização – disse a Rainha Thandeka, sem ar. – Vai ser destruída...

– Nós a reconstruímos uma vez. – A Rainha Dima passou o braço ao redor dos ombros de sua esposa, observando com firmeza em sua câmara do conselho, junto a todos os membros. – Podemos fazer isso de novo.

Em Coruscant, a cena era reproduzida em quase todos os holoprojetores da cidade. Multidões se reuniam em todas as praças, plataformas e passarelas para assistir com espanto e tristeza compartilhados. A Chanceler Lina Soh não assistiu ao holo em si – ela já vira mais da morte do Farol do que podia suportar –, mas às pessoas que assistiam, a maneira como abraçavam umas às outras e choravam. Elas sentiam a perda tão profundamente quanto Lina.

Sim, pensou, *somos todos a República, e agora mais do que nunca, neste momento de tragédia compartilhada.*

As mágoas podiam unir ainda mais as pessoas. A sede de vingança natural que se seguiria: ela poderia ser moldada, domada, transformada em um propósito comum. Aquela seria a tarefa da Chanceler Soh nos dias seguintes. No momento, porém, ela, o ser mais influente da galáxia, permanecia completamente impotente.

O homem no centro do acidente não podia vê-lo. Stellan Gios se segurou com todas as forças enquanto o Farol estremecia ao seu redor, tão violentamente que ele imaginou que poderia se romper antes do impacto. Não importava muito. A estação não atingiria mais a costa. Vidas tinham sido salvas. Era sua última ação, e agira corretamente.

Stellan não sentiu medo. O firmamento do céu noturno não brilhava menos quando uma pequena estrela escurecia. Outra nebulosa nasceria, reluzindo com a própria luz, totalmente nova.

Àquela altura, o próprio Farol era quase invisível para o cruzador médico de Eiram. Embora com certeza algumas unidades de comunicação pudessem captar as transmissões, Bell Zettifar não procurou nenhuma. Seu lugar era com os vivos, com Mestra Indeera Stokes, que dormia pacificamente em sua cama, e com Brasa, que estava enrolada em uma bolota quente em seu colo.

Ele poderia rever as imagens do destino do Farol nas próximas horas ou dias. No momento, Bell escolheu ficar com os necessitados, com as lembranças dos pequenos, mas verdadeiros, triunfos arrancados do caos daquele desastre.

Nos holos exibidos publicamente em cada nave Nihil, o pessoal de Marchion Ro comemorava e aplaudia cada vez mais alto nos momentos finais da estação. Na *Olhar Elétrico*, Ro sentia uma alegria quase vertiginosa quando o visor exibiu o Farol caindo, com os propulsores se acionando inutilmente, agitando as ondas...

... e, por fim, o impacto.

O acidente fez enormes paredes de água jorrarem para todos os lados, com vários andares de altura, espalhando navios e detritos na costa. Todos a bordo das naves Nihil estavam frenéticos com a celebração, que mais parecia uma noite de fogos de artifício em Canto Bight do que qualquer coisa planejada pelos Nihil.

Com o rosto bem oculto pelo capacete, Ro se permitiu abrir um largo sorriso.

– Glorioso – sussurrou.

Sozinho entre todos aqueles que observavam, Ro sentiu uma pontada momentânea – não pelo Farol ou pelos que estavam a bordo, nem pelo que ele representava, mas pelas criaturas que enviara para lá, que fizeram tão bem seu trabalho. Não seriam fáceis de substituir.

Mas ele sabia onde conseguir mais.

Affie Hollow estava perto da borda de um penhasco com vista para o oceano, com lágrimas escorrendo pelo rosto enquanto observava o Farol da Luz Estelar cair. A água deslocada parecia uma explosão e, embora estivesse a pelo menos oito quilômetros de distância, Affie pensou que poderiam ser encharcados por ela, ou até mesmo arrastados. A cidade costeira era parcialmente protegida por escudos de energia, um luxo que ela e Geodo não tinham. Mas as ondas mais largas atingiram o penhasco em que estava sem chegar ao topo.

Geodo permanecia ao seu lado, pelo que a jovem ficou grata. Ajudava ter alguém em quem se apoiar. Ela balançou a cabeça ao ver a parte retorcida e curvada do Farol que balançava brevemente em meio às águas agitadas antes de afundar para sempre sob a superfície.

De trás dela veio uma voz:

– Mas que desgraça, hein.

Affie se virou.

– *Leox?*

Ele andava na direção deles, com os óculos de proteção repousando sobre a testa, arrastando uma grande extensão de... era tecido? Uma vela? Affie não se importava, porque de alguma forma Leox estava vivo.

Ela jogou os braços ao redor dele.

– Você conseguiu! Você conseguiu!

– Até você começar a me sufocar. – Mas Leox a abraçava de volta. – É uma pena morrer estrangulado logo depois de sobreviver a uma queda dessas.

– Mas como você sobreviveu?

Ele pegou um pedaço do tecido diáfano que arrastava; Affie então viu que estava preso à mochila dele.

– "Paraquedas." Não são muitas as pessoas que ainda usam, já que agora existem mochilas a jato e tal. – Leox sorriu. – Mas você sabe que sou um cara meio antiquado.

Affie o abraçou de novo; eles poderiam cair de alívio e exaustão, se não fosse por Geodo os apoiando firmemente pela lateral. Affie sabia que muitas vidas tinham sido perdidas naquele dia; que os Nihil tinham conquistado uma vitória que poderia mudar o equilíbrio de poder na galáxia.

Mas se preocuparia com isso mais tarde. Por enquanto, sua pequena família estava reunida e segura. Era o suficiente.

CAPÍTULO TRINTA E CINCO

A cápsula de fuga abrira um sulco no solo rochoso que se estendeu por quase meio quilômetro, levantando poeira e obscurecendo o ar. Elzar Mann saiu do meio da poeira levantada, tossindo e cambaleando, mas sabendo que precisava testemunhar o que pudesse dos momentos finais do Farol.

Preciso encontrar outros Jedi, pensou. *E ficar de olho na cápsula de fuga de Stellan.* Naquele momento, porém, tudo o que podia fazer era ficar lá e assistir.

O Farol passou diretamente sobre ele – caindo em câmera lenta graças aos propulsores ativados tarde demais, mas ainda assim caindo. Sua sombra apagou o céu por um instante, num eclipse momentâneo. Logo depois, passou por ele, curvando-se implacavelmente em um arco que descia à distância, na direção do mar.

A estação sumiu de sua vista e, segundos depois, uma enorme onda de choque o atingiu. Elzar agarrou-se à lateral de sua cápsula de fuga enquanto o chão chacoalhava sob seus pés e enormes paredes de água subiam na direção do céu.

Pior que tudo isso foi o golpe psíquico, a súbita consciência de que pelo menos algumas outras pessoas estavam vivas e presas em outros lugares da estação, porque suas mortes rasgaram a consciência de Elzar, um terrível grito de angústia que jamais poderia ser respondido, jamais poderia ser curado.

Pior ainda foi o silêncio que se seguiu.

Elzar começou a se afastar da cápsula, na direção de outros pequenos grupos reunidos aqui e ali: tripulantes que haviam desembarcado de naves menores, desabrigados da cidade costeira próxima. Não prestou atenção naquelas pessoas até que alguém saiu de um dos grupos mais distantes e começou a correr na direção dele – então reconheceu o manto Jedi e os longos cabelos loiros esvoaçantes.

– Avar – ofegou, então gritou o nome dela com todas as forças. – *Avar!* – Que os outros o ouvissem. Que o mundo o visse.

Elzar correu na direção dela até que se encontraram no meio do caminho e se abraçaram. Ele enterrou o rosto no pescoço dela, querendo se afastar de tudo o mais no mundo.

– Você conseguiu – disse ela, com a voz rouca pelas lágrimas não derramadas. – Estava com tanto medo de que não conseguisse.

– Eu sabia que você estava viva. – Elzar acariciou o cabelo dela. – Tinha que estar.

Embora a cidade de Barraza tivesse escapado por pouco de ser obliterada, não passara ilesa pela queda da estação. Apesar dos escudos de energia da cidade, as gigantescas ondas desencadeadas pela queda do Farol atingiram e inundaram diversos edifícios na costa, deixando as ruas lamacentas e cheias de areia, detritos e cacos de vidro. Barcos pesqueiros foram jogados para todos os lados, avariados e deixados em lugares estranhos, como brinquedos largados por uma criança bagunceira. Ainda que quase todos tivessem evacuado as áreas de risco a tempo, nem todos puderam sair, ou mesmo quiseram fazê-lo.

Por isso as equipes médicas de Eiram já estavam vasculhando as áreas mais afetadas atrás dos corpos que certamente estariam nelas.

Droides sonda foram despachados imediatamente para vasculhar os destroços, apenas por precaução... Mas estava claro para todos que ninguém que ainda estivesse a bordo teria chance de sobreviver. Claro que as buscas de resgate subaquáticas começariam em breve, com mais droides sendo enviados para conter e remover materiais radioativos e outros perigos. Mas todos sabiam que o que estavam fazendo era o papel de coveiros.

– Trocamos um desastre por outro – disse a Rainha Thandeka, que estava entre as primeiras levas de voluntários, abrindo caminho pelos montes de areia encharcada no que antes fora uma via movimentada. – Primeiro os tremores de terra, e agora isso.

A Rainha Dima, trabalhando ao lado dela, assentiu.

– E agora estamos de volta ao ponto em que estávamos antes da chegada dos Jedi. – Ela gesticulou na direção da usina de dessalinização, há pouco tão perto de ser concluída, e naquele momento totalmente danificada, retorcida e incapaz de fornecer água potável a qualquer um. A próxima crise seria a falta d'água... e começaria antes que o dia terminasse.

– Onde está Stellan? – perguntou Avar, enquanto ela e Elzar lideravam os outros Jedi em direção ao litoral, onde as rainhas de Eiram organizavam os esforços de resgate.

– Ele deveria ter pegado uma das últimas cápsulas de fuga. – Elzar olhou ao redor, sem ver nenhum sinal dela. – Espero que não tenha feito outro pouso na água.

Os dois trocaram um sorriso, lembrando-se de um exercício de evacuação de nave, há muito tempo, quando eram jovens Padawans. Na ocasião, Stellan acabara mergulhando completamente com sua cápsula. Mas a lembrança não durou muito; eles tinham mais o que fazer.

A jornada para a costa não era longa, mesmo a pé, e mais e mais Jedi juntavam-se aos dois ao longo do caminho. Grupos de cidadãos de Eiram também seguiam para a costa; aquele era um planeta com um forte senso de unidade, um compromisso de ajudar uns aos outros mesmo no auge de uma crise.

Elzar sabia que eventualmente teria de contar a Avar o que fizera, como cedera à raiva, matara uma mulher que tentava resgatá-los e condenou a última chance que restava ao Farol. Mas fazê-lo naquele momento seria afirmar que seu sofrimento pessoal importava mais do que a crise do planeta. A verdade poderia esperar.

Ele se animou ao ver um droide familiar rolando na direção deles.

– Jota Jota! – chamou Elzar. – Já estava na hora. Onde está Stellan?

JJ-5145, pela primeira vez, soou solene:

– Mestre Stellan permaneceu nos controles do propulsor para garantir que a estação não atingisse a cidade costeira de Barraza.

A mente de Elzar ficou entorpecida. Foi Avar quem disse:

– Não. Por favor, não.

– Ele ordenou que eu pegasse a última cápsula de fuga do Farol – relatou JJ-5145. – Disse que eu era um presente dele para você, Mestre Elzar. E pediu que lhe entregasse isto.

Um painel no peito de JJ-5145 se abriu, revelando o sabre de luz de Stellan.

– Ele sabia – sussurrou Elzar ao pegá-lo, segurando-o com reverência. – Stellan nunca teria desistido de seu sabre de luz se não soubesse...

– Ele se foi – disse Avar, com um olhar que indicava que ela procurava pela nota de Stellan na canção da Força, e não a encontrara. Nunca mais a encontraria. – Stellan Gios está morto.

Embora o engarrafamento de aspirantes a socorristas e curiosos descarados pairasse no espaço aéreo de Eiram nos próximos dias, algumas naves partiram quase imediatamente, o que significava que

Marchion Ro também poderia fazê-lo sem atrair nenhuma atenção. Aquilo deixava a *Olhar Elétrico* livre para retornar aos Nihil e à maior celebração que aquele grupo já conhecera.

Ele já havia se preparado para a vitória, antecipado a festa e o frenesi que se seguiria. Thaya Ferr já fizera os arranjos para uma grande celebração em um pequeno sistema estelar, fora do controle da República, onde todos poderiam festejar loucamente sem qualquer restrição; sinais automáticos foram emitidos, convidando todos os Nihil a juntarem-se a eles. De fato, todos o fizeram. (Exceto Lourna Dee, que não foi convidada por várias razões, e cujo paradeiro era desconhecido, de qualquer maneira.) Ro entendia que seu povo precisava literalmente saborear a vitória sobre os Jedi – e qual seria a melhor maneira de marcar essa vitória para sempre com *seu* nome, *seu* testemunho e *seus* objetivos?

Milhares e milhares de Nihil se reuniram na superfície do planeta escolhido antes de Thaya Ferr sinalizar aos droides que era hora de começar a distribuir as enormes quantidades de comida e entorpecentes reservadas para aquele dia. Vinhos e cervejas fluíam como fontes; tip-yip e gornt eram servidos fumegando em travessas compridas. Foi opulenta. Foi hedonista. Era a maior celebração de vitória que os Nihil já conheceram.

Apenas uma reunião seria mais grandiosa: a que Marchion Ro pretendia realizar assim que os Jedi fossem destruídos para sempre.

Ele sorriu sozinho, sob a máscara, confiante de que não teria de esperar muito.

Elzar estremeceu ao passar pela usina de dessalinização, que estava tão perto de ser concluída. *Devíamos ter terminado o trabalho antes de celebrarmos*, pensou, com pesar. *Brincamos com o destino brindando a um projeto ainda não concluído.*

Não, pior. Brincamos com os Nihil.

O custo fora a segurança de Eiram, a existência do Farol da Luz Estelar e a vida de Stellan Gios.

O remorso ameaçava engolir qualquer determinação ou concentração que Elzar pudesse ter, quando Avar parou e fez um gesto, atraindo todos os outros Jedi para perto.

– A conexão da usina de dessalinização está apenas um pouco desalinhada – disse Avar. A luz do sol refletia na joia que ela usava na testa, fazendo-a brilhar acima de seus olhos, avermelhados pelas lágrimas. – Podemos fazê-la funcionar novamente, se trabalharmos todos juntos.

Os sorrisos dos outros eram frágeis e incertos – do único tipo que podia surgir diante de uma tragédia. Elzar não conseguia nem esboçar um.

Mas a única maneira de compensar a arrogância deles e todas as vidas perdidas era voltar a trabalhar para salvar aquele planeta.

Os Jedi se reuniram em um promontório perto da costa, olhando para a usina de água e para a área mais danificada da orla. Elzar sentia que estavam sendo agudamente observados por dezenas, até centenas de cidadãos reunidos ali perto, mas os outros Jedi não prestavam atenção, por isso tentou fazer a mesma coisa.

A usina de dessalinização parecia mais distante do que momentos antes. Em união, cada Jedi estendeu um braço, apontando a mão para o objeto de sua atenção. Isso não era necessário – mas muitos Jedi percebiam que o gesto ajudava a concentrar seus esforços. Elzar estendeu a mão também e invocou seu poder interior, aquele de que ainda desconfiava, mas que precisava usar para o bem, para provar que ainda era possível.

Ele encontrou seu poder – mas, ainda mais importante, encontrou o dos outros.

Seu poder inundava cada célula de seu corpo, quando sentiu o enorme esforço vindo de Avar, Bell e de todos os demais, a pureza de sua boa vontade, a tremenda energia que encontravam, moldavam e empunhavam...

A multidão respirou fundo com surpresa e alívio quando a conexão da usina de dessalinização voltou lentamente para a posição correta e se encaixou com um baque audível. Em união, os Jedi respiraram... até Elzar.

Você ficaria orgulhoso disso, pensou, imaginando o rosto de Stellan. *Mesmo sem o Farol, os Jedi ainda têm muito a oferecer à galáxia.*

Vou aprender como oferecer o meu melhor, e como conter o meu pior.

Minhas atitudes privaram a galáxia de um de seus maiores Jedi. Pelo resto de minha vida, tentarei reproduzir uma pequena fração do bem que ele ainda tinha a oferecer.

Mover a usina de dessalinização ajudou Bell a se concentrar novamente. Saber da morte de Mestre Stellan o abalara. Assim como os ataques aos templos. E havia uma batalha em Corellia. Além disso, dezenas e dezenas de Jedi ainda estavam desaparecidos. Mas o dever era mais importante que a dor. Stellan Gios teria sido o primeiro a dizer isso... a menos que Mestre Loden chegasse antes.

Quando Bell voltava para sua nave, foi parado por Elzar Mann.

– Ei – disse Elzar. Ele parecia pálido e abatido. Bell então se lembrou de que Mann e Gios eram bons amigos desde a infância. Mas não foi de sua própria perda que Elzar falou. – Eu queria dizer... Sinto muito por Burryaga. Vocês dois eram bons amigos, não?

– Ainda somos. – Quando Elzar lhe dirigiu um olhar confuso, Bell continuou: – Eu presumi... *todos* nós presumimos que Mestre Loden estava morto quando na verdade estava sendo mantido em cativeiro pelos Nihil. Se tivesse mantido a fé... se tivesse insistido em procurá-lo... teríamos poupado muito de seu sofrimento e provavelmente salvado sua vida. Por isso, nunca mais vou desistir de ninguém assim. Começando por Burryaga.

Elzar não parecia convencido. Tentou falar com gentileza, como um homem tentando dar más notícias:

– O que aconteceu com Burryaga foi muito diferente. Ele não poderia ter sido capturado. Não vejo como poderia ter sobrevivido aos rathtars, à abertura do compartimento de carga *e* ao acidente.

– Se houvesse alguma maneira, Burryaga teria encontrado. – Por mais que a amizade entre os dois fosse recente, Bell já tinha certeza daquilo. – Mesmo que não houvesse um jeito... mesmo que ele tenha partido... Vou procurar até ter certeza, e ninguém vai me impedir.

– Eu nem sonharia em tentar – disse Elzar, erguendo as mãos em falsa rendição.

Bell retomou a caminhada de volta a sua nave auxiliar.

– Cuide de Mestra Indeera no cruzador médico por mim, está bem? E certifique-se de que Brasa receba seu jantar.

– Eu prometo – disse Elzar, e Bell acreditou nele.

Então partiu para procurar seu amigo.

– Sua nave já viu dias melhores – disse Joss Adren a Affie Hollow. – Mas verá muito mais quando terminarmos de trabalhar nela.

Affie deu um tapinha carinhoso na lateral do casco.

– Ela vai ficar brilhando como nova. Bem, não hoje, mas em breve.

Nas últimas horas, todos que escaparam nas cápsulas de fuga haviam se reunido perto da costa, por isso não foi difícil encontrar Joss e Pikta Adren. Affie fizera um acordo com eles: transporte para qualquer parte da galáxia a que precisassem ir, contanto que ajudassem nos últimos reparos necessários da *Nave*. Era um bom negócio, e os Adren sabiam. Era por isso que estavam trabalhando ao lado de Affie, Leox e Geodo nas últimas horas.

– Ainda bem que contratamos um seguro para nossa nave – disse Pikta ao verificar algumas fiações na rampa. Leox, que estava sentado entre ela e Geodo, como uma espécie de barreira, assentiu sabiamente. – Podemos conseguir outra, embora não saiba onde vamos encontrar uma nave de que gostemos tanto.

– Se for a nave certa – disse Leox –, vocês vão saber. E logo não vão conseguir pensar em suas vidas sem ela.

Affie se perguntou se poderia ter substituído a *Nave* com tanta facilidade. Por sorte, ela não teve de descobrir naquele dia, e esperava que não precisasse descobrir por um longo, longo tempo.

Quando a noite caiu em Barraza, os Jedi continuavam ajudando nos esforços de resgate. Agora que a água fluía prontamente, a limpeza foi facilitada e a população foi, em parte, tranquilizada. Mais e mais habitantes que fugiram da cidade estavam retornando, não para suas casas, mas para os lugares que mais precisavam de trabalho. Longas filas de pessoas varrendo, socorrendo, enfaixando, cozinhando, confortando... fazendo o que pudesse ser feito para consolar e restabelecer aqueles prejudicados pela queda do Farol.

Elzar Mann não pôde deixar de olhar para a água, que àquela altura parecia quase tranquila. O Farol da Luz Estelar era a única parte daquilo tudo que nunca poderia ser corrigida novamente. Sua perda permanecia como uma ferida aberta dentro dele – dentro de todos –, uma ferida que não cicatrizaria por muito tempo.

E, em parte, por minha culpa, pensou.

Elzar ansiava por confessar a alguém que assassinara uma mulher Nihil que na verdade estava tentando salvar a vida de todos. Avar Kriss seria a pessoa com quem ele acharia mais difícil falar, o que significava que era *exatamente* a pessoa que ele devia procurar.

Olhou para a longa fila de primeiros socorros em que trabalhava no momento; Avar estava na outra extremidade, curvada sobre uma jovem paciente, com uma expressão carinhosa no rosto. Elzar esperava que ela mostrasse um pouco daquela misericórdia a ele.

Quando tiveram uma breve pausa em suas tarefas, foi até Avar. Ela olhava para cima, para o céu que escurecia, e estendeu a mão quando ele a alcançou. Ele a segurou e olhou para ela. Em meio às estrelas que surgiam, havia pequenas manchas que Elzar sabia serem algumas das naves que tinham ido até ali esperando ajudar, mas que eram impotentes diante da destruição.

O que importa é que vieram, lembrou. *Sempre importará. Essa unidade, essa compaixão, essa coragem... isso é o que falta aos Nihil. Não venceremos nos rebaixando ao nível deles, mas subindo tão alto que nem os Nihil poderão alcançar.*

– Stellan sempre viu a Força como o firmamento. Tão brilhante e expansivo quanto todas as estrelas da galáxia – murmurou Avar.

– Ele me disse que via nós três como uma constelação. – A visão de Elzar ficou turva com as lágrimas, e ele piscou ferozmente. – Uma constelação que agora está incompleta.

– Não. Ele ainda está conosco, tão certo quanto a Força está conosco. Stellan se tornou um com ela, afinal. – Avar encostou a cabeça no ombro de Elzar. – E, quando pensarmos nele, sempre poderemos encontrá-lo, desde que olhemos para o céu.

Elzar a abraçou e disse:

– Nossa estrela-guia ainda brilha.

EPÍLOGO

Muito, muito em breve, a vitória de Marchion Ro estaria completa.

Ele cultivara a arte da paciência – uma arte que tolos como Lourna Dee nunca conseguiriam compreender –, mas, naquele momento, enquanto as últimas cinzas do Farol desapareciam no crepúsculo que se aproximava, a necessidade de falar quase o dominou. *O que está fazendo meus lacaios demorarem tanto para...*

– Acabamos de contornar as balizas de comunicação – disse Thaya Ferr, sem tirar os olhos do console. – A mensagem será enviada na mesma frequência que o Farol da Luz Estelar usava.

Seria um detalhe excelente, se o próprio Ro dissesse. Mais uma torção no punhal atravessado nos corações dos Jedi e da República.

– Coloque-me no canal.

No último segundo antes de a holocâmera se acender, Ro ouviu Ghirra Starros correr ainda mais para fora do enquadramento. Uma covardia patética. A verdadeira coragem estava em colocar o próprio nome em seus atos, o que Marchion Ro pretendia finalmente fazer.

A luz piscou forte e Ro começou.

– Toda nossa galáxia assistiu ao Farol da Luz Estelar se despedaçar, queimar e cair. A esta altura, a maioria compreende que os Nihil foram os responsáveis. Até este momento, no entanto, poucos entenderam quem é o responsável pelos Nihil. Em outras palavras, está na hora de eu me apresentar. Eu sou Marchion Ro. Eu sou o Olho da Tempestade. Eu sou o Olho dos Nihil.

Ele fez uma pausa. Aqueles que assistiam em grupos poderiam estar exclamando, conversando entre si, amedrontados e horrorizados. Ro não pretendia que o choque das pessoas abafasse o que estava dizendo.

– Muito se falou da ideia de que o Farol da Luz Estelar fosse um símbolo de esperança – continuou ele. – Mas não há esperança nesta parte da galáxia. Apenas desespero. Apenas os Nihil. Fomos nós, os Nihil, que criamos o Grande Desastre do Hiperespaço, e podemos fazê-lo novamente. Fomos nós, os Nihil, que atacamos a Feira da República em Valo, e deixamos sua grande e poderosa chanceler sangrando sob nossos pés. E hoje somos nós, os Nihil, que apagamos a Luz Estelar dos céus. A República não pode protegê-los. Os Jedi não podem protegê-los. Nós provamos que eles não podem nem proteger a eles mesmos. Nós vamos aonde quisermos. Atacamos o que quisermos. Nossa vontade é a única autoridade nesta parte da galáxia, e a única que existirá.

Ghirra Starros emitiu um pequeno som; a julgar pelo tom de choque, ou ela estava horrorizada com as palavras dele – o que a tornaria ainda mais ridícula do que Ro acreditava – ou esbarrara em KA-R9. O som teria sido captado pela transmissão? Tal ideia irritou Ro apenas pelo curto instante que ele levou para perceber como seria divertido se tivesse: a faixa de áudio sendo repetidamente analisada, a inevitável identificação da voz de Ghirra e as consequências espetaculares que viriam a seguir. Seria melhor se ele pudesse ter falado sem ser interrompido, mas o verdadeiro filósofo encontrava oportunidades de satisfação em todos os lugares.

Ro voltou sua atenção inteiramente para aquela pequena luz. A galáxia toda se encolhia naquela faísca. Suas palavras eram a verdadeira lei; agora todos sabiam.

– Não desejo governar a galáxia – disse ele. – Se quisesse, vocês estariam sob minhas botas agora mesmo. Mas vou tomar o que quiser, quando quiser, e ninguém ficará em meu caminho, nem República, nem Jedi e nem qualquer outra pessoa. Ninguém ficará no meu caminho. Nós, Nihil, provamos nosso poder, e o usaremos da maneira que escolhermos. Esta galáxia...

Ele sabia que deveria dizer *é nossa*. Deveria fazer referência a todos os Nihil em sua declaração, deveria unificá-los naquela derradeira declaração de propósito.

Em vez disso, Ro disse aquilo em que realmente acreditava:

– Esta galáxia é minha.

Agradecimentos

Meus primeiros e maiores agradecimentos vão para meus colegas escritores da Alta República: Justina Ireland, Daniel Jose Older, Cavan Scott e Charles Soule, bem como para Mike Siglain, que ajuda a nos manter inspirados, informados e no caminho. Seu profissionalismo, criatividade, humor e gentileza iluminaram dois anos muito difíceis. Obrigado também a Jen Heddle, Pablo Hidalgo, Matt Martin e ao restante das equipes da Lucasfilm e da Del Rey, que trabalham duro para nos ajudar a contar a história da Alta República.

Enormes agradecimentos a minha assistente, Sarah Simpson Weiss, que me mantém organizada – uma tarefa nada fácil. Seu infinito ânimo iluminou muitos dias difíceis de trabalho.

Pessoalmente, gostaria de agradecer a vários colegas escritores que sabem quando oferecer um ouvido solidário e quando me mandar voltar ao trabalho: Marti Dumas, Stephanie Knapp, Brittany Williams Older e Sarah Tolcser. Outros amigos que alegremente permitem que eu me entoque para cumprir meus prazos e que me recebem de volta de braços abertos quando está tudo pronto: Rodney Crouther, Stephanie Davis, Ruth Morrison, Madeline Nelson e Amy e Gary Reggio.

Minha família sempre apoiou minha escrita, desde que o jornal local imprimiu meus péssimos poemas quando eu era criança, e ainda guardam os recortes. Esse é um sinal de grande amor ou material de chantagem; possivelmente as duas coisas. Obrigada, mamãe, papai, Matthew, Melissa, Eli, Ari e todos os tios, tias e primos por aí.

Finalmente, a meu marido, Paul: toda minha gratidão e todo o meu amor.